美酒河

茅台

KWEICHOW MOUTAI

光荣与梦想

Glory & dream

何建明——著

作家出版社

图书在版编目（CIP）数据

茅台——光荣与梦想／何建明著．--北京：作家出版社，2023.1

ISBN 978-7-5212-2100-8

Ⅰ.①茅…　Ⅱ.①何…　Ⅲ.①纪实文学-中国-当代　Ⅳ.①I25

中国版本图书馆CIP数据核字（2022）第207566号

茅台——光荣与梦想

作　　者： 何建明
责任编辑： 田小爽
装帧设计： 留白文化
出版发行： 作家出版社有限公司
社　　址： 北京农展馆南里10号　　　**邮　　编：** 100125
电话传真： 86-10-65067186（发行中心及邮购部）
86-10-65004079（总编室）
E-mail: zuojia@zuojia.net.cn
http: //www.zuojiachubanshe.com
印　　刷： 河北鹏润印刷有限公司
成品尺寸： 152×230
字　　数： 350千
印　　张： 27.75
版　　次： 2023年1月第1版
印　　次： 2023年1月第1次印刷
ISBN 978-7-5212-2100-8
定　　价： 98.00元

一瓶茅台酒，半部国企史。

何建明

著名作家
中国作家协会第七、八、九届驻会副主席
当代报告文学领军人物
全国劳动模范
博士生导师
首位中国作家俄罗斯国家图书奖获得者

目录

contents

目录

contents

茅台酒厂全厂图

几乎所有的人到了“茅台”，都会被那里扑面而来的浓浓酒香所陶醉。而我则被那里的另一种情景触动心弦——

每日凌晨，天色仍处朦胧之中，从县城仁怀到茅台镇的公路上，是奔向酒厂的连绵不绝的上班车队，它们在黎明中编织成一条霞光般的绯红彩带，在跃动，在奔腾……

傍晚，这样的“绯红彩带”又从酒厂返至仁怀市区，开始了新的闪耀与跃动、新的流光与奔腾……

这是我所感受的今天的“茅台”和茅台人的生机与精神，那绯红的“彩带”如“茅台”和茅台人不息的生命，它充满生机、充满激情、充满溢彩……

序篇
为何它能“醉天下”？

在世界的文明史中，中国的文字毫无疑问是最丰富多彩的。然而，千百年来，文人墨客们会发现：即使你穷尽所有的美妙语句，也无法准确地描述出对茅台酒的赞美之意。

李白和杜甫肯定没有喝过“茅台”，否则必定将最美的诗句留在仁怀，被传诵千古。于是，后人们只能搬出“琼浆玉液”“幽雅细腻”等华丽词句形容它，而这也给茅台的滋味，留出了无限想象的空间和余地。

这就是茅台酒的魅力。

喝了它的人，会欲醉欲仙且难以释怀。平日里，偶尔入神地想它一下，似乎都会欣欣然地陶醉，不由咂咂嘴地感叹。

千里之外的人们都不禁在想：假如有机会到茅台酒厂去一次，甘愿醉倒在那儿，喝它个五瓶八缸，来个痛快的醉生梦死也值得……

这对喝酒的人而言是最快乐的事吧。

而我却不会喝酒，尽管将酒放在鼻边闻一下能感叹其酣香，但终不能体会美酒入喉的滋味，也是一大憾事。

但数次去了茅台酒厂和酒都仁怀之后，我却比喝酒的人更爱这里的酒，更明白和懂得了茅台为什么成为无数中国人百喝不厌、越喝越想喝的“国酒”，以及为什么成为闻名世界的“天下第一美酒”。

在近 10 年间，很多人以为一场暴风骤雨式的反腐败斗争和中央出台的“八项规定”会让茅台酒的价格跌至“萝卜价”，然而哪知道“国酒”不仅没有削价，反而越涨越玄乎，一直到市场上 3000 元一瓶都难买到（其实一瓶茅台的出厂价是 969 元）。有些陈放多年的茅台酒的价格更令人咋舌，见一则“民间故事”：一位市民在过节时到一家小店买了一瓶“真茅台”，结果刚出门被人不小心撞倒，瓶碎酒洒。这市民悲切万分，与店主打官司，要求索赔 7000 元。这说明，其实在民间，一瓶陈年“真茅台”远非 3000 元！

关于“茅台”在资本市场上的“疯”劲，已经吹得神乎其神。2020 年到 2021 年上半年期间，股票市场上的“茅台”升至绝对的“中国股王”——每股价格最高达到 2627.88 元。

小小一瓶酒，竟然时常能搅动全国无数人的心！这足够说明“茅台”之奇、绝！

“茅台”让国人爱之又恨。为什么？论酒品，它的味道实在让人如痴如醉！论市场价位，它的疯涨让百姓们望而却步，又欲罢不能。

因此，“茅台”的一举一动，常能牵动亿万股民的心弦，卷起层层市场风云。

原本一项正常的人事任命，却能影响到整个中国股市波动；原本一次正常的营销举措，却能换来亿万人对“茅台”一浪更比一浪高的评头论足……

这就是股民心中的“茅台”。

这就是百姓眼里的“茅台”。

这甚至是政治里的“茅台”。

但谁能知晓真正的“茅台”呢？

极少，极少……

然而，当我这样一个不会品尝美酒、不识“茅台”酱香滋味的人，在走进茅台的酿酒现场、酿酒车间的那一时刻，竟然悲喜交加，热泪盈眶……

为什么？原来我看到了“真茅台”，而“真茅台”又几乎是所有喝“茅台”的人并不知道的，甚至连“茅台”人自己都忘了他们与“茅台”是什么关系，天下人那么爱恨“茅台”与他们又有什么关系？

这也是我在认识了“真茅台”后那样悲喜交加的原因所在。

喝“茅台”者，却不识“茅台”，这并不是一个真正会品尝“茅台”的人，更不用说他会对“茅台”的品质与醇香有准确的了解。

天下人其实并不真识“茅台”。而“茅台”最可贵之处恰恰就是大家并不知道它的那些真实的“味道”——

1 那最香的不是酒，是挥洒出的每滴汗珠……

2021年11月8日，茅台集团举行“茅台辉煌70年”庆祝大会。

走过70年的“茅台”有太多值得人们尤其是茅台人回忆和骄傲的事，每一个人都可以书写一部他的“茅台史”。然而在纪念会的现场，似乎最令人感动的还是这样一幕：1951年建厂时39名员工之一、现在唯一健在的张元永老先生，从集团党委书记、董事长丁雄军手里接过《茅台酒厂第一批员工花名册》复刻件……

那一刻，87岁的张元永老先生的双目饱含热泪。许多台下的茅台人同样泪湿青衫。也许张元永想到的是：当年他进厂时年仅17岁，如今“茅台”成了巨人，而他的另外38名“老伙计”全已离世，唯他留在这个美好的世界上，亲眼见证了当年的小烧房变成了世界闻名的“大茅台”；而让所有参会的茅台人心潮澎湃的，是他们作为“茅台”的一分子所具有的光荣与梦想。

都说“茅台”好、“茅台”香，那么到底它好在何处、香在何处？这甚至是连茅台人也一直在思考的问题。而我就想探究清楚这一问题——

我们知道人类酿酒，是因为劳动过程中需要酒给予力量和勇气。后来是战争，生死之时需要酒给予勇敢。再后来，酒成了人类丰富生活的一部分，甚至为了某种欲望。

酒本身没有错与对。它对兴奋人的情绪起着作用，人离不开情绪的支配，不管是成功者还是失败者，情绪总是起着特殊的支配作用。当然，没有酒的支配多数人照常成功或同样失败。

但有了酒，成功者的力量和胆子似乎大了些，失败者的衰败速度或者崛起速度也会增加。关于人类为什么生产酒，中国有三种传说：

第一，因猿猴生性而起源的酒。猿猴以采集野果为生，同时又有善于藏果的特性，故在自然界中，它们出于生存所需，根据果实生长的季节性，常将部分野果储存起来。在洪荒时代，猿猴们将一时吃不完的果实藏于岩洞、石洼中，久而久之，果实腐烂，那含有糖分的野果通过自然界的野生酵母菌自然发酵而生成酒精、酒浆，于是中国古代有了“猿猴善采百花酿酒”“尝于石岩深处得猿酒”等美妙传说。

这应该可以作为“自然生酒”的存在。

第二，仪狄造酒是最通行的说法，中华文明史籍中有多处提到仪狄“作酒而美”“始作酒醪”的记载，于是仪狄似乎也成为中国制酒的始祖。公元前2世纪史书《吕氏春秋》云：“仪狄作酒。”汉代刘向编辑的《战国策》则进一步说明：“昔者，帝女令仪狄作酒而美，进之禹，禹饮而甘之，曰：后世必有饮酒而亡国者。”先祖大禹第一次指出了酒对人、对国、对民族的弊端。

第三，文学上的“杜康造酒”。这种说法在民间很流行，原因是旧时代的训蒙读本、唱本、宝卷、劝善书之类大都是这样说的。杜康造酒的说法，主要源于曹操的乐府诗《短歌行》提到“何以解忧，唯有杜康”而流行。在这里，杜康是酒的代名词，因此人们把姓杜名康的这个人当作了酿酒的祖师。

这是生“酒”的说法。但人们似乎恰恰总忘了这“造酒”的过程是人类劳动的一部分，而且是非常艰苦的劳动。如果不是因为去了茅台的车间现场，真的不知道原来如此醇美酣香的酒，竟然凝聚了一滴滴汗水的辛劳——我可以做一个简单的估计：那些特别爱喝“茅台”的人中不会超过10%的人知道“茅台”是如何酿制而成的，不然他们不会那么肆无忌惮地豪饮美酒，甚至一大碗一大碗肆意牛饮……

茅台厂的生产管理部有位美女主任，她说她每次到外地出差，看到有人端起满壶的“茅台”往嗓门里“咕咚咕咚”地灌时，她十分心痛。

“好酒不是这样喝呀！”“男人喝‘茅台’就应该像对待自己的女人般珍爱才对……”她的话，既是对“茅台”的惜疼，更是希望天下爱喝“茅台”酒的人真正了解“茅台”的生产过程和优良品质的成因。

每一滴“茅台”酒，绝对需要一滴甚至十滴的汗珠才能酿制出来！这是茅台厂的一位资深专家眼噙泪花跟我这样说的。

“我？一天湿几身？算不清！也从来没有去估算过，反正你看到了，上班才一个小时吧，至少湿了三四回吧！”那一天，我早上约7点到了茅台第三制曲车间，在现场，我看到一位上身湿透了的女工，问她一天要湿多少回衣服时，她略略含羞地回答说。

她和她的同事们制曲的现场让我吃惊，这个世界上竟然还有这些人在这样强度下劳动啊！

若不是眼见，无法相信：

在一个100多平方米的生产房里，踩踏的吟咏声和铲子声交织在一起，工人们相互之间说话必须嘴贴着耳，否则无法听得清。

这是酒厂的制曲车间。所谓“曲”，在酿酒中素有“酒骨”之称，也就是说，没有了“曲”，酒是立不起来的。制酒离不开曲，是因为无论哪种酒，都要发酵。而“曲”就是用来发酵粮食和含淀粉类植物的发酵剂，它的本质是微生物，能够在有氧或无氧状态下都发挥其作用，从而让酒的生成有了最基本的可能——发酵过程。

“曲”通常是用大米、小麦、玉米等培养出适合酿酒发酵的微生物。而“茅台”主要用的是优质有机小麦，除了当地种植的以外，主要产地在中原一带，那里是我国小麦的主产地，小麦质量绝对一流，而且是大面积种植与收割。

“酒之骨”的曲是如此重要，所以很多白酒名为“某某大曲”“某某小曲”的缘由也在于此。顾名思义，按曲的成品形状划分，于是有了大曲和小曲之分。长37厘米、宽28厘米、厚度在13厘米的如长城砖差不多大小的称大曲。它以小麦、大麦、豌豆等为主要原料。含有丰富的微生物群和微生物在繁殖过程中分泌出来的各种酶类，以及微生物分解曲原料而形成的代谢产物，如氨基酸等，是酒的“大骨骼”。小曲也称“母曲”，坯形很小，形同拳头或鸡蛋，大小不一，主要是以大米、小麦、稻糠等为原料，以中药材为辅料制成。小曲制作时的菌种是自然选育培养的，在原料处理和配用药材上，都为有效菌种的繁殖提供了良好条件。经过曲种接种后，有效菌种大量繁殖。大曲和小曲在酿酒时，皆有糖化和发酵的双重作用。

曲是微生物的媒介。制作它的过程，便是酒的生命的开始。

喝酒的人以为酒是一种物质，其实酒是一种伴着微生物“成长”的“生命体”——这个生命体有着千千万万、各种各样的微生物，其中仅有100多种有名有姓，还有几百、上千种至今仍然叫不出名字。对于酒来说，它们也是酒的生命体。

这个生命体决定了酒的质量。

制曲是赋予酒完整生命过程的重要阶段，像女人怀胎一样，它是需要精心细致和强大劳作才能完成的“生命孕育”过程。

现在我看到的是制大曲的现场……

我从来不愿像现在的某些自以为很“深入生活”的写作者那样，大门不出，二门不迈，又或者戴着墨镜像公子哥、贵妇人似的去装模作样地采风，冠冕堂皇地体验“生活”。我特别愿意了解一样好东西的产生过程。但到了茅台厂，完全颠覆了我过去的认知。之前，我想当然地认为，生产酒如同是用抽水机从赤水河里抽水一般容易……荒唐的人和不懂酒的人才会像我以前那么愚蠢和简单。

起初我是听茅台厂的员工做了介绍后才决定去车间现场观摩的。厂里的人告诉我，制曲车间多数是女工，这更勾起我的兴致。那个时候，我连什么是“曲”都不明白。

“她们每天上班很早的，6 点就要开工了。”厂子里的人说。

“为什么？”我问。

“因为天气太热，早点上班就可以少流些汗。”她们说。

制曲要流很多汗？

要流比酒还要多的汗。他们清楚地告诉我：酿成一瓶“茅台”，茅台人要流的汗比一瓶酒的量还要多。

怎么是这样？我有些不信。

你看了就知道这是真的。

所以我决定要看一看，到车间现场看。

“茅台”的制曲很讲究，砖坯一样的大曲，既要坚实，但又不能憋得死死的。所以踩曲由女人来做比较合适，她们的脚上功夫柔软有度。

而且，“熟练的踩曲工有舞蹈那样的节奏。”他们又补充说。这更诱我去现场。

我想象中的劳动场面一定很美，甚至想如果有人根据踩曲的节奏编成舞蹈，再让天底下那些爱喝“茅台”的人看一看、某些爱嘀咕“茅台”的人也欣赏一下，估计效果非常好——这个浪漫的想法也在支撑着我起一个大早。

那天约莫5点半我就起床了。准备一下就有车来接，20多分钟后我就到了赤水河畔的第三制曲车间。

看上去40岁模样的车间女主任已经在门口等候。她的工作服引起我的好奇:淡灰色的短裤短衫。“温度太高，一个班次，不知湿多少回，加上踩曲需要双脚灵活方便，所以我们都是穿着短裤短衫，男女工全都一样……”

我曾见过许多劳动者，但见到穿着短衫短裤上班的女工真的还是第一次。

清早7点不到，天色依然还未全亮，贵州山区的夏日，有些晨雾蒙蒙，但在车间门口，已经看到三三两两的女工上身湿透着跑到车间外的树荫底下短暂乘凉……我有些心疼起来。

这个时间点，我们平时可以看到的劳动者可能就是环卫工作一类的人，但环卫工人也不会穿着短衫短裤且湿透着衣衫的呵!

一瓶在市场上能卖出几千元的“茅台”，竟然是这般工作和这样酿制的呵!

但真正的劳动场面还在厂房里。

那个在楼上的大厂房，除了两台正轰鸣的粉碎机外，还有4个踩曲劳动小组，每个组四五个人不等。每两组有一名拉曲工，她们需要把制成的曲用车子拉到旁边的储藏间。

整个厂房里共30多人，每一个人似乎都像高频率旋转着的机器。她们手脚并用地拼命抢活，像比赛似的。除了铲曲料的“叮当”“叮当”声外，就是一个个各自拎着像制砖一样的坯具的踩曲工的忙碌身影——她们一般先用铲子将曲料填入坯具中，然而赤着双脚在37厘米

制曲二片区生产房内部结构及制曲场景

长、28 厘米宽的坯具里将松软的曲料踩踏成结实的曲块，她们围绕坯具有节奏地来回踩踏着……你可以看出一个个女工在踩踏时巧用全身的力气，抖动着全身的每一个部位，而且双脚的踩力必须是均衡的、有节奏的，直到将松软的曲料踩成结实的中间隆起约 14 厘米高、垫座 7 厘米高的砖形曲块，再将其整齐列排在地面上，由拉曲工负责搬运到另处的储曲间。

我注意到，踩出一块曲，一位女工需要用时两分钟左右，在坯具上面不停地踩踏……这个劳动强度很大，车间的气温在 40 摄氏度左右。

“通常车间内比室外的气温高出五六度，一般都在 38 到 40 摄氏度……”车间主任说。

我进入车间不到 5 分钟时间，感觉衬衣已经开始被汗水浸了。劳动着的制曲女工们更不用说了，她们的汗珠不停地从脸庞上、发根里淌下，上身的短衫都是湿透了的。没有人在擦汗，只有挥汗，那汗水也随之一起洒落在曲料之中……

“一个班次每人要踩多少块曲？”我需要了解这个强度的劳动。

“大约250到300块……”

如果每块按踩踏步数为200下，那么一个女工上一个班次就需要踩踏60000下。

用力地踩踏60000下，是怎么样的劳动强度，不妨请经常跑步的人试一下。反正一天走20000步已经接近我的极限。60000步对我而言，是个不可想象的挑战！

然而，茅台厂的制曲女工们每个制曲班次基本都是这样……无法想象的辛苦！

在现场，我看着一位年轻的女工，她看上去30来岁，才上班一个来小时，她上身的衣衫已经湿得贴住了她的身子，我想上前跟她说句话，问一声“辛苦不辛苦”，可又立即觉得自己很蠢，明摆着是非常非常辛苦！与她和她的工友们相比，我自惭形秽。

没有打扰她，只觉得大汗淋漓中的这位女工很美，她的身材很丰腴，双脚踩踏时的感觉就像在跳着一种她自编自演的劳动舞曲，这种踩踏需要双腿同时用力，然而又不是那种蛮力，她轻盈的身子随双脚的移动而在不停转动，虽然转动的幅度仅在三十几公分的坯具上，却犹如在舞台上一样，可以看得出她已经踩踏得十分娴熟和自如。她在踩踏时的身子尤其是臂部和整个上身一起在有节奏地抖动着……这时的汗水随之从她的发根、额上、双颊、肩膀和身体上流动与挥洒出去，洒落在双脚踩踏的曲料之上和坯具之外的地面上。她因劳动涨红了的脸上没有表情，只有专注，一块又一块曲在她优美的“舞姿”下脱颖而出，方方正正地排列在那里，像飒爽英姿的女战士一样，等候着血和烈焰的洗礼。

老实说，这种女性的劳动之美，已经很少看得见了，以至于我有一阵愣愣地站在那里欣赏起这种少见的带着强烈节奏的美。

其实我知道，这位不知是谁家的“小媳妇”，内心或许并没有像我们想象得那么愉快，因为我知道，整个车间的制曲是“多劳多得”、按件记工取酬的，如果不是像这位女工那么拼命地干活，就不可能有七八千元的月收入。

“这么辛苦的活儿，一个月才……七八千元工资？！”我感到有些不可思议，这可是茅台厂啊！市场上的一瓶“飞天”茅台就要三四千元，一瓶精品的茅台在黑市上甚至超过七八千元。而每天为了制曲两三百块、至少要踩五六万脚的茅台厂制曲女工辛辛苦苦干一个月仅能获取相当于一瓶酒价的报酬！茅台厂外的人几乎没有人相信这一点，而这恰恰是真实的茅台厂一线职工的基本待遇，他们从来没有因为市场酒价飙升、股票疯蹿而随意增加过工资福利。我仅知道，他们确实有一项外人没有的待遇：临近春节，厂里会给每位职工发4瓶不贴商标的他们自酿的酒带回家……

“这是一年中我们最骄傲的事，是可以在外人面前吹吹牛的资本！”除此，茅台人并没有外人所想的那种醉躺在酒池中的特殊福利和收入。

但茅台人有一种自豪感是其他人所没有的，也是不能用金钱衡量的。那就是，他们视“茅台”的名声和质量为自己的生命之魂。“谁要是刻意给‘茅台’造谣诬蔑泼脏水，谁要敢在质量上给‘茅台’玩虚夸，我们没有一个人会答应的！”茅台厂的员工们，从上到下，在这一问题上没有一个人的回答是不一样的。

令人惊奇的是，整个茅台镇上的十几万当地人，也几乎都是同样的声音：不能坏了茅台名声！谁坏茅台名声就等于砸了自己家的饭碗！甚至那些制造“茅台镇酒”的酒贩也这样说。因为他们之所以能够生存下来，靠的依然是不败的“茅台”。

“她是党员，你可以问问她热爱不热爱茅台！”车间主任将一位穿着红圆衫的女工推到我的面前。

嗯，这位女工的胸前别着一枚党员徽章。

“入党几年了？”我问。

“3 年！”她伸出手指。

“怎么入厂的？”

“大学毕业后考进来的……”她说。

“什么？你是大学生？！”我有些不信。

“哈哈……”她笑了，说，“这有啥奇怪的！我们这里好几个都是大学毕业生。”

她指去的方向——都是同一车间的工友。

这又是不可思议的事呵！虽然不能说我见识了足够多的世面，但有一点我确信并没有太片面：现在还有多少人可以像茅台厂制曲车间的女工们这样心甘情愿地汗流浃背？更不用说大学生了。在城市，尤其是在北京、上海这样的大城市，某些从农村来的中小学文化程度的小青年，也不见得有多少愿意到工地上去搬砖扛水泥袋。也许有几个，但他一定要问问一个月是不是有一万两万能够赚的，否则绝对不会去干。甚至有些大字不识且毫无技能的人，他们宁可等在大街上看热闹、玩无聊，也不愿意去踏实劳动挣点饭钱。所以当我看到茅台厂制曲车间女工有近 1/3 是大学毕业生时不由如此感慨。在今天有太多值得我们思考的问题：劳动为什么反倒不被人们重视？就像天下的人都在说“茅台”贵得离奇，不错，在市场上人们如果按官方定价买茅台酒的话是 1499 元，如果黑市价可能是 3000 来元，可有多少人知道，茅台酒实际上出厂价仅有 969 元。

969 元一瓶酒贵吗？你若看到制曲车间的女工们流汗的现场，穿着反复湿透的衣衫、在 40 摄氏度高温下一干就是七八个小时，你还会感觉茅台酒贵吗？

969 元一瓶酒贵吗？你知道这一瓶茅台要经过多少道工序？整整 165 个工艺环节，细分超千道操作！有统计说，一瓶普通茅台酒从投料到出厂，有 8100 多个人工参与，而制曲女工流汗挥洒的场面仅仅是其中一个人的劳作工序！

确实对普通百姓来说，喝一瓶酒花上千元钱是贵了，但“国酒”的生产严格遵循传统工序，从不偷工减料、马马虎虎，企业的成本也绝对不薄。所以，人们饮酒时开怀或悲切——那都是个人的喜与悲的宣泄，谁曾真正想过这美酒的香味是如何酝酿出来的？又有谁能透过酒香感触生命的跃动和泪花的闪烁？

市场上一瓶茅台 1499 元显然贵了些，而有人卖价 3000 元更让一般人喝不起。于是喝“茅台”成为一种身价和品质，甚至是“场面上的事”。在社会不断发展的今天，这也不足为奇。满足人民对美好幸福生活的追求和向往是现代化中国奋斗目标的体现，喝高端一点的酒未尝不可！

许多人在痛恨“茅台”贵、“茅台”疯的时候，却极少痛恨以往上万元的“人头马”“路易十三”“拉菲”等洋酒，似乎洋酒的贵是应该的，因为它原本就是“贵”，而我们中国自己的酒本来就“土”，既然“土”就不能“贵”。这种骨子里的洋奴逻辑在一些中国人的意识里根深蒂固，也很丑陋，他们与生俱来似乎就缺乏对自己民族的自信和自豪感。

在制曲车间看着女工们高强度的劳动场面，作为一个男人我内心有种强烈的怜惜——车间里也有几个男工，他们干和女工们一样的活，甚至更重一些的体力劳动，如搬运曲料等。于是我在想：这些年轻女工如果要结婚生孩子怎么办？

“喏，她已经怀孕 5 个月了。”车间主任指着第二组的一位手持扫帚的女工说。

“能请她过来跟我聊几句吗？”我说。

“可以。”车间主任边说边向那女工招手，示意她过来，“一般怀孕女工我们安排她做些轻松一点儿的活，比如扫地什么的。”

这个怀孕女工走到我的面前，认真看的话我可以感觉她的肚子有些隆起，我关切地问："上班还能坚持得住吗？"

她有些不好意思地说："还行，大家照顾我。"

"什么时候就不用上班了？"我转头问车间主任。

"怀孕七个月就不让上班了。"车间主任说，"她还有一个来月就要让她回家好好歇着了！"

"你要保护好小宝宝呀！注意身体！"我对年轻的孕妇说。

"嗯。"她点点头又回到了班组那里，有些吃力地扫着地……

看着她、看着身边几十个"舞动"着的制曲女工，我的内心深深地叹了一口气，心头上有点堵——原本茅台"贵"在此处啊！

"我们去隔壁的发酵仓看看……"车间主任说。她解释："这边的曲制作好后，就要运到旁边的发酵仓存放40天，让曲完成发酵过程。"

她引我向制曲车间旁边的房子走去。

制曲车间曲仓

走进一条走廊，就明显感受到了另一番状况：那里面灰尘很大……

“这就是放曲的发酵仓。一般一天制作的曲就要放满一间，第二天就要放第二间，一共约 30 间，也就是说这里可以存放一个月量的曲块，如此反复循环。”车间主任带我走到一个储藏间门口，便站住了脚，因为里面的尘埃太浓了，一米外你看不清人脸。

这尘埃是必然有的，它是放置在稻草中的曲块在风干后翻动和搬运时搅动出的飞尘——专家说这也是一种自然催化下的微生物状态，是成曲的一部分“生命内容”。

发酵仓里面都是稻草，那是从当地农民手中收购而来的，比一人头还要高些，它的作用是嵌在一排排曲块的中间，保持曲块之间有通风的空隙，这样才能使曲块在风干中发酵。这看起来很原始和农耕式的传统作坊陈设，却透着“茅台”一道又一道绝对独特的工序与工艺。里面干活的工人更辛苦，三个人，两个是女工。

“需要一名男工是因为他个头高些。曲块排列到上面时，女工举不上去……”车间主任解释这里为什么需要男工。

在这里干活更辛苦，除了要搬移一块块曲块并放置排列齐整之外，灰尘侵袭更让人有些窒息——工人必须戴口罩、穿长衫……而每个狭窄的发酵仓也就 20 来平方米，又憋又暗，温度比踩曲晾堂还要高出几度。

“一般这里都在 40 度以上……”车间主任说。我注意到，里面工作的女工，不仅上身的衣衫湿透着，而且裤腿和屁股上全湿透了！

尘埃的朦胧之中，我看不清女工们的脸庞，但我似乎能感受到她们的心跳声——

这心跳声让我羞愧，令我感动不已。让我闻到了酒的味道，让我似乎一点点儿开始知道什么叫“酒”了……

那一天早上我在“茅台”第三制曲车间前后待了不到一个小时，出来时，我的衣衫也已湿透了。虽然我只是一个旁观者，一个看着劳

茅台酒厂制曲二车间员工在检测曲坯高度

曲块

动者劳动的旁观者，我流的汗并非劳动之汗，然而我内心也有一种酣畅——是好久没有看到的劳动景象被我再一次真切地看到了，而且深深地感动了我！

离开制曲车间时，遇到一位男制曲工，他说他父亲过去也是踩曲人，后来他接了父亲的班，一干就是十几年。“茅台”这些年除了保持传统的工艺外，同时还不断地进化和提升工艺，比如踩曲这一工艺上，由于女工踩曲比男工更具柔软性，所以一线车间的踩曲工种女性占的比例更大，因此这位男踩曲工说他现在在车间干的活主要是搬运曲块这样更适合于男工体力的工种，而他的姐姐、妹妹在踩曲车间已经干了好几年，她们还都是车间的先进工作者。她们轮流着一个早班、一个午班，同样在车间与其他姐妹一样，辛勤地劳动着。

这是我第一次真切感受“茅台”的味道与它为什么“贵”……

“制曲只是我们‘茅台’制酒的一个工序，真正劳动强度大的还有酿酒车间……”从制曲车间回来，向茅台厂接待我的人谈了看到制曲女工们的感触后，他们竟然这样说。

“还有比制曲更辛苦的车间？！得去看看。他们也是每天六点上班？”我赶紧问。

“酿酒车间上班更早，头班是早晨5点，下午班1点上班，一天两班制……”

“为什么一定要这么早上班？”我不解。

“因为酿酒车间的温度更高，早上班会凉快些。”他们告诉我。

原来酿酒是这样的啊！

“那我明天也起个早！”我觉得有必要也体验和观摩一下酿酒车间的劳动景象。

现在茅台厂的员工基本不住在茅台厂厂区附近了。考虑到环境对

曲块装车后送入曲仓

酒厂的影响，前些年厂里基本把员工搬移到距离茅台镇20里外的仁怀市区了。从仁怀市区到茅台厂区约20分钟的车程。那么一个酿酒车间的工人如果上早班，他至少应该3点半起床，4点半前到达厂里，再准备一下就要上车间。

一个人长年累月在半夜三更起床上早班，影响的不只是本人，还有他的家庭和孩子。我想天下喝“茅台”的人极少有人会想到这一点吧。

那天早晨，我怕睡过了头，所以不到3点就醒过一次，后来在4点半以后就再也睡不着了——厂里的同志与我约的是5点钟出发去酿酒车间。

临近清晨5时，我走出酒店大门，站在赤水河边，晨曦下的山峦与天之间透着几丝光亮，大地仍在沉睡之中，远处偶尔传来几声狗叫，除此只有河道上忽闪忽闪的赤水在无声地奔腾着，再就是盘山公路上可以数得清的早班车……那个时候，我又在想：“茅台”果然不同寻常，生产和制作它的人自从它诞生的第一天起，就始终如一地起早贪黑地劳作，他们从没有埋怨和试想改变过这种习惯，甚至认为任何的埋怨和改变都是违背传统工艺。

他们的执着和默默无悔的劳作是“茅台”本质与品质的根本所在。“茅台”与其他的酒的不一样之处就在这一点一滴之中。而我在茅台厂的日子里所看到的“一点一滴”就太多太多了……

那天我去的酿酒车间是第五车间。整个茅台厂酿酒车间共有29个，它是酒厂最核心和最主要的场所，“基酒”全在这里生产出来。

相比制曲车间，每个酿酒车间要大得多。一个酿酒车间就是一个相当大的厂区。非工作人员一般不被允许进入酿酒重地，而我有幸走进了“茅台”的核心区域。

进车间大门，并不亮的灯光中走来一个中年男子，他就是第五车间的王主任。

重阳下沙

劳动车间都是劳动者形象，大车间主任与普通工人一样，穿着短袖衫，下身也是工作短裤。握手相互介绍之后，我问王主任在车间工作了多少年。“1994 年到现在，除了中间有两年多去无锡的江南大学上学外，都在车间……”他说。而我是江南大学的客座教授，知道那是轻工战线的王牌高校。

“你也算是大学毕业生啊！”

“我这是早的了！现在每年都有新招来的大学生，研究生也不少……”王主任说。

“还有研究生啊！”又出乎我意料。

酿酒车间的一个生产房就要比制曲车间看上去大一倍。生产房两头各有一组出酒的酒甑，中间是放糟的酒窖。每个酒窖长 4 米多、宽 2.4 米、深 2.7 米。酒醅放入酒窖待发酵的时间需要几个月。这期间，酿酒工人和师傅们就要在车间不停来回、按时按批次地投入酒醅和蒸酒……这正是酿酒车间的主要工作。

每年高粱熟后的“重阳节”，也正式踏入了这里最隆重也是最热闹的酿酒环节。听厂里的师傅介绍，每逢重阳节“下沙”时（酒厂师傅们称这道工艺叫“下沙”），厂里的头头们、总工们都要到车间来。

“而且我们还要举行祭酒仪式！”师傅们说，这与迷信无关，是他们对大地、对上苍恩赐的食粮与清澈的河水的敬畏。

茅台厂所用的高粱都是本地独特且质优的糯高粱：颗粒小、皮壳厚、耐蒸而不破皮，这是发酵成好酒的至关重要的物质条件之一（会在本书的后章有专叙）。

蒸料—发酵—取酒，这是酿酒车间的 3 大主要任务。而要将这几大任务反复 7 次完成，所需的时间大约为 10 个月，也就是说，酿酒车间的所有劳动者必须在车间里持续劳作 10 个月。酿酒是不能按一周一周来计算工作的，它必须按周期来运作。在这一个周期里，酿酒人在车间里是不可能有空歇时间的，也就是说，糟料无论在窖内窖外，都

茅台制酒车间晾堂

是“活”着的生命体，你不能独留它在车间里不管不问。它很娇气，你不理睬它的时候，也就意味着这窖酒彻底结束了生命，它也就成不了“茅台”了！

每一滴“茅台”、每一窖“茅台”就这么牛。不然，它就不是“茅台”！

现在我跟随车间王主任前往酿酒的车间了——这在一般情况下是不允许“非生产人员”和“外人”踏进的地方。我是例外，这对我了解什么是“茅台”极其重要。私以为自己对酒兴致不大，但按捺不住一种好奇感：酒到底怎么出来的？它需要什么程序，就像外面传说的“用五六斤粮食”“整巴整巴”就出来了？

那真的是不懂酒的人说的胡话，更不能指望他们了解“茅台”了！

茅台厂的酿酒车间看似简单，似乎就几台蒸炉、几口酒窖、几十

制酒晾堂拌曲

个人、几堆蒸熟了的高粱……

不错，就这些东西。但你能知道这几十个人在这样的一个班组中每天要做些什么吗？

王主任推开车间的门，我的第一感觉是：热浪扑面而来……

为什么有那么大的热浪呢？

原来酿酒师傅们正在一边分层装甑（即将发酵的糟料投入甑中），另一边出甑和蒸馏取酒。外行人不知，其实正式出厂的“茅台”是要经过 7 次取酒后，再进行精心勾兑而出，并置放 3 年以上的酱香酒。这过程异常复杂，会在后文单篇详述。

现在我所关注的是这些酿酒师傅的劳动场面——

与制曲女工的劳动场面一样，太令人震撼，而且超出了我的想象：

这里除了一位开行车的女工外，全是男工，平时称他们“制酒师傅”。

“为什么不用女工而全是男工？”车间王主任这样回答我的问题：“这里的工作强度超过制曲车间。以前在没有革新车间装置行车时，制酒车间的往甑里、窖里倒取糟料，全部要靠背驮肩扛，女工吃不消的，所以传统的制酒车间里是没有女工的。”开行车的唯一的女工又年轻又漂亮，犹如盛夏里的一阵清爽惬意的凉风。她高坐在机器上熟练地驾驶着行车，穿梭在酿酒男师傅的头顶之上，控制着时而伸、时而缩的小吊车，帮助送移沉重的糟料。那洒脱自如的伸曲，宛若在书写制酒车间的“男子汉之歌”，令劳动着的男制酒师们更加乐此不疲，个个挥汗如雨地忙碌在自己的岗位上……

想在制酒车间不出汗、不出大汗是不可能的。原因是：制酒车间除了一次次地完成拌曲工作外，主要任务是将高粱蒸熟，而且需要在 100 摄氏度的高温下经过数天循环的蒸煮才能完成一次投料。与此同时，要将蒸熟后的高粱迅速摊匀凉凉，既不能凉得太快，又不能让高粱过于熟烂而皮壳掉落，要使蒸煮后的高粱从 100 摄氏度的热甑里取出并摊

制酒车间上甑人员正在摘新酒

晾到一定的温度标准，然而再迅速堆放成一人左右高的酒糟堆，让其进入发酵阶段。待一定的发酵时间后，又得将糟料放入窖内封存。又过一定时间后再将窖中的糟料取出，然后进行蒸酒……蒸完一轮酒后的糟料，又得从甑中取出晾到一定温度之后再堆积起来再发酵，发酵到一定时间再放入到窖中……如此反复 7 次，方算一茬制酒初步完成。

如此繁重的过程，全靠制酒师傅的双手与双脚，所以大汗淋漓是制酒车间男工的常态，也是为什么这里只有男工的主要原因。

现场有三个主要场景令我感慨万千：

一是蹲在接酒坊里的接酒师。他的任务看起来并不复杂，半弓着身子，头不时地凑到热气腾腾的出酒管子口观察，而且还要不时地记录着什么。我问这解决什么问题，接酒师说：不同时间、不同季节里从甑里蒸出来的酒会有所差异，因为“茅台”的所有制酒工艺全靠人工，所以必定有稍许的差异，但“茅台”的酒质必须保证非常低的相差率，所以接酒师的现场观察和及时对制酒车间的每一道工艺提出修正至关重要，因此他的工作不能马虎。

“我的每一滴汗水的淌下，为的是每一滴茅台酒不出差错！”他的话令人肃然起敬。

这位接酒师除了在蒸酒现场观察外，还要将不同时间的酒样，拿到另一间工作室进行仪器上的检测。这种异常严谨的现场检测，我们才多少明白了为什么国酒是“茅台”！

另一个操作岗位，是一名戴着眼镜的小伙子在往甑内铺放糟料。这个工作极其辛苦，小伙子穿着汗衫已经没有一点是干的，满头汗水流到脖子颈，再从脖子颈流到胸背，而胸背发出的汗水同时也在往外冒……车间王主任告诉我，这位小伙子就是大学生，在制酒师中算是最年轻的，看上去不到二十五六岁。他需要把一簸箕又一簸箕的糟料均匀地撒在甑中，一簸箕料一二十斤，上满一甑需要100多簸箕，中间不能有停顿，也必须让入甑的糟料保持蒸酒所需的恰到好处的结实度与松弛度，所以小伙子在旋撒蒸料时必须格外把握力度，因此特别费神费力……汗水自然而然地从他身上的每一个毛孔中奔涌而出。

他是我看到的车间里出汗最多的人，这样一个文质彬彬、极有青年知识分子气质的小伙子却如此挥汗如雨，让我又心疼又敬佩！

对“茅台”的认识就是从这些人身上开始的。

与小伙子和接酒师在同一个车间的制酒师们则被笼罩在重重朦胧的蒸汽中，他们迅速将高温的糟料摊铺，争分夺秒地不断翻料，为了把控温度和时间，正用双脚将热烫的糟料一垄一垄地踢散开来。

我请教王主任为什么不穿鞋而光着脚时，他告诉我：光脚不易踩碎高粱皮壳，而且光脚踩在糟料上会感知其温度是否过高或过低了，一旦感知到变化，就可随时用脚踢开过热的或者用脚堆积过凉的糟料——这是制作“茅台”老祖宗留下来的工艺，对糟料中的微生物生存至关重要。

“光脚踩在糟料里从卫生角度讲有没有问题？”这是我这样的外行人最容易提出的问题。

车间王主任肯定地回答：“制酒过程是以发酵为主，微生物是关键之关键，保持它的茂盛是根本。人其实也是微生物来源的一部分，人体与糟料的有机融合与混存本身就是微生物茂盛的一种形态，这也是酿酒的一般常理，茅台只是更加注意老祖宗留下的老传统。”

他的话让我茅塞顿开。

一个大车间里有两个班组在现场酿制，负责摊晾糟料的需要六七个人，甚至更多些，因此这是一个特别活跃、特别忙碌、特别动感的劳动场面，尤其是堆积糟料时由于需要时间把控，因此十来个光着脚、赤着上半身、满身流着汗的男工挥舞着扫帚与木铲，争先恐后地围着直径在五六米的半球形糟料堆旁的场景，叫人激动和兴奋——那才是真正的劳动之歌、人民之歌、酒者之歌！

这时的我，看到了制酒人的汗水与弥漫在车间里的蒸汽交融在一起，然后相互渗入、相互配味，而最后飘洒到我面前的是一种异样和独特的酣香……

这酣香不是钱所能买到的，但它酿出的“茅台”又确实是可以买到的。

它到底值多少钱呢？

贵与不贵，是体会和理解到什么是劳动之后所给出的一个良心价！

这是“茅台”之所以“贵”的一部分原因。

2 “酒神”的泪目

世上没有神。但每个人的心中存在着不同的“神”。其实，它是存在于我们心目中的英雄和令人敬佩与崇拜的某一对象。

在茅台酒厂和茅台镇上，随处可见许多被人崇拜的“酒神”，它们与他们给了这块神秘而飘香的土地另一种发自心底的敬畏与虔诚。这是酒文化的一部分。

当下，我们提起“茅台”，如果绕开这个叫“季克良”的人，那就不是在真正地说“茅台”的事了。

季克良在茅台厂可以说是绝对的“神”一级人物，虽然他已经退休多年了，但他的威望和影响力无人可比，即使在“茅台”数百年历史上也是无人可比，今天“茅台”威震神州、名扬四海，季克良功不可没！

他是茅台厂历史上第一个专业出身的大学生，于 1964 年 9 月来到

季克良

了茅台镇茅台酒厂，同他一起来的还有他的同班女同学徐英，后来成了季克良的爱人、酒厂的高级工程师。

1964—1980年，季克良参与和主持了酒厂诸多重大技术与工艺革命性的改造工程。

1981年他出任茅台厂负责生产的副厂长；两年以后他出任厂长。因为在任厂长时他不是厂的党委成员，所以他觉得“党委的权力和威望太高”，因此他提出不再担任厂长，被任命为酒厂总工程师。以前茅台厂没有这一职务，实际上他的职责是负责酒厂的业务技术。

1987年他出任常务副厂长，同时继续担任总工程师，负责生产和酿酒技术管理。

1991年3月他再次出任茅台厂长。同时担任党委副书记、总工程师。

1996年茅台酒厂转制，季克良担任集团公司党委副书记、董事长、总经理，真正开始“集三权于一身”，这在茅台历史上是第一次。这个岗位他一直干到2011年10月，中间有几年他把党委书记一职辞掉，专心抓茅台厂的生产与发展。

2011年10月至2015年9月他不再担任“一把手”后，仍然被茅台厂聘任为“名誉董事长”和技术总顾问。这两个职务以前也从未有过。

季克良在品酒

2015年退休至今的季克良仍然在仁怀住着，每天几乎都在为“茅台”的事忙碌着。

在纪念“茅台”获金奖100周年的酒会上，我代表中国作家协会出席祝贺，当时坐在第二主桌，正好与季老先生坐在一起。由于当时现场是另一种气氛，所以除了敬酒之外，我没有与季老有更多的交流，但知道他是大名鼎鼎的茅台酒神级人物。

后来得知季克良老先生与我竟然是江苏老乡，而且他的老家与我出生地是近乡。他怎么到了茅台，而且还成为茅台的“酒神”，这是一个巨大的谜，也是我非常感兴趣的问题。

第一次到茅台采访调研一周，我竟然与季克良老先生有整整三个半天的“聊天”时间，简直就是天赐“良机”，而且越到后来，我们爷儿俩有些“聊不完”“断不了”的彼此感觉——“下次再聊”，每次“时间到”后，我们总这样相互道别。

现在，我知道这位江南寒门出身的子弟为何在青年时到了与自己家乡远隔千山万水、可以说是穷乡僻壤的贵州遵义的赤水河畔；也知道了他如何与茅台人将“茅台”从即将被踢出中国名酒行列的险境边缘拉回正轨的艰难往事与战斗历程——

季克良的故事，代表了“茅台”为什么“贵”的本质。

现年已经82岁高龄的“酒神”，看上去神采奕奕、红光满面。无论是平地或台阶上走路行步，绝不输给青壮年，这也立即会让我想到他的第一个“谜”：与你长年喝“茅台”有关吗？

“当然，有很大关系。适量地喝些‘茅台’对身体绝对地有好处。”季老说。

在采访之时，我见过网上有几个关于他老人家的“传说”，其中之一就是给他算了一下他自进茅台厂后喝了多少“国有资产”的茅台酒，意思是：作为国有企业的领导人，你喝了那么多茅台酒，是不是就该坐牢去？！

有一个很有趣的现象：网上流传的关于“茅台”的消息和评说，负面的居多，包括对季克良先生的。关于他喝了多少酒、折合多少钱、该论什么罪过云云，我听起来简直不是滋味。一个酒厂的技术总负责，他不喝酒、他不品酒，他怎么开展工作？如果他因这种工作上的需要而被定个“私吞国有资产”罪名的话，那搞科学实验的科学家们，我们是不是也该把他们搞失败了的那些价值几个亿、几百个亿的账算在他们的头上？

荒唐和荒谬！

让人没想到的是季克良老先生在接受我采访之前，竟然先“自曝”他看到的网上的其他两条“传闻”。

其一，说他当年与女同学（后成爱人）一起到贵州山区的茅台厂，是因为受了“处分”，所以才“发配”到那么艰苦的地方。

“这是天大的误解！说实在，我已经到这把年纪了，人家说啥话都不会太放在心上。不过如果这样的话放在当时、放在我们刚到茅台酒厂那会儿，我可能真的要跟他们打官司的，因为他们把我们服从国家分配说成这种样子是带有人格污辱的……”82 岁的季老说到此处，脸有些涨红，显然他内心激动且颇有些悲愤。

其二，是我在网上也见过的一个视频：

那视频上，季克良先生同酒界名人秦含章坐在一起，同声传话中响着季克良先生在向秦老介绍：为什么有那么多人喜欢喝“茅台”，就是因为对身体有好处。现在我发现，它能够杀死幽门螺旋杆菌……

这时，视频上马上听到秦含章老先生撑回一句：你看到啦？

关于这个视频内容，季克良老先生首先自己做了解释：“秦老先生耳背，当时我说的什么话，其实他也不一定是听清楚的，所以回我的那句话并不是现在视频上看到的那个对话原意。”

作为一位 80 多岁的酒界长者、“茅台”神话的缔造者，他能如此直面尖锐的问题本身就可以看出他的品质。

但我真正感兴趣的是季克良作为江南学子，竟然带着女朋友（可以这样说）毅然放弃优越的生活和工作条件，跑到穷乡僻壤的贵州山区做一个酿酒人，而这近60年的“酒路”他是怎么走过来的？难道他没有犹豫过？他不曾想过回到美丽富饶的天堂般的江南？

“当然想过！当了茅台酒厂厂长、董事长后，我还一直想回老家去呢！”季老说。

“为什么？”我问。心想：堂堂“茅台”厂长，还缺什么吗？其实我和许多不了解季老的人一样，都错了。看到2008年时的一篇“记者访谈”，那个时候季老已经在厂长和董事长的位置上干了十几年了，“茅台”的价格和税收已经“飞”到天上了，在股票市场上成为“中国第一牛股”，而作为中国国有大企业中经济效益最好的单位的“老板”，人们想象中的他一定是“富甲天下”。然而我们的“酒神”当时仍按厂里规定住着80多平方米的房子，且是80年代分配的旧房子。记者问他，为什么在给职工盖新房子、大房子之后你作为董事长不搬一幢新房子、大房子里住呢？

季老的回答这样说：

> 我这个人在物质上要求不高，房子够住就行了。曾经有一个做房地产的朋友请我到一套大房子去住了一晚，第二天他问我“怎么样？”我说：“人睡着了一个样。”记得在读大学时候，放暑假了，我没钱回家，到工地上勤工俭学，晚上就在有粪池的房间里睡，一样睡得很好，睡得很甜。

季老接着又说了一段话：

> 说良心话，我对物质和精神层面的东西都不追求，钱多了不是好事。做一个有良心的、有责任心的人，这是我对自己的要求。

季克良到底是个什么样的人，酒业界的人知道，他是个在技术和权威上不倒的“神”；这些年里，茅台厂一番又一番的风风浪浪，“出事”的和“翻船”的官员也有，然而主政时间最长、对茅台贡献最大、让“茅台”获得巨大声誉并走到今天这个“神话”般境界的，应该说就是他季老先生。可他依然潇洒自如、神采奕奕，稳居“茅台”、颐养天年。

在茅台厂和茅台镇，人们说起“季老”，都深怀敬意。他出现时，即便是再显赫的人，也会失去光环，因为在“茅台”人们是根据对酒厂的贡献大小就事论事的，茅台人心中自有一杆秤。

但恨透季克良的人也有，甚至有人一直想杀季克良。

为什么？这是第二次采访季老时从他自己嘴里说出的，令我震惊。

“因为‘茅台’的效益好，谁都以为搞定我就可以获得巨大好处，所以有人铤而走险，不惜跟我动刀子……”季老说。

竟然有人对一个“茅台”技术总工、一位舍家忘我的知识分子这么狠毒！看着“生相就是技术员”的季克良老先生，我的心头冒出十个“不可思议”。然而事情确实曾有过，且颇有几分惊心动魄。

第一个拿着刀对着季克良的是厂里的一位干部。那一天是中午吃饭前，突然季克良的办公室门被人推开——顺便说一下，这回到新的董事长、总经理办公室采访，我没有想到的是，为国家每年缴数百亿元税的“茅台”领导的办公室竟然简陋得不如省城、京城里的一位普通的处级干部的办公室，房子是老的，面积也就30来平方米一间，里面除了办公桌和两个文件柜及一张三人沙发和几把椅子外，别无他物。那天一个干部进了董事长季克良的办公室，把门反锁上后，直迎着季克良走过去。季克良感觉有些不对劲，便问：“有啥事？”对方说：“我要20箱酒，厂长你批一下。”季问：“厂里有规定，不能随便批的。再说，你要那么多酒干啥？”对方问：“我要给家里买一台彩电……”季回答：“这怎么行？厂有厂规，这个我不能批！”那人立即从衣服里露出一把刀柄，对季克良说：“你想好了啊！你要批的！”季有些不知所措，这是他没有想到的，因为这个干部平时也经常见的。就在这时，外面传来办公室主任的问话：“季总，到吃饭时间了！你出来吧！”季克良立即回应道：“我现在被人堵在里面，出不来了……”“啊，为什么呀？”办公室门被外面的人“咚咚咚”地连敲连推几下，果真不能推动。聪明的办公室主任立即报警。而此时里面的那个持刀者慌神了，“你、你快批！快批嘛！”他在催逼季克良。可季克良就是不给批，而正在僵持之时，其他厂领导来了……结果是：那持刀企图逼季克良签字批条的干部被当场逮住了。但厂方征求了季克良本人意见，两三天后把他放了。

季克良得救了。

第二次，还是为了酒。有人冒充季克良的签名，给了供应部门一张由他签字的条子，去供应部门取酒，结果被供应部门的人发现可疑，后来季克良去了，当场对“批条”作了认定，是假批条。这事让那冒名者没有发成大财，更是恼羞成怒，花钱雇人来杀季克良。不日，杀手为了摸清季克良的情况，多次潜入家属区，贴近他的住处，一次次暗中观察，伺机动手。但是后来这个杀手竟然停止了行动……为什么？雇主不知，季克良更不知。只是有一天季克良依然像往常拎了一个旧包出门上班时，那杀手悄悄走近他，对他说：“有人要杀你……”季克良看看这个陌生人，笑笑，不解地问：“为啥要杀我呀？我又有什么值钱的吗？”那人说：“你是很值钱的，这个你知道……所以有人要取你人头！”季克良坦然回答道：“酒是公家的，又不是我个人的。杀我没用，钱还是到不了他人之手呀！”那杀手随后点点头说：“你说的是实话，我看出来了。而且像你这样的好人，应该多一些才对，怎么可以对你动手嘛！”说完那人就走了。季克良后来是从公安那里才知道了这人就是被人雇用的杀手，他交代了雇主，也交代了为什么不愿杀季克良。这人说他看到“一个那么受人尊敬，然而住的吃的都跟普通人一样的老头”，怎么也不忍心，所以他选择自首报警去了。

今年 82 岁的季克良季老，除了耳背以外，给人的感觉非常壮实，尤其是一头与众不同的银发冠在他的头上，而且那些银发特别茂盛，闪着锃亮的光泽，反而使他不显年龄。我坐在他身边看他这些浓浓的锃亮的银发，内心充满着羡慕：因为可以从这一头银发中感受到一个生命的旺盛与不朽。老天爷似乎总在回报那些善良的和对人类做过贡献的人与物，希望他们和它们也能够比一般人、一般物更多一点生命的时间和质量。在季老的银发里，我收悉了这样的“信息”。

其实，青少年期稚嫩的季克良，哪有半点儿精气神，是一个可怜又贫穷的孩子，因为出生在江苏的一个贫苦家庭，所以也注定了他的命运和人生里的坎坷——当我问他为什么从江南“跑”到了贵州、与“茅台”结下了不解之缘时，季老笑呵呵地说：“这个说起来也是蛮有意思的……”

而谁也不会想到，我们两位可以用家乡方言聊天的老乡，竟然在谈话的后段泪目对视，沉默许久……

这是季克良、“茅台”酒神的人生命运史：

季克良原本并不姓季，他出生在顾姓家。父亲和母亲是一对重新组合起来的夫妻，季克良父亲的前妻和母亲的前夫都去世了，他们各带着两个孩子重新走到了一起，季克良是这个新家庭出生的第一个孩子，也是这个新家庭的第五个孩子。

“之后我下面又有一个弟弟。”季老说。

两个贫苦家庭组成一个新的家庭由于孩子多、地少，所以更加贫穷了。于是这个姓顾的家庭做出了一个重要决定：将老五过继到了他的姑姑家季家。

“那时我虚岁 3 岁，不怎么懂事，所以被抱到季家后，我生母不舍得，又不忍去打扰人家，就每天晚上偷偷地跑两三公里路，躲在季家的门外悄悄地听我哭不哭……”这是季克良童年的往事，说到这里，

82 岁的老人双目里泛起泪花。

季家境况和顾家差不多，但对季克良的学习读书很上心，送他到几里路外的镇上念书，后来小学毕业时，顾家和季家商量，到底还让不让他继续读书。结果，本性老实的顾家的生父闷着头不说话，似乎也不好说啥。最后是季家的父亲说：如果能够考上中学，我就把田卖掉，供他去念书；如果考不上，就种地！

年少的季克良已经有些懂事了，他听到大人说这话，就憋了一股劲，竟然实现了上中学的梦想。

这是 1953 年的事。“当时我的哥哥和一个姐姐，都患了痨病，到处借钱治病。一到逢年过节，我就看到许多人跑到我家来讨债，而且一来就不走，非要讨回点债才肯走……”他童年和少年时期的记忆中只有“痛苦”二字。

但是，年少时的季克良聪明好学，也知道唯有读书才能改变自己的命运。读小学时，因为他入学迟，班里 60 多个人，他年龄最大，而成绩最好。初中毕业后，他考上了南通中学——这是一所江苏名校。

接着，1959 年，他考上了大学。

“填志愿时，我就写了无锡轻工学院，即现在的江南大学。当时这个学校有发酵专业，有微生物学科，由于我哥哥和姐姐都患有痨病，她们常用链霉素等药物，所以我一直想等自己长大后，能够制造出好药，可以救我的亲人。加上我父亲以前给地主家打工，在酿造粮食米酒时也做过发酵，所以我对发酵专业产生了浓厚兴趣……”季克良从南通老家到无锡上大学需要渡过长江。那时不像现在，渡一次江不仅需要大半天时间，还要出几角钱的过江费，这对穷人家的孩子来说，已然是一笔不小的开销。

几十年后，当季克良成为“中国最赚钱的茅台酒厂”董事长后，有位当地作家给他写了一本书，书中讲到了他在上大学时为了省下 1 块钱的渡江费，别人放假开开心心地回家去了，而季克良就独自留在学校，然后出去打工，挣出下半年的学费来。与他过了大半辈子的妻子看了这篇文章后，问丈夫为啥没有在学校时把这事告诉过她。季克良笑笑说：那时我怕告诉你后不跟我恋爱了！妻子问为啥，季克良说，怕你嫌我家穷呀！

“后来为这事她哭了一个晚上……”季克良说。

也许正是因为家里穷，穷得连放假渡江的钱都不舍得花的季克良特别珍惜学校的读书时光。他在学习上却从不吝啬，“我在上大学5年中花钱最多的一次是买了本《英汉辞典》，十几块钱，咬了牙买的。”今天的季老，对大学时代所做的这件事十分自豪。因为在学校的成绩一直名列前茅，季克良还当了5年班长，成为学校重点培养对象。那个时候能够成为“重点培养对象”就意味着“革命工作”有了着落。

“我喜欢搞实验，平时导师让我开展通过对酵母等微生物的变异来寻找提高效率的微生物试验研究，所以我的毕业论文也以此为课题，其他同学做的都是设计类工作，而我所做的是唯一的实验性论文，这个基础对我后来到茅台厂工作和重视传统工艺有着很重要的关系。”季克良说。

20世纪五六十年代正是国家大建设时代，各条战线都需要人才，而重点大学培养的重点学生，都被作为重点分配对象安排到最需要的地方。

季克良就是在这种背景下被“发配”到了贵州茅台厂的。

“最初我所知道的‘内定’方案是把我分配到上海的轻工业部下属的研究所，新中国成立初的十几年里，国家对食品等轻工业特别重视，因涉及百姓生活问题，所以我学的专业当时蛮吃香。后来听说想到上海工作的人太多，所以我被挤掉了。”没有什么家庭条件和社会背景但学习成绩又特别好的季克良便有了学校安排的第二个方案：安排到轻工业部食品发酵研究所分出来的四川内江制糖发酵研究所。

但恰在这个关键时间点之前，贵州茅台酒厂发生的一件事竟然改变了季克良一生的命运：1963年，全国第二次评酒会公布结果，上届名列第一的“茅台”竟然退到了第五位，前四名均是浓香型白酒，“茅台”是酱香型酒。“国酒”如此惨败，惊动了周恩来。事情是这样的：1963年底召开的评酒会，其结果是在1964年初公布的。这一年，周恩来总理访问西非，在会后招待各国记者朋友时，举着“茅台”对中外记者说：“今天我们用中国最好的酒招待大家……”轻工部门知道此事后立即派人到“茅台”查问题，意在检查为什么从“第一名”降到了“第五名”。后来发现，造成名次下降的原因并非“茅台”质量存在缺陷，而是评委构成和资质有问题：白酒本身分为多种香型，而此次评酒的评委多数喜欢浓香型的，所以“茅台”这碗“红烧肉”被放进了“回锅肉”中评比，结果就可想而知了。尽管后来发现了问题并做了调整，但在当时，茅台酒厂的“名次下降”的风浪，引起了国家轻工部门高度重视。

“茅台”的品质不能往下降，得派专业技术人员到那儿去！国家轻工部门主管酒业的司局把“人才”问题提上议程，“茅台”酒厂从此迎来了第一位大学生。

这就是季克良当年“落难”和被“发配”贵州“茅台”的背景与过程。

“我是稀里糊涂被弄到贵州的。因为要分配我去贵州，学校大概已经知道我跟徐英在谈对象，为了照顾我们俩人的关系，于是也把她‘顺便’弄到了贵州来……”几十年后的季克良讲起这事时说得那么轻松，但在当时，对于从小生长在江南鱼米之乡的这对年轻人来说，可是一件“惊天动地”又“无可奈何”（季克良语）的大事。“那个时候的贵州遵义的茅台镇，可不是像现在的模样，从省会贵阳到遵义，也只有一条破破烂烂、弯弯曲曲的土公路，一路上就我跟徐英两人，她晕车，我有恐高症，可想而知，我俩当时从江南跑到遥远的贵州山区是怎样的一种心境……”

季克良说到此处，长叹一声。那叹气声中有难以言表的怨气和无奈。这是他那一代人所经历的青春往事。新中国刚刚成立，又处在大建设时代，尤其是在边远贫困山区，作为新中国培养出来的大学生，他们所肩负的责任与使命，其实与自己的个人理想之间存在着巨大差异。

服从祖国，到最需要的地方去——这是那一代人的崇高境界和自觉行动。所有围绕这一奋斗目标而舍去的和获得的，都是时代与国家所赋予的。个人几乎没有任何抗拒的力量与勇气。季克良和他当时的女朋友就是这样来到了贵州“茅台”。

“我清楚地记得，我们是那个月的 9 号到的贵阳，14 号贵州省人事厅找我们开会，宣布我跟徐英到轻工厅。”季克良说，“当时宣布这一分配命令时，同时加了一句话 15 号报到的，当月只能拿半个月工资，意思是我们必须在 14 号当天下午到轻工厅报到，否则就少拿半个月工资！那个时候我们口袋里没有钱呀，半个月的工资没了等于半条命没了似的，谁敢耽误！人家搞人事的就是厉害，抓住我们这些穷学生的软肋，出这一招真管用——当天我们就到轻工厅报到去了！”

到了轻工厅后，人家就告诉季克良和徐英：“你们的单位是茅台酒厂……”

第二天，季克良拉着晕车的女朋友徐英，背着两个行李包，上了到遵义的汽车。

中午在乌江镇吃了顿路边餐，晚上到达遵义。一打听，从遵义到茅台镇的汽车要三天后才有。怎么办？只能等了！也只能在小客店住下了。

“这一住，让我有生以来有了与‘茅台’第一次接触的良机……”季克良笑着回忆几十年前第一次看到和品尝“茅台”的往事：客店的服务台柜子上摆着“茅台”酒，第一天季克良看了一眼，但没有舍得买，到了最后一个晚上，他心里有些憋不住了，便问服务员，那“茅台”卖不卖？人家回答他：卖啊，一两一两地卖。季克良心想，这好！又问：多少钱一两。服务员回答他：3 毛 6 一两。太好了！季克良内心无比欢欣，一两小酒下肚，所有的烦恼与不快，通通一扫而空！

来来，你也抿一口！他借着兴致，把酒杯放到女朋友徐英面前，那醉人的酒香让徐英也忍不住品尝起来：好酒！

好酒啊！季克良和徐英虽然一共才喝了一两，但从那一夜起，他们俩对“茅台”的感情便落地生根，而这对江南才子佳人也把自己整个人深深地扎在茅台这块原本与他们毫无瓜葛的土地上……

到茅台厂的当晚，季克良和徐英分别被安排在办公楼一层简易的招待所里。季克良说：“那个时候山区还很不安全，当晚徐英宿舍就被小偷光顾了，虽然没有偷成，但我们也受到了惊吓。我们也不敢吱声，人生地不熟的，谁知道说了会得罪谁嘛！我俩都是外乡人呀！那个时候，能落脚就算是阿弥陀佛了。”

听起来真有些悲切。

“第一月领到了 42.5 元工资后，我跑到邮局，给我生父和养父两个家各寄去 15 元，剩下 12 块 5 毛自己生活用。从此我就成了茅台酒厂的人……”82 岁的季克良时断时续地给我讲了他到茅台酒厂的过程。

近 60 年前的小伙子，如今满头银丝，一句完整的话语断断续续方能完成。我在想：假如“茅台”不是现在这样红火，那当年这位服从分配来到这遥远山区的小伙子今天会是什么样了呢？

还能造就今天的他吗？

这无法假设。

“那个时候，我们就是服从分配，党教育我们啥，我们就跟着去干啥，不会有二话的。这是我们那一代人的共同特性。”季克良说，他无悔这一生，更无悔到了“茅台”。

“到了茅台工作不到一个月，我就向组织递交了入党申请书——这是我参加工作后的第一份入党申请书，之前在学校交过一份。”季克良说，他到茅台之后一共交了20年入党申请书，直到1982年才正式批准入党。

“为什么这么长时间？”我问。

“组织考验嘛！很正常，我想可能一是我属于茅台的第一个大学生，知识分子接受观察和改造，是我们上半辈子经历最多的事；二是因为我不是老茅台人，人家需要更多地了解我吧！”季克良这样解释，目光里没有任何怨气，极其平静，似乎一切事情都是“正常”的。

但说起另外两件事，他却特别高兴：

一件事是在他当茅台董事长后，银行的一位朋友见了他后，拿出一张1939年4月24日的《新华日报》给季克良，告诉他：你老季跟茅台有缘是“命里注定”的。

季克良开始不解，后来一看报纸上有则茅台酒的广告，便大笑起来。因为这一天，正是他的出生日子。

还有一件事是：若干年前，已经改为“江南大学”的原无锡轻工学院的老党委书记在贵州省省长的陪同下来到“茅台”参观，见到了已经任茅台酒厂厂长的“学生”季克良，问他：你当年为什么跑到贵州来了？季克良说：还不是书记你们定的事嘛！老书记说：你当时干吗不说一声嘛！说一声就不会分配到这么远的山区了呀！季克良说：当时我哪敢说嘛！真要说了，你不给我分配工作的话，我家还有4个兄弟姐妹都在农村，两边的父母身体又不好，我不就完蛋了嘛！老书记听后哈哈大笑，说：正因为你胆小，才让“茅台”有了今天的大名啊！感谢你老季，你的名字已经牢牢地刻在“茅台”功劳簿上了！我们为你感到光荣！

季克良说他当时听完母校领导这番话后便热泪盈眶。

“到‘茅台’后，你和徐英老师想过回老家江苏吗？”我一直想问这事。

不料平时耳背的82岁季老猛地侧过身子，双目发光地看着我，说：

“想！整整想了 20 年啊！”

“20 年？那……为什么不是 30 年、40 年呢？”我有些奇怪，不明白他这“20 年”是如何计算出来的。

“1967 年，我养母死了，当时接到电报后，我在路上整整走了五天五夜啊！拼了命想赶回去，可是还是赶晚了……”季老的声音开始变得有些沙哑，“从那个时候起，我就向厂里不断地递申请，想从茅台厂调走，调回老家去。”

82 岁的老人没有给我细述当年那五天五夜他从茅台厂“赶”回到江苏南通老家的过程，但我能从他悲伤的表情感受到那是一段何等痛苦、何等焦急的时间啊！

那是归心似箭，可又只能一次次无奈地换车、换车、再换车、再坐摆渡，回到那个他熟悉而又有些陌生的故乡……

五天五夜后，回到家的季克良看着母亲躺在冰冷的棺材内，一声撕心裂肺的“妈——”，让在场的所有人潸然泪下。

我要回家！我要回江苏老家！我没有了养母，但还有年老的父母亲，还有已经称呼为“爸爸”的姑夫……

季克良向厂里提交的调动申请书就是这样写着的，理由只有一个：想家，想照顾一下老人们。

这样的申请一年又一年地交上去，但都没有获得批准，因为茅台酒厂太需要他，他是第一个白酒发酵专业的大学生，而季克良自己也知道无法脱得开工作，无法脱得开正在发展着的“茅台”……

“没有后悔过当年跑到贵州大山？跑到‘茅台’来？”我直面问季老，也相信他这把年纪了已无须掩饰任何内心的真实想法。

他看了看我，眼神里充满真诚地告诉我：“凭着良心说，对于自己的家人，我肯定是有些后悔的，而且非常后悔，因为我出生在穷苦家庭里，两个家庭的父母我都没有照顾过他们，更没有在他们离世之前好好地送他们最后一程……这叫不孝！我属于对父母不孝的人。这个后悔一直压在我心上。第二个也是真实的：我们这些人是党教育出来的，是有了新中国，才有了考上大学、当上一家著名国有企业的领导的机遇，才有可能为国家做了点事。在我老家父母最需要我的时候，也是‘茅台’最需要我的时候，厂里的人都希望我留下来，后来我是走不了啦！再后来，我也不想走了……”

直到 1988 年，季克良的养父去世后，顾家和季家的父母都不在世了，他季克良再也不给厂里写“调动”申请了。

“不写了，我老家上一辈的亲人都没了，连岳父岳母都没有之后，我不再想家了，家就是我自己在茅台的家了……”季老这样说。说这段话时，他费了很长时间，几乎是一个字、一个字地念着。

我坐在他身边，似乎能感觉到老人的心跳声。

“后来我真的走不了啦。”大约几分钟的沉默之后，季老说，“我到‘茅台’后，发现它的工艺很特殊，与大学教课书上的其他白酒制作工艺很不一样，也与书上介绍茅台的情况不一样。为这个问题，我当时给学校的老师写信说了，老师回信说他也没有去过茅台，课本上讲的茅台制酒工艺都是照抄以前别人写的内容。这就让我对茅台有了更多的兴趣和兴致，我发现一个很重要的问题是：以前大家只知道茅台酒好喝，但对它的宣传很少，这是因为贵州山区交通太不便，从古至今来到茅台的文人墨客很少，所以留下来的文字史料和文物很少，尤其对传统工艺的文字化、理论化更奇缺。怎么办呢？向领导提出这个问题后，他们说：我们过去酿酒的，都是本地出身的师傅，没有文化，纯粹凭经验吃饭。新中国成立后酒厂办了十几年，也基本上延续了老工艺，尽管后来进了几个中专生，但文字和理论方面也是只能记记账、写简单的几句工序而已。你季克良不是大学生嘛，你又是学的发酵专业，我们要你过来就是希望你给茅台的传统工艺编写出完整的道道来，这事就要靠你和徐英老师了！”季老说到这儿，看了我许久，然后说：“我们那个时候就是这个样，领导的一句话，代表了组织、代表了政府，更代表了厂里的意见，我们能够做的就是听从党的安排和指挥。从那以后，我就明白了自己的责任，因为我是第一个来到茅台厂的发酵专业大学生，爱人徐老师是跟我一起来的，她也是第一批大学生。我们俩就成了这历史使命的责任人了，当时我们就这样想的，而且一直把这个想法种在心坎上几十年，从来没有改变过这份初心……”

什么叫“初心”？季克良和他爱人徐英老师作为上世纪五六十年代新中国培养的大学生，他们担起国家和党所赋予自己的重任就是他们的人生道路上的初心。

初进茅台厂的季克良当时 25 周岁，是正儿八经的大学生，但在“茅台”面前，他深深地被折服。他记得第一次到二车间观看酿酒师制造的工艺，下班回到宿舍就对当时还是女朋友的徐英说：“我们虽然念了几年大学，但在这里，我们至少 10 年之内没有发言权。”现在再让已经被人捧为“茅台酒神”的季老来解释这话，他说：“先人留下的茅台酒工艺绝对是博大精深，虽然几十年来，我们在不断提升和完善它，但从来没有从本质上改变和超越它，尽管现在的茅台肯定比当年要好，但茅台工艺本身的科学奥秘仍然有待去分析和总结。后来我再不提要回老家，从某种意义上讲，就是觉得自己走不了，因为一旦陷入茅台的工艺分析之中后，你是拔不出来的……”

一个做梦都没有想到自己大学毕业后会被“扔”到贵州茅台镇这样极度偏远、大山深处的人，当他清醒地意识到“茅台”具有深不可测的神秘性之后，他的灵魂和感情在那一刻完全被中国传统酿酒的神秘工艺所吸引和折服了，以至于无法自拔，越陷越深，直到把全部热情甚至是灵魂和生命统统投入其中。后来的季克良就是这样一个人，一个比“茅台”人更“茅台”的人。

在酒厂，最辛苦的就是一线车间的酿酒人，而身为茅台人，如果没有到过一线车间干过制曲和酿酒，就不具备真正“茅台”素质，季克良深知这一点。

为了在“茅台”有“发言权”——他作为茅台厂第一位专业大学毕业的知识分子必须具有发言权，组织上和“茅台”人也都期待新来的大学生能给予他们理论指导，并阐述清楚传统工艺中那些连他们自己都说不明白的神秘的“理论”。这也成为季克良义不容辞的一种“天职”。

“谁让我是‘茅台’的第一个发酵专业大学生嘛！”他经常这样自勉，甚至把这种自勉作为一种生命中最神圣的信条去理解、去实践、去完成。

为了在“茅台”有“发言权”——他必须舍去一切小知识分子的所谓“尊严”，该出汗就出汗，该光着膀子干就光着膀子干！车间里的铲子和扫帚就是你手中的武器，赤着脚就要动起来，而且要动得有节奏，有力量，有知识——那些蒸烧出来的发酵料都是有生命的活体，你要让微生物“活”起来，你自己首先就要英姿勃勃地在车间里活起来，做个完全彻底的工人师傅！

“从1970年至1973年的3年时间里，我完完全全当了一名车间工人，是那种进入编制的工人……”季克良回忆说。也就是在这期间，他老家的生母去世了。

“办完母亲的丧事回到‘茅台’后，我就赶紧回到车间劳动。车间就是这样，一个坑里种一棵萝卜，你走了没有人替代你，所以你必须按班顶上去。我这个大学生就是这样在茅台厂彻底地成为一个学徒工，而且这个传统一直延续到现在，大学毕业生到‘茅台’来的，无论你是硕士还是博士，你要想成为真正的茅台人，要真心想熟悉‘茅台’，那么你就该老老实实地到车间干上一阵子，出上几桶臭汗，你才可能成为大家所认可的茅台人……”

我知道，今天的“茅台”就是这样用人的，也从此明白了为什么到一线的车间见到那么多大学毕业生如此心甘情愿地在挥汗劳动！原来这也是“茅台”的传统之一。这是由季克良和他夫人徐英老师那会儿逐渐形成的一个十分宝贵的传统。

“我当工人的那几年是跟着李兴发师傅的，他是 1952 年进的厂，是‘茅台’国有化之后第一代骨干和领导，1956 年当了副厂长，主管技术生产。他对‘茅台’酿酒技术的研究与总结具有划时代贡献，我跟着他的 3 年时间实在太重要了。那时他当车间的酒师，我是他的记录员，他对每一项传统酿酒技术的总结与经验归纳，都成了我对神秘‘茅台’工艺所思考的一个个触点……”

关于李兴发，后面的篇章有对他的专述。他最重要的贡献是在季克良刚到酒厂时，就对“茅台”工艺总结出了三大典型体，即酱香、窖底香、醇甜香。也就是说，真正的“茅台”，是由这三种典型体酒所精心勾兑而成的独特酱香型白酒。

当时大学生的季克良认为他师傅李兴发的这一发现对中国白酒和“茅台”具有划时代意义，他把李兴发科研小组发现的“茅台”香型三分法勾兑酒的方法，用论文形式发表了出来。1965 年在四川泸州召开的第一届名酒技术协作会上，茅台厂的代表宣读了这篇《我们是如何勾酒的》技术论文，从此让奇绝而传统的“茅台”工艺走到了理论层面，揭开了神秘面纱。

这是茅台人第一次认识到季克良作为一个大学生的作用，也从心底里认可了季克良的“宝贵”之处，因为在这之前茅台人对“茅台”酒的理解和认识，仅仅建立在手口相传的基础之上。现在不一样了，可以堂堂正正地告诉人家“茅台是什么”“为什么是茅台”这样的科学原理。

季克良的这篇论文发表后，中国的白酒评判才走上了“正道”：从此有了酱香型、浓香型、清香型和米香型酒之分。茅台酒就属于酱香型，五粮液就属于浓香型，汾酒现时属于典型的清香型。即使是像茅台这样的酱香型酒，实际上它不为人知的奥秘，就在于它需要把自身的“酱香”“窖底香”“醇甜香”三种不同典型体的原酒进行勾兑，然后才能成为现在大家喝上的“茅台”。“茅台”之所以为“茅台”，其自身也是经过了奥妙无穷且错综复杂的“传宗接代”“反复循环”“不断更新杂交”的过程之后才完成的，因此它的味道就呈现出道不尽的醇厚与玄妙。

同时，由于对白酒香型在科学与理论上第一次进行分类，也终结了人们在白酒认识上的“糊涂时代”。在接下来的1979年召开的第三届全国评酒会上，便是按不同香型来进行选拔，并且第一次对各种白酒类型的风格有了科学的统一文字表达，即：

酱香型酒：酱香突出、幽雅细腻、酒体醇厚、回味悠长。
浓香型酒：窖香浓郁、绵甜甘洌、香味协调、尾净香长。
清香型酒：清香纯正、诸味协调、醇甜柔口、余味爽净。
米香型酒：米香清雅、入口绵柔、落口爽净、回味怡畅。

中国人爱吃，美食文化博大精深，而所创造的酒文化更是神奇无比，好像只有酒才能让李白、杜甫这样的诗仙、诗圣恣情快意，留下诸多经典的诗篇。大众饮酒也体现出异彩纷呈的妙趣，其对口感的描述丰富多彩，比如“醇”“绵”“爽”“净”“滑”等等，无以言表的夸赞或感叹，全在“酒中”。从科学的层面分析，白酒的主要香气成分是低级脂肪酸酯和低碳的羰基化合物；主要呈味物质是酸类、高级脂肪酸酯和多元醇；此外，酚类化合物、芳香族化合物也是某些酒的重要香味成分。不同香型的香气主体也是不一样的：浓香型酒包含了已酸乙酯、丁酸乙酯；清香型酒包含了乙酸乙脂、乳酸乙酯；而酱香型酒主体香气至今仍然未能确认，它的风味物质种类高于浓香，但含量低于浓香。另外，酸在酒中，如果比例适当，会清爽利口、醇滑绵甜；含量少，会寡淡、后味短；过量，会酸味重、刺鼻。而酯类是香味物质中的种类最多、对香气影响最大的；乙酸乙酯、乳酸乙酯、己酸乙酯这三类起主导作用，其他酯类在呈香过程中起烘托作用。它们在酒内以不同的强度放香，形成白酒的复合香气，衬托住主体香韵，形成白酒的独特风格。综上，香型不是厂家设定的概念，而是为了便于研究和分类管理。不过时至今日，也确实有厂家为自己的产品命名新的香型，以突出产品的不同之处。比如安徽明光的明光酒，他们就提出了一个“明绿香型”，因为用当地产的明光绿豆酿酒是他们的一大特色。

而关于什么是“酒香”，其实本身也是没有一个统一的标准，因为香气是产品的一种属性，其本源是产品。那么产品是如何得到这种“香气”的，其实都缘自该产品的特定工艺生产加工。“茅台”和中国其他白酒的香气，妙就妙在它们既来自各具特色的工艺，更来自大自然丰富的微生物，所以你无法用一两句平庸的话去描述，即使是李白、杜甫这样的大家，其实也只能做出个体化的酒意表达。到现在还没有人真正能够说得清某一种酒香，就连季克良自己也说：我对“茅台”的香味描述只能是“边边角”，因为“茅台”的微生物形成和成分有数千种，我们能够认识的微生物才100多种，所以多数的“香味”到底是怎么形成的、香到什么程度、有什么样的独特性，还无法用文字来表达清楚。

“茅台”的神秘与高贵之处也在其中。

仅说到像“茅台”这样的酱香型酒的酒醅，即原料（亦称酿酒原料），只有高粱，其酒曲原料也只有小麦；而浓香型酒，比如五粮液，酒醅原料有高粱、玉米、糯米、大米、小麦，所以五粮液又叫杂粮酒。酒曲里则有大麦、小麦、豌豆、黄豆等。原料不同，工艺也不同。比如发酵，酱酒用石窖，浓香用泥窖；下料、拌料、蒸馏也都不一样。此外，由于产地不同，地理环境有差别，微生物、水、粮食形成的酿造体系皆不相同，这就带来了多变的风格。举个最简单的例子，同为酱酒，隔了一条河的郎酒和茅台就不一样；贵州茅系酱酒和湖南的武陵酱酒也不一样。同为浓香，川派和江淮派风格不一样，川派浓中带陈（也叫“浓中带酱”），江淮派则为纯浓。

关于白酒的勾兑技术的运用，不同香型的酒也不是独立存在的，也会包容并蓄、取长补短。比如浓香酒通常会加入 1/100 的酱酒来平衡香气，也会加入少量芝麻香的酒来改善余味。这就像大厨做菜，信手拈来，灵感不仅来自食材本身，也来自各种调味料的使用，以及不同食材的搭配。而我所知道，“茅台”最核心、最保密的就是它“以酒勾酒”的勾兑技术——这个诀窍对所有外人是绝对保密的，即使厂长也不一定掌握与了解，只有少数勾兑大师才有机会接触其核心，“茅台”的勾兑不是简单的比例调兑，它是由不同年份的酒与新酒进行反复的、递进式的叠加过程，蕴含着一种历史沿革的进程。因此，并非哪个人就一定掌握了哪种勾兑标准，它是历史的沉淀和技艺的传承，所以它微妙无穷，所以它芳香无比，所以它高贵如金。

这是科学与历史甚至是岁月的价值，但这远远不是“茅台”高贵的全部——“茅台”最高贵之处是茅台人的精神和汗水所凝结的“茅台魂”。

季克良就是“茅台魂”的代表。

自发表《我们是如何勾兑酒的》论文之后，季克良自己也意识到“茅台”的“理论化”太重要了，而这个使命在当时以及后来的许多年里一直是他的“专利”，甚至是无人替代的一件“茅台头等大事”——顺便说一句，季克良之所以成为“茅台酒神”是因其特殊贡献，不仅仅是他任“一把手”时间最长，更重要的是他在技术上对“茅台”做出的不可替代的贡献。

我们再把时间拉回到 20 世纪六七十年代的“茅台”时期——

在与李兴发一起在车间总结和实践之中，季克良对自己的成长和定位越来越清楚。如他所言：“也正是这个机会和过程，让我在以后的生命和工作中有了自觉听从组织、听从党指挥的意识，形成了党叫干啥就干啥的习惯，而且对待‘茅台’完全是跟对待亲人一样的感情！”

我已经发现，季老是个重情重义的人。

“克良同志，准备还是把你放在厂办，你是大学毕业生，我们厂里的宝，前程无限啊！”3 年车间劳动回来，领导还是准备把季克良调到厂办公室，以发挥他大学生的作用。但这回季克良提出了自己的要求：我想去干生产方面的事，不想坐机关了！

搞生产的那么苦，他竟然主动要去吃苦！难得难得！当时的领导们被感动了，说：“那就把你放在生产科吧。”

生产科是干什么的？当然是管生产的专门部门。生产在工厂有多重要？当然是最重要的部门。生产是工厂的全部意义，不生产的工厂就不是工厂，生产了才可以称之为工厂，而一个工厂好不好，生产是唯一的标准，甚至与“方向”无关，因为工厂的存在就是为了生产。所以季克良选择去“生产”而不是坐办公室，决定了他会成为“技术型”的领导和专家——他也选择对了，因为其他的关于“权”和“位”，包括“钱”在他那儿就变得无关紧要了，而有的人就相反，因此季克良在“茅台”的大缸里不出事是有原因的。

搞生产是辛苦的，搞生产必须全神贯注、全力以赴才可能出些成绩。

在“茅台”搞生产的就是厂里核心和命脉上的人，这样的人注定是与“以酒为生”“酒为人生”。

季克良在当生产科副科长之前是特意去车间当了 3 年工人，后来到生产科后依然整天泡在车间，酒师们见了他有些害怕，因为他比谁都愿意留在车间里，留在踩曲的现场、蒸酒的现场和守着发酵池不走的人。他为了研究曲的变化，能钻在储藏曲块的闷得喘不过气来的小房子里，而且一待就是大半天，人钻在草堆里，鼻子凑在正在发酵的霉曲上一闻就是好一会儿……每次从制曲车间里出来，季克良就像一头落荒的野兽，根本没有了人样。后来有人开玩笑地跟他说：季老你的鼻子形状是鹰钩鼻，就是因为你整天钻在车间闻发酵曲和酵母，你的鼻子格外尖，嗅觉异常灵敏。

是吗？季克良后来自己也发现了，发现他的鼻子与众不同，像外国人似的。可我父母都是中国人，为什么我的鼻子越长越成了鹰钩鼻？噢，大概钻在曲块里和酵母里闻的原因吧！

嗯，“茅台”需要多一点这样的鼻子：灵敏、准确、及时地闻出变幻万千的微生物发酵和生命过程的好鼻子！

否则它就不是“茅台”！

季克良完全把自己的身心投到了“茅台”之上，甚至将和女朋友结婚的事一直拖了6年。“哈哈哈……这个事我有责任。但除了专心工作之外，还有一个原因：要是结婚就没有探亲假了，我们双方的父母就希望我们回一次老家，回老家举行婚礼，可那个时候，我和徐英都是既没有时间也舍不得花钱，走一趟老家少说也得需要一周吧，可外人不知，自‘茅台’到了70年代之后，特别是到了改革开放年代后，我们的生产就不是想干多少就干多少了，增产和保持传统工艺之间的矛盾越来越突出……”季克良经历了“茅台”从几十吨到3万吨的全过程。

“茅台”在新中国成立初期从资本家手中接过来改为“国营”时，只有几吨的产量，之后在几十吨和几百吨之间徘徊了一二十年，后来要上升到1000吨，这是一个台阶；1000吨到2000吨又是一个台阶；2000吨到5000吨是一个更大的台阶；而5000吨到1万吨就不再是一个台阶的问题，而是一个高峰到另一个更高峰……

这是因为：“茅台”的工艺不能变，“茅台”的环境不能变，“茅台”的质量不能变。在这三个“不能变”的前提下，从一个台阶跨越到另一个台阶、从一个高峰攀登到更高的高峰，这何其难矣！

从作为主管生产的技术厂长，到担任党委书记、董事长、总工程师，整整干了30年整，这30年间，“茅台”从名酒到超级名酒、到独领风骚的名酒、到震荡全国股市的名酒、到世界蒸馏酒第一品牌……亿万人对它的爱与恨，皆在它的产量多与少、价格贵与超贵之间。

季克良便是“始作俑者”，因为“茅台”如果还是当年几十吨、几百吨“小批量”的“茅台”，估计早就被踢出“中国名酒”行列，成为无名小卒或彻底消失了；而质量如果下降的话，人们肯定也不会买账，“茅台”的价格也就不会一涨再涨，涨到全国人民似乎都在嫌它“贵”了！如果没有那么大的产量，多少想喝“茅台”的人更会焦急怒骂。

在季克良手上将产量上升到3万吨了，在以他为代表的一批茅台人共同推动下，如今茅台酒厂的年产已超过5万吨，然而人们依然觉得“真茅台”见不着，为此更加愤怒——指导价1499元一瓶的“茅台”，转眼在市场上卖3000多元，买到的还未必是“真”货，谁都会出来说“茅台”几句……而“茅台”在人们的谩骂中越加威望飙升、价格越来越超出规范。

事实上这非“茅台”自身原因，更非季克良的原因。

但季克良“罪责难逃”！我跟他开玩笑：谁让你把“茅台”弄成这么好的酒，弄成似乎中国人离不开它！

季老听完我的话后，愣了好一会儿，突然哈哈大笑起来，说：“我也没有想到有今天嘛！”

这时，82岁的老人的双目里又噙着泪水——这回是幸福的、自豪的泪水。

然而我知道，这泪水中藏着百般苦涩——

20世纪60年代刚到“茅台”得知养母病逝后，他第一次向厂里要求调回江苏老家。尔后20年间，季克良多次申请调回，但在1988年养父去世后，季克良就再没有向组织提出要回家的事。可故乡、老家里的一位位亲人却相继去世，他们的后事是否安排妥当，成了他无法言说的惦念和遗憾，甚至有一位亲人的坟墓后来在“文革”中被移掉，之后再也没有找到……

“我想回去看看他们，想能不能找到他们，因为在他们生病时、去世时我都不在他们身边，爱人徐英也不在她父母身边，我们要么因为交通不便、通信不畅而得到的消息晚了，要么因为厂里一次比一次棘手繁重的工作而脱不开身……”这是 82 岁“茅台酒神”的话，像久违亲人般向我这个小老乡诉说衷肠。

我再一次看到他的泪花，就在双眸边上闪动着，让我也不禁泫然欲泣。

“我还是很感动的。”他说，“以前厂里的老党委书记邹开良，他不知道怎么就弄清楚了我老家在哪个地方，有一年春节前几天他竟然跑去了，慰问了我当时还在世的父亲，想动员我的老父亲搬到茅台厂来生活。后来又有贵州省里的几位领导去了我老家，有一回王朝文省长知道了我多年一直没有时间回老家和照顾父母，他拍拍我的肩膀说：老季啊，真是委屈了你呀！”

“领导们和贵州的人这么对待我，说了这么温暖的话，我感到自己再也不能随便离开生产正紧张和需要我的‘茅台’呀！”季老的话像一个在上苍面前感恩的虔诚者，脸上满是神圣和坚毅。

这种表情是内心的真情表露，我们今天已经很少看到，而在 20 世纪五六十年代的新中国知识分子中间，很多人却都是这样的热忱坚定，他们是共和国的真正脊梁。

他们对国家、对民族和对事业的忠诚是坚定不移的。他们是今日中国成为世界强国的基石。

季克良属于这个群体中的杰出代表之一。

有一件事季老先生一直没对外人说过，那就是他和夫人徐英老师之间的事：“我俩到‘茅台’时按说也到了结婚的年龄，我 26 虚岁，徐老师还比我大 20 多天，但我们一直不敢结婚，因为按照当时的规定，我俩结婚后就没有了探亲假……你想想看，我俩都有自己的父母，尤其我，有两个家庭的4位父母，他们身体都不好，我远在贵州，如果连一年一度的探亲假都没了，一旦家里出什么事，咋弄呢？再说当时我们俩都是大学毕业后就被分配到贵州这边来的，以前没有出过远门，这次一走就是路远迢迢、跋山涉水的数千里，想回一趟老家太难了！”

今天的人无法想象上一辈人的生活。季老他们年轻的时候面临的问题就这样具体和无奈。

到了1967年，季克良和徐英眼看快30岁了，再不结婚也是个问题了。“那年国庆节，我们就把两张小床一拼，又买了一床新床罩把旧棉被一包，就是新房了。”季老说，“买了两斤二手的毛线，跟徐英说，你自己织件毛衣吧！”

从1964年毕业被分配到“茅台”，到结婚的几年里，季克良和徐英就没有一起回过老家，除了工作繁忙，还因为没有钱，平时每个月的工资都寄给了更需要钱生活的老家父母们。1968年他们的第一个孩子出生了，就更回不成老家，“回一次一个人起码要100块钱路费，那个时候我们哪有这么多钱嘛！”季老说到这里直摇头。

“真的就一直没有一起回老家？”我真的心疼老人。

他摇摇头，肯定地答道：“没有。直到1998年她退休那一年，我俩才相约回去一次老家……”

“相隔了35年？！”

“对，35年……”季老仰了仰头，像在回忆当初的情形：“她退休的时候，又是我责任最重的时候，党委书记、董事长、总工程师全是一个人担着。其实本来也是没有计划的，碰巧是国家工商局通知我作为企业代表，到北京与美国商标代表团在3月30日有个交流对话会议。我记得特别清楚，是因为徐老师是公历4月1日生日，而我是农历三月初五生日，正好是同一天。她退休后自由了，这次就借我到上海开会的时间，一起回老家一次，当时我俩都快到 60 岁了，头发已经开始白了，一晃啊，就是三四十年！”

他告诉我，这一次过生日是特别开心的，因为他们的儿子已经在上海工作了，而且也有了女朋友。

“我 3 月 31 日回到久别的老家南通，与提前回去的老伴徐老师会合；下午，在南通我哥哥家算是过了个生日；晚上从南通摆渡到了上海，再与儿子、女儿，还有我儿子的女朋友，欢聚一堂……”

这是季克良和徐英老师两人 1964 年到“茅台”后第一次回老家，其情其景，老人久久不忘。“这次回老家，感慨良多，可以说是又喜又悲——喜的是到‘茅台’几十年后总算有了一次回老家的机会，悲的是我们没能在父母亲去世时尽一份孝心，而只能在他们全都命归黄土之后去扫一次墓……”他说。

“徐老师随我到茅台后，没有回家过过一次春节……”季老的话突然变得特别低沉、缓慢。

“没有……没有一次回老家跟亲人过过春节……她在厂里一直在化验室，当副主任。2015 年，她在南京查出胰腺癌……”老人的话低得让人很难听清。

“阿姨？胰腺癌？”我轻轻问。

“是。医生说晚期了……”老人抿抿嘴角，说：“那一年 10 月，组织上照顾我，让我从一把手的位置上卸任，去照顾老伴。其实那个时候我也早就超龄许多年了，已经 76 岁了，该下来了……”

2017 年元月，季老的老伴、“茅台”第一批发酵专业的两位大学生之一的徐英老师走了。

这一年，78 岁的季克良带着爱妻的骨灰盒，再次回到老家，在其熟悉而又陌生的土地上，安葬了伴他几十年“茅台”生涯的妻子。那一天，季克良跪在妻子徐英的墓前，默默地流了许多眼泪，最后在妻子的墓上洒下一瓶“茅台”……

“老伴，你在这儿等我吧！等我把‘茅台’的事干完了，干到干不动的那一天，我回来陪你，等着我啊！”季老沉浸在回忆中，喃喃地连说了几句，“她算回家了。”

“她回家了……”

他转头看了我一眼，想说些什么，但一直没有说出来，只是嘴唇在抖动。

那一刻，我们俩的目光碰到了一起，而热泪泛满了各自的眼眶……

那一刻，我再次明白了“茅台”为什么贵！

3 世界上最美、最贵的高粱地

“茅台”的原料是什么？或许许多人都知道，“茅台”就是由小麦和高粱酿成。然而天下的小麦和高粱并不都一样，就像其他物品一样，无人养护的草和花，就变成了杂草和野花，而一旦受人精心养护就可能成为珍贵的稀有之物。

中国人酿制的白酒大多是粮食酒，也就是用粮食酿制成的。“茅台”也不例外，或者说“茅台”就是用百分之百的粮食发酵与酿制成的，且是上等的粮食。

数百年来，人们在酿酒的过程中发现，最好的酒应该是从粮食中产生，茅台从不改变的原料就是粮食，而且是尽可能用顶级的小麦和高粱。

其实小麦和高粱并不是中国原先就有的粮食。

我们先说小麦。

小麦是当今世界上最重要的粮食作物之一，全球有三分之一的人口以小麦为主食来源，小麦无论产量还是种植面积，都位居世界粮食作物的首位，在国内，小麦也占据着极高的地位。小麦传入之前，作为世界农业起源地之一的中国，粮食主要以长江流域的水稻，黄河流域的粟、菽、黍等为主。

大约一万年前，西亚新月沃地一带的人类开始采集野生的小麦作为食物，随后随着文明的进步而对其进行选择与驯化，最终培育出了现代小麦的祖先。

而早在先秦时代，甚至上古三朝之前，小麦就开始传入古代中国的西北地区，商周时期在中原扎根。

《诗经》中有曰："思文后稷，克配彼天。立我烝民，莫菲尔极。贻我来牟，帝命率育。无此疆尔界。"这里的"来"，就是先秦时期小麦最早的称呼，而"牟"，指的是大麦。到了汉朝，有了统一的称呼

长岗镇茅坡村茅台酒用高粱基地

“麦”，而汉朝关于麦子栽培最早的记载出现在《氾胜之书》中。

但是小麦还是经历了一段相当长的沉寂岁月，直到唐宋时期才真正地取代粟，成为北方饮食的主流，慢慢地成为中国主要粮食之一，仅次于水稻。

有史记载，中国人喜欢吃小麦和用小麦发酵成酿酒主原料，应功归于中原人。因为是中原人不仅种小麦早，而且会“吃”小麦，是他们最早发现了小麦最佳的食用方法，即先磨成粉再做出食品，由此面粉和面食在中华大地上大行其道。由于中原土地广阔而肥沃，又比较干燥和天寒，是最适宜种植小麦的环境，因此这里的小麦自古以来都堪称上品。中国人又发明了用小麦等粮食来酿酒，自然而然，中原的小麦就成为酿制白酒的最好原料。

喝“茅台”的人，需要感谢中原的小麦。中原的小麦为“茅台”佳酿默默无闻地做出了巨大贡献。这一份恩，“茅台”人一直记着。

然而，仅有中原小麦还不足以产生“茅台”。

“茅台”之所以是“茅台”，主要还因为有“茅台”所在地的高粱——这是只在茅台地区、赤水河畔的群山峡谷间的坝地或半山腰生长的“茅台高粱”。

喝酒和不喝酒的人，对酒的认知很不一样，但中国人都知道白酒是用粮食酿制而成的，原料又十分丰富，聪明的中国祖先们曾经把各类粮食酿成各种不同口味的白酒。而使用粮谷类、甘薯类和其他不同代用原料酿制成的白酒，味道各不相同。粮谷类酿成的白酒统称为“粮食酒”，比较柔软些；甘薯类酿成的酒称为“瓜干酒”，比较辛辣，俗称“一口蒙”，就是说一口下去就蒙晕了。这种“瓜干酒”现在已经淡出人们的视野，只在古代伐垦与战争中有较多酿制与饮用。近现代的中国白酒中基本都是粮食酿制的，而粮食酒的原料各不相同，茅台酒用的是高粱，如今越来越多的优质白酒证明，用高粱配制成的白酒也是最好的。坚持选用茅台本地高粱是“国酒”永不会变的准则。

其中有一个科学的原理：高粱最适合于发酵，它的皮质疏松又不易脱壳，煮蒸后的高粱熟而不黏，对固态情形下的发酵极为有益，高粱这种独特的质地，可以说没有哪种粮谷可以与之媲美。大米和小麦都达不到高粱的这种品质。高粱又分粳高粱和糯高粱。粳高粱含直链淀粉较多，结构紧密，相对难溶于水，蛋白质含量高于糯高粱。相反，糯高粱大部分为支链淀粉，吸水性强，容易糊化，淀粉含量又低于粳高粱，但出酒率却比粳高粱高，所以中国的白酒酿造师们一般都选择了糯高粱。

茅台酒所选择的就是糯高粱。然而糯高粱也因为生长在不同地区、不同土质之上，品质和淀粉含量、皮壳硬度也存在差异，不同的淀粉含量和皮壳硬度，使得同样是糯高粱配制成的白酒呈现出不尽相同的味道。

好的糯高粱，会使白酒口感尽展魅力。饮酒者对高粱的味觉也特别敏感，因为在高粱发酵过程中它能提炼出异样而独特的香味——区别于其他粮食酒的香味。如果品一口，舌头上有丝丝甜意的，那是玉米酒；如果品一口，口腔感觉有股辣酸涩味的，那是小麦酒；入喉愉悦而不刺激的酒，那是糯米酒；倘若回味时口感爽净的，必定是大米酒。故酒界有这样的口诀：鼻闻高粱香，舌尖玉米甜，过舌小麦糙，回味大米净，下咽糯米绵。

在白酒中，高粱酿制而成的酒显然更高贵。“茅台”所用的不仅是高粱，而且是赤水河畔特产的一种糯高粱。

它的正名叫“红缨子”高粱。

顾名思义，这高粱长得就像红缨枪般壮实和雄气。它生长期时，穗冲天而立，而成熟时就沉沉地弯下腰，像一位待嫁而又有些羞涩的大姑娘，那红红的“脸蛋”、丰满的身姿，格外惹人喜爱。这种生长在贵州大山深处，又贴在赤水河谷上的糯高粱，与北方及其他地区的高粱不同，它皮厚、粒小、干燥、耐蒸煮，淀粉含量又高（较外地高粱多出三分之一），其中支链淀粉含量超过 88%，它的这些优点恰恰都是生产茅台酒的必备原料条件，因为“茅台”的配制完全依靠人工，而它整个配制过程又精细与漫长，发酵是高度粮食酒的关键环节，而像一般的高粱个大皮薄、极不耐蒸，且淀粉含量又低，那对发酵和配制过程产生极不利的影响，就不会是茅台酒的品质了。

原料，尤其粮食，是白酒的肌体。“红缨子”高粱是“茅台”的肌体，“茅台”之所以是“茅台”，就是因为它首先仰仗的是这块土地上长出的“红缨子”高粱，这是赤水河谷独特的气候与自然环境孕育出的“仙子”高粱。专家们告诉我，“红缨子”高粱与众不同之处在于：一粒完整的“红缨子”高粱切成两片后，可以看到它的断面如同玻璃纤维丝一般，结构紧密而平滑。“茅台”工艺有完整的 7 次取酒、8 次摊晾、9 次蒸煮的传统环节，如果不是“红缨子”高粱“内在之质”，岂能在这“7、8、9”中不改变发酵所需的质量？故“茅台”之所以能够稳坐中国百酒之王的宝座，与它所使用的最重要的原料密不可分。

贵州省仁怀市后山乡村民正在采收高粱

“红缨子”高粱是“茅台”的骨肉。

然而欲让这“骨肉”生长得健康饱满、生机勃勃，那还须精心培植和呵护。

到了“茅台”方知他们是这样呵护与关怀其“亲生骨肉”的——

“我们到第一车间去看看？”在茅台酒厂，负责原料采购与管理的部门经理征求我的意见，我以为他是带我去储粮仓库参观，于是便连连点头，尽管我也认识高粱，但对贵州赤水河谷的“红缨子”高粱似乎还陌生。所以，看一看这位“待嫁的新娘”也无妨。

“这么远啊！”原来“第一车间”并不在“茅台”厂区之内，而是在距离二三十里远的山谷之间。

“到了！”汽车在沿赤水河一段盘山公路行驶一阵之后，停在一个交叉路口，“茅台”采购和管理原料的负责人把小轿车停在路边。然后，他指指路上方的一块醒目的牌子。

果真，“茅台酒厂第一车间”的字样在头顶高高悬挂。可我举目四周，只见崇山峻岭，却无“车间”影子……正在疑惑之时，另一辆小车在我们跟前停下。一男两女热情地走到我们面前，他们先与茅台厂的人握手招呼，再朝我过来，随后道：“欢迎来我们‘车间’……”

“你们的车间在哪？”我继续疑惑地问。

“往里走——”他们朝大山深处的方向挥挥手说。

汽车继续往大山深处驶去，而我似乎慢慢也回过神了：“你们说的‘第一车间’是不是就是高粱地呀？”

茅台人终于开怀大笑，连连点头：“是的是的，我们习惯把高粱地称作咱茅台厂的第一车间，就是因为高粱是我们酒厂第一个关键环节，故称‘第一车间’。”

原来如此。

“这里为我们厂提供优质高粱，农民们虽然不在我们厂里工作，也不是我们厂里有编制的职工，但他们负责我们酒厂的第一道关键性的

‘工艺’——没有好的高粱，‘茅台’就不是现在大家喝到的‘茅台’了！”茅台人说。

这个解释我完全赞同。随汽车往大山处越走越深，看到的“藏”在一个又一个坝子上的高粱地后，我越发感慨茅台人将当地种植高粱的土地称为茅台酒厂的“第一车间”异常准确。有谁规定“工厂”就一定是由砖墙围着的建筑物？而车间就一定是轰隆隆的生产机器所在地？

农民们种的地、产酒厂原料的高粱地，自然是酒厂的“第一车间”，其意准确无误。我了解到这里的高粱地，完全是“茅台厂”专门订购的原料基地，它虽然属于各家各户的农民所有，但管理模式和经营形态则是由酒厂和当地政府共同主导，组成“公司＋基地＋专业合作社＋农户”的模式，因此它确实更具有“工厂”的特性：企业下达“订单”，然后与各家各户的农民签订种植、管理及产购协议，每一步流程完全按照茅台酒厂对高粱原料的需要，从高粱选种，到苗圃培植、幼苗种植、高粱地施肥与虫害防治等，全部按茅台酒厂对高粱产品的数十种指标的要求实施。

“关于‘红缨子’高粱种植与管理，我们有一套完整的规范，农民们只需按照上面的一步步去做就是……”赵远航是仁怀市负责与茅台酒厂对接、当地高粱种植技术中心的负责人，他的这个组织也叫“有机高粱基地建设指挥部”。这位土生土长的农科技术专家，身边有一个十几人的团队，负责着全市30多万亩的“茅台高粱地”——专供茅台酒厂原料的“红缨子”高粱生产地的专业管理责任。这个机制是茅台酒厂“开门办厂”的一大特色，不像其他酒厂的原料是从市场上采购或收购而来的，它完全是封闭式的“内循环”产销形式。用仁怀当地人的话说，是在茅台酒厂和仁怀市政府共同组成的“茅台酒用高粱基地”的领导下，统一“茅台高粱”的种植与收购，这个“领导小组”由茅台酒厂领导和仁怀市主要领导任双组长，“有机高粱基地建设指挥部”下面有实施具体工作的办公室，而办公室下面则是三个职能工作组，即综合服务组、规划建设组和生产技术组，负责“茅台高粱”的全部工作。自2019年在仁怀境内、赤水河畔建设起有机的“茅台高粱”基地后，茅台酒厂已经为这样的“第一车间”投资数十亿元，帮助种植高粱的农民平整土地、改造村庄、通电通水、改善土壤、修筑道路和解决种植高粱农民的社保等，使高粱地在体制机制和客观条件下，运用“车间”式管理模式。农民通过酒厂的现代化企业管理，从根本上推行了“农业工厂”的生产方式。它的优点是，根据酒厂每年的生产规模，制定年度种植面积，再按照酒厂对原料的要求，制定每年种苗到种植和收成的各个环节的管理要求。然而酒厂将监督验收责任交予地方政府共同成立的“基地建设指挥部”来完成具体实施。这个时候，种植高粱的农民就名副其实地成为广阔天地中“第一车间”的“工人”了……

9月之初，我们来到大坝镇簸箕坝村，这里的“车间”可谓气势磅礴：放眼整个山谷间的大坝，满山遍野皆是红色的高粱地。据赵远航介绍，这片高粱地足有五六百亩，是少有的几个“高粱大车间”之一，因为赤水河畔的山谷很难有平整的几百亩大的“坝子”，而簸箕坝村的这个“高粱车间”也是按照种植“红缨子”高粱的标准，经过茅台酒厂投入近千万元整治后统建出的，如此一个颇具规模的“高粱大车间”，它虽“头顶蓝天”，但却是严格按照“工厂”和“车间”的要求平整了土地和配套了灌溉沟渠、供电体系等，被农民们称为“没有围墙的厂房”。所以，当我们站在田埂上，举目眺望一望无际的高粱地，其气派可谓异常壮观，其景致可谓分外秀丽。虽然土地仍然归属各家各户的村民们所有，每一块土地上的高粱种植与管理也由土地归属的主人负责，但何时下种、何时施肥和施什么肥，皆由“技术中心”下达“工单”，再由农民按标准来完成，然后由“技术中心”验收。

酒厂在这里是“甲方”，农民是高粱地的“乙方”，而仁怀市政府是“丙方”，三方组成了“第一车间”的共同责任和义务。

在这个三方中，“茅台”方负责修整高粱地的环境与基础设施。村委会主任和村民们兴奋地告诉我：茅台厂在他们村已经投入3000多万元，这中间包括部分土地的“流转”费，但更多的是修筑了通向高粱地和村子的道路、晒谷场、储存库、扬干车间等设施，并通了水电，农民们房前屋后的环境也完全得到了改变。酒厂还为高粱种植农户买了生活保险……“即便是看不见的许多事，比如土地平整、土质改造、种子培育等方面酒厂也是竭尽全力、不计成本地为农民服务……”赵远航如数家珍地列出了二三十项茅台酒厂给予高粱农户的实惠。

“种高粱的农民们，每年每亩高粱地上只需要出工约10个劳动日就可以完成一季高粱的种植任务，这些劳动主要包括幼苗时的维护和锄草施肥等比较轻松的活儿，六七十岁的老人承担下来也不成问题，因为播种和收穗都是机械的，不用农民自己动手，都是厂里统一安排的……”赵远航说。

难怪种植高粱的农民们称自己的土地是茅台酒厂的“第一车间”，而自己也是茅台酒厂的人，因为茅台厂完全把他们当作了企业的一部分，而且是重要的一部分。

簸箕坝村党支部书记刘玉洪介绍，过去他们村是远近闻名的穷困村，贫困户占三分之一。“自与茅台酒厂办‘第一车间’后，村容面貌焕然一新，再也没有贫困户了。我们村有两个大的坝地，通过整治现在成为两个种植高粱的核心区，共1200多亩，也是附近较大规模的‘茅台车间’，全村共723户农民，3800多人。自2018年以来，村里再没有生活过不下去的贫困户了，这完全得益于我们成为茅台酒厂的高粱车间……”刘玉洪掰着指头，跟我算了一笔账：一亩高粱一般收成在500斤左右，茅台酒厂的收购价加上他们给我们农民的各种补贴，每公斤高粱收购价为9.2元。到2022年，又提高到11.2元。

“我们的村民还有一个非常实惠的地方是：除了种植高粱，农民们还能在高粱地里套种其他农作物，比如油菜、红薯、大豆等，冬季还能收成一季小麦。这样算起来，就又是另一个收成账了！”刘玉洪高兴地亮出了身为“第一车间”的另一番实惠的“家底”。

“他叫刘玉刚，今年62岁，有10亩地，过去种玉米，越种越穷。自为茅台酒厂种高粱后，一年卖高粱的直接收入约3万元，加上其他套种收入，就能超过4万元，全家6个人，除了老两口在家种地外，儿子在外打工赚钱，儿媳在家全职带小孩，日子过得很不错，这两年房子也翻新了！”

与刘玉刚坐在一起的另一位阿姨姓王，她家里地少些，有六七亩，老伴身体有病不能下地，儿子儿媳在仁怀市里的一个私企上班，三个孙儿由她在家带着，相比一般人家，王阿姨的家困难些，但王阿姨说，她一个人完全担当得起六七亩高粱地的管理，因为种高粱用工不多，所以她还能照顾有病的老伴和三个孙儿。

我本以为王阿姨的日子相对艰难，但她却高兴地告诉我，只要不是下雨刮风，她现在每天晚上也能到村上的文化广场上跟其他村民一起跳舞……

“你们还能跳舞？”如此偏僻的山村，一帮种高粱的农民，而且都六七十岁，竟然也能开心地跳广场舞！我听后大为惊诧，有些不敢想象。然而村书记和几个在场的农民自豪地告诉我：“这个一点不假！”

他们甚至把我拉到村委会办公室外面的那个很干净、很宽阔也很时尚的“文化广场”参观。可不，喇叭、电灯、彩带……广场舞所需的设备应有尽有。说话间，刚才还有些腼腆的王阿姨，竟然当众扭起腰来。

“哈哈哈……”现场响起一片掌声。

簸箕坝村村民的幸福欢快绝非虚谈。我轻轻问了村书记刘玉洪一声：“王阿姨多大年岁？”

“67……”他说。

我顿时为她，也为簸箕坝村村民感到欣慰。因为我知道，在仁怀，像王阿姨这样家庭人口较多，又有些实际困难的百姓还不在少数，然而就是因为他们的高粱地成为茅台酒厂的“第一车间”，他们同样能像王阿姨一样，有了基本的生活保障，有了较高的收入和充裕的时间，可以安排好家人的日常生活，也将辛勤的自己解放出来，能够经常跳跳广场舞、唱唱欢快歌，愉悦身心，这对山村的农民来说，是何等畅享人生呵！

山民们能跳广场舞，绝对不是一件小事，它说明了这里的农民心境已经完全被打开——他们不再为生活所困扰，也不再为家庭所困扰，更重要的是他们在摆脱经济困难之后，理念和行为上脱胎换骨了！

这种跨越是一千年甚至一万年的巨变。由此，我认为茅台酒厂为当地人民做了一件功德无量之事。

“来，干！干——！”这种喝“茅台”的场面在城市时常出现，大家已习以为常，然而大山里，过去其实很少有人家能够喝得起“茅台”。自从成为“第一车间”的高粱种植者后，他们现在已经可以每年喝几回真正的“茅台”了，因为茅台酒厂时不时地会请这些为酒厂提供优质原料的高粱农户到酒厂参观，并喝上几杯用自己种的高粱配制成的“茅台”……那一刻，农民醉了、欢了，那般心境是真正的“百事尽除去”“今生没白活”！

“‘茅台’对我们太好了！现今我们常在醉中活着……”赵远航是富有诗意的一位农技专家，他的“茅台高粱情”常让他在“风吹高粱舞”的田头手舞足蹈、诗声朗朗。“茅台酒厂与政府和农民成为‘甲、乙、丙’三方联合体后，有机高粱已成为我们仁怀市的主导产业，全市有机认证的‘红缨子’高粱地超过30万亩，产量达7万吨，产值超过7亿元，5万户种植，也是全国独一无二的‘红缨子’高粱主产地，并且获得了国家地理标志保护。”

“仁怀的‘红缨子’高粱地是无法复制的，除了种子独特外，这里可以种植‘红缨子’高粱的地方，都是一块块大大小小的坝地，它们潜藏在大山深处，有着适宜的光照条件、特有的土壤水分环境，另外，在群山环绕的坝地，养分格外充足，雨露丰沛……这些自然环境条件，同样不可复制。仁怀的高粱，只供茅台酒厂，茅台故乡的人民用自己的汗水浇灌出的‘红缨子’，就是茅台酒的仙子，她贵在地上、贵在种子上、贵在他处种不出同等品质的高粱上！所以她贵如仙子，贵如仙子啊……”赵远航在田野上欢声高喊起来，那神情恍若“高粱仙子”的主人。

“色如玫瑰，谷中精魂。汗露珍滴，神采入香，乃上苍千古之物，贵若珍珠宝……”现在，我们大概明白了“茅台”“贵”的又一理由了。

第一章
功勋烧房和“国”字号的诞生

这里说的“国”字，并非一直以来人们对茅台酒的定义，我们说的“国”字是指茅台酒厂于1952年从私有制的三家旧烧房酒厂改编所有制后成为“国营”企业。

“茅台”在新中国成立之前是个大概念，即茅台镇产出的酒皆可称为“茅台酒”，新中国成立后，“茅台”成为国营企业，“茅台酒”就成为独家经营的国有企业酒厂的专有名称，尤其是现在，就是中国贵州茅台酒厂（集团）有限责任公司所生产的酒才能称为“茅台酒”，因为在仁怀市茅台镇一带的大大小小酒厂现在有上万家，若像以往的叫法，中国的“茅台”就不会成为现在这个闻名遐迩、价值不菲的酒了。

“茅台”是特指的“国”字产品，它堂堂正正地属于国家产品和国家品牌。它是社会主义制度下的一家国有企业。据2022年5月10日官方网站消息，2022年中国上市公司品牌价值榜发布会公布：贵州茅台的品牌价值达

5445.13亿元，位列中国上市公司品牌价值总榜的第3位，仅次于腾讯控股和阿里巴巴。2022年8月25日，凯度Brandz“最具价值中国品牌”100强榜单发布，茅台以1084.9亿美元的品牌价值位列榜单第三，酒类品牌第一；2022年9月5日，2022年中国品牌价值评价信息发布，茅台以3282.66亿元品牌价值，蝉联轻工领域第一。由此可见“茅台”的巨大影响力和价值力。

一瓶并非生活必需品类的酒，“茅台”能够有如此高的品牌价值，足见它的珍贵了！

1 独自高贵在“红色基因”

茅台“生”在贵州，也真的让贵州实实在在地“贵”了起来——贵州的这个“贵”，贵在自豪，贵在硬气。

因为他们的“茅台”曾为新中国的成立做出过卓越贡献——在纪念中国共产党成立100周年的日子里，我们听到过许多关于“茅台”与中国革命的故事，还有共和国成立之后的种种“情缘”，也因为这些“情缘”让“茅台”身价倍增。

我们用两个美国名人写的文章来做一“引证”。

一则是美国前总统尼克松写的《领导者》一书中有这样一段回忆：

> 我们绕着宴会厅与50多位高级官员碰杯，我注意到周恩来向每个客人祝酒时，只用嘴唇轻轻碰碰杯沿。当我和他回到自己的座位时，都拿着原来的那杯酒。坐下休息，谈到酒量，周恩来对我说，在长征途中，他一天喝过25杯茅台，并转动手中的酒杯说：“比这个杯子大。”这使我非常惊讶。由于年龄的原因，他的酒量已被限制到二三杯。我记得曾经读过一

段文字，说红军长征中途经生产茅台酒的茅台村，把那里的酒都喝光了。周恩来眨眨眼睛，流露出对往昔的眷念，并以烈性酒推销员的眼神和口吻对我说：“长征中，茅台酒被看作是包治百病的万能良药。”

周恩来爱喝茅台是出名的。而尼克松这段亲自经历的回忆，相信是很有真实性的。许多老将军都对长征时到达遵义和茅台镇（当时是茅台村）“遇见”茅台酒有过切身印象和回忆。

遵义会议对中国革命的影响自不用说，假设没有这个会议上确定毛泽东在党和中央的领导地位，难说后来中国共产党的命运和中国红军的命运，自然也难说今天的中国该是如何。红军和中国共产党到了遵义和茅台镇，确实“运气”太好！

毛泽东四渡赤水用兵如神，令人数比红军多十几倍的蒋介石的国民党军队像瞎了眼的苍蝇一般，红军抵达遵义、喝茅台也成为中国革命史上的一段佳话。这也使“茅台”与中国共产党人之间结下了一段不解之缘，又让“茅台”的血脉里注入了红色基因。

许多将军的回忆录中都记载了 1935 年 3 月 16 日之后红军陆续到达茅台村庄的情形：那个时候茅台村还很小，红军在赤水河上搭了一座浮桥渡过河后，一面进入村庄，一面忙着贴标语宣传革命道理，同时因为战斗需要，在完成自身补给的同时，打开地主、资本家的盐仓和粮库，将其分给苦难的百姓。而这一刻，茅台村庄上飘扬着的酒香味让被战斗拖得十分疲倦的红军官兵们振奋：原来这里产酒啊！

“好酒！太好喝了！”

“哈哈！天下竟然还有这么好的酒呀！头一回喝到……醉它三天三夜！”

“这酒还能擦身疗伤，祛倦治疾哩！神了！”

一时间，红军队伍从上到下热闹起来，甚至连红军的领导人也端着大碗小杯痛饮起来。

“好酒！”“好酒啊！”据毛泽东警卫员陈昌奉回忆，他和周恩来警卫员魏国禄、红军连长王跃南用竹筒装满酒送到毛泽东、周恩来、朱德那里，三位红军领导也痛饮起来，毛泽东不胜酒力，但也连连抿了几小口，而周恩来与朱德几乎是豪饮了。

“好酒！”

“确实好！一杯解千倦啊！”

“恩来啊，酒确实好，但我们是红军，要注意纪律，要马上向部队发出通知，不得擅自到百姓酒窖里去盛酒或要酒喝，而且要贴出布告，保护好酒庄老板的酒……”毛泽东说。

马上办。周恩来立即指示红军政治部向部队发布命令和通知，于是茅台酒乡的几个大酒坊的门口就出现了红军贴出的《关于保护茅台酒的通知》。

红军的《关于保护茅台酒的通知》，是以总政治部主任王稼祥、副主任李富春的名义发出的，全文如下：

> 民族工商业应鼓励发展，属我军保护范围。私营企业酿的茅台酒，酒好质佳，一举夺得国际金奖，为人民争了光，我军只能在酒厂公买公卖。对酒灶、酒窖、酒坛、酒瓶等一切设备，均应加以保护，不得损坏。望我军全体将士切切遵照。

通知贴出时间是：1935 年 3 月 16 日。

与此同时，红军部队中有不少伤病员由于前期缺药欠治，而有人试用茅台的酒，发现了消炎解毒的功效后，便有后勤医院部门到私人酒坊主那里协调购买了不少酒供疗伤治病所用。自然，也有战斗部队通过适当途径从百姓那里获得一些酒后，擦身揉脚、活血通筋，那些日子在赤水河边的红军官兵的战斗情绪格外高涨，而这消息不胫而走，甚至传到南京国民党那儿。一时间，南京国民党控制的那些大报小报纷纷刊发“红军用茅台酒洗脚、洗澡”云云的消息。

“这事恐真假难断。红军中不乏有识之士，哪有如此糟蹋美酒的道理？”此时身居国民党要职的教育家、一生追随孙中山的黄炎培这样想。

“刘副官，你不是仁怀的嘛！红军的这种事可能吗？”黄炎培突然想起自己的一个黄埔军校毕业的副官是贵州仁怀人，于是把他召到身边问。

“先生，依我之见，这事不太可能。”刘副官说，“茅台烧房数家，全是用高齐肩头的大肚小口陶制坛子贮存茅台酒，从未用过什么酒池之类的容器。再说要在大酒缸里洗脚，一是没有那么高的板凳，二是人没有那么长的腿，要钻进坛子里洗澡更不可能……”

“你这话说得对。又是啥人搞的不三不四！”黄炎培喃喃自语后，思酿起他的一股诗情来了：

相传有客过茅台，酿酒池中洗脚来。
是真是假吾不管，天寒且饮两三杯。

不日，南京城内的大报上出现了黄炎培的这首《茅台诗》。据说蒋介石看后很是生气，因为黄炎培的诗暗讽国民党给红军造谣的那些假报道。

“黄老有骨气！好诗！”这诗后来不知怎么传到了陈毅将军那里，同为诗人的陈毅很是敬佩黄炎培为红军仗义执言的不屈风骨，便一直想与黄炎培先生“附诗一首”。然，战事多秋，此事一直搁误至新中国成立之后的1952年春节前后。已经在上海身为市长的陈毅，听说时任中华人民共和国政务院副总理的黄炎培北上途经南京，便特意从上海赶到南京，邀黄炎培先生相聚。两位诗人一见如故，亲密无间。

“来，今天就喝茅台了！”陈毅从夫人张茜手上抢过茅台酒瓶，倒满酒杯后便给黄炎培敬上。

“好酒！好酒啊！”黄炎培大喜。

俩人越喝越来劲。陈毅站起身，随后有板有眼地吟诵起来：

金陵重逢饮茅台，万里长征洗脚来。
深谢诗章传韵事，雪压江南饮一杯。

“好！好诗！”黄炎培听后大赞，并举杯与陈毅同饮。将杯中酒一干而尽的陈毅尚未收住诗情，继续道：

金陵重逢饮茅台，为有嘉宾冒雪来。
服务人民数十载，并祝胜利干一杯！

“哈哈……来来，干一杯！”黄炎培又给陈毅满上后，一起畅饮。

“我这是顺口溜！见了先生高兴！”陈毅一边抹着嘴，一边欣然道。

“将军诗才横溢！老朽当奉陪一诗方为敬也！”黄炎培说。

“好好！我陈毅学习了……”

黄炎培略略一思，脱口而出：

万人血泪雨花台，沧海桑田客去来。
消灭江山龙虎气，为人服务共一杯！

“先生的诗威震山河！有气派！好，来来，满上满上！”陈毅大喜，端起满满的杯子，俩人再度痛饮起来。

“张茜，快再拿酒来！”陈毅晃了晃手中的茅台空瓶，一边头也不回地喊着夫人的名字，一边对老朋友黄炎培说，“前人有诗云：‘天若不爱酒，酒星不在天。地若不爱酒，地应无酒泉。天地既爱酒，爱酒不愧天。’我们中国人爱酒，天地都不愧啊！”

“不愧不愧！我自跟着共产党后，就再也不愧了！”黄炎培豪言道。

“哈哈……”陈毅听完此言，大笑。正要再给黄炎培倒酒时，发现夫人竟然还没有把酒拿他手上，于是转头往另一间门口看去，只见夫人笑眯眯地站在那儿不说话，而是在摇头。她的眼神分明在告诉丈夫：你不能再喝了，而先生年岁也大了，不能喝太多。

“你看看你看看，我们被管制了！”陈毅无奈地对黄炎培表示歉意。

“好酒者，就得有人管制，我在家也是。”黄炎培笑道，“今天与将军共饮，又诗又酒，恰到好处！”

“好嘛，反正后会有期！”

俩人再一次举起空杯，对着茅台酒瓶，又一起碰了它一下，心潮澎湃地想着：茅台啊茅台，下回还是盼着要见你呵！哈哈哈……

茅台的“红色基因”，就是因为与红军的一回“遇见”，便使它与中国共产党的领袖和中华人民共和国的开国元勋们结下了不解情缘。

在茅台酒厂办公楼的广场前，有一尊周恩来的雕像，高高地耸立在那里。那天我走近一看，是周总理的家乡淮安人民送给茅台酒厂的。雕像的石基写着四个大字：“国酒之父”。

人民的好总理被称为“国酒之父”，这恐怕在中国大地上独此一例，它是否合适，我不得而知，但在茅台人的心目中和中国酒业界，周恩来的这个称呼显然是被广泛认可的。

从某种意义上讲，茅台能有今天的影响力，与周恩来对它的特别宠爱有关。当然，作为一国之总理，能一次喝 25 杯茅台酒的他，着实也有资格担当茅台的“义务宣传员”。正是“一国之大管家”的总理周恩来在各种场合力推“茅台”，而“茅台”也十分争气，没有辜负周恩来的期待，随后，它赢得了在中国的“国酒”之地位，而且在全世界赢得了至高荣誉。

现在的北京饭店内，一楼大厅左侧有一个“开国第一宴”的陈列室，陈列了新中国成立那天，周恩来代表中央人民政府招待民主党派等各界人士举行的开国宴会上用过的茅台酒样品、装酒的木箱子以及现场照片。这个“开国第一宴”展览很受参观者欢迎，观众最感兴趣的就是当时宴会上所用的茅台酒。新中国开国大典宴会上的专用酒，一下子决定了茅台酒在国家层面的地位，故而后来一直被誉为“国酒”，只是因为近些年国家商标法对“国”字号出台了新规范要求，所以“国酒茅台”不再能用了。然而“茅台”代表中国白酒最高端的品牌和地位从来没有因为时代变迁而动摇过。

我们曾说过毛泽东因不胜酒力，所以他的“酒事”极少，但我们看到过新中国成立初期他在招待朝鲜的金日成、越南的胡志明、柬埔寨的西哈努克亲王等元首的场合，也用茅台酒向客人频频举杯。而且有记载说，某年金日成生日点名要茅台酒，毛泽东还曾亲自给有关部门打电话，要求立即送货到北京。可见作为国礼的“茅台”在毛泽东心里的地位也是举足轻重的。

茅台人和周恩来故乡的人把周恩来誉为“国酒之父”，是因为他对“茅台”超乎寻常的厚爱。作为开国总理，对内对外各种场合，凡周恩来出席的招待会上，“茅台”是必备的。1950年他在新中国成立一周年的国宴准备会议上，对政务院的相关部门指示:“茅台”作为国宴用酒。

之后很长的时间沿袭了这一惯例。

中国人民志愿军从朝鲜回国的庆功宴会上，周恩来面对从战场上凯旋的将士代表们，频频举杯。那一次他异常兴奋，超常发挥，据说共喝了37杯，但依然轻捷自如地与将士们亲切交谈。

至于周恩来在国宴上用“茅台”招待宾客和由“茅台”所引发在国宴上的传奇故事可以另写成一本书。许多事十分有趣而富有浓浓的“茅台功力”。

在《国酒茅台的辉煌》一书中有这样的记载：

1972年春天，在欢迎美国总统尼克松首次访华的国宴上，有人开玩笑说，如果喝了过多茅台酒，再吸上一支烟，身体就会爆炸。这个笑话引起客人们的好奇和兴趣，在座客人全被中国名酒迷住了。只见周恩来笑着划了根火柴，从容地扔进酒杯，只听“轰”的一声，一小杯茅台酒转眼间便烧光了，举座惊叹。回国后，尼克松为了让女儿见识一下名酒的厉害，他取出一瓶茅台倒在碗里，然后划着一根火柴，只听“噗”的一声，顷刻间，碗里升起火焰，只见火苗越来越高，盛酒的碗不一会就烧裂了，乐得在场的人连声叫好。不知不觉间，一股焦味扑鼻而来，连桌子都烧着了……

在基辛格博士的一本书中有这样一段回忆：在与中国领导人谈判交流过程中，遇到棘手的问题时，往往需要做些简短的休整，然而难免主客要碰几杯酒，这个时候中方所用的招待酒一定是“茅台”。这是周恩来特别喜欢和推崇的中国名酒。几杯“茅台”下肚，中美双方的谈判人员的情绪似乎一下子获得缓解，接下去的谈判也变得轻松了许多，甚至迎刃而解。于是我们开玩笑说：“如果喝够了‘茅台’，世界上一切问题就要解决得更容易些……”

20世纪60年代，中苏关系非常紧张，直到“珍宝岛事件”后，双方的边界争议才开始进入艰难的谈判阶段。时任中国谈判代表团成员的外交部联络员鲁培新有这样一段回忆：

1969年10月，中苏边界谈判开始在北京举行。中国政府代表团团长为外交部副部长乔冠华，苏联政府代表团团长为外交部副部长伊利切夫。伊利切夫资格很老，是苏共中央宣传部部长和《消息报》《真理报》主编，长期主管意识形态工作，是位研究哲学的学者。双方在每次会谈的时间都比较长，中间休息一次，双方代表团一方面利用这一时间研究一下对策，一方面用些点心，会议气氛有时很激烈，争论得面红耳赤，但休息时，我们招待很丰盛，有各种小吃、葡萄酒，当然还有茅台酒。一次休息时，我陪伊利切夫品尝小吃，他开玩笑地问我："这么多好吃的东西从什么开始呀？"我向他建议，从春卷开始，应趁热吃。他说："不，还是从茅台开始吧！我喝了它，胃口就大开，茅台酒很香，味道很纯正，而且喝后头不昏，反而更清醒。"他还风趣地说："喝了它，和你们团长争论起来更有劲。"我也笑着对他说："我们乔团长也很喜欢茅台酒，他酒后能写出好文章。"他接着说："那么让我们俩都多喝几杯，等一会再继续舌战。"所以，尽管会议紧张、激烈，茅台是不可或缺的伴客。为了缓和会议的紧张气氛，有时我们还邀请苏联代表团郊游，去外地访问，去北戴河海滨休息，而深受苏联代表团喜爱的茅台酒，则成了缓和气氛最好的伴侣，因此每天晚餐都上茅台酒。

在中英两国关于香港回归问题的一次历史性谈判过程中，有一个镜头曾经被全世界媒体广为传播：那一天从北京人民大会堂出来的英国首相撒切尔夫人在从台阶往下走的时候，突然一个闪失，一向讲究仪表和风度的撒切尔夫人差点双膝跪在台阶上……这个镜头，有人说是她与邓小平谈判时因听了邓小平所说的"主权问题是不能谈判的"，"如果谈不拢，那么我们就要考虑收回香港的另一种方式了"等话所吓坏了，因而差点摔了大跤。其实，那一天撒切尔夫人与邓小平会谈后，是在宴会时多喝了点茅台酒，她遇到了"只喝茅台"的邓小平，自然而然败下了阵……

中国改革开放的总设计师邓小平对“茅台”的感情可以说是新中国老一代革命家中“抱情”时间最长的一位，因为当年红军到遵义第一次“遇见”茅台时，邓小平也是其中之一。那时邓小平任中共中央秘书长，参加了遵义会议，到茅台村后他也喝过几杯“茅台”。新中国成立后的 1958 年秋天，那年到贵州视察工作的邓小平不仅数度跟当地干部们讲述遵义会议时红军四渡赤水的艰难岁月，而且在弯弯曲曲的颠簸山路行进的途中，一再向遵义党政领导叮嘱：“发展名优酒是你们遵义的经济优势之一，首先要大力发展茅台酒的生产，以适应国家和人民的需要。”

邓小平与周恩来、朱德和其他开国元勋一样，一生喜爱“茅台”，据说他能一品便知是哪个年份的茅台酒。一生政治命运多磨难的他，在粉碎“四人帮”时，据说一口气喝了 27 杯茅台。《走近国酒茅台》一书中有国务院原副总理方毅的一段回忆：“过去召开军委扩大会议，都是我同洪学智陪同小平同志现场喝茅台，小平同志很喜欢茅台。”其实小平同志不是一般地喜欢茅台，而是特别地喜欢！方毅还说，就在邓小平年岁已高医生不许他喝酒时，他也要把茅台酒“摆在桌上随时看看，心里就感到舒服”。

中国老一代革命家缔造了中国共产党，创建了新中国，他们对“茅台”的钟爱，给“茅台”注入了纯正的红色基因。如果把开国将军们关于“茅台”的故事编撰出来的话，那一定是世界上绝无仅有的《将军与酒》之奇书。在这个世界上，也许还没有哪个国家的领袖们如此一致地对一种酒倾注这么强烈的情感——不仅仅是因为它的品质好，更重要的是它曾在中国革命和领袖们最艰难的时候给予了特殊的帮助，这份帮助的价值无法衡量，而是刻骨铭心的记忆和激奋。

“茅台”与中国革命历史有割舍不掉的深深情谊，与共和国紧紧相连。

连许多外国领导人都知道，“茅台”是中国最好的酒，我们中国人当然更知道“茅台”出自贵州，是一款“国家品质的好酒”。

5 源自三家“烧房”

虽然现在某些股民和社会上一些人对“茅台”有些许微词，但是大家的共识是：倘若没有新中国、没有社会主义制度下的人民的追求和奋斗，“茅台”定然不会是现在这样的茅台！这也是本书想重点阐述的内容——

“茅台”的《公司志》中，“大事记”首页这样写着：

> 1950 年 2 月，中国人民解放军到茅台镇，茅台镇解放。
>
> 7 月，中国人民解放军某部消灭土匪黄文英等千余人，茅台镇社会秩序恢复正常。茅台镇酿酒烧酒房因诸多原因尚待解决，仍处于停产状态。

20 世纪 30 年代，恒兴烧房

1951年11月，国家以1.3亿元（旧币，折合人民币1.3万元）赎买“成义烧房”（其中1000元属于工本费和契税）。县人民政府委托县税务局局长王善斋代管厂务，主持工作，组建成国营企业。厂名全称“贵州专卖事业公司仁怀茅台酒厂”（以下称茅台酒厂）。

12月，中共仁怀县委派张兴忠等12名干部到厂主持工作。

1952年1月，张兴忠主持茅台酒厂厂务。

9月，在全国第一次评酒会上，贵州茅台酒评为全国名酒，名列全国八大名酒（茅台酒、汾酒、泸州老窖、西凤酒、绍兴加饭酒、烟台张裕红葡萄酒、烟台张裕金奖白兰地、烟台张裕味美思酒）之首。

11月1日，仁怀财经委员会将没收的“荣和烧房”估价500万元（旧币，折合人民币500元），划给茅台酒厂。

12月19日，贵阳市财经委员会通知遵义地区财委，接管赖永初“恒兴”酒厂财产，地区财委根据贵阳财委意见转给仁怀县委，县委即转由茅台酒厂接管。

是年，茅台酒厂由贵州省专卖事业管理局领导，厂名为“贵州省专卖事业管理局仁怀茅台酒厂”。

由此我们清晰地看出：茅台酒厂在新中国成立后的前三年就完成了由私有的民间作坊到“国”字头的“国营企业”的转变。它正式成立于1951年，完成三家“烧房”组合架构的时间为1952年底。

到今年已70年——国营茅台70年。

70年前的茅台其实就是茅台镇上的三家“烧房”，即成义烧房、荣和烧房和恒兴烧房。

不说“酒厂”或“作坊”，而言“烧房”，这是何故？查遍了资料，似乎没有一个确切的说法，但从中国的“烧酒”二字，就多少可以品出“烧房”的来意，因为“烧酒”都是烧蒸出来的，所以称它为“烧酒”，而“烧房”也就成为进行烧蒸工序的作坊的一种俗称。当年茅台镇上的小酒虽然比不上现在这么多，但也由于赤水河上盐商云集，来来往往的人多了，就有土酒为佳酿，于是“烧房”也轰轰烈烈起来。

中国的酿酒历史悠久而神奇。从挖掘的酒器文物看，至少有五千年的酒史了，与华夏文明进程几乎是平行的。酒伴随着大中华历史而发展，名扬天下，并为社会发展做出了特殊贡献。

贵州遵义的酒史从何开始，史书上记载的并不太多，一般认为与这一带山高路偏却战事不断有关。而另一方面又由于这里的自然环境特殊而固守传统，同时贵州山区自古聚居的少数民族异常多，相互之间的技艺过招和交流又使得酿酒工艺日益精湛，最终其酒味自成一体、别具一格。到了唐代，贵州包括遵义地区，就已经是酒乡了，饮酒也成为该地区少数民族之间生活和交流的一种重要方式。宋代有人这样描述：“酒以火成，不刍不篱，两缶西东，以藤吸取，名钩藤酒”（宋人朱辅《溪蛮丛笑》）。所谓“钩藤酒”就是后来所说的“烧房”所产之酒，它是靠烧蒸制成的白酒。

“烧房”这个名词如果放在另外的地方，一定会被作为“不吉利”的话语而被禁用，但贵州遵义一带则一直沿用了“烧房”一词，而不是酒厂或作坊什么的。

赤水河边的茅台镇，自古就是川盐入黔的四大口岸之一，商业十分繁荣。“村店人声沸，茅台一宿过。家唯储酒卖，船只载盐多。”清代仁怀直隶厅同知陈熙晋如此感慨。而另一位清代贡生张国华更是对茅台景和茅台酒几乎爱到发狂，道：“一座茅台旧有村，糟邱无数结为邻。使君休怨曲生醉，利锁名缰更醉人。于今好酒在茅台，滇黔川湘客到来。贩去千里市上卖，谁不称奇亦罕哉。”

茅台镇之前只是一个普通的村落。据说，过去这一带世代居住着一个仡佬族先民濮僚人的部落，且活动日益频繁，他们喜欢在山边河滩上筑台晒谷、立杆祭祀，这个传统被继承下来，于是“台”就成为当地百姓重要的祭祀圣地和聚集处。而祭祀圣地平时不得随意出入，于是土台上长满了茂盛的茅草，人称茅草台，后来老百姓就简称“茅台”，而对茅台所在的村落也称为“茅村”，在今天仍有称茅台为“茅村”的老人。

从茅村到茅台，从烧房到酒厂……长年累月，源远流长，经过了数千年历史进程。

赤水河畔烧房多，烧房之中烧房多——后一个烧房真的是指房子被烧掉的悲剧。旧时的小作坊酿酒地，一口烧煮窖锅，旁边是成堆的柴木等待着熊熊燃烧，且一天接一天地蒸煮，一场雨袭，柴木湿嗞嗞的只冒青烟；而干旱之季，一粒火星，时常会将整个制酒烧房燃得精光……通常又是因为一家起火，殃及一片烧房。茅台的烧房在1860年之前曾因几次兵事与火烧而几近毁于一旦。所以有人说过这般话：酒乡茅台的历史，基本上就是一次比一次更惨烈的火烧房子的历史。

到新中国成立之前，茅台镇之所以只有三家烧房进入“国营茅台”之列，就是因为其他小烧房基本上烧得差不多了，仅剩“成义”“荣和”比较大些，而“恒兴”1929年才成立，距新中国成立仅20年历史。

“茅台”前身的三家烧房，“成义烧房”起家最早，于清同治元年（1862）开设，其创始人叫华联辉，祖籍江西临川。康熙年间，其远祖以医术游黔，来到遵义团溪。当时黔地兵荒马乱，时有夺财杀身之险，华氏后来搬到了贵阳。华联辉在省城且商且读，创办了永隆裕盐号，还考上了举人。光绪三年，华联辉被四川总督丁宝桢聘任为四川盐法道总文案，协助推行“官运商销”的新盐法。其弟华国英也是举人，任四川官盐总办。兄弟俩执掌着川盐入黔的大权，于是在他们熟悉的遵义地区的茅台镇开设了“永隆裕”盐号，同时在贵阳也开设了姐妹店“永发祥”盐号。华联辉兄弟俩如何从搞盐转到制酒行当，据华联辉的孙子华问渠说：华联辉的母亲有一次与儿子闲聊时说，她年轻时途经茅台时喝到一种酒特别好喝，味道超众，便嘱儿子有机会到茅台帮她带点酒回贵阳喝。华联辉到茅台时，战事已过，但小山村一片狼藉，到处是残垣断壁，以往的酒坊烧房早已不见。连酿酒的主人都不知逃到何方！无奈，华联辉为满足母亲心愿，干脆在茅台自办一间烧房来制酒。

谁来制酒？烧房在何处？正在此时，茅台地盘上的旧烧房地址，皆被官方没收为官产，官府缺钱，故将这些无主的烧房旧址公布变卖。商人出身的华联辉感到机会来了，于是择了一个叫杨柳湾的酒坊旧址买为己有。同时又招来昔日的酒师，在原址上开设一间新的简易烧房制酒。

“儿啊，就是它，就是这酒！”母亲喝上儿子从茅台带回的酒，大为惊喜，连声称道就是此酒，并且认定她年轻时喝过的酒就是这个味道。“母亲大人在上，你喜欢它，我就多酿些带回，也好供朋友亲戚一起痛饮！”华联辉是孝子，见母亲如此喜欢茅台酿的酒，豪爽地说。

“永隆裕”本是做盐生意，儿子华联辉为了母亲的喜好，所以也没有在乎成本，让酒师从严从好地配制好酒，酒师们从“华先生”手里拿到了过去几倍的工钱，因此也就格外认真地把一道道老人传下来的酿酒工艺用于制酒之上，“华家的酒”就这样在贵阳城内出名了，华联辉除了满足母亲的需求外，还将它送给亲朋好友及官府要员。如此一送，需求者越来越多，本来华联辉兄弟俩在盐商生意中需要“打点”各路人马，这回“茅台酒”倒成了独特而最佳的“中介物”……

“扩！”“再扩几间烧房！”华氏在茅台的烧房不断扩大，最后干脆重新起名，定为“成义烧房”。何谓“成义”？“诚心诚意”者可胜天下嘛！举人出身的华联辉满腹经纶，就是这个意思：让生意、让全族顺顺利利，就得广结天下朋友。要广结朋友，做事就得诚心诚意——

1862 年始建原成义烧房全景

20 世纪 70 年代茅台酒厂远眺

21世纪初，茅台酒厂办公楼全景（2008年摄影）

还要有义气，贵州山道水道上讲究“义”字，“成义烧房”便如此在赤水河畔、茅台村上竖起招牌，它挂名在“永隆裕”盐号之下，算是它的公司。

“成义烧房”是茅台酒的一根主脉，它颇有些贵族风尚，因为华氏一家素来并非为了赚钱而酿酒，而是通过好酒为其交友和经商服务的，所以不惜成本地让酒师精心地酿酒，这是茅台酒最原始的“高贵基因”，虽然它似乎看起来是无意形成的，但它却对“茅台”品质的生成和奠基产生了巨大的影响，甚至现如今仍无人真正改变它——因为“成义烧房”之后形成的酿酒工艺基本就是今天的茅台工艺本原，而且历史证明，倘若有人自作聪明对其做些“更新”或“更改”，都是败得很惨！

华氏之母有过三年的喝茅台的幸福生活，1865年老人家过世。但“成义烧房”并没有因此停产。不过当时的“成义烧房”规模也不大，有两个酒窖，年产在1750公斤左右，主要通过“永隆裕”盐号代销。它的名气基本上是由那些走南闯北的盐商口传出去的。山高路远，即使“成义烧房”的“茅台酒”好喝，但也仅限于赤水河的盐路上，再就是遵义、贵阳等华氏兄弟的生意的辐射区域，故一年生产3000来市斤就算是不错的“顺带便”生意了。比起盐生意，酒生意并非华氏的主要盈利行当，因此直到巴拿马万国博览会之前，在中国，“茅台酒”还鲜为人知。

不过，相比之下，华氏的“成义烧房”在旧茅台镇上，仍然是大户。尤其是巴拿马万国博览会上获奖之后，华氏迅速扩大规模，达到年产 8500—9000 公斤。不料，到了 1944 年，成义烧房也遭受了一场大火，几乎毁于一旦。此后，华联辉的孙子华问渠接手，重振山河，并且一下将窖坑增至 18 个，年产量达到 21000 公斤。所以到新中国成立时，国家出资了 1.3 万元人民币，“成义烧房”成为第一个从私人手中“转制”出来的“烧房”。那个时候，一万多元可不算小数目，当然现在看来，还是国家占了便宜。不过也有人跟我说，那个时候，一万元钱几乎可以买茅台一条街。

茅台的街有多长？是什么样的一些房子？“破破烂烂的，谁要嘛！就是烧房，也不过是些泥巴和石块垒成的玩意儿……”茅台老人不屑一顾地说。

想想也是，新中国成立初期谁家要有一万元钱，那不就是大资本家了！当时的“成义烧房”就是茅台镇的资本家，而且是大资本家！

“荣和烧房”是茅台酒的另一个“源头”，比起“成义烧房”，“荣和烧房”创办的时间晚些，是 1879 年，由仁怀富商石荣霄、孙全太与

1879 年始建的荣和烧房旧址

“王天和”盐号老板王立夫合股开设的，这可能是茅台镇上的烧房中第一家“民营合资企业”，因取石、孙两人名字及“王天和”店名的各一字，起初叫“荣太和”。到了1915年，仁怀县一分为二：习水、仁怀。孙全太家在习水，他的主要精力放在习水那边，因此放弃了茅台镇的“荣太和烧房”股份，由石荣霄出资200两银子买回了孙全太的股份，“荣和烧房”由此成为新的酒厂。

“荣和烧房”其实并不“荣和”，而且真的一次次“烧房”：先是孙全太的退股，后另一大股东王立夫病故，虽王家后代继承股权，但“荣和烧房”实际上落到了石荣霄一人之手，而石荣霄本来也姓王，后才为石家养子，王立夫死后，石氏恢复王姓，到他的孙子时，这“荣和烧房”就是石荣霄的孙子王少章独揽天下了。后来，习水的孙全太的一个后人当了军阀部队的军官，回头又找王家后代算账，这时王少章已去世，其弟王泽生无奈赔送了孙家后代1000瓶酒才算了结旧账。1949年，王泽生去世，“荣和烧房”就由其子王丙乾接手，窖坑由2个扩至4个，年产达到4000公斤左右，后又增加了2个酒窖，产量也一度达12000多公斤。但“荣和烧房”的产酒量像它多舛的命运一样，多数时候因为管理不佳而萎缩到5000公斤左右。

茅台酒厂最后“入伙”的第三间烧房叫“恒兴”，它开办得最晚，1929年才起灶设窖。其前身为“衡昌烧房”，由贵阳人周秉衡开设，后来因为周秉衡做鸦片生意破产，其在茅台的烧房被当作流动资金抵债，所以在1938年被另一位资本家赖永初兼并合伙重组成“大兴实业公司”。赖永初出资6万大洋作为股金，前任老板周氏反而只剩下以烧房等资产作价的2万大洋入股。赖永初非常善于经营，利用周秉衡的儿子使企业亏空的机会，使周氏抵债出让了股份，1941年周秉衡终于被挤出烧房，此时“衡昌烧房”也正式更名为“恒兴烧房”。赖永初独自经营后，“恒兴烧房”迅速扩张，到1947年时，已经能生产32500公斤酒了。他利用外面设立的生意商号，打开了茅台烧房之酒的销路，并称其酒为“赖茅”。恒兴烧房的主人赖永初不仅会做生意，且对官场颇感兴趣，所以后来跻身政界，当上了贵阳市的参议员，还历任过贵阳银行总经理、重庆大川银行经理、贵州银行总经理等职。新中国成立前，“赖茅”的影响力和知名度已经比前面的“成义烧房”和“荣和烧房”要大很多。

赖永初是贵州黄平人，继承祖业在贵阳南门开设“赖兴隆”商号，从做杂货买卖转型为钱庄，其后业务兴旺，在贵州、湖南、广西、重庆甚至广州都有生意和分号。尔后他借助于自己在贵州银行界的影响和省行“总经理”的身份，与“成义”和“荣和”两家烧房的酒在市场上进行了激烈的竞争。比如“成义烧房”的酒宣传传统工艺，在商标上标注出“百年老窖”字样，那么他赖氏就在商标上打出“用最新的科学方法配制”，且在价格上低于“成义”“荣和”的酒。曾经有一时，贵阳市场上遵义三家烧房的“茅台酒”竞争处在白热化状态。“赖茅”价格最低，“华茅”“王茅”则高许多。但由于赖永初在经营方面和社会资源方面强于“成义”“荣和”，所以抗战胜利之后的“茅台酒”主要是赖家的酒。

从抗战胜利到新中国成立，四五年时间里，茅台镇酒业处于半瘫痪状态。新中国成立之后，仁怀县人民政府遵照上级指示精神，把摸底和恢复当地酒业生产作为一项重要的经济工作，县委派出相关人员对全县沿赤水河畔的各家酿酒烧房进行清理调查摸底，茅台镇上的规模最大，这三家烧房的户主对新中国的态度也不一样。据张元永老人介绍，第一家“华茅”是资本家，人民政府政权直接就没收了他们的财产；“王茅”一看势头不对，就干脆把资产“送”给了人民政府；第二年进入茅台酒厂的“赖茅”主人在贵阳与新中国成立的贵阳人民政权有着特殊关系，赖家大员是政府的组成成员，是工商改造中跟着共产党走的进步工商阶层，因此赖家在茅台镇的酒业烧房合并到茅台酒

1958 年仁怀县组织的马车队，全县共有马车 7135 部。图为马车队为茅台酒厂运送物资

茅台仓库装粮运粮一片繁忙（1959 年摄影）

厂也成了自然而然的事。

在茅台酒厂的档案馆，我看到一份1959年写的“茅台厂史”，由于年份久远，这份“厂史”的文字是用刻蜡版写的，因为保管欠妥，中间一些文字无法复原。我们花了一些时间，复原了“厂史”的基本内容。

关于茅台酒厂成立之初从三家烧房收购来的生产资料在“厂史”中这样记述：

生产设备

各家酒厂的生产设备总的情况是：规模不大，设备简陋。茅台酒的主要生产设备为窖坑、甑子（灶）、动力等。随着生产的发展，各厂也都有一些增加，在解放前夕，大概情况如下：

窖坑总共有43个，其中成义有20个，荣和有6个，恒兴有17个，大小不一，长方形，一般长约一丈上下，宽约五、六尺，深度七、八尺，一般可窖高粱30石（每石600市斤），少数大的可窖30石到40石，个别大的60石，小的可窖十七、八石，平均在30石左右，生产能力约在20万斤酒。

甑子（灶）共有5个，其中成义2个，荣和1个，恒兴2个。甑高约3尺，上面内径约2尺5、6，下面内径约3尺2寸，一般可蒸高粱600—700斤。

动力。三家酒厂都是利用骡马为动力。共有骡马36匹，其中成义15匹，荣和9匹，恒兴12匹。这些骡马主要是牵动石磨来磨制麦粉作酒曲，所以成义、恒兴两家各有石磨4盘，荣和有石磨3盘。

这些设备的生产能力，一般说来都没有充分利用起来，总的情况约只达到60%。成义由于资金运用不灵活，只达到60—70%，恒兴稍高达到70—80%，荣和则只达到50—60%。

茅台酒厂建厂初期制曲生产房

荣和烧房地灶和酒甑

其次，在厂房设备方面，成义原先附在盐号经营，仅有房屋数间，1941年被烧后，重新扩建，计有房屋6栋，一栋为楼房9间，底下办公和职员住室，上面为酒库和一部分粮仓，可贮存100多石粮食。一栋为三间，中间为磨房，两面为贮存麦粉和工人的住室。一栋为一大间，下面为马房，上面楼房为粮仓，可贮存粮食二百余石。另一幢为曲仓，下面为发酵间，上面可贮酒曲150石左右。一栋平房，中间作饭堂，两面必要时亦可堆放粮食。一栋为厨房。这些房屋都没有完全利用起来，如粮仓能储存三百五、六十石粮食，实际上利用到70—80%。

荣和共有房屋十多间，其中生产房一大间（包括曲房、窖坑等）、粮仓一栋三大间，上面为晒烘，下面办公室一间，酒库三间，饭（客）堂一间。

恒兴有厂房五栋，约20余间，其中生产房2间（即烤酒车间），粮仓4间，约可贮存粮食2百石，发酵房1间，曲仓3间，磨房2间，燃料房1间，打曲房1间，马房2间。粮仓酒库全部利用上的，只有一年，其余每年只利用70—80%。

各家酒厂雇用的工人总计60多人，大概可分为酒师、二把手和一般工人三类。酒师主要掌握酒的质量、决定取摘。二把手则帮助酒师工作和添换天锅的凉水。一般工人则负责挑担、看磨、喂马等工作。

工人最多的为恒兴，约30人，其中酒师1人，二把手3人，一般工人23人，杂工2到3人。荣和10人，其中酒师1人，二把手2人，一般工人3人，杂工2人，厨房2人。成义20人，其中酒师2人，二把手4人，一般工人10人，杂工2人，厨房2人。

（摘自《茅台酒厂厂史——1959年初稿》）

新中国成立后的“茅台”就是在这基础上建立起来的，而事实上到 1951 年、1952 年人民政府将三家烧房征购合并时的“家底”还没有“厂史”中记载的那么多。

纵观当时的“茅台”，人们并不觉得它有朝一日能成为中国酒业的“巨无霸”和让 14 亿中国人民为之骄傲的一家大型国有企业，更不会想到它会成为称霸全世界的中国名酒。

1915 年的传说

关于“茅台酒”出名的故事，似乎有一个比较“经典”的版本：

1915 年的巴拿马万国博览会是 20 世纪初的一次重大国际活动，所谓“万国博览会”，又是在美国举办，当时有多种含义在其中。首先，这个由美国主导和主办的世界博览会，其意义对美国来说有三：

1915 年，茅台酒获巴拿马博览会奖章

一是庆祝巴拿马运河成功开通，这具有世界性意义，因为巴拿马运河位于美洲巴拿马共和国中部，是沟通太平洋和大西洋的重要航运要道，没有这条通道，世界航运不知要多花多少时间和代价！如今我们国家的进口石油等重要物资或出口各种产品，其中很多是通过巴拿马运河来完成的。前些日子巴拿马运河出现严重拥堵，全世界的股票一下发生巨变，人们因为害怕石油等物资供应困难而紧张起来，巴拿马运河确实为整个20世纪和21世纪做出了不可估量的贡献。1880年元旦那天，法国就准备干这件事，并且成立了“全球巴拿马洋际公司”，宣布正式开凿巴拿马运河。哪知工程初始，就遇到了流行病，又加上财政困难等原因，浩大的运河工程于1889年停顿。两年后的美国接过了法国的开挖权和管理巴拿马运河的特权，而此时的美国正欣欣向荣、蒸蒸日上，大国崛起之势令人炫目。美国接管这一工程后，很快在1914年竣工，并于1915年正式通航。

毫无疑问，巴拿马运河的成功通航，不仅惠及全世界，更让美国的国家形象大大提升，实惠自然更不用说，即使到了今天，美国仍然在巴拿马运河上获得许多特权与利益。

其二，美国人很懂生意经。早在1912年接手巴拿马运河工程之初，就由国会批准在运河通航之时，召开国际性博览会以示庆祝。美国还有一个打算：1906年，旧金山发生大地震，惨烈的地震让旧金山几乎遭受到毁灭性的打击。为了提振旧金山市民的信心和重塑美国国家形象，这次万国博览会就是其全部意义。

其三，当时的美国没有向全世界说出来，其实后来全世界都看懂了，那就是它要称霸整个世界——巴拿马运河是其中一个重要的环节！

美国人企图利用巴拿马运河来称霸天下并通过万国博览会踢出第一脚的如意算盘，现在看来全部实现了。不过我们不评判100年前美国的野心，且说在这次巴拿马万国博览会上的“茅台趣闻”：

话说1915年3月，正是中国的春天，政府收到当时的美国总统塔夫脱发来的邀请中国参加庆祝巴拿马运河开航的“首届巴拿马太平洋万国博览会”，其主题这样说：交流人类知识，促进世界文明进步。这套说辞很冠冕堂皇。

而在同一个时代、同邻一个太平洋的东方国家——中国，此时已经非常衰败，同时受世界资本主义经济大潮的影响，民族资本主义已经萌芽并进一步生长起来。美国巴拿马万国博览会的邀请书发到中国政府后，被转到了国号已经改为“中华民国”的北洋军阀政府手中，具体由新成立的农商部负责。

“吾国堂堂五千年文明历史，曾经光耀全球！如今日薄西山，让人瞧不起咱……唉！”当时农商部的官员还算是一些有“良心和骨气”的知识分子，所以在哀叹“国体灰色”的同时，一致认为，可以通过此次美国人举办的“万国博览会”而来一次“扬我大中华国威”，于是十分卖力和起劲地筹备“国货”，准备前往美利坚参展。

选何物？“当然是拿得出手”的又能代表中国水平的“国货”嘛！那就少不了瓷器、景泰蓝、刺绣、茶叶、漆器……

“中国的酒不能少！虽然洋人喜欢喝又甜又酸的红酒，可我们的白酒和黄酒也厉害呀，味道醉人，值得去比一比！”

“对，我们的酒值得比一比！”

农商部作为当时主管农林、工商的部门，自然对中国民间的酿酒工艺和中国酒质颇为了解与自豪，所以选送好酒参展成为另一项重要任务。孙中山掀起辛亥革命之后成立的中华民国虽一直“蹒跚学步”，唯独农商部因为吸收了一批学历高、懂专业和又比较年轻的专家型知识分子主事，所以当时人们对这个部门的评价颇为正面。事实上，农商部除了顶端的总次长频繁更迭外，司处级干部群体相对稳定，所以他们的工作成效还算不错。对“巴拿马万国博览会”一事也十分认真，工作似乎也非常专业。

但在说到送酒的时候，特别在审议谁家酒最好这一问题上，争议很大。有的说绍兴加饭黄酒独一无二，有的说苏州一带自制的白米酒虽然烈性不足，但也是非常适合普通人家喝的“农家酒”。

白米酒工艺太简单了，还是送蒸馏酒，它们的工艺神秘无比，外国酒比不过咱！

也就别争了！以老白酒和黄酒为主，多多益善，争它个头牌回来！最后还是谁官大谁说了算。农商部总次长就这样拍板了。

100余年前的中华民国刚刚树起大旗，军阀们虽然盘踞着各方天地，但似乎都想“干一番大业”，于是农商部的一份关于“美利坚巴拿马万国博览会参展指令”文件发到各省，贵州的“名目”中赫然写明了要送“茅台酒”到京城审核。

那时贵州省也有对应农商部的职能部门农商厅，那里的办事官员叫“参事”。他们接到“指令”后，立即想到“茅台酒”——那时的“茅台酒”是个大概念，即茅台村一带生产的酒皆称“茅台酒”，就像我们称“四川辣椒”一样，其实“四川辣椒”在各地也不太一样。“茅台酒”到底取哪家烧房的酒，据说在当时根本就没有个明确的说法，具体办事的参事就让在贵阳有酒销售的“成义烧房”与“荣和烧房”各送了一批到农商厅去审核，后来两家都审核过关，于是按农商部统一的要求在包装印上“中华民国”字样，将酒装在非常普通甚至有点土气的贵州产的瓶子里，随后同其他万余种“中国货”一起远涉重洋，被送到了巴拿马万国博览会上。

后来的事就有些“传奇”了：因为当时中国的参展商品，包装都很土，尤其是酒类，人家法国的白兰地和英国的苏格兰威士忌都是装在极其精致的透明玻璃瓶中，相比之下，中国的“茅台酒”，又土又难看，而且根本看不到里面的酒是啥样，谁能知道你中国酒到底好还是坏!

要不打开来让大家看看嘛!

咋打开，味道不都跑掉了嘛!

味道真要跑出来了，大家不就闻到好酒了嘛!

这……这招行吗?

试试再说嘛，你把瓶盖拧开……

嚯，什么破瓶盖嘛，生锈了吧！参展的一位中国官员第一把上手没能拧开瓶盖，一生气，铆足劲后一用力，哪知瓶子不慎从手中突然滑下，“哐当”一声掉在了大理石的地上，顿时瓶碎酒溢，四方飘香……

“What's that smell？”（什么味道？）

“It smells good！”（好香啊！）

“It's Chinese liquor！”（是中国酒！）

“What nice liquor！”（太美的酒了！）

茅台酒的味道自然不用说有多么美妙！它一旦溢于大庭广众之下，必然倾倒万千吃客。有人曾描绘一个场景：一日，某机场一位乘客把准备托运的一箱“茅台”不慎碰碎了，结果酒从箱内不停溢出，流了满地，四处飘散的酒香让航站楼里那些“酒鬼”馋得恨不得扒开箱子抢一口喝……

巴拿马万国博览会上，中国酒第一次出现，又第一次让外国人近闻其香，着实可惜的是，当时既没有照相也没有摄影能将这景象拍摄下来，否则一定会成为经典的“惊世之喜”。

然而中国人很会“做文章”，有人很快将这一“意外”的摔酒瓶，描绘成“智掷酒瓶振国威”的故事，并且一直流传至今……

到茅台酒厂后，你所听到“1915 年茅台在巴拿马获奖”的说法其实也是多种多样的。比较权威的一种说法来自曾任茅台集团史志办主任的胡静诗：

“因茅台酒有在南洋劝业会获奖的历史，很受中国代表团推崇。怕这样有竞争力的展品被埋没在农业馆，于是有代表提出将茅台酒移入食品加工馆陈列，以方便突出其位置。搬动时，一位代表不慎失手，一瓶茅台酒从展架上掉下来摔破了。陶罐一破，茅台酒酒香四溢。中国赴赛监督陈琪等人在南洋劝业会评奖时就品尝过茅台酒，在旧金山中华会馆的宴请中，喝的也是茅台酒，知道茅台酒酱香馥郁，且有空杯留香的特点。见此不免灵机一动，建议不必换馆陈列，只需取一瓶茅台酒，分置于数个空瓶中，并去掉瓶盖子，敞开酒瓶口，旁边再放上几只酒杯。正好利用农展馆展品气味不浓，闲人不多的特点，任茅台酒挥洒香气，任专业人士品尝。茅台酒酒香主要是由酒中的代谢物产生，敞开的茅台酒体与香味充分暴露，更为浓郁。此举果然非常奏效，博览会会场里的参观者纷纷循香而来。更有好奇者顺手拿起酒杯，争相倒酒品尝，一致‘咂’上几口，然后交口叫绝。这一下，茅台酒的香味将参观者纷纷‘诱入’农展馆，让原本冷冷清清、无人问津的农展馆，变得人头攒动，水泄不通，形成轰动效应。”

这应该是“1915年茅台在巴拿马获奖”比较真实的内情。

茅台获奖，而且获得的是金奖，于是成了中国历史性胜利的一页，并被各种史书记载下来。

其实，国人并不太知道，获得由美国人主办的首届巴拿马万国博览会上的金奖、银奖还有铜奖也不是什么了不起的事儿。因为博览会上中国获得的奖章共达1218枚，而整个博览会上主办单位发放的奖章其实也多达20000多枚，可见聪明的主办方是兼顾了“参与”性和鼓励性。当然，中国是东方文明之国，在20世纪初第一次以10余万种展品参展，代表了来自全国各地4172个出品人和单位，在历时10个月的参展中，独占鳌头，获得奖牌和声誉也排在三四十个参展国之首位。中国的贵州茅台酒与法国的科涅克白兰地、英国的苏格兰威士忌并称为世界三大蒸馏名酒，并均获得金奖。那时的中国，国弱民穷，“茅台酒”能与西方工业强国之名酒并列，平起平坐于“美酒三强”的席位上，绝非一件小事，它让中华之国民前所未有地扬眉吐气，故后来有媒体把“茅台酒”称之为“东方魔水”。1916年6月，在“巴拿马通航加利福尼亚国际博览会”上，“茅台酒”又再次荣获金奖，从此“中国茅台”享誉世界。

传说和传奇并不是“史记”。然而“茅台酒”在1915年巴拿马万国博览会上获金奖一事是史实，中外史书皆有记载。民国赵恺、杨恩元等人编纂的《续遵义府志》上记载：“茅台酒，前志：出仁怀县西茅台村，黔省称第一……往年携赴巴拿马赛会得金牌奖，固不特黔人珍之矣。”

英国《简明大不列颠百科全书》载：“中国茅台镇酿酒历史悠久，18 世纪中叶就有酒坊 20 家，20 世纪初茅台春和茅台烧春已列入世界名酒之林，1915 年在巴拿马万国博览会上获得金质奖……名酒美誉历久不衰。”

然而，历史便是如此有趣：中国在巴拿马万国博览会上获得的各级奖牌多达 1218 块，但其他行业似乎并不像酒类这样被“抬”得高高的。当然也有例外，如沈寿的苏绣作品《耶稣图》也因此次博览会上获得金奖而声名鹊起。但在偏僻遥远的贵州山区的遵义，自从“茅台酒”获了国际大奖，因为这大奖而让“茅台酒”的销量大增，并且能够销往国外之后，关于谁是“茅台酒”品牌的主人的争议，也随之而起，接着引发了“成义烧房”和“荣和烧房”的一场不小的官司——

问题出在参展的酒并没有标明张三李四，而是标了“贵州公署”。于是谁代表了“贵州公署”到了美国旧金山去参加万国博览会便成了茅台两家烧房的争议之点。

官司打到贵阳，贵州省的公署也不知如何是好，因为当时送酒的厂家不少，为了符合参展的国际惯例，后来贵州公署就把两家烧房的酒统称为“贵州茅台”送上去的，又一起随团到了大洋彼岸，再后来就“意外”地获得了大奖。

于是，两家烧房都有份，也均可在自己的产品商标上冠以“巴拿马万国博览会金奖”字样。贵州公署调解的结果是折中方案，所获奖状、奖牌皆由仁怀县商会保管。

这一“仲裁”，使得“成义”“荣和”之争就此罢休，这是1918年。

当年“茅台酒”所获金牌证书现存于贵州省的博物馆。我们在茅台酒厂的陈列室内可以看到它的图片。其金牌正面图案是一对神情腼腆的青年男女，他们相互注视对方，在光芒四射的初升旭日下，透过薄薄的云雾，正走在一起。左右两侧的海洋中间是一条陆地，象征着由于巴拿马运河的通航带来大西洋和太平洋地区进一步的团结和繁荣。底部的拉丁文“DIVINE DISIVNCTA IVNXIT HOMO”字样，意思是“人类从不同的地区相聚在一起”。最后一个字母“O”里面隐藏着奖牌设计者弗兰纳根先生的姓名缩写。奖牌的背后则是博览会的中心建筑——旧金山大厦。当时的英文译名此次博览会全称为“巴拿马太平洋世界博览会”，后来统一译为“巴拿马万国博览会”。

100 多年前的茅台两大烧房虽在偏僻的遵义山区，但执掌烧房的老板却都是非常有经营头脑的商人。当时人称“贵州第一资本家”的华之鸿，立即看重原本仅是“玩玩”的烧房，便开始将“成义烧房”扩产至 9000 公斤。恰逢次年仁怀赤水河一带的一批盐号新兴而起，其“茅台酒”的供应量陡然大增。华之鸿抓住机会，一方面占据当地市场，另一方面扩大黔北、贵阳和川南市场。“荣和烧房”此时也不甘落后，跟着“成义”改头换面，重新包装品相，都改用了圆柱形小口的釉陶酒瓶，以便装运，且造型也比原来的圆罐美观许多。酒的标贴改用道林纸石印，白底蓝字，一套分为三张，贴在正面、背面和瓶口；正面两边印有麦穗，中间是“回沙茅酒”，背印上特别注明茅台酒在巴拿马万国博览会上荣获金奖。而“成义烧房”的商标还多了一道“广告”：添加了郑珍的诗句“酒冠黔人国”。

尽管如此，“茅台”在当时的中国仍然不算景气，除了黔川两地市场外，没有多少地方销售，依旧鲜为人知。当时北方的繁华大都市哈尔滨作为洋酒、白酒、啤酒等诸酒混杂的市场，具有酒类价格的代表性，据其 1922 年的资料我们获知：中国白酒包括那些名酒在内，平均每 500 克零售价为 0.14 元左右，而像法国白兰地每瓶的价格在 3—3.5 元，英国的威士忌每瓶也在 3—5 元之间。茅台酒是中国白酒中最贵的，也就只有 1 元钱一斤，和洋酒一比，显然过于“物美价廉”，其他地方情况大抵相似。

旧时的“茅台酒”虽然获了国际金牌，可它还是没能与同为金牌的洋酒们同价，即使在中国国内也并没有撑起很好的市场。当时的中国“穷字当头”的大环境是一方面原因，更因为深居远方山区、交通不便的“茅台”就是与国内其他酒相比，市场和产量都差距甚大。据山西《风翔县志》记载：当时的山西汾酒和陕西的西凤酒规模已经远在茅台酒之上，产量超过 300 吨。

“汽车如老虎，莫走当中路。如不守规则，死了无告处。”这是 1925 年当时的贵州大军阀周西成从香港买回了一辆轿车后，贵州省公布的第一条交通规则。其间，因为道路不畅、运输困难，只得拆解后运到贵阳组装，为了这辆车，还修了一条贵州最早的正规公路并公布了这一条交规，可见贵州交通落后之程度。贵阳如此，遵义更不用说。谁想喝茅台酒，不说钱的问题，能不能走到那条赤水河边恐怕都是桩未知事儿。茅台酒再获什么金牌头奖，它仍然不被公认。

呜呼，有道是“荒山出娇贵，土掩如渣粒”。“茅台”再好，然而在旧中国的时代，它差一点儿自生自灭于旷野与峡谷之间，宛如一阵过往的云烟……

第二章
赤水河畔孕育的初心和丰碑

共产党人的初心是马克思、恩格斯在写下《共产党宣言》的那一刻诞生的。中国共产党的初心是在成立党的那天如旭日喷薄而出的。

以往至今，人们只知茅台酒的味道，却并不知道诞生和酿造成“茅台精神”的初心。这是我认为70年来国人对“茅台”认知的一大缺失。

“茅台”是酒，是佳酿，是人们喜爱的产品。然而，“茅台”从成立的那一天起，它就是中国精神的一部分，是中国共产党人领导人民进行社会主义建设之后酿造和培育出的“国企”精神的杰出典范。“茅台”成长至今天，初始孕育和日后久久之功凝铸成的“茅台精神”，则是“茅台”的灵魂与全部的香味结晶。

它让我深深地臣服与敬畏——

我注意到，在“茅台”股票疯涨到超2600元每股时，许多“大咖”开始胡言乱语了。有一个还算是我的熟人、

赤水河

某行业的“大佬”级人物，他说：5 斤粮食出 1 斤酒，满打满算加上瓶子 80 块钱，但是人家卖 1000 元，只要有人买，它就是合理性，这就是市场决定论。

这位“大咖”的意思是：茅台酒不就是 5 斤粮食变成的 1 斤酒嘛，咋能卖到几千元一瓶（500 克，也就是 1 斤），太赚了！太不合理了！

合理不合理且不说，他的意思是“茅台”为什么要涨这么多？5 斤粮的东西，现在卖几千元每斤，天地不容！

茅台酒到底值不值几千元一瓶，似乎只有喝酒的人和市场供需来认定。我这样的外行且滴酒不沾的人没有发言权。

然而有一件事我必须认真和负责任地告知全国人民：茅台酒从“5 斤粮食”到“1 斤酒”的过程并非简单的等号，它是由绝不少于百道的工艺环节和千人的劳作以及至少 5 年的时间沉淀……不了解这中间的“价”，就会在认知其价格之时显得十分幼稚，甚至有些可笑。而我，在前后长达半年多的调研与采访之后，可以用“跪服”二字来形容对“茅台人”的敬意之情。

“茅台”的味道超乎寻常，即使像我这样不沾酒的人，一到赤水河边的茅台镇，就会被一种特殊的气味——发酵后的高粱麦曲的酱香味熏得醉意浓浓……然而，我不会真醉，并且绝不会被酒“灌”得胡言连篇，因为无人这么对待我，也无法用酒对待我这样对酒毫无欲望的人。

但，我却对茅台制酒人情有独钟，甚至敬佩至极。

都说茅台酒窖是由当年“成义”“荣和”“恒兴”三家烧房支撑起来的，那么我的心目中，“茅台人”的精神也是由几位丰碑式的人物所铸造凝练的，尽管他们现在都不在人世，然而茅台人和那条一直在奔腾的赤水河则永远地铭记着他们的名字与贡献，可以说，是他们酿造了“国酒茅台”的原汁原味……

7 “初心”是这样形成的

细心的读者会注意到：仁怀的茅台酒生产在新中国成立后的前两年，并没有开张，而是 1951 年 11 月才第一次收购第一家烧房——成义烧房，第二、第三家烧房收购完毕已经是 1952 年的事，那个时候起才正式有了我们现在所说的“茅台酒厂”。

新中国成立前的“旧茅台”酒业，其实并不是由茅台本地人在执掌和管理的，而是掌控在贵阳大财阀或贵州地面上的大财主手里。像“成义烧房”的华氏三代，本没有把“烧房”里生产的酒当生意做，仅是以此酒做盐商等生意的“佐料”，哪知这“佐料”越做越受人欢迎。

王氏的“荣和烧房”倒是一开始就把酒当作生意来做的，但他们还有更大的生意等着他们去忙碌，故酒生意仍然也是辅助的买卖。而赖永初家的“恒兴烧房”，尽管新中国成立前已经力压“成义”“荣和”等茅台当地的烧房，可对于赖氏的整体生意，也仍是“蝇头小利”，开银行做金融买卖才是他的主业。如此可见，新中国成立后的仁怀茅台镇一带的酒业其实一直处在停顿状态，其原因有二：一是当时土匪十分猖獗，剿匪是当务之急。贵州省不大，但土匪势力强悍，这与贵州籍国民党资深将领、原南京国民党宪兵司令谷正伦有关。谷正伦长期在南京担任要职，在他老家贵州，每一个地方都有他培植的亲信，所以在蒋介石反动政府溃败之时，派他回老家出任贵州省主席兼保安司令，也是蒋介石希望他在西南地区为国民党建立最后一道屏障。然而事与愿违，我人民解放军英勇无畏、势不可当——最后谷正伦只得带着队伍往昆明逃窜。而有些留下来的残兵残部就联合当地土匪封建势力企图与新成立的人民政府为敌，这也使得贵州原本就非常活跃的土匪活动变得愈加猖獗。其二，几个主要烧房的老板皆在贵阳，他们没有精力顾及远在 200 多里外的茅台镇的烧房，因为此时的“成义烧房”和“恒兴烧房”的老板，很“识相”地与人民政府合作了，“成义烧房”的代表人物华问渠当上了新中国的贵州省人民政府委员、工业厅副厅长，赖永初也成为贵阳市财经委员会委员。茅台本地出身的“荣和烧房”老板王丙乾则作为本地“恶霸地主”被人民政府镇压并枪毙了！这些烧房的其余人员根本就没有心思和能力整顿和料理烧房业务，于是工人和酒师无班可上。简而言之，共产党接手时的“茅台”酒业其实是一堆瘫痪停滞、几近废墟的烧房，像“荣和烧房”连酿酒窖坑都填上了盐巴，根本就没有再想酿酒的意思。

早年红军长征被迫行经茅台，那个时候红军队伍有万人之多，浩浩荡荡开进小山村，周边一向强悍的群匪闻风丧胆，怎敢出来捣乱！

“走了！他们走了！”不到 20 多天后，在山头上探情的小土匪向头目兴奋地报告道。哪知不足三天，又见“看不到边”的红军又折回来了，而且反复数次。一时间，茅台村一带的土匪再不敢轻易下山，其实这就是红军与国民党部队周旋的“四渡赤水”战役。

解放仁怀之时，解放军部队再度进入茅台村一带，土匪们开始也很害怕，不敢轻易下山。后来发现这回来的“红军”人数有限，且又没想走的意思，于是就着急起来。其中有个重要原因：贵州山区除夏天外，其余三个时节都十分阴冷潮湿，长期驻在山上和密林中的土匪们日常也离不开酒，有酒能壮胆，更能祛寒。人民政府成立后，拿枪的民兵和部队一直把守在酒窖和烧房，这让山上的土匪十分恼火。

“杀他个精光，否则以后我们的脑壳就不会再留在山头上了！”遵义一带的土匪历来剽悍野蛮，杀人放火是他们常用的把戏，尤其是为了偷酒袭击烧房时，通常先托人明目张胆来跑下山向烧房要酒，如果不从，就会下山袭击甚至追杀，通常最后一把火将烧房烧个精光。当然一般情况他们只要拿到数量满意的酒就不会放火，因为他们还等着下回再来“取货”。

但成立人民政府后的民兵们和解放军不走，这让山上的土匪气急败坏，发誓要“血洗茅台”“烧房全毁”。当时新中国刚成立，西南剿匪任务异常艰巨，主力部队无法在全线驻防。一些土匪较多的地方就出现了防不胜防的局势，酒乡茅台在新中国成立的头几年里，土匪就成了一大公害。

烧房停业、余酒被控的那些日子，当地“黄帮”土匪一次又一次地袭击茅台所在的政府办事机构。“黄帮”土匪实力很强，有2000多人，加上半匪半民的人员可以凑足三四千号人马，称霸一方。过去华氏、王氏、赖氏是贵州本地的财主，他们实际上与“黄帮”私下交易不少，“我要你给”之间，烧房仍然保持不断烟火。可如今新中国的人民政府不可能与土匪有什么交易，于是这帮土匪便成了新中国成立初期茅台当地必治的一大隐患，且不说不灭匪茅台酒业不兴，单单百姓和政府的正常工作与生活都受之影响。

1950年、1951年两年间，“黄帮”土匪对茅台村的袭击不下10余次，其中有一次他们调集了2000多人，几乎将茅台地面的新政权办事机构“一窝端”，抢走白酒2000余斤，还抢走大量百姓的食物与生活用品。

在茅台集团曾经做过的一次《茅台酒口述历史》资料整理中，有一位在解放西南时任人民解放军139团驻军茅台镇的指导员王裕本这样回忆那时的剿匪战斗：

> 我还在连队里，正在去仁怀北的大坝剿匪，当走到一个叫水塘的地方时，得知土匪占领了茅台，正在抢劫。我们在连长王运海的带领下，从小路直插茅台，一路小跑。在快接近茅台时，土匪发现了我们，马上像一窝蜂似的乱跑。我们连已拦腰截断了土匪向下场这边逃跑的路，把土匪逼得只好跳河逃命，满河、满山都是土匪，全连在河滩上一齐开火。土匪被打死的、淹死的、打伤的不计其数，可我们的好同志陈某某也被打断了右腿的动脉血管，抢救无效牺牲了。土匪还没有离去，还在对面山上打冷枪。部队驻下了，我们就住在酒厂里，还记得我们选择在酒厂一棵大树旁的平顶房上，也开展了打冷枪的防御战。到第三天拂晓，我们抢渡过河，边追边打，又打死打伤土匪不少。茅台被完全保住了！

这场突袭战给予土匪一次沉重打击，但大股土匪仍躲在山上随时威胁着茅台镇的安全，后来人民解放军再派重兵到达，通过包围战很快将“黄帮”土匪基本全歼。

茅台从此获得了太平，走进了人民政府的温暖怀抱之中。

很有意思，在我写到新中国成立初的这段“茅台历史”时，意外地看到了我们中国作家协会的老前辈邓友梅写的他自己在1950年春天的一件事：当时，他受毛泽东和中央人民政府指派，随团长刘格平、副团长费孝通、夏康农带队赴西南的访问团到了茅台，因而这批政府官员意外地“遇见”了“茅台”，并在后来获得了毛泽东主席赠予的一瓶“茅台”。

邓友梅这样回忆：

> 遵照中央指示，刘格平和有关同志一起，立即筹办，从政务院文教委员会、内务部、卫生部、贸易部、团中央等20多个单位抽调了100多人。其中就有我。随着这个访问团，我到了重庆、凉山，并第一次踏上了贵州的土地。
>
> 贵州吃的盐巴是从四川顺赤水河运过来，在中枢一带卸上岸，由马帮驮运到遵义、贵阳，再分运本省各地。马帮卸下盐还要再转回河岸去……我们从四川进入贵州就在河边检修汽车。我们几个年轻人就抓住机会去看了一下赤水河。记得深山谷底的赤水河，看起来并不太宽，水流湍急，但不像有些山涧那样清澈，却是赭红色。河对面是一溜荒山，这边沿着山坡有些梯形的小村小镇，街道窄房屋旧。镇上店铺不多，摆着些火柴、蜡烛、盐巴。小酒作坊却不少，空气中飘浮着一缕缕酒香。小巷中少见人影，有的家门口石头上坐着个老人吸烟杆，穿着很破烂。这才感觉点“人无三分银”的实况。

这是我所看到的第一篇描述新中国成立初期茅台之景的文字。不久前见了90多高龄的邓友梅先生，问他：还记得第一次去“茅台”的印象吗？老人家笑了，连连点头：记得记得！然后说：你带“茅台”来了吗？哈哈……我知道老人家一生喜欢喝“茅台”，原来是因为这1950年的第一次“遇见”而让他终生不忘“茅台”味道。

许多人与他一样，“遇见”了再也不忘，这就是“茅台”的魅力。

但邓友梅先生此次与“茅台”结缘还有不一般的机遇：

刘格平团长等比我们晚了一星期到贵阳，当地政府领导请访问团吃饭，桌上摆了几瓶陶罐装的白酒。在敬酒时主人端起酒瓶向大家介绍说：“这就是本省出名的茅台，是酒厂经理专程送来为大家接风的。当年红军长征时曾在茅台住过，这是毛主席当年喝过的酒。今天请大家也喝一杯。”

我们没有喝过这酒，但这酒味似乎闻到过。问了一下茅台在什么地方，在座的当地干部笑着说：“你们不是看赤水河了吗？那不就是茅台？”

我们这才恍然大悟，原来我们去过的那个小镇就是茅台，怪不得在这么穷的地方却到处闻到酒香。于是认真地喝了几杯，一边喝一边打听有关茅台酒的情况……

当时从贵阳回北京，要坐车穿过黔湘公路到达长沙才能换上火车。正在我们整理行李装车时，突然接到通知，说是茅台酒东家请求我们带几箱茅台酒到北京送给毛主席，以表对毛主席党中央的敬爱。这样的光荣哪能推托？于是又把装好的行李重新整理。把几箱茅台一路搬上搬下，从贵州搬到湖南，从汽车转上火车，一直带到北京由刘格平转呈毛主席。

访问团作完总结汇报之后，李维汉等领导在北京饭店为访问团举行慰问宴会，桌上摆的就是我们带来的茅台。在宴会上刘格平团长向大家敬酒时宣布说，毛主席感谢我们从千里之外带来茅台酒，决定分给每人一瓶，表示慰问。大家听后振臂欢呼，感谢毛主席关心，觉得这一路辛苦很值得。

“茅台”在新中国成立之初和很长一段时间内都被政府和国家领导人作为特殊商品和礼物，甚至是外交上不可替代的“媒介物”，这是不用争议的事。这一点几乎任何其他白酒或其他物品都无法与之相比。

重要国礼时“茅台”必出场；

重要国事时“茅台”必出场；

重要活动时“茅台”必出场；

重要庆典时“茅台”必出场；

甚至重要军事活动时，“茅台”仍然必出场……我读到许多国家领导人和这些领导人身边的工作人员的回忆录，也都证明了这一点。新中国成立初期，国家的商品有限，可以拿得出手的更少，“茅台”似乎成为国家和国家领导人唯一几样“拿得出手”的“国货”之一。故“茅台”虽然深藏于贵州赤水河边的一个小山村（很快因名气大而成为“镇”），但它每逢“国家大事”时，就会被直接调拨，甚至乘上与中央政府和国家领导人之间的“直通车”。

好客的中国人讲究礼仪。礼节来往之中，宴请和送礼又是普遍的形式，“茅台”在此时就充当了不可替代的角色。

“交情”可以说是中国传统文化和中华民族讲究诚信的一份精神内容。日常里讲交情，就离不开“三杯酒，一口干”的仪式。一对不相识的人，可以因为畅怀“三杯酒”而转眼成为终身“挚友”。甚至一对平时杀红眼的冤家，在几杯、几瓶“茅台”之后，可以握手言和，这样的事不胜枚举。“茅台”就是建立和改变这种“交情”最好与最出色的“媒介”。

新中国成立之初，国家及领导人在国内外很多事情上存在对“茅台”的需求，这是那个时代的特殊现象，它给“茅台”的存在与发展提供了独一无二的客观条件。然而，“茅台”从一群资本家和地主手中转变成一家“国营企业”，其发展路径和实际情况并不如人们所愿，因为“茅台”完全不是那种依靠工业革命或者收买某一“配方”就可以高枕无忧的工业产品，它是传统中的精华，又是精华的传统。而且它也根本不像其他白酒那样可以靠一个“命令”、一个“指示”就可以迅速解决一切问题，它是一种特殊的传统工艺产品。其中，有一个人发挥了关键性的作用，茅台人将他奉为“功勋人物”，甚至为他竖起丰碑。他叫郑义兴，是第一位可以被载入“新中国茅台”的功勋人物。

郑义兴是四川古蔺水口镇人，1895年出生。在他少年时，便就进了华氏家族的“成义烧房”当学徒。有人说郑义兴的名字与遵义茅台酒有着“血脉”上的联系，这话的意思是郑义兴的名字中有个“义”字，遵义中有“义”字，华氏家族的“成义烧房”的名字中也有一个“义”字。据说当年华家收徒时就看那位“四川娃”灵气、本分，名字里又有“义”字，所以就录用了他，并且让他跟有经验的酒师学技。关于这位功勋卓著的酒师后文中有专论，在此不细表。

20世纪60年代，贵州茅台酒厂副厂长郑义兴（站立者）组织技术人员评酒会

我们所说的“茅台”和茅台酒厂，其实充满了传奇。就说他们的第一任厂长，在1949年解放军南下进入贵阳的大军中，这位后来的“茅台厂长”曾进入贵阳，有人告诉他：贵州有好酒，喝了不醉人。他板着脸说：“那是敌人想迷惑我们战斗意志，这你也相信？”

据说后来组织派他到茅台酒厂后，第一天晚上他就让警卫悄悄弄了一瓶“成义茅酒”，结果真的没喝醉，于是他这才开始信，原来“茅台喝不醉”与“敌我斗争”并无关系，是茅台酒的质量好。这当然只是一个“笑话”。

70 年前的“茅台”是个啥样，现在只有一些残留的文物默默地耸立在那片静静的“茅台之源”的文化园区内，“活的历史”仅剩张元永老先生，而张老先生已经 87 岁，我采访时他的语言表达需要旁边他儿子做“翻译”。他给我讲了几件与他自己有关的事：

他上班不到一年，就被“开除”出厂，原来 1951 年底中央根据当时国家刚成立后发生的情况，开展了一场声势浩大的“三反”运动，即反贪污、反浪费、反官僚主义。茅台酒厂作为新成立的国营单位，也加入了这场运动。而酒厂在当时的遵义和仁怀县、茅台镇，都是重点“三反”对象，于是刚刚进厂不久的像张元永等工作人员和干部就面临了如此一场斗争运动。现在所能看到的茅台档案里有这个运动的原始材料，张元永就是其中的一位列入“贪污分子”而被开除出厂、回农村老家的员工，与他一样命运的有好几位，他们的“罪名”都是查出来的和自动交代的“贪污分子”。张元永自己说，他是因为酒厂的记账出纳有两块钱的“内部流通券”对不上账，所以他就被列为“贪污分子”了。直到 1983 年他才被平反，恢复了工龄，从老家农村重新回到了酒厂。12 年后的 1995 年他正式退休，所以张元永是位实际上只在酒厂干了不到 13 年的“元老”——他是现在唯一健在的茅台酒厂组建时的第一代员工。

张元永先生的家在茅台镇附近的大坝镇，祖父和父亲都是医生。儿子张波说，他爷爷告诉他，他们家当年在大坝一带算是比较富裕，红军路过赤水河一带时，朱德和李富春住过他家。张元永说，那年他才 1 岁，还没懂事。

茅台镇解放那年，小学毕业的张元永算是有文化的人，所以 16 岁他就参加了工作。1951年组织部长找他谈话，说让他到酒厂管账。于是他就成为第一批茅台人中年龄最小的。“我去前一天有位姓邓的同志去了酒厂。我是第二天去的。那时的旧酒厂就是‘华茅’家的烧房，已经基本废了。我们去后就是到处去把酒师请回来。我记得我请回的那个酒师叫郑愈才……”

在茅台酒厂档案室，我在茅台的第一份档案袋中找到了员工花名册上的“郑愈才”这个名字。郑愈才的简历栏目中标注是“酒师”，年龄71岁，也是三十几位第一批茅台员工中最大的一位长者。

“当时酒厂穷得潦倒，啥都没有，全靠人的肩扛手拉和马来拉煤驮粮……”张元永说，“那个时候当地壮实的马也不多，县政府大院有匹好马，我就向组织部长反映，想借用政府的马为厂里解决部分运输问题。后来组织部长同意了，说你们酒厂得缴6瓶酒。我就去办了这事。”

谁也不会相信，70年前刚成立时的茅台酒厂的全部“家当”差不多等于现在的两瓶茅台酒钱。第一份“茅台档案”上这样记录了共产党从资本家手中接过的资产：

生产设备：

酿酒灶　2个；酒窖　17个；装酒坛　167个；

接酒坛　6个；装酒箱　416个；酒箱盖　220块；

锡锅　2口；铁锅　34口；地锅　4口；锅漏斗　15个；

锡酒提　1口；竹酒提　2口；斗　13个；

铁锅铲桥　12根；大木盆　2个；大秤　1根；

中小秤　3根；大锡漏斗　1个……

房屋资产：

饭房　1间；厨房　1间……

这大概就是茅台酒厂最初的资产（第二年，又收购了赖茅即“恒兴”才似乎稍稍强大了一些）。可以这样说，除了新派进去的散落在各村镇的三四十号人员之外，起步时的茅台，确实就只值现在的两瓶“茅台”而已。从“两瓶茅台”起家，到市值2万亿的共和国的超大型国有企业，“茅台70年”的成长之路就是这样一部辉煌“国企史诗”——这是后话。

今天的“茅台”太强大，强大到连茅台人自己都无法管理和控制，因为作为一家市值高达2万多亿（最高时达3万多亿）的“巨无霸”企业，“茅台”的任何一个微小的动作，都会引起一场惊涛骇浪般的社会反响，这在中国社会甚至世界经济活动中，都极少见到的。唯“茅台”与众不同。本来一个普通的白酒商品，又是一家酒厂的生产产品，根据市场需要，怎么制订生产量都是合规的。然而“茅台”却不行。

不说外国人，就说我们中国人自己，14亿人几乎没有不爱“茅台”的，但据说“茅台”每年只生产约7000万瓶，也就是说三四个家庭才能合起来喝一瓶。如此紧缺和稀罕，使“茅台”成为日常消费品中最为“抢手”的一个商品。

这听起来哪像一瓶“酒”的事，可它就是如此。“茅台”的分量现今就是这个样。然而我们哪里知道，包括许多茅台人在内，并不真正知道70年的“茅台”是如何起步的。

作为酒的旁观者——再好的酒也不能成为我的嗜好，我却在知晓“茅台”创办之初的奋斗历史之后，内心为这个企业传承下来的“茅台精神”所感佩，感佩“茅台”的艰苦奋斗史，感佩一代又一代茅台人对传统工艺的坚守精神，感佩“茅台”坚定不移听党话、跟党走，从不在发展强大企业的道路上走错路、迷失方向，感佩茅台人几十年如一日的“为国争光、无私奉献”的执着与忠诚……

在无限光鲜的今天，随着时代的变迁和社会的发展，人们的生活和工作状态，以及内心的微妙之处，可以用“真真假假”来形容。但是对企业，一个生产单位来说，尤其是依靠一个产品和一种生产活动来养活自己的员工、为国家作贡献的企业而言，任何表面文章都可能最终导致企业的倒闭、单位员工丢失饭碗。“茅台”在这一点与千千万万的中国企业毫无二致，可以肯定地说，如果没有茅台人几十年如一日的执着与奋斗，那在中国和这个世界上“茅台”早已不存在了，也就是因为茅台人高举为国争光的旗帜，才使一个弱小的山沟沟里的小酒作坊，成为全球闻名、14 亿人恨之又爱、爱之更爱的日常消费品。

在茅台采访的日子里，有许多事、许多场景让我感动，然而让我最心潮澎湃的是深藏在二车间中央的那个极不起眼的“档案室”内有关 1951 年与 1952 年留存下来的几片档案资料，这是茅台酒厂最初历史的珍贵记录。

初始的酒厂并没有“年度总结”，只有“生产登记”。它记录了当年购销原料与产品的数据。资料显示的是 1951 年 6—12 月新组建的茅台酒厂共生产“茅酒”3400 斤，投入生产的酒灶 3 个、酒窖 24 个，车间一线生产人员 19 人。

这几个生产数据，可以看出茅台酒厂挂牌的第一年里，生产处于恢复阶段。一方面多半时间已经过去，另一方面多半人员还没有进入生产一线，从第一份员工登记表可以看出，一批人是 8 月份到工厂上班，其他大部分是 10 月才进的厂。因此 1951 年的茅台酒厂也基本上只有两个来月的生产时间。然而这一起步却是茅台酒厂从一家资本家基本废弃的小作坊转变为新中国国营企业的历史性改变，这一步迈的步子不大，但它的企业性质则是代表了人民当家做主的开始，也是世界品牌、国酒“茅台”在赤水河畔磅礴而生的伟大序幕……

它虽不起眼，却意义非凡；它虽尚不成规模，却预示着一片新的天地的诞生；它虽简陋异常，却处处生机勃勃。干部和工人们的工作与干事的劲头以及思想觉悟，是前所未有的。

茅台酒厂首任厂长张兴忠（左）和警卫员合影（周山荣提供）

“我们茅台酒厂是干什么的？就是造酒，要造出比旧社会资本家造的还要好的茅台酒，献给毛主席、报答伟大的祖国！”从部队排长岗位下来的仁怀县盐业公司经理张兴忠，在上任茅台酒厂第一任厂长的头天，他在酒灶前召开的全体员工会议上，双手叉在腰间，拿出军人指挥打仗的威风，跟大家这么说。

然后又回过头来说：“这里是新中国的工厂，大家现在都是社会主义的主人。过去你们都是为资本家干活，资本家残酷地剥削你们，而新中国就不是这样了，新中国要求人人当家做主。为了当好这个家、做好这个主，大家就必须有文化、有知识，所以从今以后，学习文化是每一个人的头等大事。我们中间许多人由于在旧社会受地主、资本家的压迫与剥削，不认得斗大的字……这是万恶的旧社会造下的孽！”张兴忠越说越激动，他的情绪也感染了所有进厂的工人与酒师。

“识字好！识字了就是文化人呀！”大家窃窃私语起来，顿时气氛活跃。

“好了好了，静一静！大家静一静！”张兴忠摆摆手，又提高嗓门，说，“文化要学习，但更重要的是我们要高举毛主席的旗帜、党的旗帜，用革命的精神干好工作，多酿酒出来！”

“干好工作，多酿酒出来！”受感染和影响的工人与酒师们群情振奋，摩拳擦掌。

1951 年是新中国成立后的第二年，也是茅台酒厂诞生年。这一年，在毛泽东、党中央的领导下，全国各族人民对新中国、对社会主义满怀激情，到处洋溢着社会主义建设高潮。同时，由于新中国刚刚成立，一方面各条战线干劲冲天，另一方面因为制度和管理及社会上对共产党领导的社会主义本质认识不足，在大建设和干工作中，出现了贪污浪费、官僚主义等坏作风，毛泽东主席和党中央、中央人民政府及时做出“反贪污、反浪费、反官僚主义”的“三反”运动。尽管用现在的眼光去审视当时的“三反”运动似乎有些“左”、问题处理结果过于严厉，然而在当时，在新中国刚刚起步我们的家底十分薄弱的那个时候，“三反”不仅及时，而且十分必要，它对校正社会主义起步与未来如何发展起到了积极作用，让人们懂得干社会主义不能铺张浪费、不能侵占集体和国家利益、不能在领导工作中犯官僚主义作风。“三反”运动席卷全国，偏远而刚刚成立不久的茅台酒厂也不例外地刮起了强劲的“三反”风，数位进厂才不到两三个月的干部与管理人员及普通员工，因为犯了“官僚主义”、管账的收支对不上、收购粮食的人因为看管不严、造酒人偷喝了几口酒，都被严厉地批评甚至开除出厂，像张元永等一直到1983年才被平反、重新回到酒厂。如今我们再来回顾新中国成立之后刮起的第一场风暴看起来似乎有些过于猛烈，但它对之后的新中国社会主义建设、党内外领导以及民众干工作的正面意义无疑是积极和巨大的。

探寻70年前的茅台是啥样，其实是一件非常有意思的事，它可以让我们了解当时的中国国情，了解一家今日名扬天下的中国著名企业在襁褓时的模样。我发现，即使是茅台人，也没有几个人能够讲得出诞生初始的“茅台”是啥样。幸运的是，在采访茅台酒厂时，我有机会“钻”进他们的档案室，以潜水员般的“深潜”姿势，获得了今天4万多茅台人可能都没有见过的1951年的几份重要原始资料。

下面这一份是被编号为“仁厂秘字第002号文件”，签署发文时间为1952年1月28日。文名为《贵州省专卖事业公司仁怀茅台酒厂1951年度（六至十二月份）工作总结》。

这是茅台酒厂成立后的第一份“年终工作总结”，记录了1951年茅台酒厂成立之初6个多月的工作，材料十分可贵，也是笔者花费了数小时从几片接近氧化了的碎纸上“捡”回来的文字：

一、本厂于1951年6月21日由省局拨款向私人收购并由王局长兼代厂务，是时干部仅取国政一人至七月份，始增加工人十人，开始进行收购，至十二月十四日县府派张经理来厂主持，至十二月底干部增加至十三人，勤务一人，工人三十二人（内炊事员二人，事务长一人，均系由工人中选出，详见附表一），而生活制度由散漫走向规律，生产亦由松懈步入重视。

二、半年来的生产情况：

（一）收购方面

共收购高粱一千二百八十三石一斗七升五合，小麦七百十五石九斗另三合。煤十八万零二十斤，木柴二千五百十八捆。

（二）生产数量

共生产 55 度以上的茅酒六百七十斤四两，其规格可与原华茅相互比美，若能改为玻璃瓶包装，则较前泥制酒瓶每百斤可减少五斤渗漏。

（三）全年开工并按时收购原料、燃料则每年计划产量为 185000 斤。若销路无问题，则更可增灶添窖大量生产以供各界之需。

三、会计制度的建立。

甲：移交前情况

（一）本厂在王局长领导期间，因干部配备不齐，致未建立账务，仅有现金收支账目以凭记载。

（二）所有单据百分之八十以上不合乎手续。如无经手人保管，领用人之签单，较大数字亦未通过领导，很多单据均系便条。有的单据未贴印花，原料无收管验收单（但上项单据统统在移交前日补盖私章）。

（三）原有成义酒房的财产也没有完整的清册。

（四）总之，在建账的基础上委不完备。为了切合实际情况不得不依据这些单据来编制记账凭证。这是应当申明的。

（五）整理账务的过程（略——笔者注）：

1. 会计制度是依照中央财政部专卖企业统一会计制度处理的账，表均系向遵义酒精厂价拨的。

2. 固定资产（原成义酒房）系按13万吨□元估计入账的。

3. 折旧标准亦系按估计使用年限结合法定标准计算。

4. 上级最早拨款43万吨□元（旧币。以下币货相同——笔者注），系由税务局掌握于十一月底转入本厂流动资金账户。

5. 十月份以前（周末）正式开工，开支均作为等摊停工费处理，而修理费用则列入预付款，均作为迟延资产分月摊入成本。

乙：目前情况

（一）自五二年一月一日起，遵照指示改用西南区专卖企业会计制度。

（二）由于省局徐德涵同志的指导，这一次的年终决算终于抓紧办出，使自己业务上提高了一步，并替1952年的推动奠定了有力的基础。

（三）我厂每批产品均以计划成本入账（因茅酒生产过程较长，每一次出酒需时七月出完）。

（四）与各部门联系也较前紧张，逐渐建立各项指标。

（五）元月份因赶账务、编造决算、每五天编制传票一次，争取在二月份先行补制毕后付款，并即时转账，按期汇报。

四、资金使用情况

（一）上级截至十二月底，拨来资金十亿零千万元（遵照指示本厂流动资金为七千亿元固定资金，为三亿元，其余三亿元系多拨付于元月专区专卖局）。

（二）资金使用主要情况如附表（略）

（三）应收应付方面：

1. 应收付成义酒房价款三千万元整。

2. 应付高粱小麦交易税款七百十四万八千五百元。

3. 应收亏空与贪污款二百九十八万七千二百五十元整。

干部思想情况：

（一）由于从前组织上不够严密，形成干部对工作（疏）忽，对生活放松，无形替浪费腐化培养了温床。

（二）十二月份领导更换干部，具体分工，早晚学习，干部都由松懈走入制度中的生活，开始认识到自己以前工作中的经验与教训。

（三）毛主席号召增产节省，我厂展开“三反”运动的斗争，清查了过去的污点。开会后，工作获得有利的基础，贪污分子自动坦白如下：（略）

（四）变相贪污如薛某某（略）

（五）我们检查从前厂中的浪费现象，折合人民币一共是2452800元。

（六）干部与工人同志经过这一次的“三反”运动，有的自动坦白，有的大胆检举，我们在思想上彻底洗刷了从前这些对不起人民的事情，保证今后决不让像这样的事情发生，这对于今后的工作打下了朴素的斗争本质。

陆，优缺点：

甲：优点

1. 十二月十七日开始评级评薪，在评级评薪中找出了各单位的优良工作者，并经过展开自我批评、相互批评的武器，职工同志在思想上比以前提高了一步。

2. 王局长任内向县卫生院订立了医药报销费合同，如工人芦玉坤同志因工作受伤住院享受了合同的优待。

3. 张经理来后具体分工、集体办公，早班学习，加强生产管理，职工的觉悟比前更加提高。

4. 由于领导对财经政策重视，执行的关系，职工同志也随之重视，如预支一项从前每月都有，但现无预支现象。

5. 在抗美援朝捐献运动中，我厂职工同志也积极捐献，十一、十二两月，共捐献人民币 140000 元。

6. 工人同志在生产上充分表现了无产阶级的本质，起了骨干带头的作用。比如从前每灶六人烤酒，但今天五个人仍然能把工作向前推进。

7. 这些成绩完全是党的正确领导，再加上职工同志努力的结果。

乙：缺点

1. 工人同志对生产仅有生产观点，对于技术上欠加钻研。

2. 生产股未时常深入下层，未能掌握会议精神。

3. 厂中各项制度尚未建立完整，生活虽较前规律，但沿（仍，笔者注）不够紧张。

4. 李（某某）同志对工作不负责任，曾发生粮食浪费现象，经同志的批评与自己的检讨，已纠正了自己过去不负责任的态度。

七、今后工作

1. 在工作上有计划有步骤地稳步前进，严格执行经济核算，并达到有计划的生产。

2. 抱着依靠工人团结职工的方针，搞好生产。在工作中替国家培养出更多更优秀的人才。

3. 继续深入地检查"三反"运动，在祖国号召增产节省的原则下搞好我们的生产，提高技术，减低成本。

八、我们的意见

1. 请上级对于本厂的编制予以指示，干部应有多少、工人应有多少，以利工作推进。

2. 对于公文的呈送应以何处为主为次请加以指示，以避免延迟时间。

3. 成义酒房收购至今尚未决定，荣和烧房产地也未成交（但上二项房地产税款已付），对账务处理亦感有困难。

4. 按我厂每年可产酒 185000 斤，销路是否有问题，尚请多加指示，以便有计划地进行生产。

5. 上级指示大小两地之间呈脱节现象。

以上这份“年终总结”中，有些文字除了不好辨认外，其意也不是太容易理解，而这正是当时茅台酒厂员工们的文化水平的真实写照，因为当时进厂的员工和上级派去的干部与职员，多数是文盲，有高小文化水平的就算是“知识分子”了，因此在“总结”中出现造句和词不达意是情有可原的。然而这丝毫不影响我们从这份最本真的史料中了解仍在襁褓之中的“茅台”。

那时的“茅台”，确实稚嫩、弱小、步履蹒跚，然而它又一派正气、磊落光明、泾渭清晰，笔笔账目有据可查、毫不含糊，是好是坏，明明白白。

那时的茅台人是纯洁和纯粹的，他们的思想和头脑如清澈的流水般干净、单纯，这是一段闪耀着社会主义思想和美德光芒的宝贵历史。

茅台的历史是在这种时代潮流下开始谱写的。茅台的精神和初心其实也是从这个时候形成的。

下面这一份《一九五一年十二月十五日早上第二组评薪评级会议记录》同样是我们花费了很大工夫，一个字一个字地从档案室第一卷的几页残缺的旧纸上“捡”出来的，因而同样珍贵。这份一个生产班级的“评薪评级”会议记录，尽管文字朴实得仿佛带着泥土味道，然而却彰显了茅台人最初的对工作、对政府和党的一片赤子之心，可以说是清澈的“茅台精神”之源流。

何胜光说，我自6月进厂来，参加磨麦，我每天都是要把工作（干）完，把麦磨好后，在当中休息二天，就开始煮酒。我都想把生产搞好的。

王九高说，何胜光工作非常积极。

杜安民提出说，何胜光酒师他对我们也很团结，跟以前比起来说，都增加了甑，领导我们努力工作。再他的缺点，在十二日，我们去背高粱去了，没有想到把地锅水烧晒干了。以后我们大家都要注意。

谭金山说，酒厂我参加得早我对工作都是平常的，我的缺点优点，希望大家提出。

何胜光提出说，你的工作很好。他离家很近，都没有回去过，都在厂里，想把工作做好。

余志良说：你进厂后，就是喂马。

何胜光开火：教你来做酒，领导做五甑，你也做五甑，你也非常服从。缺点，十天八天要回家去看一下。不过，家也不远，你也不影响工作为原则。

何胜光说，余志良，他有晚上学习没到时间，很早说走了，这是他的缺点。

杜安民说：我于十一月十日进厂来，就烤酒工作时我也没有担（耽，笔者注）误工作。下班时，我才回家。我的缺点，从前有次收购高粱很多，我去上街耍，结果高粱被人拿走了一些。

何光荣说，我从前做小生意，有何胜光介绍，我到了厂里，做□工。有何胜光哥哥、各位同志叫我怎样干，我非常服从，我对工作有些还不懂，希望师傅同志们指导我，我对学习，我晚晚去。有一晚上我发火，没有到。

杜安民说，何光荣同志这人有不知道的地方，教他时他非常服从，工作也很欢快。他也不准时走开工作地方。

王少荣：一个人喂五匹马，我和王九高一共喂十五个马，和荣和比起来说，我们要多喂五匹马，我们俩人思想上就是到山上多割点草，把这五匹马一起喂起来。我的缺点，有一晚上马打架，起来没有穿衣，就病了几天，把工作耽误了。后来发现马打马，结果把磨拉倒了，我不知道，在早上起来才看见，昨夜里，张厂长向我们开会，我不注意听讲，就睡着了。这是一个很大的缺点。

（晚上继续开会——笔者注）

邓少安说，王九荣他进厂比较早，对喂马很有经验，我们两个上山割草，叫我割好草，不要割坏草和老草。好草马吃了肥。他的缺点，昨天吃酒多了去睡觉，他没有起来铡草。

何胜光说：你们喂马，晚上只能一个看马，一个去学习，有晚上学习，你们两个都没有去学习。这是你们的缺点。优点，你看很欢快，在工作当中不过慢点。

何胜光又说：我的态度都没有和外人闹过；对于工作，我是替广大人民群众做的，不是为私人来做的，我要把群众利益放在前面，把个人利益放在后面，我是全心全意为人民服务，在有我对你们工人同志有些不对的地方，请大家提出。

杜安民说：何胜光领导我们很好，他用煤用柴都俭省，并且对我们都有很好的教育。他学习时间到，还领导我们一起学习会场上去学习。

杜安民：我的意见是，凡是对的，大家同志都说了，一他的领导工作很好，二学习领导我们到会很好，三是他的工作也很积极。

何光荣说，我来工作一为国家，二为我们广大群众，三是我们工人当家，也是为个人干的。我的事情不要顾虑，先把群众利益搞好才对的。过去我兄弟俩是被旧政府拉去当兵的，后来逃到了遵义。十几年未能联系家里人，想起来很惨的。在共产党领导之下，工人才翻了身，才回来了，又参加了工厂工作。我是要把工作做好才对。

杜安民：我思想上，我们现在工作翻了身，要把工做好才行。毛主席是为我们穷人翻身才建立了新中国，所以我们要把生产搞好。对于学习是增强我们本领，我非常愿意参加。

何胜光说，杜安民这人你不教他，他也会自动老老实实地干好工作，并且态度还和气。

最后大家推举何胜光同志为模范，一因他的工作很积极，二他领导我们很团结地工作，三在学习时都领导我们到会场上，四他的态度很和气。

（注，在这份《会议记录》中的原稿的参会人员名字，“邓少安”与在茅台辉煌70年纪念展中所展出的39位“元老”名单中有出入，“邓少安”是否就是“邓敏益”有待核实。）

透过这份朴素的会议记录中的每一个文字，我们似乎可以总结出“茅台初心”的几个重要和关键的内容，而它们在最初的形成与存在，也为后来的“茅台”成长起着不可估量的影响。这些内容包括了：严肃的劳动纪律，严格的学习制度，严密的生产计划，严惩贪污腐败的措施；一丝不苟的质量意识；对上级和工作的实事求是评价；干群之间融洽而管用的批评与自我批评精神；倡导艰苦奋斗的工作作风；重视产品的市场意识……

事实上“茅台”的初心非常值得总结，因为它与“三老四严”的“大庆精神”等有着非常相似的可贵之处，而作为一个曾经弱小的国营企业，在新中国成立初期就在中国共产党领导下的工人阶级中形成了自己的企业精神是极其难得的。

“茅台”的初心，是中国社会主义工业建设和工业革命的一份宝贵财富，拾之珍重、传之飘香。

3 “三房一脉”的鼻祖郑义兴

我们现在知道，茅台酒之所以具有不变的品质和越来越好的味道，就是因为它自始至终传承着最初的制法和工艺，而这能够保持千百年的“茅酒”本色，靠的就是一代代师傅到学徒、再从学徒到师傅的接力与传承。

在“国营”之后的“茅酒”作坊里，师徒关系胜于父子关系，是“茅酒”得以存在的根本。除了老板之外，在酒房里师傅具有绝对权威。而在旧社会的酒作坊里，能够成为酒师的徒弟，能够有口饭吃，其实并不是一件轻松的事。13 岁的郑义兴是跟着盐帮来到茅台镇的，到烧房当学徒的好处是不饿肚子、有地方睡觉。所谓的不饿肚子，就是饿极了可以偷偷抓几把蒸锅里倒出来的高粱粒往嘴巴里塞……这事郑义兴干过，但后来再也不干了，因为刚进烧房时他饿得不行，连抓了几把蒸熟的高粱往嘴里塞，肚子确实填满了，但后来他在地上打滚了好几个小时，因为酿酒的高粱跟平时农家做饭吃的高粱米不一样，酿酒的高粱，皮硬且不易烂熟，所以吃到肚里不能消化。

“疼！疼啊师傅——救救我呀！”郑义兴不懂咋回事，捂着肚子在地上打滚，乞求师傅救救他。

“知道疼了吧！我的话你听了吗？跟你说的进烧房第一件禁事就是

不能偷吃高粱麦子，这回你知道疼了？！疼吧，疼到你有记性为止！”师傅竟然眼睁睁地看着郑义兴在地上翻滚，就是不去救。最后还是另外一个徒弟帮了郑义兴的忙——弄来一盆肥皂水灌进他的肠内，这才“一泻了之”。

到烧房的第二个禁忌是不能偷酒喝。“你可以品酒，但绝对不能偷酒喝！这是烧房的铁律。”师傅这样对郑义兴说。

何谓“酒师”？就是酿酒的师傅，他们懂烧房酿酒的全部工序和工艺，并对各个阶段酿出的酒都能鉴别得出，尤其是在勾兑时具有超强的辨别能力。

郑义兴跟着师傅已经学了近10年，前5年就是踩曲、担水和背沙，后5年才有资格慢慢跟着师傅后面观酒、品酒和勾兑酒……茅台酒完全不像一些外行人所说的弄点粮食一发酵，蒸出酒精，然而跟水一勾兑就成酒了。茅台酒的基本工艺需要7次不同层次的出酒工序，然而又要经过不同原酒的不同标准的勾兑，而这种勾兑本身又全部是依靠勾兑师的经验和目测做出判断，也就是说完全凭借酒师的经验把握来酿造出“茅台”——“勾兑的过程，就是酿造和神化酒的过程……”曾经听过一位国家级勾兑师如此说过。

酿酒人不喝酒是不可能的，但酿酒人绝对不能偷酒喝，这也是规矩。这个规矩一般人不好掌握。郑义兴开始也没有掌握好。

他是酒师，到后来是国家级酒师。他可以根据酒的成色，判断出年份，而且还能随手拿起不同轮次的酒，放在手中摇摇几下，再勾兑，就出来不同度数、不同味道的年份酒……茅台酒就是在他眼睛的凝视和手的摇动中产生奇妙而独特的醇香。因此，他是绝对的大师级酒师。

然而郑义兴在年轻时也犯过“偷喝”的毛病，据说一般的酒师都会犯类似的错：初学勾兑时，你掌握不好勾兑度数与酒次间的量度；当你勾兑到出神水平时，你对酒的感受又似乎如梦如醉，出神入化。

而如梦如醉、出神入化时的你，又最容易犯“偷酒喝”的毛病。

妙！妙呵！郑义兴跟随师傅学习了几年勾兑，又经历了一年多独立勾兑，已经有资格成为酒师，面对快要成功的一刹那，他陶醉了，陶醉在一口接一口、不舍放下酒杯的景况之中……于是最后他倒在了酒坛旁。

等他醒来时，竟然发现自己躺在了赤水河滩上——原来他是被人抬出烧房后扔在河滩上的，这是烧房老板对那些偷喝酒者的惩罚。如果不是郑家历代都是茅台镇上的名酒师的话，郑义兴犯了“偷酒”的错是不会再被其他烧房录用的。不过，据对茅台镇上老一代酒师的采访，得出的结论却又相反，因为他们说：真正的酒师，没有哪一个不是像郑义兴大师那样有过几回“偷酒失误”的事，因为从一个初学者到成熟的勾兑师，如果没有醉倒过，也一定不会是大师级酒师。他们的依据是：不出神入化醉倒若干次，也就不可能成为勾兑大师。我想这是有道理的。

旧烧房的规矩其实是：你可以为了掌握勾兑技术而进入境界，但你不能借勾兑之名而不断偷我酒喝！勾兑师会不会“偷”酒，这就要看你是不是被好酒一回又一回迷住了……

“真正优秀的勾兑师，是不可能成为醉鬼的；醉鬼也不可能成为真正的勾兑师。”这话是季克良大师说的，他是郑义兴大师的徒弟之一。季克良说，这话是他师傅郑义兴说的。

新中国成立时，茅台的烧房基本都停业了，甚至多数已毁。郑义兴后来因为种种原因，先后又到了“荣和烧房”及“恒兴烧房”当过酒师。他说是由于这三家烧房在不同时期的经营情况各不相同，三家虽相互竞争，但也因为各自老板在外面的主业生意并不都放在酒上，所以对烧房的重视程度不一，身为酒师的他们也常常是今年有饭吃这家，明年挨饿换他家。

郑义兴的父辈就是这么干下来的。到他这一辈，虽然茅台镇上有了“成义”“荣和”及后来的“恒兴”三大烧房，但烧房并不是根据酒的生意好坏决定其命运，而是与烧房老板其他生意的兴旺或衰败关联。到新中国成立前夕，郑义兴已经在烧房干了36年，而且3家大烧房他都干过，都是当酒师。直到1952年政府把三家烧房收购合并成国营茅台酒厂时，郑义兴已经在家待了近3年。那个时候的茅台镇和茅台酒业还比较混乱，如上面所述，人民政府一方面及时地收购了三家具有代表性的大烧房，同时由于土匪骚扰严重，精力仍在剿匪和巩固新生的政权之上。重启茅台酒生产固然是该地区恢复经济的主要方面，但是还没有到非它不可的地步。

一切都在按部就班地进行之中。只是贵州省和仁怀政府方面感觉“上面”对“茅台”的重视超出了大家的想象，因为时不时有“北京”方面的直接来电询问茅台酒情况，有时还有中央领导直接来电调拨“茅台”。这让贵州省层层政府有着巨大压力，似乎一旦把“茅台”这块牌子丢了，就等于丢失了一个“革命根据地”一样，那可是谁也负不起责任的“政治事件”！一位“老贵州人”这么说。

新中国成立之初，广大农村的主要工作是“土改”，即解决农民的土地使用权的问题。茅台镇当时的主要任务也是土改工作，包括酒师在内的所有茅台一带的人，基本上都是农民，而烧房的老板又几乎全是常居贵阳的大财主，所以茅台镇的人们当时所关心的还是自家能分到多少亩种粮食的坡地和放牛羊的山地。

赤水河畔，能种粮食的坡地本来就很少，过去一直是地主富农霸占着，现在人民政府要把地分给翻身的农民，郑义兴尽管在烧房里干了几十年酒师，可身份仍然是农民一个，土地对他和家人来说依然最重要。因此，新中国成立后的前两三年，他一直在家里埋头耕种。当时茅台镇上的其他酒师与他的情况基本差不多。那时所谓的“酒师”，其实就是那些在烧房“冒烟”的时候、刚从田间地头回到烧房的有酿酒技术的农民。

郑义兴在家种地的那会儿，茅台烧房正在发生质的变化，即由过去的地主、资本家私有烧房转变成国营企业，即人民掌握生产和所有权的社会主义新型企业。但郑义兴心里没底，他想得最多的是：作为地主、资本家的“烧房”的酒师，是不是也要受到“镇压”，他曾经的“荣和烧房”主人王炳乾就是作为地主被政府“镇压”了——挨了枪子的！

“我家几代人都是烧房的酒师，会不会也被镇压？”郑义兴当了茅台酒厂的副厂长后曾这样袒露过心声。

而就在这阶段，茅台酒厂则发生了翻天覆地的巨变——

“三茅合一”的茅台酒厂（成义烧房称“华茅”、荣和烧房称“王茅”、恒兴烧房称“赖茅”）实际上是1952年底正式组建而成，茅台酒其实也是从这个时间点结束了私有化与农耕时代而步入集体化与工业化时代。

其实最初的茅台酒厂很可怜，人民政府接手的三家烧房的全部资产才3万元人民币价值，破旧的房屋加起来不到4000平方米，全部职工仅49人，酒灶5个，酒窖41个，甑子5口，石磨11盘，骡马35头，这就是茅台酒厂进入“国营”时的全部家底。比起远在山西的汾酒等其他名酒厂，简直就是一堆破烂。当时的茅台酒厂既没有试验室、检测室，更没有任何机械设备，也不通电，没有自来水，甚至厂房的墙面都是用废瓶茅草糊垒的，房顶是油毡盖的……可以说，除了一套流落在民间酒师手里的“茅台”工艺之外，不值一点儿钱。

茅台酒厂最宝贵的就是一代代传承下来的酒师和酿酒师傅，但他们在新中国成立之初，因为烧房生产半停半产，大部分酒厂工人师傅也采取了半工半农的工作制，即有活到厂里干，没活就回家种地，“两头跑”是当时茅台人的基本状态。

酒师和酒厂干活的人常年赤着脚，最多穿一双草鞋。白酒是靠蒸煮与发酵，成酒的工序里少不了冷却环节。那个时候茅台酿酒都没有供水系统，三九严寒，工人师傅们也只能赤着脚到赤水河里去挑水烤酒。山谷间的冬季很寒冷，赤水河水凛冽刺骨，工人们的双腿常冻得血糊开裂。夏天的烧房，没有通风设备，温度高达五六十摄氏度，而晾堂里的出甑酒醅全靠自然降温，工人师傅只能在热气腾腾的酒糟中翻掀打糙，还要在灶膛前勾火添煤，一天几身汗……其实这种景况在茅台镇的酿酒历史长河中一直如此，所以它酿酒产量少。但新中国成立之初，国家对茅台酒的需求量又似乎不断在飙升，北京方面的电话隔三岔五地找到贵阳甚至直接打到茅台酒厂……

"喂，茅台啊，我们就靠你们装扮门面了，赶紧多生产些出来嘛！"

"什么？调不出？那可不行！我们这都是急用，知道吗？是领导盯着的急用品哟！"

每一个电话里对"茅台"的需求都是"越多越好"，都是"不得有误！"

"张兴忠啊，上级现在决定，让你去担任茅台酒厂第一任厂长……今天下午就去报到接摊！"仁怀县的领导跑到刚成立不久的盐业分销处找到负责人张兴忠，下达了县政府这道命令。张兴忠当过兵，懂得"纪律"二字，所以当天中午后搁下饭碗就从仁怀出发，跑到茅台时天色已晚。他到烧房除了见到两个值班的工人外，其余都回家去了，烧房里看上去也是乱哄哄的，根本不像个工厂的样子。

"得改一改了，要像个社会主义的新厂样子！"张兴忠想想自己的盐业分销处，再看看他来到"成义烧房"那破象，心里这么想。

"人民翻身做主了！不能连资本家都不如！一句话：今年的产酒量必须超过历史纪录！"张兴忠识字不多，但有股狠劲。上任第一年的1952年，他干成了两件事：一是茅台酒第一次参加全国名酒评比，获得了第一名；二是这一年的产酒量达到75吨，创造三家烧房产量的历史最好纪录。

"茅台"这样的业绩在今天看来简直不值一提，但在成立之初那么艰苦的条件下实现这样的成就，确实也是个奇迹。2003年出版的《国酒茅台五十春》一书中有一段对这段历史的描述：

> 当地，生产、生活条件十分艰苦。工人多数是半工半农，工厂被居民四处分割，农民养的牛、鸡、犬在厂区自由乱窜。工人的住房和厂办公楼基本是“干打垒”和木结构，部分房顶盖的是杉树皮茅草，吃的是粗粮，穿的是草鞋，烤酒生产用水要下河去挑。全厂没有一间像样的厕所，洗澡用取酒后的“天锅”水冲洗，夫妻轮流站岗。每到收小麦、高粱季节，工人们要到 15 公里外的三合、鲁班、五马、合马、大坝等地去肩挑背驮，更远的还要到习水、金沙等县去运。正是靠这种艰苦创业的精神，1952 年就生产出茅台酒 75 吨，产值 6 万元，盈利 0.8 万元。

这就是“国营”之初的“茅台”。

然而，首任厂长张兴忠遇到了一个问题：酿酒的生产数量上去了，可酒卖不出去！除了“上面”调拨的酒外，几乎无处可卖。为什么？因为新中国成立后，原本资本家掌握的销售网络全部被打烂、不能用了，新中国的城市销售供应网络还没有建立起来，更别提类似贵州这样的边远山区的销售网络。那时，盐销点已经有了，而真正的供销社还处于筹措或逐渐建立之中。张兴忠只得通过老关系把部分酒往盐商分销点派送，算是在遵义和贵州打开了一点局面，甚至还有些派送到了外省市销售点。但酒发出去了，可钱要不回来！怎么回事？各地的销售点反馈消息说：茅台酒定价太贵了，卖不出去。

这可怎么办？茅台酒厂在成立之后所碰到的第一个问题不是产量少了，而是生产的酒卖出去，消费者嫌贵。1952 年底茅台酒的出厂价格是每瓶 12717 元旧币，相当于 1 块 2 毛 5 分。贵吗？贵，因为当时一个机关科级干部一个月的工资也就二三十元，这一个科级干部拿这些钱要养活一家人，谁会花几天的饭钱去买一瓶“茅台”呢？

“你们要降低生产成本，争取‘以利打开销路’！”省专卖局给茅台酒厂和张兴忠下达这样的指令。

茅台酒出厂价在当时的定价依据是：成本加 10% 的利润。现在上级要求降成本，可张兴忠觉得无法再把厂里的成本往下降了，于是向上级提出以成本价向外销，意思是他们厂方不要利润了。

“不行！国家也要征收利税呢！”新中国成立初期，国家用钱的地方多，加之中美已在朝鲜战场上开战，处处都要钱。专卖局没有同意茅台酒厂的请求，并下达两项指令：一是继续大搞增产节约，努力降低成本；二是多向销售方说明情况，以求认识茅台酒的定价“物有所值”。

“大家都有钱的时候，好的东西才可能物有所值。谁都没有钱的时候，即使黄金、钻石也不会有人想要。‘茅台’最初遇见的寒风不小……”一位老茅台人告诉我。

今天我们无法想象几十年前的“茅台”竟然窘迫得卖不出去。在酒厂的档案室，我看到 1953 年酒厂为了推销“茅台”而所做的各种努力：

> 为了推销茅台酒，贵州专卖公司动用了全国专卖系统的力量。由于原有渠道已经打破，只能采取动员外埠专卖机构先订货、后推销的办法。在新市场地区，则先寄样品和产品介绍，请当地专卖公司帮助推销。茅台酒厂档案馆保存了一份公函底稿，时间是 1952 年 12 月，事由是茅台酒厂寄给太原市专卖公司两瓶样品酒和一份产品介绍，请别人“宣传，大力推销”。推销的效果如何不知道，但很快收到了对方的回复，表态说尽力宣传云云。1953 年 3 月，贵州省专卖局紧急向西南专卖局报告求援。请“钧局函请各大行政区专卖管理局介绍

各省兄弟公司代为宣传，先行试销。建立长期关系，推广销路”。同时请西南专卖局与总公司联系，看看“是否可以介绍出口国外，将近工业物资”。

国人看了这份档案资料，一定会笑出声，因为“想不到茅台酒也会有卖不出去求人家的事”。我拿给茅台人看，他们都说看了脸都有些红了，说：当年咱们茅台够羞人的呀！

的确，堂堂“茅台”无人晓，还要请人帮着“介绍”与“推销”，这事在茅台历史上似乎从未遇见过，然而在新中国成立初始它确实如此。一方面价格被迫往下降了又降，连成本价都不到也要推出去——从1952年的12717元（旧币）基础上，1953年又降了1045元（旧币）。即使是这样，那些各地帮助茅台厂卖酒的专卖公司还嚷嚷着“太贵”“能不能再降点”？

“降！怎么个降？我总得给工人发工资呀！”最后厂长张兴忠发火了，因为他已经把工厂10%的利润全部“让”出去了，“没钱给大家发工资，龟儿子我这个厂长咋当下去？”

本来，1952年生产突破了75吨，张兴忠和全厂职工齐心协力想在第二年再创个漂亮纪录，于是到了1953年4月初就出产酒量达40多吨，如此下去，到年底超纪录是必定的了。哪知到4月底时，张兴忠双脚跳了起来，生产上去了，厂却全掏空了：原料买不起了，工人工资几个月没发了，酒窖没有地方再放新酒了，酒卖不出去，13万斤酒无法储存放置……这事连贵州省工业厅、省专卖局和税务局也跟着着急起来，于是三个省级部门为茅台酒厂积压13万斤酒一事专门发文通知相关部门如下决定：

一、其运杂各费由专卖处先行代垫，包装容器由酒厂负责；

二、产品调出结账后分期缴税；

三、成本价由酒厂负责，厂方无资金购容器时由专卖负责垫付。

茅台酒厂简直羞死人了，但也只能如此。若没有上级出面“化缘”和求救，“茅台”只能停工停产。然而，“茅台”是什么？谁敢擅自把它停产？没有人敢这样做。但开着厂，又没有钱，又卖不出去酒，光“上贡”又不行，再压价更不行，所以“茅台”在1953年算是尴尬到头、困难到家了。而这仅仅是“国营”第二年，以后的路如何走？

厂长张兴忠想想就头痛，这位当过兵、打过仗的老战士，在“茅台”面前哭也不是，笑也不是，据说有一回他干脆坐在酒窖前，手捧起“茅台”喝了个大醉，然后交上自己一个月的工资，说：“我这个厂长当不了啦，你们谁有本事把我肩上的这副担子拿过去吧！”

干部拿自己的工资在自己厂里买酒喝，在1953年竟然成为一个“崇高之举”——救厂呀！

但是厂长张兴忠的苦恼仍然没有得到解决，销售系统反馈的市场情况让“茅台”越来越尴尬，因为价格高，市场基本不认“茅台”。在1952年、1953年时，茅台酒每生产1吨消耗粮食6吨多，而其他白酒一般在两三吨之间，成本上如此的差别，加上“茅台”是按时季来生产的，工效上又比别的白酒花的时间要长。张兴忠是山东人，要说也算是脑子“灵光”的聪明人，但在“茅台”如此的成本面前他觉得一点辙都没有了。

怎么办？怎么办？张兴忠左思右想，就是想不出高招来。当时社会层面每天都在喊着增产、节约，所以像“茅台”这样的高成本又不增产的企业显然是“革命”的重点。张兴忠没有压力是不可能的。但如何解压，身为厂长的张兴忠又一时拿不出“秘方”。茅台酒仅有的“秘方”就是一板一眼的传统酿酒工艺。

不行，不改这个“老规矩”，咱们的茅台厂在“增产节约”运动中是过不了关的。张兴忠被迫无奈，终于想出了一个他自以为的“高招”——用北方配制二锅头的工艺来替代“茅台”工艺，以此降低成本。

“老爹，俺在‘茅台’快撑不住了！你过来救救儿吧！”张兴忠赶回山东老家，把也会酿酒的父亲接到了茅台厂，让他出任酒厂顾问，指导工人用二锅头的酿酒方法硬把原来耗粮 6 斤产一斤酒，降到耗粮 3 斤产一斤酒，而且不受时季限制。

“张厂长，这酒可是跟我们以前的‘茅台’味道不一样呀！”酒师和工人们端着新酝出的酒，对厂长说。

张兴忠闻闻也确实跟原先的“茅台”很不一样了，但增产和节约两个任务出来了呀！于是他骄傲道：这是“我们茅台的新窍门酒！”

在那个万马奔腾、谁都在追求节约和增产“新发明”“新窍门”之时，哪家企业、哪个单位若有“经验”，都会受到热捧和上级的表扬。然而唯独茅台厂的“新窍门经验”不仅没有受到上级的表扬，反而受到严重批评。

1953 年贵州省工业厅曾经发一份“工厅计地字第 382 号文件”给仁怀县，并在文件中严肃地指出“茅台”的问题：

一、接贵州省专卖局省专第344号函，以接西南专卖事业局通知，据重庆市专卖局反映：“运汉茅台酒品质极差，香味度数均不够，以致影响销路，前调散万余斤，因色味差难以脱销，年前曾通知省专卖局调两千斤品质较好茅酒添兑出售，等语。”该函亦抄致你县财委会在案。

二、查茅酒为本省特产品之一，历来远销各地，数量甚大，近年来品质日见降低，导致有滞销现象。为巩固名产信誉，打开今后销路，并结合爱国增产节约运动，希转饬你县工商科，从速派员了解你县仁怀酒厂产品品质低落的关键问题何在，有何困难，详所来厅，以供研究处理。

“老张啊，你当了几天厂长，可快要把我们的茅台酒的牌子砸了呀！这可不行呀！”县领导见文件后立即找到张兴忠，严厉警告他，“你这个厂长可以不赚钱，但你要把茅台的质量搞砸了，那你脑壳就等于要搬家了哟！”

张兴忠是军人出身，他一听县上领导的这句话，吓得一身冷汗。这时的他也想起了在他上任初始有领导就这样跟他说过的另一句话：“你当茅台酒厂是要有特殊党性的！这就是不能砸茅台这块牌子！”

据说当晚张兴忠就把父亲从车间撤了回家，而且立马停止了他的“二锅头”酿酒“新窍门”工艺。

增产可以缓一缓，质量可是茅台酒的命根！这一点张兴忠是清楚的。于是为了尽快拯救质量，张兴忠跑到酿酒烧房，询问那些工人师傅。工人师傅个个低着头，说我们过去虽说也在烧房干过，但技术还没有全部学到家，所以就……

“就什么呀！你们这些龟儿子！”张兴忠气得在甑边乱转悠，然后吼道，“你们知道谁有本事保证我们的质量？”

“有啊！郑义兴师傅可以，他家祖传本事，过去他在华茅、王茅、赖茅三家烧房都干过，茅台酒非他莫属……”

张兴忠突然一吼：“我去请神仙！”

他真的把已经在家种地近三年的郑义兴请回了烧房，反复叮咛着：“郑师傅啊，茅台和我的命一起交给你了呀！”

郑义兴是 1953 年下半年到茅台酒厂的，他所看到的当时的配制车间，与他以前的烧房已经有了很大不同，这主要是工人的工作环境，车间里的墙上贴着的是“增产节约”“创造奇迹”等标语，可工人和酒师们干活却又半死不活的。一问，原来大家对“茅台”已经很失望了，道理并不复杂：我们的酒卖不掉啦！

为啥？郑义兴问。

贵。质量又一直在下降……

郑义兴说：贵是自古以来的，咱们的“茅台”就这个样，要不就不是“贵州茅台”了！可质量不该落人家后面呀！这是咋弄的？

工人们和酒师就不说话了。

郑义兴再往下问，大伙们就不好意思地嘀咕道：可以蒙厂长，可蒙不了你郑师傅，我们的技术哪能跟你比嘛！加上厂里总在要求我们降成本降成本，叫我们咋个弄嘛！

“你们跟我一样清楚，我们‘茅台’没啥本钱可以跟人家比的，山高路远，几个人到过我们这儿来过？我们哥几个除了茅台镇，谁去过贵阳，去过上海、北京？没有嘛！如果不是因为我们的酒味道好，质量好，谁会要我们嘛？我看那样的话倒在茅坑里都没人心疼，是不是这个理？所以说，要想保我们自己的饭碗，就首先得保我们酿出的酒质量要好，否则还不如回家种地！”

“是是，郑师傅讲得有道理，‘茅台’的质量就是我们的命根子，也是茅台人的命根子。郑师傅，你就教我们好好干吧！”工人兄弟们齐刷刷地跪下来要拜郑义兴为师。

“别别别，拜师这个规矩我们‘茅台’也是有讲究的，我一个人最多也只能带一两个徒弟，但大伙儿真要有心思把我们的茅台酒酿好，你们就按我们老祖宗传下来的规矩一样样一件件认真做好便是。”

“好的，以后郑师傅你发话我们照着做就是。”

郑义兴师傅作为旧烧房过来的酒师，工人们很尊重他，也愿意跟着他学艺。可在那个“增产节约”和阶级与政治第一的时代，厂长张兴忠无法听任郑义兴师傅的那套“慢悠悠”、成本又高的旧传统工艺酿制法，所以实际上郑义兴的作用在他进厂的第一、第二年里并没有获得真正发挥。茅台酒的质量继续在滑坡，甚至到了“里外不是人”的地步——张兴忠自己说的话。

有个插曲值得一说：当时茅台厂上下都为节约成本着急，显然按照郑义兴他们的老方法、老工艺是无法降低成本的，而外部环境又迫使茅台厂必须将成本降了再降，否则市场更不认可了。

为这，厂长张兴忠已经无路可走了。“你们都想想法子吧！反正我是想不出高招了！”他甚至已经泄气了。

听人说，这个时候厂里有位“知识分子”动起了脑筋，他叫李显章，原来是厂办的秘书，后来因为能算算账——茅台厂当时全厂干部职工基本上都是没念过书的人，本地出生的李显章也没有念过书，但他进酒厂后便进了夜校，后来就算是茅台酒厂的“知识分子”了。李不懂酿酒，但他明白酒是淀粉转化的道理。于是就想到了从酒糟中寻找增产节约的“窍门”。他跑到酒糟间，一把抓起糟渣，发现十粒中总有三两粒糟渣是硬的，这说明传统酿酒过程中还有些原料没有发挥全部作用，或者说还没有酿成酒。

“你看看这个道理对不对呀？”李显章找来酒师问。那酒师面对这个“客观”也无话可说，只能点点头，“是是”。

“那你照这个进行些改良，争取让每一个高粱糟发挥酿酒作用！”

“好好。”

李显章对自己的“重大发现”很是得意。他在自己的宿舍进行试验：“那时候食堂吃饭不定量，我就多打了两碗米饭，一碗拌上厂里用的酒曲，另一碗拌自己搞的老酒，用量只有一半。几天后拌老酒的饭坏了，另一碗饭则发酵了，有酒香味。说明我的酒曲发酵能力更强。”李显章对自己的试验特别兴奋，但他又一想：茅台酒名气那么大，在于评测的独特风味，我的试验也许可以提高出酒率，可恐怕出来的酒就不是茅台了，所以我没有向张厂长报告……

一个会计的努力并没有在厂里推广。还有其他工人想出来的“窍门”也没有被重视，是因为茅台酒本质上拒绝任何不同于传统工艺的任何“改良”，因为任何“改良”的结果就不是“茅台”了。然而在当时的社会环境下，茅台酒厂里也刮过一阵“沙子磨细点，一年四季都产酒”的口号。“沙子”就是酒糟里的高粱粒子。但类似这种违背“茅台”传统工艺的口号实际上在工作中是被工人师傅们拒绝的，因为他们从父辈般的师傅们那里继承了一条不可动摇的信念：茅酒讲究的就是每一个祖上传下来的“规矩”。“味道”是“茅酒”的命根子。

这个信念在茅台人心目中牢牢地生下根，即使是“外来和尚”的季克良——他不是本地人，却能在几十年后同样坚守这样一个信念。

“茅台”的难能可贵之处其实也在于此。

郑义兴进厂后，厂长张兴忠原本希望“郑师傅”帮他力挽狂澜，但结果“适得其反”。张兴忠气得无处诉说。最让张兴忠紧张和痛苦不堪的是在他度过“吃力不讨好”的1953年之后、进入1954年之初，突然有一个从北京打来的电话简直就像五雷轰顶“炸”在他头上——这个电话是一位中央首长打来的。

首长的话不多，但有一句就足够要厂长张兴忠的命了：听说你们现在的质量下降了？怎么回事？

张兴忠一听到是“首长的话”，一方面心惊肉跳，另一方面感到前所未有的责任重大。怎么办？首长都在关心我们“茅台”的质量，那是必须改进质量了！

“你们说该怎么改进我们的质量、确保‘茅台’在领袖们心中的地位啊？”张兴忠开会的时候，嗓子都是沙哑的，他真的上火了。

“就得听郑师傅的，他能保证我们的‘茅台’原汁原味。”大家说。

“郑师傅，我们‘茅台’还能恢复到原来的水平吗？”张兴忠问郑义兴。

“没有问题，只要我们按老规矩酿制就行。”郑义兴点点头，说。

“好，从今以后，厂里生产的事，大伙都按郑师傅说的办，谁要是再马马虎虎，就别怪我军法论处了！”张兴忠这回真的铁了心要把茅台质量提上去，他在全厂会议上发狠道。

可是张兴忠在任厂长的那几年里，茅台酒厂一直在产量与质量“如何上”“如何保”的过程中纠结，这位辛劳了数年的第一任厂长最后的命运是：至1956年，他被下调为副厂长，又过不到一年，被调到仁怀县里工作，再后来又调回到山东老家，从此与“茅台”无缘。

张兴忠的命运起伏与“茅台”酒成立之初的命运宛若一曲“悲喜

小调”，也同时折射出新中国成立初期社会的状态与国家在抓经济和管理上的不成熟一面。其实这也不仅是张兴忠一人，查阅“茅台史”就会发现：从1951年成立“茅台酒厂”到1958年的不到7年间，仅厂长、书记就换了五六茬，如此频繁撤换主要领导，主要原因还是那些打过仗的“解放牌”干部对经济工作并不熟悉，所以更换频率就显得高了。然而有一点值得充分肯定：新中国的一代领导人心目中的“茅台”不能“变味”——这既饱含着对这一民族品牌的特殊钟爱之心，同时也给“茅台”之后的发展定下一个不变的基调，即质量是“茅台”的根本和存在的全部意义，否则就不是“茅台”。

在中国产业史上，“茅台”是绝对的幸运儿，几乎没有哪一个民族品牌受到像它一样的崇高待遇和被国家几代领导人所给予的特殊关爱。

“茅台”是个例外，“茅台”因此就是不败的“茅台”。

我们还发现一个问题：到“茅台”任职的行政干部，可以说换了一任又一任，特别是近几年，但在“茅台”的技术干部，一般极少换，这里指的是懂业务的副厂长。

郑义兴是第一个这样的副厂长。

张兴忠从厂长岗位上下来的时候，就是郑义兴上任当技术副厂长的时候。与郑义兴同时任命为副厂长的还有王绍彬和日后当了郑义兴徒弟的李兴发（几年后，大学生季克良来到“茅台”后，也成为郑义兴的徒弟）。

“茅台”的历史，可以用简单的一句话来总结：大半部就是郑义兴—李兴发—季克良的历史。这是后话。

郑义兴等人被重用，不能不说是政府和中央直接关怀的结果，而“茅台”与省、中央的这种“直通车”或许是其他国企所难有的优势。

在存档于酒厂资料室的《茅台酒厂档案·1956年卷》中，保存了一份据说是当年有关部门直送毛泽东主席的报告，其中有一段“茅台”自检的内容：

茅台酒质量问题，在国内外消费者和上级领导的指导下，早已发现了。但没有积极地想办法，一拖再拖，造成问题越来越严重。原因是偏重完成任务计划，忽略搞高质量的倾向。

既然如此，必须坚决、从速地整改！上级和有关领导指示道。

此时的中央已经把“茅台”质量问题提到必须改观的议事日程，并责成轻工部具体监督执行。很快，轻工部派出食品司司长亲自赴贵州督办，贵州省委书记周林当即下达指示，令省工业厅和工业研究所联合组成“恢复名酒质量工作组”，直赴茅台酒厂落实整改措施。

国家和省委派出的两个工作组到厂子后，听取郑义兴几位老师傅的意见。郑义兴说，按老规矩酿酒，就不会出大差错。

啥“老规矩”？工作组官员们问。

郑义兴回答：端午制曲，重阳下沙。再往细里说，就是“九次蒸煮、八次发酵、七次取酒”，然后把酒放上3年以上的时间后再出厂。

工作组组长是轻工业部食品司司长，一听郑义兴这几句话，内心大为惊叹：原来“茅台”果不其然是有“秘诀”啊！不然也不会有那么好的质量。

行，就照郑师傅他们说的老方法去做。权威人士拍板了。茅台酒厂的酒师们开始恢复旧时的技术监制地位，而且厂里随之做出决定，在车间，酒师可以脱产，专门负责酿酒的全过程，技术管理由酒师说了算。

“郑师傅，你得把家传的经验传授给其他酒师，我们期待你们把茅台的老传统发挥出来，为社会主义建设和新中国服务啊！”此时茅台酒厂已经有了党支部，书记余吉保语重心长地对郑义兴说。

“好好，我听组织的，听党的……”郑义兴此时已年届六旬，按现在的说法是到了“返聘”年龄，然而那时的他，是实实在在的、有职有权的生产技术副厂长。凭着德高望重的地位和在茅台酒业的老资格，郑义兴的一句话、一个技术指导，就是“茅台”重新焕发雄风的关键所在。老先生喜欢蓄一束银须，人又慈祥，所以他只要在酿酒车间一站，整个酿酒现场就呈现出生龙活虎的景象……

“小伢子，你的双脚要摆动起来，像鸭子那样走路……外重内轻地踩！”在制曲车间，郑义兴抖动着银须，坐在一边指导着新来的青年工人。看有谁踩不到“节奏”时，他老先生就挽起裤腿，亲自上去做示范。

在曲块储存间，灰尘缭绕的草堆里，郑义兴有时一钻进去便是一两个小时。年轻人不明白他为什么经常抱着一块块散发着酵霉味的曲块，又闻又舔。郑义兴告诉他们：“我的几代上辈人就这样告诉我，咱们的茅酒为啥与众不同，就是我们能够在每道酿酒工序上品出它们的不同味道，然后再把这些不同的味道调聚成茅酒独一无二的味道……”

“郑师傅，听说你家有祖传的茅酒秘方，光制曲就有100多方啊？”

“这个不假，它们全在我这里……”郑义兴捋着胡须，指指脑壳说。

“那——你准备传给儿子呢？”

“啥儿子，我要献给国家哩！”郑义兴立即瞪大眼珠子道。

“太好了！”厂子里的干部和年轻人顿时欢呼起来。

“郑师傅，那你说、我们记，怎么样？”

“好，你们听好了啊——可不能漏掉一个字、一句话呀！”

“要得喽！”

就这样，郑义兴把自己家几代人传下来的一整套有关“茅酒”配制的工艺从头到尾地贡献了出来，并由厂里的秘书们帮助形成文字，还整理成册，从而形成了茅台酒历史上第一份完整系统的配制工艺，至此这一誉满全球的中国名酒也有了自己用文字传授的生产工艺流程。自1957年起，酒厂全面恢复了以郑义兴为代表的传统生产工艺，茅台酒从此重振雄风，这一年茅台酒的产量达到283吨，合格率从

1956 年的 12.9% 提高到 99.4%。之后的“茅台”合格率一直在 99% 以上，其从不动摇的高质量，让酒业同行们无不称道。其间郑义兴等人的贡献从某种意义上而言，是让一个日落西山、差点儿被同行踢出名酒行列的民族品牌重新走上了辉煌而骄傲的正道，同时也让一个仅靠口口相传、没有文字的民族品牌的名酒配制工艺，有了通过教材式的文字能够向所有酿酒工人们传授。

郑义兴的传神之处，还在于他有一套无人可替代的勾兑技术。他对“茅台”和酒的敏感可谓抵达“神奇之境”。一位八路军出身、长期在贵州工作的新华社女记者曾这样描述过郑义兴的神奇之处：“郑义兴评酒，往往使旁观者感到神秘莫测。他先把酒端直起放鼻前嗅一嗅，再放到唇后沾一点，然后就托起腮闭目沉思一大阵，酒的五香六味全在他这一阵沉思里。他抓一把糟放在耳朵边听一听，就知道需加多少水。他看酒冲入杯中泛起的酒花，就知道这酒的酒精度数有多少。他看一看酒糟的颜色，就能准确说出这窖糟能出多少酒……”

这就是郑义兴，在茅台酒处于崩溃的历史性时刻，他通过奉献家族六代人遗传下来的酿酒工艺和他本人的亲自指导与领衔，让茅台酒这一“国酒”重新走入酒业殿堂并再度摘下全国白酒第一名的皇冠。上级对这位功勋人物给予了重奖：连升工资三级，奖励皮大衣一件，同时授予“工程师”称号。这是茅台酒民间酒师们所能获得的最高荣誉。

这里需要特别指出的一点是：茅台酒厂为了继承和发扬传统工艺，确保酒质，从 1954 年开始，也就是郑义兴酒师正式进厂并出任副厂长之后，茅台酒厂就开始实施“师徒传帮带”制度，这个传统和制度一直沿袭至今，它也是“茅台文化”的重要方面。那个时候所建立的“师徒互帮”非常有意思，它跟一般旧式的“师”有所不同，那就是作为师傅是不能保留和保守自己的专长与本领，要无私地将身上所有本领无条件地教给徒弟。我们从档案室查到几份“师徒合同”，摘录给读者们看一看，从中也可以看出“茅台初心”的点点滴滴——

师徒合同

为了祖国的建设、我厂不断扩建的需要，积极培养技术人才和建设人才，提高技术管理水平。经双方同意，将出订师徒合同，条件于后：

（一）老师意见：有一切酿茅酒技术毫不保留，全部与徒弟交代，多说多谈，保证徒弟学懂学会学精学深，能单独操作并爱护徒弟。

（二）徒弟保证尊敬老师，虚心向老师学习全部技术，学懂学会学精学深，能单独操作后，仍亦永远尊敬老师。

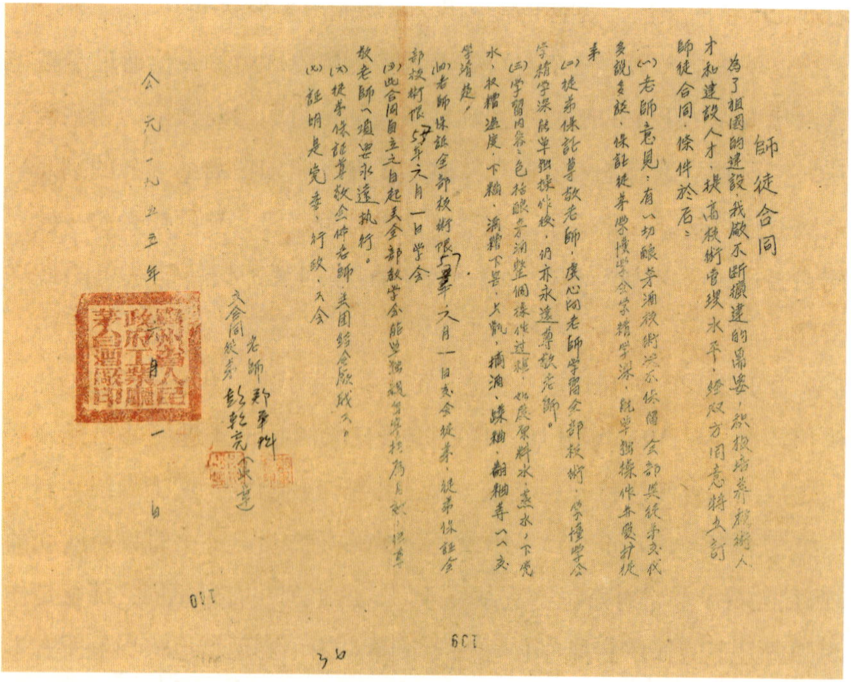
師徒合同

為了祖國的建設，我廠不斷擴建的需要，积极培养技術人才和建設人才，提高技術管理水平，經双方同意特立訂師徒合同，條件於后：

(一)老師意見：有一切釀茅酒技術[illegible]保留，全部與徒弟交代，多說多談，保証徒弟學懂学会学精学深，能单独操作并愛护徒弟

(二)徒弟保証尊敬老師，虚心向老師学習全部技術，学懂学会学精学深，能单独操作後，仍亦永遠尊敬老師。

(三)学習内容包括釀茅酒整個操作过程，如[illegible]原料水，蒸水，下[illegible]水，掌握温度，下糙，酒糟下窖，火候，摘酒，踩曲，翻曲等一一交学清楚，

(四)老師保証全部技術限57年元月一日交会徒弟，徒弟保証全部技術限57年元月一日学会

(五)此合同自立之日起[illegible]

(六)徒弟保証尊敬老師[illegible]

(七)証明是党委、行政、工会

公元一九五五年 月 一 日

老師 郑[illegible]

徒弟 彭乾亮

1955 年茅台酒厂第一份《师徒合同》

（三）学习内容：包括酿茅酒整个操作过程，如发原料水、蒸水、下亮水、酒糟温度、下曲、酒糟下窖、上甑、摘酒、踩曲、翻曲等一一教学清楚。

（四）老师保证全部技术。自（19）57年元月1日教会徒弟，徒弟保证全部技术限（19）57年元月11日学会。

（五）此合同自立之日起，全部教学会能单独亲自实操为有效，但尊敬老师一项要永远执行。

（六）徒弟保证尊敬全体老师，并团结全厂职工。

（七）证明是党委、行政、工会。

立合同　老师　郑军科
　　　　徒弟　彭乾亮

师徒及互助合同

为了建设社会主义社会和适应我厂不断扩建的需要，积极培养技术和建设人才，提高技术管理水平。经师徒双方同意订立如下条件，共同监督执行。

一、老师保证把有关技术毫不保留地全部教给徒弟，采取多说多谈的方式，保证徒弟学懂学会，能单独操作，耐心教育徒弟。

二、徒弟保证尊敬老师，虚心向老师学习技术，在合同期内学会有关技术，能单独开展操作，并做到团结全体同志不骄不傲。

三、学习内容：

1. 制酒

发原料水、蒸水、放亮水、酒糟温度、下曲、下窖、上甑、接酒，掌握地锅水等。

2. 制曲

配料、采曲、翻曲、发酵室内温度、亮水等。

3. 包装

配酒（包括香味、甜味、度数、清洁卫生），捆包，装箱，钉箱。

4. 厨房

烧饭、炒菜、配菜、配味。

四、老师保证把有关技术限于　　年　月　日前教会徒弟，徒弟　　保证于　　年　月　日止学会相关技术。

五、此合同自订立之日起至合同期满有效。但尊敬老师团结全厂职工一项要求永远执行。在合同期内，老师可随时测验徒弟。

六、此合同有未尽事宜，经师徒协商请示批准执行。

七、本合同一式三份，师徒双方各执一份，另一份交工会存查。

订立合同人　老师　许明德（签名）
　　　　　　徒弟　陈培元（签名）

师徒互助，携手同进，给茅台的精神面貌和生产能力带来了空前的提升。

“好嘛，国家社会主义大建设需要外汇，茅台可以作贡献！”国家领导人在听闻“茅台”质量稳定中又有上升的消息后，十分高兴，提出增加出口量。

“那个时候，出口一吨茅台可换回汽油 32 吨、钢材 40 吨、肥田粉（化肥）24 吨、自行车 700 辆。”来到茅台厂，上些年岁的人都能说出这样一串数据。在 20 世纪五六十年代，我国受到国外的封锁，进口物资异常困难，几乎没有外汇，而“茅台”在那个历史时期为新中国的

茅台老酒师许明德、张佐荣在量质摘酒

建设立下汗马之功。

1956 年郑义兴等进入班子后生产全面开始恢复，产量稳定上升，所以这一年起就有了出口任务，这一年出口了 14 吨。根据出口需要，“茅台”也应该有个商标。第一个商标是省工业厅请贵阳的专业人员设计的“五星”商标。但后来从香港转岸出口时，国外买家说这个“五星”政治意识太强，无法卖到欧美国家。

是啊，这可怎么办？新商标的事交给了茅台酒厂，要求尽快想出方案，不要影响来年出口的“政治任务”。

“郑师傅，你有经验，想听听你的主意。”厂里又把任务交给了生产厂长郑义兴。

“哎哟哟，这可是件大事情呀！”郑义兴虽然精通酿酒工艺，但对商标知识自认为也缺乏，所以他曾推让道。

但是大家仍然坚持认为，相比之下，当时的茅台人中没有另一个人可以比郑义兴师傅更能理解茅台了。

接受任务后的郑义兴反复思考琢磨，突然有一天他想起了儿时听父亲和其他酒师经常讲的茅台镇上的一则“飞天仙女临河赐酒”的传说：

话说很久以前，茅台村因黄龙在此饮酒大醉后，毁掉了这里的泉水，导致河水浑浊，杨柳湾断流，再也无法酿成美酒，茅台人只好重新以农耕为生。有一年除夕，气候宜人的茅台村罕见地下起大雪。一时间，北风呼啸，气温骤降，冷得出奇，村里村外，见不到一个行人。大家都躲在家里围着火炉取暖。晚上，一个白发苍苍的老媪，步履蹒跚地走进村子。这老媪衣衫褴褛，面容憔悴，手提一只破竹篮，一看便知是位行乞者。老媪进村后，朝着紧靠街口的一户姓郑的农家走去，老媪伸出颤抖的右手去敲门。开门的是一个憨厚的后生。郑家的这位后生见这陌生的老人气息奄奄地靠着门框，便急忙扶她进屋。等老媪全身暖和后又赶紧给她端上一碗香喷喷的白米饭，还有一碗自己酿的甜米酒。饿坏了的老媪狼吞虎咽地吃了起来……晚上，年轻的主人将家里仅有的一张床铺收拾停当后让给了老媪睡，自己则守在炉子边。夜深了，屋外的寒风怒号不止，郑家小伙子宽慰地笑了，因为他看到床头的老人家睡得正香。顷刻，小伙子也渐入梦境。

在梦中，他看见一位美丽的姑娘，身穿五彩羽衣，乘风飘然而来，端庄地站在他面前。姑娘手中举着一个银光闪闪的三脚酒杯，引导他来到赤水河边。姑娘将酒杯高高举起，手腕一抖，只见一杯晶莹的酒液洒入河中。接着又轻舒彩袖，往河面一划。此时，郑家的这位小伙子闻到阵阵浓郁的酒香，直入心脾。姑娘此时才笑盈盈地告诉他：“好心人，要记住：年年九月九，下河挑水酿美酒，饮用洗浴，健康长寿；灌溉土地，五谷丰收。”说完，姑娘踏着彩云冉冉升空而去。

早上，郑家小伙子醒来后，见户外一片晴空，积雪已消，再放眼赤水河上，清澈透明的河流缓缓向前流淌，竟能清晰地闻到酒香味……

酒！赤水河是酒河呀！郑家小伙子赶紧惊喜地告诉村上的人。而当他再回头寻找那位昨夜躺在他床头的老媪，却早已不知去何处了。

小伙子把梦中的事告诉了村上人，村上人又一传十、十传百地在近乡远邻都传开了。于是，人们开始利用赤水河水酿造美酒，而郑家小伙子又用本家的酒师传下的秘方，按仙女的嘱咐，配制与勾兑美酒，“茅酒”的香气从此在茅台村飘扬开来……

对呀，用飞天仙女这个美丽的传说做成茅台商标岂不是太能体现“茅台”品质和传统了？

郑义兴把自己的这一想法告知了厂里的同事们，大家都说这“创意”太好了！

嗯，有美感，有深意。就它“飞天仙女”图了！郑义兴的这个商标思路获得了上上下下的一致赞同。于是，从此出口的“茅台”瓶上有了一个纯粹中国文化标记的商标。而它也是新中国走向世界的第一批被国外公认的标志性名酒商标。

那个“飞天仙女”图案上没有标出设计者郑义兴的名字，然而它让郑义兴成为“茅台”的丰碑人物。

1978 年,“国酒大师”郑义兴走完了他精彩而传奇的“茅台人生”，享年 83 岁。茅台人为了纪念这位大师，专门为其塑像，并将之永久地屹立在茅台酒厂的“茅台中国酒文化城”内，让后人瞻仰。

2 “酱香之父”李兴发

我在设想：如果没有李兴发，“茅台”会是什么样？能喝一斤以上“茅台”的人都很会吹，吹自己是最懂“茅台”的人；如果他是一辈子喝“茅台”的人，他吹起来更没有边，他会说天下唯有他“最识茅台”。其实，在李兴发之前，人们对“茅台”的认识只能算是个粗浅水

茅台酒厂副厂长、勾调大师李兴发品酒

平而已，即使是酿酒大师也是如此。为什么？因为所有的人只知“茅台”的美妙，却不知到底为什么美妙，美妙在何处。

作为六代酿酒师的郑义兴能回答吗？郑义兴当然能回答你我都不可能说得出的“茅台”的奥妙，他的工艺、酿酒技术、他对酒的敏感和认知也是无人可匹敌的。然而郑义兴大师可以根据祖辈传下来的有关“茅酒”的全部工艺勾兑出神奇的“茅台”来，却道不清“茅台”为什么会是这样的酒而不是那样的酒这个玄妙无穷的问题……

是的，“茅台”就是这样奇妙到身在其中的大师级专家和酒师们对有些问题仍然无从解释。我问过“茅台酒仙”级人物季克良，他目光真诚地看着我说：“茅台是由1000多种微生物发酵、酿制而成的，至今我们能够认识的微生物也就一二百种，还有上千种我们并不知道它们叫什么、功能是什么，但它们都在对茅台发生着作用，所以以我们现有的知识和能力，对茅台的认识远远没有达到理想的水平……”

季克良老先生是绝对的权威，他这么说了，我们还会有谁怀疑这个问题。他和郑义兴、李兴发等都在茅台奉献了一辈子，用他自己的话说，光“喝”掉的茅台都有几吨了。他们60余年的与酒为伍的生涯，都没有搞清楚“茅台”是什么，所以那些只评了几十斤、几百斤酒的人实在没什么“吹”的，而事实上他们也仅仅是“吹”而已。

都说“茅台”在百酒之中具有独特之香，其香“余味无穷”，那么它到底又是一种什么香呢？为什么是这种香而不是那种香？为什么同样是酒而汾酒、董酒、五粮液等香味不同呢？

“茅台”之香有无数种描述，评酒师的专家们口中的“学术之香”这样说：

它“酱香突出、幽雅细腻、酒体醇厚、回味悠长”。

目前这一评语似乎最具权威，因为它是1979年召开的第三届全国评酒会上那些评酒大师集众人智慧所下的结论，同时也是在后来各种酒业会上一直沿用下来的“茅台特点”。

不过，如果让文化人来点评“茅台”的话，恐怕会不一样，因为这个评语对那些缺乏文字修饰和表达能力的酒业专家而言，已经足够“华丽”了，但在文化人看来，似乎又缺乏“准确度”。简而言之，“茅台”真正的特点绝对不仅仅是评酒会上专家们给出的这种描述性“结论”，它还有远比这更丰富、精彩和传神的美味。笔者问过季克良老先生，他眨眨眼，用他几十年“喝”出来的“茅台”经验道：“开瓶启盖时，一股幽雅的芳香气扑面而来，饮酒入喉，获得的香味感又是一种夹着醇甜浓郁的酱香风味缓缓往下流，即使酒尽杯空，举杯闻吸，仍能鲜明地体会到一股类似兰香素等复合的丝丝香飘荡逸其间，可长达数天……”

季克良老先生的话既有饮酒现场的实感，又增加了许多心理体会，可以说是“精神”世界和“物质”本体的双向总结，属于比较现实主义的权威发言。

茅台酒厂还有一位外人并不太熟悉的大师叫汪华，她曾担任过质量检验科长和生产副厂长。因为是女性，所以她对“茅台”的香味理解比男性专家更具独特性，她认为“好酒都有陈年的香味，那种味道的唯一制造者是时间”。她因此认为，茅台酒经过多年的陈放后，“香味也有变化，但不会变异，还是那么协调那么全面”。意思是说，茅台酒与众不同的是：其他陈年老酒，时间一长，质味变异了，可茅台酒不会，尽管它与通常的香味有所区别，但它的香味更协调、更全面。

这就是“茅台”。

在新中国成立前，没有人对“茅台”的香味做出理论上的阐述时，人们普遍用“茅香”来形容和概括茅台酒的独特香味。

茅台酒的香味确实太明显和独特了。

早在茅台酒厂成立之初，酒师们就曾对“茅酒”的质量用了八个字作为其“标准”。这八个字是“无色透明、醇香回甜”。而且老酒师们给徒弟传经布道时说，若出现“刺口辣喉，糙性回苦”，则可视为废次品，必须弃之。那个时候，茅台人还不知道酿制“茅台”工艺过程中有多少科学道理，但也总结出了一些传统的“心得”，即为了符合上述质量标准，需要做好两方面的事：

1. 酿造方面

①酿酒必须好原料，这是具有决定性的意义的。一般来说，各酒厂采用的原料，都是当地能产的。特别是解放后国营以后，在选料时特别注意选择，因此为产品质量打下了良好的基础。

②茅台酒的曲子本身就具有特殊的浓郁香味。再经发酵蒸馏以后，茅台酒就更具备了醇香回甜的特点。

③以酒养糟是茅台酒酿制的特点之一，糟中泼下大量的低度酒，在发酵过程中就产生了酯化作用，从而产生了大量的脂，也即是香。

④由于茅台酒在酿制过程，堆积发酵等时间均相当长，促使醇与酸发生充分的变化。这是茅台酒的特点，为其他酒类所不能及的地方。

⑤茅台酒制成入库后，还必须加以陈酿。陈酿时间一般二三年，就在长期储存中，酒与酒中的醇与酸仍不断产生变化。所以茅台经过陈酿，其香味是醇香而不刺鼻的。

2. 自然条件方面

①土质：茅台四周皆山，是一个低洼地区，土质层、风化岩层对酒糟在窖内发酵是有很大关系的。

②气候：茅台气温较高。最高达 41.5℃，全年平均温度在 6.6℃以上，同时茅台位于赤水河的湾流处，地处低洼，故冬天无冰雪大风，气候比较温和。这也有利于茅台酒的酿造。

③水：用水清洁是酒的质量好的条件之一。酿制茅台酒就用杨柳湾及赤水河的水。由于上游煤山少河床两侧水田少，所以河水清洁，经化验无臭味、硬度低、含有机物及氮素少，且没有妨碍用于发酵的矿物质。因而对于酒的质量，也起着一定的作用。

（摘自 1959 年《茅台酒厂厂史》）

不管你是喝酒的还是像我这样不会喝酒的人，我们到了茅台镇后（甚至到了还距茅台镇有二三十分钟车程的仁怀市区），就会闻到一股浓浓的酒糟香味，这种酒糟香味不像白酒味那样熏人，而是很入肺腑——反正我一到茅台镇就喜欢这种味道，因为它让我回味到了童年母亲在家晒酱的酱香味……它有些熏鼻，但很舒服，恨不得去用舌头尝一下的感受。

“茅台”香味就来自这种酱香。在我还未读到李兴发的发明和听茅台人介绍他们的酒就是属于酱香型之前，便有了这个清晰而明确的体味。

哈，原来“茅台”之香就是酱香啊！

现在我知道，茅台归类于酱香型是中国白酒的一项重大科学归类和发明。

现在我还知道，这个“酱香”的发明和划分是李兴发大师的贡献！

上面说过，李兴发是郑义兴老先生的徒弟。郑义兴是“茅台”从三家烧房走来的唯一一位“正宗”的传人，他也是新中国成立之后“国营茅台”的第一代酒师、生产副厂长，茅台传统工艺的传承人。郑义兴的徒弟必定也是高人。李兴发发明“酱香”及其勾兑技术也就成为必然。

在茅台酒厂创建初期，有一件事值得在“茅台史书”中大书特书，那就是为了传承神奇的茅台工艺，从 1954 年、1955 年开始，厂里就异常重视师传徒、徒拜师的活动。这也是“茅台”工艺不失传、一代更比一代强的缘故，如同茅台酒一样，新酒中始终伴着老酒，老坛里永远不停地融入新酒……而它的独特味道就是在这新老更迭与融合之中飘荡着、摇曳着、弥漫着无限芬芳。

请酒师，拜师父、师徒互帮，共同进步，这在茅台酒厂创立初期是“茅台”永葆品质的命脉，这条命脉贯穿在“茅台”的每一滴酒液之中，它呈现的正是中华民族传统文化和文明的精髓。

有许多故事听后让人感慨万千：

李兴发是本土出生的茅台人，与他师傅差了一辈年岁。李兴发生于 1930 年。新中国成立前，李兴发就在“荣和烧房”当酒工。

“兴发这娃儿脑子灵光，爱钻研事儿，我愿意收他为徒弟。”1953 年郑义兴受邀进入茅台厂后，组织上曾经找他谈话希望他收徒，老先生开始有点犹豫，怕别人说他是“封建残余”作怪，所以没有立即答应，后来在实践中看到共产党领导的国营茅台厂真心想把“茅酒”搞出名堂，就在下决心全盘托出郑氏几代传承的“茅酒”工艺家底的同时，点头答应收几个徒弟。李兴发是他第一个也是最喜欢的一个徒弟，因为郑义兴觉得唯爱学习、人品正直者才可以成为“茅酒”工艺的传人（后来大学生季克良到茅台厂，郑义兴也认为季是其收徒人选）。

在新茅台厂组建的前几年，其实“茅台”经历了非常艰难的岁月，首先是新的管理体系与机制能否与传统的酿酒工艺融合于一体，其次是国家政府对“茅台”较高的需求与需要能否符合“茅台”传统酿制规律，当两者发生冲突与矛盾时到底坚持什么、反对什么？厂长张兴忠的成与败都可以归结为这两个方面，他的命运其实并非这位转业军人个人的命运，而是展现出新中国成立初期许多从民族旧工业体系转变成国有新企业所共同面临的问题，只是因为“茅台”太敏感和名气大，所以沉浮幅度也就特别大。

郑义兴在此阶段，作为传统工艺的旗手，他被重用，并以无与伦比的传统“茅酒”世袭工艺征服了众人，并打消了一切改变它的意图，从而使“茅台”保持了“茅酒”的白酒圣坛上的地位。

在这过程中，其实在酒厂里，有一批尽心尽力、忠于职守的酒工和骨干，李兴发便是其中之一。所以当张兴忠的厂长一职被免之后，走马上任的第一批三个副厂长名字中，除了郑义兴大师外，就有李兴发，还有一位是王绍彬，李和王都是厂里的酒师，郑义兴是“茅酒”不可替代的前辈，而王绍彬也是茅台镇上屈指可数的重要酒师。他被提拔为副厂长时 48 岁，郑义兴是 61 岁，而李兴发当时才 26 岁。可以说，在新中国成立初期能够在像茅台这样以传统工艺为主的企业里出任副厂长，可见李兴发当时在组织和工人的印象中绝对是个非同一般的优秀技术人才。阅人和阅酒同样无数的郑义兴没有看错人，选择这样的人做自己的徒弟，可见老先生的深谋远虑。

后来的历史证明了这一点。

1956 年就出任酒厂副厂长的李兴发虽然年轻，却没有一般年轻干部身上的那种轻浮，他十分沉稳，具备了郑义兴等茅台大师所必备的素质。然而，李兴发那批人在强大的时代洪流面前又有多少事是凭借个人可以左右的呢。

自从酒厂恢复传统工艺酿制后，茅台酒的质量恢复到原有水平并且高于老“茅酒”，这奇迹自然首先要归功于郑义兴大师。所以从1957年到1959年，再到1962年，这几年中，除了受“大跃进”浮夸风等影响导致生产下降外，茅台酒恢复了传统工艺之后，那时管传统工艺叫“老操作”办法，其质量迅速提高，名声一路飙升，尤其是在国际上的影响力随着新中国外交力的提升而迅速拉升。

而被茅台人视为“茅台”立身之本的“质量第一”也是在这个阶段中形成和确立的。

从建厂初期到生产走向正常、产品质量实现百分之百的合格标准，前后共用了近8年时间，这过程让我们看到了“茅台”的“质量第一”观念的形成，是经历了艰苦和艰难的实践与探索、失败和成功的曲折磨炼才确立的。我们不妨把1959年编纂的第一部“茅台酒厂厂史”稿中有关“为了质量第一”的章节原原本本地学习一遍，这对了解“为什么是茅台”具有极其重要的意义——

> 私营时期，资本家只知道追求利润，对于茅台酒的质量只在关系到他们的利润收入的时候才会激起他们的关心，有时为了利润甚至降低质量也在所不惜。工人群众由于接受着残酷的压榨和剥削，经年辛勤劳动的成果绝大部分被资本家抢走，自己反而吃不饱穿不暖，当然也就不顾忌，也不可能去提高茅台酒的质量，因而一些优秀的技术工人高超的技术就得不到发挥，甚至有失传的危险。
>
> 国营贵州茅台酒厂创立以后，党和政府为了保存和发扬民族遗产，保持名酒的荣耀，提出“质量第一”的明确方针。在厂党委的领导下，全厂职工从上到下都确立了质量第一的

思想，在生产上任何一项措施都必须以保证和提高质量为前提，产量坚决服从质量，优质之下求高产，纠正片面追求数量的现实和做法，提出忽视质量就是犯错误。在产销关系上宁缺毋滥，宁可让群众等，不可让群众骂。经过这样的努力，茅台质量第一的思想已经在全体职工的思想中生了根，做到了人人为质量，事事为质量。

为了保证和不断提高茅台酒的质量，几年来采取了许许多多的措施，其中主要的是：首先是恢复操作，过去烤酒老技术工人——酒师的在车间操作上大同小异，互有短长。有的在这个环节高明些，有的在那个环节高明些，在同一个环节有时又多有独到之处，这是过去茅台酒在质量上时好时坏，不能均衡的一个主要原因。

国营以后，为了迅速发展生产，满足人民日益增长的需要，一度改变了部分原有操作，对于酒的质量也有所影响，在上级党组织及时指示，特别是 1956 年中央召开八大名酒会议之后，厂里就把恢复老操作作为一个重大课题，在厂党委的坚决领导下，发挥了新老技术人员的智慧，收集历史资料，反复对证研究。1957 年制定出了茅酒酿造规程，使茅台酒酿造上的复杂操作破天荒形成文字，这就融合了老技术工人们在酿造技术上各之所长，从而使整个酿造技术提高了一步。茅台酒酿造规程的制定，初步把我国劳动人民 200 多年来在茅台酒酿造技术上的结晶肯定下来了。在实际生产中，因为有着一定的规程可循，操作不再因人而异、各耍花样，不只统一了操作，而且使每一项操作都认真了。加之领导强调，严格遵守规章规程，提倡精耕细作，防止粗制滥造，特别是在生产迅速发展、酒师人数少的情况下，有了规程，不会在指导生产上顾此失彼，对保证质量起了决定性的作用。

恢复老操作过程中，是经过一番思想斗争的，部分人员认为恢复老操作与增产节约有矛盾，因为他们讲增产就是追求数量，讲节约就是少用原料。部分人员一度改变部分老操作之后，已经习惯了，恢复老操作，感到不便……

第二，实行严格的检验制度，过去酒烤好之后，好坏不分，入库就是，1956 年八大名酒会议之后实行了三级检验，首先是烤酒工人检验，如果烤出的不合质量标准，有黄色有酸味或其他怪味就不取。其次，每个车间有质量检验小组，由车间主任、车间酒师、二酒师、代班人等组成，对烤出的酒每周检验一次，最后是全厂有评尝委员会，由党委书记、厂长、生技股长、酒师、车间主任等 15 人组成，每周评尝一次，收各车间（也就是组）一周内烤出的酒，每缸取出同等分量成为综合样品，编上暗号由各委员评尝然后计分投票，票上有色、香、味三个指标，色占 5 分，香和味各占 10 分，酒 25 分为满分，17 分以上合格。酒的度数在 55 度上下二三度之间，合乎标准的然后入库，储存三年取出销售时，还需把酒的度数勾为 55 度，可超过 0.5 度，但不能少于 55 度。经过这样严格的检验，酒的合格率近来已达 100%。

据一些老年酒师谈，资本家经营的时候，对于质量是没有什么检验的。要出酒的时候，经理就到车间来了，抱着个水烟袋在旁边咕咕地吸着烟监视着怕工人偷他的酒，工人酒师用酒杯尝一下，如果尝了两三杯，经理就心疼了，就要含讥带讽地说："喝多了要摔倒的。"

第三，充分发挥老酒师的技术和智慧，老年酒师工龄都很高，如现在的副厂长郑义兴同志已有 43 年的工龄，其他的都在 20 年以上，因此他们有着丰富的实践经验。比如在发生沙的时候，他们只要抓一把生沙，在耳边一听，从发出的细微的声响，可以判断还应该加多少水。他们一看或者一闻酒糟的颜色或味道就可以看这甑酒烤不烤得出或能出多出少。烤出的酒，他们一看就知道是多少度，和用表量的差不多。

但在私营的时候，他们仅仅是资本家赚取利润的工具。有的老酒师说，过去我们只有做工的权，没有说话的权，不如资本家的愿就有被赶走的危险。酒师郑银安就被赶过，有的酒师受了资本家的气也只好忍气吞声，那时候酒师虽少但离开了酒厂他们也无去处。到了国营以后，他们的地位就完全改变了，党和政府很尊重他们。有的当了县人民代表，人民委员会的委员，在厂里有三个当了副厂长，一般都担任领导职务，在物质待遇上他们的工资都很高，最多的 1 月 78 元，平均 55 元，比解放前增加了 2.5 倍。因为他们年纪都比较大，在旧社会又长期遭受繁重劳动的摧残，身体多数很差。厂里为他们安排了富有营养的伙食。有的人已经退休养老，在职工中间受到了很高的尊重，大家都称他们为老师。新旧社会两种截然不同的遭遇，使他们深深感激党和毛主席的恩情，从而愿意把自己的全部技术贡献给人民。如酒师王绍彬（副厂长）为了提高茅台酒质量经常冥思苦想，主动去求教退休了的 77 岁高龄的老酒师郑兴才，在郑酒师实际操作的指导和共同研究下，创造了以酒养糟的特殊方法，使酒味更好，对提高茅台酒的质量做出很大贡献。

由于他工作一贯认真负责，有成绩，1956 年他曾出席全国先进生产者代表大会，见过伟大的毛主席，和毛主席握过手，使他获得了很高的荣誉。他还两次被评为省的劳动模范。老酒师仇海云在企业实行国营以来的 7 年半中，除了两次因病请假 10 天以外，一直出满勤，在工作中一贯遵守劳动纪律，能够努力克服困难。他常常说毛主席领导我们工人翻了身做了国家的主人，就应该搞好生产报答毛主席。

1955 年 9 月间，他的儿子讨媳妇，领导和同志们劝他回去一趟，说你年纪这么大了，回去看看儿媳妇也好，但他却说现在的政府对我们这样好，我应该好好搞生产才对得起。看不看儿媳妇没有关系，反正以后要来看我的。

党是十分重视老酒师们的技术经验的，除了在经济政治上给予他们照顾之外，还在政治上帮助他们不断提高觉悟，提高思想水平，使他们克服保守、迷信思想，充分发挥出自己的才能，首先是让技术上最好的酒师同志专门从事技术上的指导工作，把指导生产上的责任交给他们。其次，是吸收他们参加技术研究会，使他们参与生产上每一项重大问题的研究和决定。再次是让他们带大量徒弟，使他们的宝贵的技术统统都传给年青一代。

第四，大量培养技术人才，提高工人的技术水平。私营时期三家酒厂不过有酒师 5 人，国营以后提拔了“二把手”和普工中有良好技术、达到酒师水平的人为酒师，同时积极培养和提高工人的技术水平。仅 1955 年和酒师等签订师徒合同的工人就有 130 个。1958 年采用合同形式，以师傅带徒弟的办法来培养和提高工人的技术水平。同时还以酿造规程为内容给工人们上文化课，每周上 6 小时，既学习了文化，又学习了技术。几年来全厂共培养酒师 30 名，私营时期工人中只有酒师、二把手、打杂三种分类，国营后制定了 7 级技工标准，激发起工人们学习技术的积极性。由于几年来大力培养技术人才和提高工人技术水平的结果，基本上满足了 1958 年新设备投入生产对主要技术力量的需要。

由于新培养的一批技术人员壮大了技术队伍，又由于工人技术水平的普遍提高，在设备增加产量迅速扩大的情况下，保证了酒的质量不致降低。如技术力量落后、技术力量薄弱，在技术上指导上势必顾此失彼，酒的质量必然要受影响。另外技术人员多了就突破了技术人员少的情况下对于技术研究的局限性，数量中求质量，人多智广，也就提高了总的技术水平。

第五，学习别厂的新先进经验，在本厂开展技术革新。茅台酒的酿造虽然有一套特殊的操作技术，但是厂党委仍然十分重视组织和推动职工学习别厂的良好经验，根据茅台酒酿造的特点加以应用。如像学习了四川泸州的大曲酒厂的糠壳过筛、过蒸的办法，除去杂质和臭味等，与酒糟同蒸时不致影响酒的香味。

除了学习别厂的经验以外，在本厂发动职工树立敢想敢说敢做的共产主义风格，闹技术革新。几年来比较重要的革新，有烤酒时的摘头摘尾取酒法、松疏上甑法、专人专窖等。

第六，改善设备，加强科学分析，也是提高酒的质量的措施之一。如改马推磨为电动磨碎机，使原料磨得均匀，在酿造时对水分、发酵、蒸烤上都便于掌握，从而能够保证酒质量。又如曲仓，由过去木结构仓房改为砖木结构，有适当通风设备，能够保持一定温度，使发酵正常，提高曲的质量。用水都是经过严密过滤的，天锅的水由“压水”改为“跑水”，使水经常保持低温，使甑内蒸汽不易散发，天锅由过去杂锡锅以及铁锅，改为纯锡锅，使酒含铅量少，使饮后不伤身体。

茅台酒的酿造，所谓“手摸，脚踢，鼻子嗅”，完全凭经验操作，酒烤好烤坏，产量是多是少，没有把握。酒师也知其然，而不知其所以然，生产完全处于盲目状态，所以他们说：“烤茅酒有如火中取宝，好坏全凭运气碰。”这样酒的质量便没有保证，提高很缓慢。

1956 年厂里建立了化验室，其主要任务是摸索研究总结老操作，在茅台酒的酿造规程制定上，它起了很大的作用。

第七，加强技术研究和技术管理。从事技术研究厂里有三种机构。一、技术研究会由党委书记、酒师、生技股有关人员等 10 多人组成，它的职责是每周开会一次，研究解决生产技术上的重大问题，决定相应的措施。关系全局的问题，报请党委批准后贯彻下去，一般问题它决定后即可往下贯彻。二、车间技术研究组。由酒师、代班人等组成，酒师负领导责任。他的职责是安排生产，执行技术研究会决议，研究解决车间可以解决的生产技术上的问题，每周开会。三、化验室，负责研究技术研究会或生技股交给的问题。由于加强了技术研究，一般说来生产技术上发现的问题比较能够得到及时的解决，特别是技术研究会起到了指导和推动生产的作用。

技术管理，基本上可以说是检查督促技术研究会（和生技股）决定的贯彻执行。技术管理分为动力、制曲、制酒三个部分，每部分制有固定的操作规程、交接班制度，酒窖和发酵室有车间档案制度，酒窖还有专人管理制度。为了检查督促这些制度以及一些技术上的措施的执行，建立有技术检查制度，从技术管理的整个情况来看，制度是逐步完备的，执行是渐趋严格的。

第八，严格包装，茅台酒的包装过去不够严格，以至有“差斤变色”的反映。1956 年后采取严格措施，彻底解决。在酒瓶方面，建立制瓶车间自行制造，改三节合成烧制为一体车成。瓶子烧制好之后，认真选择。瓶子装酒后，把存放期从半个月延长到 1 个月，使渗漏的瓶子能彻底检出。装酒半月以前将软木塞沸水煮过，然后用冷水漂，最后包上玻璃纸，瓶子装酒，洗涤三道。烤酒、勾酒用细布过滤，装酒用具，凡锡制的都改为陶制、木质的，避免酒内溶入铅质。实行出厂检查。

第九，由于上级党的重视和关怀，在厂党委的坚决领导下，经过全厂职工几年来的辛勤努力，茅台酒的质量自 1956 年以后是步步上升的……到 1958 年质量合格率达到 99.42%，现在达到 100% 了。

……

从不合格，到 100% 合格，茅台人所采取和总结的“九点”做法，后来一直成为指导和把握产品质量的“经验之谈”，而后人从中获得的又何止是简单的“九点”要义，茅台人更多的是从中获得了一个不可动摇的“茅台命根子”——用工人们的土话讲就是：没有质量，就没有“茅台”，就等于我们没有饭碗，没有饭碗就等于没有活路。

“质量就是生命之魂”在茅台人的意识中便是这样形成的。

然而围绕酒的质量问题，又何止是简单的“合格”与“不合格”，它生发出的许多事连茅台人都根本想不到。

20 世纪 60 年代初，意外冒出的一件事，让茅台人和茅台酒再次被推到风口浪尖上……

这就是 1963 年举办的第二次全国评酒会上“茅台”获得了一个让人大跌眼镜的位次。此次评出的名酒有 18 种，其中白酒有 8 种，在第一次评酒中名列第 1 的“茅台”，竟然一下降至第 5 名，在它前面的分别是：宜宾五粮液、安徽古井贡酒、泸州老窖特曲、全兴大曲酒。排在“茅台”后面的是：西凤酒、汾酒和董酒。

“茅台”作为伴着周总理出访和宴请的“外交酒”，从第一跌至第五难道是质量下降了？这事甚至惊动了周恩来总理，当时的轻工部门十分紧张，于是也开始重新调查茅台酒质量的问题。

“茅台”在郑义兴等大师力争恢复传统工艺之后，其质量已经无可挑剔，那为什么在评酒会上竟然一下子降了那么多的名次呢？

这一场“公案”后来用了好几个月才算有了结论：茅台酒质量并

没有问题，而是评委的构成和资质出了问题。“那一届评委多数是喜欢浓香型酒的，他们对酱香型酒不熟悉，所以结果就很荒诞……”这是几十年后我听季克良老先生做出的结论。

事实也是如此。

很多喜欢喝茅台的人，假如你突然给他换一瓶其他酒，哪怕也是名酒，他会立即告诉你“这酒不行，我不爱喝”。什么人喝什么酒，根据每个人的爱好与习惯，当然还包括身体、环境等因素。评酒与其他评奖一样，不同的评委构成会导致结果总是很不一样。1963 年评酒会上的评委们尽管也比较专业了，但确实对“茅台”类的酒认识浅显，而且那时也没有什么“酱香”“浓香”“清香”之分，只有统称的白酒一说。既然是白酒，那就谁偏爱什么口味，什么就是最好的了！

1963 年的第二次评酒会就是这个情况所出的结果。而它把“茅台”差点再次逼到绝路，因为当时的茅台酒厂遇上了两大根本性的问题：首先是产量连年下降。1961 年曾达到 921 吨，结果 1962 年的产量只有 363 吨，而 1963 年比 1962 年又少了 38 吨，第一次出现了亏损……另一个问题就是评酒会传来的近似“噩耗”的第 5 名。

产量没有了，名次又掉到第 5 位，这对“茅台”来说，几乎是毁灭性的。

当时连贵州省里的自己人都在议论：茅台到底还行不行了？

茅台人自己呢？此时他们在想什么？又在做什么呢？

茅台人当然仍在忙碌着酿酒和勾兑嘛！但他们已经不像前几年那样加班加点了，也不像前几年车间里常“战歌嘹亮”、劳动号子响彻赤水河两岸……现在已经听不到多少声音了，也听不到优美而有力的踩曲节拍了，有的是一声更比一声忧郁的低吟与叹气。这是为什么？没那么多为什么——大饥饿的年份地都荒了，连树皮都被人扒光了，何来高粱和麦子给烧房酿酒嘛！

茅台酒厂的产量上不去，而其他名酒厂也在渡难关，那质量呢？

质量为啥也一下降了4级，落到了第5位！有没有脸面了呀？什么“天下第一酒”！什么“国酒”！掉了一个名次，我们可以去理解是评委们玩了啥“猫腻”，你一下掉了4个名次，还是评委们玩“猫腻”？

有人嘲讽茅台人。而茅台人坚持认为：就是评委有问题！

后来北京和省里的大领导、调查组专家也来了。茅台人仍然坚持认为：就是评酒会上的评委有问题。

果真是这样？谁能把这事说清楚了？1964年10月，一个由中国微生物研究的泰斗、中科院微生物研究所副所长方心芳，中科院地球化学研究所副所长、著名化学家王铸清和轻工部发酵研究所所长秦含章等国内顶级专家和省部级领导组成的“茅台酒厂试点委员会”进驻茅台酒厂，首先询问的就是这一问题。

真是你们自己所说的是评酒会结果出问题出在评委身上？你们谁能保证和说得清这个问题？你们谁能保证茅台酒被评为第5名与茅台本身质量和工艺无关？此次国家和省里名义上派出的叫作“试点委员会”，实际上是检查和整顿茅台酒厂问题的调查组。他们的主要任务是调查茅台酒厂是不是真的出了质量问题，同时也要弄清楚茅台酒到底为什么与众不同并受人喜欢，尤其是在国家领导人与外国政要心里有那么崇高的声誉！

可以让郑义兴老师傅来说一说吗？有人提议。

郑师傅年事已高，70多岁了，就别再劳神他了。茅台人说。

那还有谁说得清这些问题症结的呢？

自然有。郑师傅的徒弟，也是我们厂的技术副厂长——李兴发，他行。

那就让来他向我们介绍到底是怎么回事！

他、他……

他怎么啦？

他正在车间里忙着呢！

忙？他忙什么呢？

他从前年开始，也是轻工部组织的“贵州茅台酒厂工作总结组”，一直在我们厂里，还没有搞完的生产与工艺分析与总结……

噢——记得记得，有这事！那咱们去车间看看他！

轻工部领导一挥手，“试点委员会”的一批人就跟着来到酿酒车间，然后在一个简陋的屋子里见到了正埋头在一堆瓶瓶罐罐之中的李兴发，他全神贯注地盯着那些装有各种颜色的酒液，旁若无人地、左右前后来来回回地观察着，琢磨着，时常又用手拿起某一瓶酒液，兑到另一瓶酒液之中，再用鼻子嗅一嗅，然后闭目养神似的品味着……

“李师傅，领导来了！”有人轻轻地呼唤了一声。

他没有听到。

“李厂长，是北京和省里的领导来了……”又有人呼唤一声。

他依然没有听到。

“别惊动他！”“试点委员会”负责人方心芳先生用手制止那两个呼唤李兴发的人，然后轻轻道：“我们正好学习学习……”

确实是学习，而且是大开眼界的学习：专家们先看的是李兴发穿梭在200多个大大小小不同瓶罐间，熟练地用一双鹰般的眼睛来回“扫荡”。在一次次这样的“扫荡”之后，他又动手将其中的若干瓶罐进行相互之间的调换与勾兑……当第一次勾兑结束后，他又开始第二轮的观察与调配，然而再进行第二次更微量的调配与勾兑。之后，他像半夜察视熟睡的婴儿的母亲一样，面对200多个“沉睡”着的婴儿，目光中透露着万般慈爱……

又是片刻之后，他变得将军巡察部队一般气宇轩昂、疾步如风地对所有装着酒液的瓶罐进行“点将”般的最后一次勾兑。他停止所有勾兑动作，端起最后那瓶酒液时，轻轻地将其贴在嘴唇边，然后抿上一口，再用双唇往舌头上一“咂”，然后只见他仰头闭目……

一秒钟，两秒钟，三秒钟。

十秒钟，二十秒钟，三十秒钟……

突然，他睁开双眼，盯着手中的那瓶酒液，深情而庄重地吐出两个字：好酒！

“来来！大家品品！来来……”呵，原来李兴发不是不知道“领导们”来了呀！是他太专注、太投入勾兑了！

“试点委员会”的成员顿时争先恐后地开始品尝起李兴发刚刚勾兑出的新茅台，而且由衷赞叹道：这真是茅台！真的呱呱叫呵！

味道太好了！名不虚传！

真正的琼浆玉液。

无双的国之佳酿。

发出如此感慨的是微生物研究泰斗方心芳和王铸涛。古人云：“忽然如睡，焕然而兴”便是如此也！

“兴发同志，你的这套勾兑技术是世袭祖传的吗？”专家们开始“考”李兴发了。

“可以这么说。不过它不是我们家的，是我师傅郑义兴他们郑家的绝活，加上其他‘茅酒’大师流传下来的工艺……”李兴发如实回答。

“你们一直坚持用这套工艺吗？”有人问。

“自郑师傅进厂特别是当生产副厂长后，我们坚持恢复了这套传统工艺。”李兴发说。

“那为什么在评酒会上同其他名酒一比较，茅台竟然被比下去了？如果你们的工艺技术没有改变的话……这是为什么？”这个是当时大家都想弄明白的问题。

李兴发沉思片刻道：“这也是我们在思考的事……”

“试点委员会”的专家们面面相觑，他们似乎已经感觉到想要揭开“茅台”名落之谜还真有些难度。而这难度的根本点是人们对“茅台”的了解实在过于表面与简单化。

“茅台”太神秘无穷了，它确实是其他名酒无法替代的好酒，其香味独特，而且其他白酒喝多了一定是头昏脑涨，唯独“茅台”不会“上头”，这是常喝“茅台”者的共识（当然对像我这样的不会喝酒者另说）。

那么疑问也来了：茅台酒从国家白酒第 1 名下降到第 5 名，问题到底出在哪个环节？

“试点委员会”必须寻出这个症结，否则无法回京向周恩来总理汇报，更无法指导未来中国白酒的评选工作了。

那个时候，国家对白酒的评判标准其实只是粗框框：哪种酒色泽清澈晶莹，口感人们喜欢，除此就没有可以上升为物理和学界共同认可的一套科学标准体系。哪知各种酒类其实千差万别，就“酒香”种类有几十种、几百种，甚至更多，这是因为酒香来源于自然界的微生物发酵之后所产生的醇香芬芳，于是即使同是白酒，由于它的配制方法、时令差异、地域环境等因素的影响，所产生的香味也是千差万别……

中国的白酒评价体系到底应该是什么？这是新中国的酒业界专家们面临的一个重要而迫切的问题，似乎在茅台酒厂应该获得解决，否则毁掉的不仅仅是茅台酒的声誉，还将是整个中国酒业的发展。

“试点委员会”专家们感到了压力。

李兴发他们的茅台酒厂其实压力更大，这里面涉及两个方面：一是“茅台”的声誉和未来发展的空间，生存问题是关键；二是“茅台”的传统工艺到底是不是真正值得传扬和继承的宝贝。

谁来破解这件事？谁来解释“茅台”好在何处？是如何的一种香味？这种香味对白酒的影响是什么？为什么喝酒的人喜欢它而一些专家却忽视它、低看它呢？

李兴发感到了前所未有的责任与使命。他仿佛感到自己跨在“茅台”的生死关的门槛前，越过一步可能海阔天空，退一步或将重蹈师傅郑兴义所讲述过的“茅酒”所遇过的几次劫难……

“师父，我们的酒，除了工艺独特外，最终与众不同的是不是就是香味？”李兴发带着问题跑到正在家里养病的大师郑义兴家，当面请教道。

“是这个理。茅酒能立足于世，全在于香味出众，与其他酒香不同……”郑义兴捋着银须回答道。

“那我们的香味到底妙在何处？是一种什么样的香呢？”李兴发像在问师傅，又像在问自己。

“茅酒之香，香在于心，在于心领神会上……”郑义兴似大神似的这样说。

是啊，茅台酒香在于心，香在神会之上。李兴发跟随大师郑义兴这几年，没少学东西，尤其对大师那般出神入化、烂熟于心的工艺早已佩服得五体投地，可以说学到了无数酿酒真经。但李兴发也知道，在现代科学技术面前，光靠“身教”还不行，有时“言传”胜于身教。此时“茅台”在评酒会上被拉到屈辱的第 5 名，某种程度上讲，就是“言传”方面吃了亏——光有工艺，没有理论肯定不易被广大群众所认可。

“茅台”好是公认，但这好在什么地方？好的特点又是什么？“茅台”之好，又并非与其他酒一样的“好”，比如“茅台”香味，与山西的汾酒、安徽的古井贡酒的香味，它就不可能是一样的……那么我们的“茅台”香是什么香呢？在白酒中又如何来命名它呢？

李兴发陷入了深深的思考之中。

他再一次全身心地扑到了酿酒车间、勾兑场地、储坛大堂……

这些地方对李兴发来说，太熟悉不过，不用眼前，只需闻声嗅味和熏吸气息，就知道在出几道酒、在晾几茬料、兑了几回酒。然而熟悉又能怎样呢？就像所有的人都可以称道“好酒”一样，难道一个“好”字就解释了“好酒”的全部意义了吗？咱“茅台”是好酒，而且肯定不是一般的好酒，但到底“好”在什么地方，与其他好酒相比又有什么不同的“好”呢？如果说不出这个“好”的究竟，那么这“好”就可能不是真正的好，而且容易被其他的“好”所湮没、所淘汰！

李兴发无数次来到酿酒车间，但从来没像今天这样对着自己叩问如此多的问题，其实所有茅台人以前可能都没有叩问过，因为农耕文明时代并不需要过多解释，只需把事情做出结果便是。

现在不一样了，什么事都需要追究一个原因，所以李兴发知道自己需要站在这一大片酒坛中思考先祖们从来没有思考的问题。

这一天，他所站之处是“茅台”从甑中出来的一轮轮基酒经历成长再勾兑调教后，即将“涅槃”前的地方——通常这里是带有某种神秘色彩的“茅台密枢”之地，即使是茅台人自己也只有少数几个勾兑大师级人物才会允许到的地方，因为它是茅台成酒的“心脏”之地。大师郑义兴曾经说过，过去他们郑家几代人为“茅酒”守业，可以换十个老板、百个烧房，然而唯独不能把这一“底方”授予外人，即使烧房的老板用黄金万两交换也是不可能的事。当然，新中国成立之后，郑义兴大师已经无偿地把这样的家传“底方”传给了新的茅台酒厂，尤其是无条件地传授给了他的徒弟李兴发。

应该说，李兴发是幸运者，他作为一个从旧社会走过来的贫苦孩子，是党和新中国救了他。入了国营茅台酒厂后，由于本人勤奋努力，26岁就当上了副厂长。同时又成为郑义兴的高徒，获得了他人不易获得的全套“茅台”工艺。“但我们的茅酒是先人一代代用精气神和这里的水土交手之后形成的好酒，它好在味道，既有水土和空气中本存的好味道，更有通过一代代酿酒人用汗水、用心思、用眼光把它配制出来的好味道……”这是郑义兴大师对李兴发说的话。

郑义兴是一个不识字的大师，他的每句话实实在在，他所说的“心思”与“眼光”，其实就是智慧和判断力。李兴发也没有正经读过多少书，可比起师傅郑义兴要好得多，因为他在厂里的夜校读过几年，当他上任副厂长后又有了许多机会看文件、读报纸，加上还要开会讲个话等等，他早已感觉必须有文化知识才行。然而他依然感觉自己的知识有限，而正是因自己认识到了这种局限，他对这一年（1964年夏天）来的一对大学生尤其是那个男大学生季克良格外看好，并且几次向师傅郑义兴举荐。

“他才是我们茅酒以后的希望！您一定要收他为徒……”李兴发的话对郑义兴起了作用，加上季克良一到茅台酒厂后就对茅台酒酿酒工艺产生了浓厚兴趣，这让李兴发和郑义兴大喜。季克良就这样也成为郑义兴的徒弟，本来李兴发有个打算，希望季克良能够与自己一起解开“茅台之好”的密码，但完全被博大精深的“茅台”工艺所震住的季克良竟然说了一句“10年内我在这儿没有发言权”，让李兴发内心不仅不反感，反而更加欣赏和喜欢上了这位新来的大学生。

“这个宝我们要好好保护他，让他稳稳实实地健康成长。”李兴发和师傅一致认为。

由此，暂且放下季克良这位新来的大学生后，李兴发重新投入到他的探究“茅台香”的奇妙世界里……

“父亲那个时候受厂里的委派，专门组成一个科研小组，其中包括后来毕业分配到酒厂的季克良，他们几个人在我父亲的带领下，天天泡在酿酒车间和酒库里，琢磨着勾兑酒的种种规律。因为在这之前，每个勾兑师通常都遵循的一条经验是大坛勾兑小坛、老酒勾兑新酒，可这个过程是有变化的，每个酒师的经验和能力、环境和条件，而且每一批次的基酒也不一样，像郑义兴大师经验丰富，他勾兑出的酒香色味就是高人一等，而其他酒师勾兑出的酒就会与他勾兑的有差别。那么如何实现统一的勾兑标准和水平，掌握其规律，这是茅台酒质量的关键所在，当时父亲他们的任务就是寻求这方面的突破。”李兴发的儿子李长寿这样回忆道。

虽然李兴发文化不高，但他身上常有三样东西：一个小本本，两个小瓶子。小本本用来记录各种他所发现的关于茅台酒的点滴情况，包括听郑义兴大师传授的经验，更多的是他在酿酒车间和勾兑现场发现的点点滴滴。

茅台酒厂曾经在几年前“曝光”了李兴发的那个“小本本”上的内容，我看到其中一页上描述他喝过新中国成立前三家烧房的酒而写下的文字：

成义酒房：谷花香。

荣河（和）烧房：大回酒不香。

恒兴酒厂：糊糟味重。低度酒尾味重。

那么今天的茅台酒是什么香、什么味呢？李兴发需要细细琢磨它。需要琢磨它就需要一次、百次、千次地品其味闻其香，接着“咂”其余味，闻其余香……

出基酒的酿酒车间是品味酒质与酒香的第一道门槛。李兴发常蹲在沸腾的甑边守候着每一次出来的新酒，一次次品尝后，他总结出这样几条“茅台酒的主要香”的规律：

一次酒：高酯香，也有水果香。

抄沙酒（亦称第二、三、四、五次酒）：飘香、开　香。

六次酒：自然　香。

七次酒：丢　香。

八次酒：高级　香。

酒存放期长，有　粉香（中　香），勾兑巧妙特殊香。（此处有疑问，有缺失字）

这些可贵的文字，记录着一位酿酒大师的滴滴心血历程。尽管现在人们都在使用计算器，但即使到目前为止，还没有哪台计算器能够计算出茅台酒所含物质的全部名称，至于它所飘荡的香味，也还没有突破当年李兴发所发现的内容，这也让人更加敬佩一位酿酒大师的精神。

据李兴发的儿子回忆：“父亲每天下了班回到家，还要做各种勾兑实验，因为酱香酒是有生命力的，可能在某个时候有点变化，要掌握这种变化，才能把酱香酒的口感稳定下来，所以在这段时间仍在做勾酒和品酒实验，要很晚才能休息。”

多少个夜深人静时，李兴发家的小煤油灯还亮着……在晃动的煤油灯光下，他一次次地将样酒放到嘴边，直到喝尽。

但喝尽之后并不是结束，而是他会把空杯再放在鼻孔前久久地嗅，一次次地嗅，直到嗅到陶醉……

终于有一天，李兴发突然高兴地大喊起来：“我找到香味了！找到香味了！”

“爸爸，你找到啥香味了？你的酒杯是空的呀！”儿子有些迷惑不解，因为他看到父亲的酒杯明明是空的。

“师傅，你找到啥香味了？”酒工和同事们也奇怪地问了起来，因为他们看到李兴发师傅已经好几天一直蹲在酒坛边，以为他这回真的不小心被酒“品”醉了……勾兑师“品”酒“品醉”了的事也偶尔会有的。

“我才不会呢！”李兴发笑了，笑得让人怀疑。

“不会不会，我没醉！没醉……”他越这么说，同事们越怀疑。

“真的没醉！”李兴发这回面孔一板，带着几名徒弟和同事，说：“我们现在就去找工作组！”他拿起三瓶不同口味的酒，就往车间外跑。

“师傅——等等我们！等等，我们一起去！”后面的同事一边喊，一边赶紧跟上。

那是一个寒冷的夜晚。那个晚上对“茅台”和茅台人来说，是个具有“创世”意义的晚上，因为在这之前人们只知“茅台”好、茅台酒香，却并不能说出它到底好在何处、香为何物，所以与那些清香型、浓香型白酒相比，有时会莫名其妙地被比了下去。而对担负重要使命的“试点委员会”来说，也是个具有划时代意义的事件，因为李兴发的一番对“茅台”的发现和定论，开启了中国白酒的三大香型标准的划分……

“兴发同志，你是说茅台香是酱香？你们茅台有三种色香，酱香、醇香和窖底香？”方心芳、王铸清等“试点委员会”的专家们听李兴发讲，又将他拿来的三种不同色香的酒细细品尝，最后品尝到李兴发现场用这三种不同香型的酒勾兑出另一个“茅台”时，所有的人喜出望外地惊叹：

这才是茅台的味道啊！

是是，茅台就是这个味！

茅台的香就是与众不同，酱香为主！

“对，所以我认为我们茅台酒是属于酱香型酒，它的香味与其他白酒不一样。你们嗅嗅，嗅嗅这空杯……”李兴发让大家将品完的空杯放到鼻子边再嗅，于是所有在场的人照样把酒杯放在鼻子边。

嗯，这味道就是茅台味！

对啊，这味道感觉很熟悉……

是是，我也觉得特别熟悉，可又觉得有些遥远。

我也觉得是这样。不仅熟悉，而且还有些亲切感。像小时候母亲晒酱似的那种酱油香……

对啊，我说有些熟悉但确实又不太一样。

李兴发笑了，说：专家们说的都对。我们的茅台酒其实在配制时就有大体为三种不同酒味，如果将它们细分的话也可以分成30种甚至更多，但基本上都可以归入酱香、醇香和底窖三种香型，而这三种香型以酱香为主。这酱香跟我们南方人家家户户晒的酱油的酱香十分接近，故此我称它为酱香。茅台酒就属于酱香型酒。

酱香酒……酱香？！方心芳听完李兴发的话后，又异常庄严地将空酒杯再次放到鼻根边嗅了起来。闭目入神许久之后，颇为陶醉地晃着头颅，独自喃喃起来：“真可谓‘鼎中之变，精妙微纤，口弗能言’也……”突然，他睁大眼睛，问身边的化学大家王铸清和发酵学权威秦含章：“你们觉得它是不是酱香啊？”

“是熟悉的味道，可又有些不同——不同的地方就是茅台它最可贵的香味哩！我觉得兴发同志的定名有道理，茅台它就是酱香！”

“不错！它就是酱香！酱香突出！”

两位权威异口同声称赞“茅台”为“酱香”一说。

“来来，为兴发的伟大发现，为茅台香有了自己的名字而干杯！”

“为兴发同志干杯！”

“为茅台干杯！”

关于当时李兴发为什么把茅台香说成“酱香”一事，他的得意弟子徐强曾这样说：“我师傅发现空杯香就是一个酱油味，他所熟悉的味，所以叫它酱香。”在没有多少文化的师傅那里叫出这个名词在当时完全可以理解，而当专家在亲自检验这种香味时，也一致认为李兴发所说“酱香”确实代表了茅台酒的本质。

“我师傅没有多少文化，说茅台酒是酱油香味，其实说它是个曲子味。”徐强后来特别解释了他师傅李兴发对“酱香”的机理解释：“酱香既有大自然中的水果香味，也有那种花草的郁香味，甚至还有窖底的那种熏臭所产生的香味。师傅认为，最容易被人嫌气的窖底臭香味，恰恰是茅台香最关键的因素，你把窖底香单独取出来喝，极其难喝。但适量的窖底香勾兑在好酒里，那就是最好最妙的茅台了……”

“酱香是一种生命体，是活性的微生物在人类干扰下即工艺技术过程中产生新的生命，这种活性生命体经过成熟的勾兑大师之手，千锤百炼之后所酿制出的酒，就是大家所喝到的茅台……”

呵，李兴发的“酱香”学说，听起来似乎是一个种田的老农所感叹的一句大白话，然而他却揭示了中国白酒之王——“茅台”的生命本质。不错，茅台的酱香不是简单的在大自然里所能找得到的那种香，它确实来源于大自然，吸天地灵气，集大自然的精华，但又不尽是大自然的产物，它更多的是通过人工技术和心智，将大自然中的物质与人的心灵情感交融在一起之后再回到大自然，并历经日久天长的存储，再一次次涅槃后所产生的新事物——飘逸悠长、绵绵丝意、雅致郁香、晶莹剔透、细腻醇厚，又无限丰满……

这就是茅台。这就是人们传说中的茅台之香。它符合古人早已定义过的“酒”之意：“若射御之微，阴阳之化，四时之数。故久而不弊，熟而不烂，甘而不浓，酸而不酷，咸而不减，辛而不烈，淡而不薄……”（《吕氏春秋·本味》篇）。事实上，李兴发所说的“酱香”是一种活体——季克良老先生也这么说，其实它所揭示的是茅台酒本质中一个十分重要的机理，即，茅台酒是万物之美中的“聚合物”，它集万物之香的一种“茅台香”，这种香是赤水河畔特有的自然之香，是赤水河畔庄稼之香、草木之香、粮食之香，更是赤水人智慧与劳动的汗水之香在微生物的作用下，而最终酿造而出的香味。这种香味是由太多科学尚无法解释的各种香气所组成与搭配出来的，是在时间进程中陈化和醇化之后所形成的一种香的风格，它最初叫“茅香”，意思是只有茅台镇这一带才可能酿造出的香气，离开了这个地方，其香味就不是它了。

“酱香”，一个何等拙俗的名词，然而它却孕育了一个伟大而不朽的中国白酒之秘诀：自然与自然人，一代又一代的自然人置身在一处千百年来形成的得天独厚的自然环境中，它们之间在不断交换、交流与融合、追踪……直至定型。这就是旧日的“茅酒香”和今日的茅台香。它们是一回事，只是过去属于民间的工匠们在酿造，后来新中国成立由国营酒厂承接继续酿造而已。

它的本质没有变，只可能是更香了——季克良这样说。

“酱香”一词是由李兴发发明的，他因此也成为继郑义兴之后的第二位“茅台酒神”，被后人所信奉与学习。

而前文说到的，1965 年四川泸州召开的全国第一届名酒技术协作会上，茅台厂的代表宣读了一篇名叫《我们是如何勾兑酒的》的文章，这篇论文由当时茅台厂新分配来的大学生季克良执笔，写的就是李兴发科研小组的研究成果。文章发表后，引起了强烈反响，国内酒业的专家们称它是一次“酿造史上破天荒的创举”。这个评价足见李兴发的贡献有多大！它好比使中国的白酒酿造业从传统的农耕文明时代，一下跃入工业化革命时代，所以怎么说都不为过。

在接下来 1965 年至 1979 年之间，相隔了 14 年，这一漫长的时间段，是中国经济和生产服从政治的年代，中国的酒包括“茅台”都经历了低潮。直到 1979 年的第三届全国评酒会上，从此便按不同香型的酒来选拔。“酱香”作为一种白酒风格有了更权威的学术性概括。

如今，多少中国人最崇尚“茅台”，甚至国际名家及富豪们也都喜欢“茅台”，喝“酱香酒”也成为一种高端风潮，而你再饮“茅台”时，是否会想念起李兴发那一份划时代的功劳？

10 “茅台铁汉”邹开良

在茅台历史上，能够被尊称为“丰碑”性人物的，一般都是酿酒大师级人物，基本没有管理方面的人，因为茅台人心目中的管理者一般都是上级派来的“领导”，他们常常身不由己，或干三年五年，甚至更短时间，他们来去或是“茅台”出现了“历史性的困难和问题”时，或因为谁也不清楚的内部或外部因素引发的人事调整。百姓和公众对这些管理者——“领导”们的评价各不相同，其实也很正常。我的结论是：“茅台”发展的好与坏，实际上很大程度受到的是外界的影

1986年，茅台酒厂党委书记邹开良在包装车间检查工作

响，比如更多的是政策性的定价，以前是计划性的影响，现在呢，当然也受着资本的支配等等，管理者被派到“茅台”，通常负有特殊使命。在这期间，有人干得漂亮，留下一串金光灿烂的足迹；有人则相反，可能污点斑斑，这样的人其实在茅台历史上并不多。还有一部分因为“需要”而被调整的，他们来去匆匆，然而他们在任时也都很努力，这一点必须肯定，因为到“茅台”工作的人都知道一件事：茅台厂不大，但它影响“通天”，除非哪个人脑子和意识实在太有问题，否则是不会不认真对待“茅台经历”的。我在茅台厂采访时，从上到下，都能感受到这一点。

这是中国大型国有企业的共同特点。因为我采写过关于大庆油田的作品，在采访茅台厂时，这里的干部、这里的工人，这里的氛围，都让我自然而然地联想了大庆和大庆精神……

大庆和大庆精神，就是听从国家建设的需要，干好国家安排和能让中国人民扬眉吐气的事情。有条件要上，没有条件也要上。

大庆和大庆精神是以铁人王进喜为代表的，他的身上集中体现了这种高尚的爱国主义精神和革命主义精神。这是中华人民共和国的精神，也是中华民族的精神。

在茅台厂，我能真切地感受到同样的精神和气氛。因为茅台股票和“茅台”又作为消费品，所以“茅台”常常被人诟病，其实多数人对它有误解，这主要是社会上并不了解茅台厂的国有性质，它既是独立的企业，又是受制于“国资”管理的特殊企业，茅台厂工人的工资和利税的提成等等其实都不是茅台自己能说了算的，而茅台的成长同样也不是靠自己独立地成就今天的地位，它是中国特色制度下的一个特殊的国有企业，它的发展很受大气候的影响，而有时候又极受“小气候”的影响——某一个偶发事件、某一句话或某一个高层管理者出了一点儿事，都将对茅台产生不可估量的影响。

这就是茅台。就像饮酒者一样，许多人以为自己是喝酒场上的高手，却也常常翻车；更不用说那些并无海量的饮酒者了。

“茅台”的奇妙就是如此，它丰富而复杂，斑斓而玄妙……

其实在“茅台”70年的奋斗史中，有许多像郑义兴、李兴发一样的有名无名的丰碑人物。而在这些众多丰碑人物中我独把邹开良称作“铁人式”丰碑，那是因为他是一位土生土长的好干部，在茅台最艰难的日子里他调任酒厂任副厂长、厂长、党委书记等领导和管理岗位，而且一干就是20多年，一直到退休告老。在工作中，从最初纯粹的行政干部到逐步理解酿酒，并成为酿酒大师，这样的人物也就他邹开良一个。

在正厅级的岗位工作干得非常漂亮时，另一条前程更光明的路摆在邹开良面前，而他义无反顾地选择了留在“茅台”，他把生命和灵魂毫无保留地献给了家乡赤水河边的那壶美酒……

拥有瘦削的脸庞和身材的他，却有着钢铁般的理想与信仰，他因此就是茅台的铁人——人们这样赞美他。而我觉得他确实是“铁人”在茅台的化身。

1933年，邹开良生于当时的茅台镇北20余公里处的紫云乡烂田湾。听听这个名字就知道那一定是个穷山村。穷到什么地步？那是连一两块完整的好地都不会有的地方，故称烂田湾。邹开良的家本应在大坝乡，因父亲为了躲避抓壮丁，才带着家人逃到了紫云乡的烂田湾。

邹开良小时候的乳名叫“桂香”，一个女孩的名字。有人曾问过他，为什么叫这样的名字。邹开良说：啥意思都没嚯，是叫花子给起的名，大概希望我长大后，像桂花一样发点香味，能做点为当地人积德行善的事吧！

后来邹开良在茅台酒厂真的留下一片“桂花香”……这是后话。

小时候，他的父亲为他选择了学医的道路，这一步让邹开良在迈开人生路之初就有了一个良好的开端。开良开良，果然又有些“命里注定”。后来，邹开良当了茅台酒厂“一把手”后说：我才不相信命呢！没有共产党，没有新中国，我的名字就是起“黄金”，也恐怕一辈子没见识过啥是真黄金哩！

但学中医有个好处是见识大自然和大自然中的各种花木草种，可以说为邹开良在进入茅台酒厂后钻研酿酒技术提供了先天的准备。

1949年11月27日，茅台镇所在的仁怀县解放。在解放军和工作队的指导下，邹开良的老家紫云乡成立了农协会。邹开良父亲成为农协会的组织委员，但是他没有文化，所以当儿童团长的儿子邹开良成了父亲的小“秘书”，看个文件、抄个通知、写个报告就都被高小文化的儿子包揽了。

从父亲的兼职小“秘书”到后来的农协会正式的文书，是少年邹开良的人生开端。

农民识字，办夜校，开正式学校，老师成了香饽饽。邹开良又从“文书”转为“邹老师”。

这些职业有一个共同要求：必须善于学习，肚子里要有真学问。邹开良一生好学，与此段经历有很大关系。

爱学习的人，在新中国成立初期就是大有用途的人才。邹开良就属于被“组织”看中的人才。他很快被调往党政机关工作，先任茅台区委秘书，后任仁怀县财经委秘书、县工商科副科长、商业局副局长、县委办公室主任、茅台区委书记。

1965年12月29日，临近新一年的日子，32岁的邹开良成为仁怀县主管农业的副县长。这一职务使他真正开始贴紧了“茅台”，因为当时的酿酒属于农业与工商的交叉行业，他这位县工商与商业局出身的、且现在主管农业的副县长，在几年后茅台需要领导干部时，成为“首选”人物便很自然了。

邹开良对新中国、对共产党是有特殊感情的。当年土匪头目黄文英带数千名土匪两次袭击茅台人民政府与人民解放军帮助当地百姓剿匪的过程，邹开良都是亲历者，鲜血淋漓的事实、天壤之别的对比，让他深刻地认识到只有中国共产党才能救穷人、救中国、救茅台酒厂，所以他在未到茅台酒厂之前的工商和商业岗位时，就对茅台酒厂格外看重，他知道“茅台”对茅台镇意味着什么。

然而，就在邹开良政治前途引人注目的时候，一场政治浩劫让这位土生土长的茅台人一夜间从“人民的好干部”沦为“走资派”。

他被“发配”到一个水利工地上。

这位“一心想干事”的年轻干部也许已经被茅台地区的人民群众熟悉和认可，所以在邹开良“下台”4年后，他又被任命为“中枢区”（茅台区）的区委书记、革委会主任。

“没啥说的，组织上让干啥就干啥！”邹开良的“老黄牛”精神和铁人的秉性就是从这些磨难中锤炼出来的。

3年后，省里的又一指令下达，这回邹开良有些犹豫，因为省委的命令是这样写的：调邹开良到“贵州茅台酒厂”担任“党委委员、革委会副主任”。从一名地方干部到一个企业任职，邹开良愣了。

“抓紧时间去吧。现在的茅台厂需要有人去扭转局面。组织认为你合适……”显然这是组织的信任嘛。

去吧。邹开良再也没有说什么。

此时的“茅台”到底出了什么问题？

问题大着呢！一直以来，雄赳赳、气昂昂的茅台人这回自己都在叹气：“你去财务看看账面就知道啥问题了！”

邹开良就到财务科。一问，会计告诉他：从 1962 年起，厂里年年亏损。

名气这么大！酒价也不便宜，为啥还年年亏损？邹开良是搞经济、做商业出身的，算账和看市场还是有一套的，但这回他到了茅台厂却发现原来身边的这个“黄金大户”，竟然是个不折不扣的亏损大户啊！

想不到！想不到！邹开良一头雾水。他要弄明白为什么会这样。

杨柳湾是最早出茅台酒的地方。邹开良追根溯源的第一站就到了这个茅台人认为出“圣水”的地方。他身背那只印有“为人民服务”的帆布包，凝视着古井，又举目看着四周杂草乱生、荒芜寂寞的地方，深思许久……这么重要的地方，为何如此凄凉，无人问津？

“茅台”真的不值钱了？真的要被弃之？

他来到一车间。那是茅台厂的烧酒房，他吃惊地看到这里工作的酒工们依然穿着裤衩、赤着背在驮料上甑，大汗淋漓……一切都是原始式的劳作，而名扬天下的美酒就是在这些人的汗水之下酿造而成。

邹开良感动又感慨：老祖宗传下的工艺就这般伟大，而伟大的工艺加之工人们如此辛勤劳动，又怎么会让这个美酒厂落入连年亏损的境遇呢？

他想不通。他认为不该是这样。

他发誓必须改变这种局面。美酒既然好，就该有个好的境况，酒厂也该有好效益，工人们更该过上好日子！

但邹开良很快发现：茅台酒厂不是一般的经济体，也不是一般的祖传秘方企业，它的特殊性远比他想象的要复杂得多。怎么办？

搞酒的人先要懂酒。这是老人的话。但邹开良认为它也是一句"土真理"。照着这个理去熟悉和了解茅台就能让茅台复生——他心里这样琢磨。

不久，省里又发一令：原"茅台酒厂革命委员会"废除，正式启用"贵州省茅台酒厂"，并明确从仁怀调来的周高廉为厂长兼党委书记，负责全面工作，邹开良为第一副厂长，负责日常生产。

邹开良肩上的担子很具体了：抓茅台厂的生产和经济效益。

过去亏不亏、怎么亏，谁都可以一推了之，现在不行了，工厂就要讲效益。没有效益的工厂办它干啥？茅台酒这么好的品牌，做赔钱生意，脸不红？邹开良在厂务生产会上拍着桌子跟干部们这么说，其实他说这些等于也是把巴掌打在自己脸上，因为他是负责生产的副厂长呀！

在熟悉和掌握了茅台酿酒工艺之后，邹开良提出了新观点："过去一说茅台酒，大家都把目光放在工艺技术上，而且也确实是这样，如果不能把老祖宗们的工艺技术学到家，继承好，就不会有茅台美酒。但现在我们应该还要明白另一个道理——没有好的企业管理方法，即使老祖宗的工艺全部继承了下来，产出的美酒丝毫不差，可如果厂子不行了，年年亏损，亏损到连工资都发不出去、企业改造和设备更新都搞不了、市场无人问津，这个美酒再美也最终会关门熄火……到那个时候，茅台也同样就会断送在我们手里！大家说，你们甘心吗？"

沉默。干部们全体沉默。

"你们说，甘心吗？"邹开良的嗓门提高了一倍。

还是沉默。

"你们虽不说话，我知道你们心里谁都不甘心茅台断送在我们手里！是不是这样？"

1989年，曾任茅台酒厂党委书记的周高廉与当时的茅台酒厂领导班子合影

"是是，哪甘心那样嘛！"

"老祖宗不把我们骂死！"

众人你一言我一语地热议开了。

"好，大家既然同意我的观点，那么我们就从现在开始，要把茅台酒厂存在的根本问题一个一个地改掉！"邹开良也受到了鼓舞，于是他这样说。

"啥是茅台的根本问题？"大家又议论起来。

"啥是根本问题？这个问题提得好！"邹开良说的下面这段话，许多茅台厂的干部至今仍然记得，"茅台酒的生产过程，既是产品的生产过程，又是价值的形成过程。既创造使用价值，又创造价值。因而全厂在管理上，既要把工人、原材料、生产手段这些生产力的要素结合好，组织好，把茅台酒生产出来；又要进行价值范畴的管理，把成本、价格、利润这些指标落到实处；并研究两者之间的规律，走出我们茅台自己的管理路子来！"

那么茅台厂的管理出了什么问题？邹开良一看历年的报表，再对照一下 1966 年前的茅台厂和政治浩劫十年间的情况，他终于明白了：

之前是低效率、高成本。生产的酒很少，供应的对象也多数是"上面要去的"，市场上很少销售；

动荡的十年中，整个厂里的管理更是一片混乱，许多原有的规章制度也是名存实亡。

"茅台酒的管理到底从何着手？它的生产工艺，是铁定的规律，那么效益从何而来？"邹开良陷入了深思，因为有些"特殊性"的东西靠他一个人，甚至整个茅台酒厂在一时间都无法解决。但好在改革开放之后，中央对企业有统一的要求，讲究效益，也是中央一再强调的。那么茅台酒厂按照生产规律和经济规律来管理，尽可能地减弱主观意志强加给企业的一些条条框框。如果把这些做好了、做实了，茅台酒的"味道"也可能是另一番景象了。

邹开良这回所说的“味道”是酒之外的效益，是茅台厂不再年年亏损的“味道”。

那个“味道”搞成功了，茅台就更有底气，更让茅台人骄傲啊！

想到这里，邹开良顿时心潮澎湃。

改革开放刚刚开始的那个时候，茅台厂远没有现在那么庞大和气派，当然也比新中国成立初的三家烧房合并后的“茅台酒厂”已经扩大了不少，形成了自己相对独立的一个园子，所以茅台人慢慢把厂区的地盘称为“茅台园”。邹开良着手管理时，他的目光就不是局限在生产酿酒车间，而是整个“茅台园”。他认为茅台酒厂过去十几年的年年亏损，亏在整个“园”的每一个环节上，与生产工艺流程上没有多大的关系。

但邹开良从历史的档案中找到了一个叫人十分头疼的“规律”：每当茅台厂增加产量时，酒的质量就下降了，甚至下降到惊动了中央和国家领导人。或者，就是产量上不去，产量上不去——在高成本、低效益的年代，全厂不亏损才怪。茅台厂似乎一直在这个“怪圈”中转悠……

如何实现既不影响质量，又能提高产量呢？

摆在邹开良面前的这一矛盾体或者说“怪圈”到底如何破解，是他“开创良好局面”的关键所在。他默默地想：“开良开良，你真的能开创良好局面？”

在一个个通宵达旦的夜晚，邹开良独自手捧《毛泽东选集》，学习着《矛盾论》和《实践论》。这“两论”他是熟悉的，在“工业学大庆”活动中，他已经把“铁人”王进喜的经验学到手了，现在是如何在自己的茅台酒厂的生产活动中进行实践的问题。

是啊，矛盾存在于万物之中，抓主要矛盾是解决一切问题的根本。茅台酒厂的关键问题在何处？

显然，茅台酒的质量是头等大事，没有了质量，一切都无从说起。

“茅台”存在的意义就失去了。那么产量如何上呢？难道“茅台”只能保质量而又必须不能讲产量？讲了产量就会质量下降？

邹开良把这个问题交给工人和酒师们一起讨论。结果大家认为：茅台酒厂的质量任何时候都不能放松、不能下降，但也不是没有可能实现产量的上升。产量上升的关键是要在稳定质量的前提下才能去实现。那么，抓稳定质量还是关键和根本嘛！

对啊，抓稳定质量这个主要矛盾点，同时争取实现产量的上升……邹开良心头茅塞顿开。

那么过去一抓产量就出现质量问题到底症结在何处呢？

“克良，你是厂里的大知识分子，又跟了郑义兴大师这么多年，你比谁都清楚生产质量问题，你觉得问题在哪？”

季克良此时是生产科的副科长，虽然没有全面负责厂子里的质量问题，但好学上进的他结束了十多年的“不能说话”的漫长的学习和思考的岁月，慢慢开始有了发言权。他说：“还是质量没有一个标准的问题……虽然我们有传统工艺。”季克良的话中意思邹开良清楚了：好工艺还得有一套好的科学机制和机理去让人遵守与落实，否则随意性太大，一旦产量要上去时，原有的工艺陈规就会被扭曲和破坏。

邹开良仿佛迷雾中找到了阳光一样，于是迅速召来干部，布局道：“克良，你负责制定出茅台酒新的质量标准，这个标准一旦出台，所有车间都要严格按章办事，无论产量要求什么情况，但是照章酿制工艺不能动摇，任何时候都不能动摇。生产科要监督，严格监督，车间主任要带头执行好，我当生产厂长的首先要抓的也是质量问题。”

季克良点点头，说：“新标准我尽快搞出来，再请师傅们核准，由厂里批准下发。”

邹开良又面向全体干部，说：“全厂要开展稳定质量的研究活动，每个车间、每个环节，包括材料和后勤保障部门，都要有自己的保障全厂质量的措施。”

老茅台人回忆说，那个时候起，全厂精神状态焕然一新，方方面面都跟着行动了起来。这是因为，茅台酒的风格和特性的形成，并非一日之功，它积累了几代、几百年甚至更久远的历史中的先人们的酿造经验与心得，对工艺上来说是一个封闭的循环，而同时又对操作者来说是一个开放的循环，如果把握好内外循环的平衡，便掌握了它的质量规律。

“你们都得把脑子动起来、转起来！再让克良同志把你们的经验和心得记录下来，形成像大庆油田的‘三老四严’一样的工作制度，那我们茅台酒厂就不会重复那种要产量时质量就下降、要质量时产量又搞不上的死弯子！你们说对不对呀？”邹开良对干部和技术人员这样说。同时又发动全体生产一线的人员开展自发的质量研究活动，从酿酒的制曲配方、酒窖培养、双层窖及分型出窖、分型堆糟、分型上甑、分型入库，再到勾兑到包装等每一个环节上，体会和总结出稳定质量的经验。

“厂长你看，我这儿根据师傅们和工人同志们大家在一起总结的经验，把提高质量的相关工艺规程归纳成 10 个方面、60 条新建议，也可以叫措施吧！”那时季克良虽只是个生产科副科长，但他的能力在领导和酒师们那里都已是有目共睹了。很快，他按照邹开良的要求，把稳定质量、保证产量的岗位责任制度给提炼和整理了出来。

“太好了！我要的就它。茅台厂缺的就是它！”邹开良又在季克良归纳整理的基础上修订了一遍，随即交厂班子和技术人员会议上过了几回后，向全厂发布了有关确保稳定质量、遵守生产规章的劳动竞赛活动。

“这一年的效果十分明显，我们第一次实现了扭亏为盈，开创了茅台历史上第一个健康发展的里程碑……”时隔 40 多年后的今天，当我问起 1978 年那场以稳定质量、促进生产的劳动竞赛时，季克良老先生这么回应，依然记忆犹新。

在茅台厂的档案馆，我们查到了这一年的生产记录：

> 产酒 1068 吨，比上一年多产 310 吨；产值为 543 万元，比上一年增加 164 万元，利润 6.5 万元，第一次实现正增长，结束了 16 年亏损的严重局面。

以现在的茅台厂效益和各项生产指标来看当年的数据，读者都可能会笑出声，因为现在茅台一天的生产能力和效益就是当年一年的几倍、几十倍和几百、几千倍！

然而在当时，在连续亏损了 16 年之后第一次实现了扭亏为盈，这对茅台厂提升士气、推动未来发展则是何等地鼓舞人心！

人们怀念和称赞邹开良的功绩意义也在于此。

1981 年夏，赤水河畔的“茅台园”里又一次响起了“惊雷”：邹开良被任命为厂长，与他搭班子的是酿酒专家季克良，任技术副厂长。茅台人说这是“茅台”历史上“二良”组合的黄金时代，也是“茅台”发展史上黄金时代的开启。

两个“良”，一个具有极强的行政管理和领导能力，一个是生产、技术方面在“茅台”历史上都少有人能替代的权威。这种组合让一心想抓好“系统管理”的邹开良心花怒放，而茅台人也积蓄了干劲和力量。

厂长就是一个方向。他重视什么企业就会在什么方面突飞猛进。邹开良任厂长之后，茅台厂很快出台了有名的“五定”“四包”“一奖”的生产管理措施，即在车间推行：定产量、定质量、定周期、定人员、定费用；包工资总额、包夜餐支出、包岗位津贴、包高温补贴；同时在包装车间推行“计分计件和奖励制”。

这些在今天企业管理中已经普遍采用的定岗定责定指标的规章并不是什么新鲜事儿，但在 20 世纪 80 年代初，偏僻的茅台酒厂敢这么干，邹开良和季克良等也确实是有些“胆大妄为”，甚至有些高高在上的人在说些风凉话，说“茅台”又不知放错了什么糟料，竟然敢这么干啊！

邹开良回答是：好不好，看茅台酒的质量保持了还是下降了，是看产量上升了，还是下降了。效益是根本。我们茅台人要对得起全国人民对“茅台”的信任，“茅台”也不能在全国人民信任中顿足不前。前进了、效益高了，才真叫对得起全国人民。在季克良和酒厂其他负责同志的一起努力下，邹开良很快在全厂推出了十项管理制度。它们分别是《职工手册》《劳动纪律暂行条例》《制酒操作规程》《制曲操作要点》《茅台勾兑操作规程》《新酒检验操作要点》《文明生产守则》《水、电、气管理办法》《制止生产性喝酒的暂行规定》《包装生产操作规程》等。

看一看这些内容，就知道邹开良他们当时抓到了什么，抓到的是茅台酒生产和质量的根本。抓到了有史以来“茅台”酿制传统工艺所缺的核心流程管理体系，摆正了“茅台”要走上发展的轨道……总之，这十项管理制度至今仍然是茅台酒厂管理和发展的基本“定型”框架，就像一个人成年之后需要他像模像样出场和走向人生新高峰的时候，得有几件合身的衣服，得立几条必要的处世之道，否则这人可能就不成体统，走入邪道，最终毁于一旦。

“茅台”自有了这十项管理制度，它的质量和生产就走上了正轨，各种指标的箭头是上扬的……

对此，厂长邹开良功不可没，做出了他人所无法替代的特殊贡献，因为若不是他这个厂长提出和全力推行管理体系、管理战略，打出一项又一项的管理思维战术，那么“茅台”仍然会在发展的道路上停停歇歇，甚至可能倒退。

后来的“茅台”确实没有停停歇歇，更没有倒退，而是一路高歌猛进。

有意思的是，1983 年 11 月，省里下文，季克良任茅台酒厂厂长。

原来的厂长邹开良任党委副书记。可500天后的1985年3月，省里来文，再次任命邹开良为厂长、党委书记，同时又多了一个新职务：扩建指挥部指挥长。

这是为什么？

有人当时问邹开良。邹开良是老党员，又是在行政岗位上有着多年丰富工作经验的领导，他笑着这样回答："组织上的事，我并不清楚具体的。反正组织让当就当，不当厂长也要为茅台厂做事。"

后来，邹开良再度任厂长和党委书记时，季克良是总工程师。这也是茅台历史上第一次设有"总工程师"一职。

同样后来也有人特意问邹开良，你为何这么做。邹开良毫不犹豫地说："季总这个人是酿酒行业的一块瑰宝。他真诚勤勉、善于总结。酿造国酒凭的是技术，季总恰好是技术权威。我抓管理，他抓技术，茅台酒就大有希望！"

果真如邹开良所言，他们俩之后的几年里，带领全厂职工团结合作，携手奋斗，引领茅台走上一个又一个新台阶。

1991年3月，贵州省再次对茅台酒厂班子做调整，季克良再次升任为厂长，而邹开良则继续担任党委书记。角色又换了，但邹开良依然胸怀坦荡，从此专司党委书记一职，在生产和质量管理上协助和保障季克良厂长的一系列新举措，特别是在扩大茅台的国际影响力方面，呕心沥血，做出了卓越贡献。因此，茅台人给予了邹开良更响亮的尊称："茅台铁人""开明书记"。

人的崇高在于民心，邹开良便是属于民心中的丰碑人物。

第三章
茅台的“秘密”

现代的中国人对科学和教育一直是十分崇拜的，而过去的中国人则对自然和虚幻世界格外迷信。崇拜和迷信之间有时就一墙之隔，并不遥远，甚至十分相近。如果超前500年，有人说我能“一步登天”，另一些人肯定会嘲笑说“他疯了”；今天，当有人听说茅台酒总工程师申报院士时，差不多引来举国嘲讽。君不知，其实在茅台酒的整个酿造工艺中，不知有多少生物技术和酿制科学至今尚不被人破解，这难道就不是科学了？这难道就不是“工程”了？所以，现代社会中有些现象让人哭笑不得。有人指责“茅台酒厂的科技人员不能申报院士”也是一出对我国传统酿酒工艺否定的滑稽戏。

事实上，即使在今天我们可以向宇宙发射载人航天飞船，还可以攻克与战胜部分癌症细胞或病毒的侵袭——即使这样的领域里获得诺贝尔奖的也有数个了，可至今我们还没有哪个食品工程或生物工程专家能够解释得清茅台酒工艺为什么无法替代、它的微生物到底是怎么样的构成方式……然而，一代代茅台人就这样完整继承了祖先创造出的一整套工艺并不断地加以优化，让美酒醉满人间，这难道不是科学？不是工程科学？一些有头无脑的人随口说出“一瓶酒也能出院士”之类的话来嘲讽茅台，倘若茅台的酿造技术真是如此简单的话，那“茅台”就不会是国人心目中至高无上的佳酿了。

一方面特别崇拜科学，另一方面误读科学，这是当下某些国人挥之不去的尴尬。但有关茅台的“秘密”确实是让科学界和广大消费者十分感兴趣的话题，也是笔者一直想弄清楚的一件事。当我多次来茅台厂后才发现，其实关于“茅台”的许多“秘密”，连绝大多数的茅台人自己也并不知晓，而知晓的那极少数人却从不将其挂在嘴边——这是我对茅台人品节的又一个敬佩之处。

茅台的秘密与它的神秘性是关联在一起的——

11 “天人合一”之道

有哲人曾这样说，在这个世界上，最神秘的并不是科学，而是玄学与神学，因为前者存在于物质之上的，而后者是“思想里长出的东西”，它到底有还是没有，其实都很难说，或者仅凭人类现在的知识与认知能力，至今仍无法弄清楚其真相，尽管它是通过人所创造出的某种物质，但现在的人还不能从理论上解释清楚其中的奥秘。

“茅台”便是如此。

我们现在常挂在嘴边的“茅台”其实是指茅台酒。而要弄明白酒的“茅台”，自然我们先要了解地域的“茅台”，即旧的茅台镇这个地方。

关于地名的茅台，在我写此书时，正好看到茅台人发布的一个权威性的解释：

“香漫九州溢四海，依然好酒数茅台。”茅台酒以产地得名，地因产酒而兴旺，地名与酒名相互浸润融而为一。

茅台镇位于大娄山脉一处低洼地带的马鞍山斜坡上，赤水河自西向东绕镇半圈，在镇头打转，形成一处宽阔深邃的回水沱，再掉头北下，沿铁蛇岭流经习水县、赤水市，在四川省合江县汇入长江。

历史上，茅台镇有不同的称谓，都因为具体的实物而得名。

茅台镇最早的名字叫马桑湾，因为赤水河东岸长满马桑树得名。后面又叫四方井，是因为世居仁怀这块土地上的原住民濮人在位于赤水河东岸的部落，砌了一口四方形的水井。到了宋代才叫茅台。赤水河畔的濮人在河边，修筑了一个宽大的高台，作为祭祀祖先神灵的圣地，时间久了，祭台长满茅草，当地人称之为茅草台，后来简称为茅台。

元朝以后，州县以下设寨、村、坪、部，故叫茅台村。

后来，茅台镇还有过半边桥、云鼓镇、益镇等诸多名称，但最终却因为“茅台”二字深入人心，成为今天的茅台镇。

濮人善酿酒世所公认，徐霞客《粤西游日记》记载：“主人出‘茅滤酒’劝客。”从考古出土文物分析，茅台地区在商周时期就有了酿酒业。

那么酒的“茅台”到底是怎么形成的？为什么就把地名的茅台给替代了呢？在今天的茅台镇和茅台酒厂，有关人士几乎异口同声地自豪地告诉我：茅台是酿造出的酒。虽然在茅台镇和茅台酒厂里的人都这么说，而真正的酒的“茅台”，也并非所有人都能说得清的，尽管他们一手酿制出了茅台酒，然而其成分中的所有物质，即使是专业人员也并非全部了解，这就是茅台的奇妙之处。

那么“茅台”到底是什么？专业人员告诉我：茅台是酿造出的酒。但就是这些专业人员也并不全部清楚他们一手酿制出的酒的成分中所

茅台全景

有的物质，这就是茅台的奇妙。

普通人对“茅台”的认识，就是由“水”变成的“酒”。从“水”变成“酒”的过程，很复杂，也很玄妙，中间掺入了粮食，而粮食是可见的高粱与小麦，照例通过先进的仪器测试会很快分析出再生物质的分子，但对“茅台”却不能。

“茅台”因此玄妙而神秘。于是喝“茅台”的人也就常常欲罢不能，“对影成三人”……

认识“茅台”几乎都是从认识赤水河开始的，因为如果没有这一条“美酒河”，“茅台”也就不存在由“水”变成“酒”的过程。而赤水河到底神奇在哪，细说起来又有些不可思议。笔者在写此书之前去过赤水河多次，都是为了寻觅红军“四渡赤水”的历史踪迹，而去的时节基本上都是夏天，主要因为常听说西南地区冬春太寒，秋里便开始阴冷，所以一般都是选择在夏季去那儿。但夏季的赤水却给了我一种错觉，有些流段是泥水混沌、暗流滚滚，但有些地方却干旱得几乎见底——河面又窄、水流稀少，实在感觉不到渡它的困难和它应有的汹涌磅礴之感，故以前每次去后对赤水的“神秘性”与“磅礴性”多少有些失望。那个时候一说起“赤水”，自然会联想起明代诗人吴国伦的那首“赤水”诗：

万里赤虺河，山深毒雾多。
遥疑驱象马，直欲捣岷峨。
筏趁飞流下，樯穿怒石过。
劝郎今莫渡，不只为风波。

然而这次我见到的赤水河竟然完全不一样，是另一番风光：它晶莹明澈，它湍流潺潺，它就像一条仙气灵动的丝巾系在崇山峻岭之间，恰到好处地将黔地衬托得满眼诗情画意，再难找得见吴国伦笔下的那般狰狞模样。

赤水河是美的，那种美表现在弯曲穿梭于群山之间的柔软婀娜，又迸发出随河床的蜿蜒颠簸而奔流直下的雄性气魄，但最根本的是它的水质之美，美得像不染凡尘的仙水天露……

关于赤水河，史书上记载的甚少。1988 年出版的《贵州省志 · 地理志》下册中对赤水河有这样一段文字表达：

> 赤水河是长江上游南岸较大的支流，发源于云南省东北角镇雄县大湾鱼洞乡之大洞口，上源称鱼洞河；河源向北流数公里后转东流，至洛甸小河口折东北流，经过一段伏流至龙洞河口折东南流，至云贵川省交界处折东北流，称毕数河；至石关折东南流，倮河河口折东北流，至茅台折西北流（三省界至茅台段为川黔界河），下行经土城、元厚至大群折东北流，至金沙折西流，至龙岩小河口折西南流，至大洞河口折东北流，经赤水始称赤水河；至鲢鱼溪流入四川境（大洞河口至鲢鱼溪段为川黔界河），至合江城东注入长江。

其实，赤水之名是被外人误解了的。据说当年因为有四川的盐商在洪水来临之时搭船逆流而入黔境贩盐，面对滔滔奔涌的红砂土卷入江中的河面，有人便问此河称谓，那四川盐商指指河面，随口而出：“赤水河呗！”

赤水河从此背上了一个名不副实的称呼。当然洪水泛滥之季，它确实是挟裹着泥沙的赤色水浪汹涌地溢满了河面，你几乎掬不上一捧清水。但在平常日子里，它则清澈见底，连鱼儿蹿动都能看得清清楚楚。多数时候，赤水河就是这般不露声色，以默默恒久的精神，为茅台岸头的酿酒烧房竭尽了自己干净丰足的本分，最终酿造出了中国白酒之冠绝。

我们当然得要感谢赤水河。

然而，我所知道，赤水河本身从来就没有独吞其功，相反它一直在感谢仁怀，因为除从云南境内奔流入黔的主流外，仅在仁怀之段的188公里的赤水河域内，就有二道河、望乡河、渭河、沔渔河等170多条大大小小的当地溪流拥入赤水河的怀抱，方使赤水成为名正言顺、浩然正气的长江支流。

际柴扉。溶溶漾漾白鸥飞。两忘机。

南去北来徒自老，故人稀。夕阳长送钓船归。鳜鱼肥。

宋人的渔歌，其实在赤水河上同样适宜。据说因为赤水河的水质丰润，所以栖息在河流中的鱼类多达110种，这样的水酿造出的美酒你不醉谁醉？

赤水河茅台段峡谷风光

赤水河之水到底好在哪里？这似乎是让许多人好奇的一个“秘密”。据“茅台史”载，1958 年，中共中央在成都召开会议，时任贵州省委书记的周林陪毛泽东在杜甫草堂散步。毛泽东也曾好奇地问周林：“茅台酒现在的情况如何？用的什么水？”周林书记答：“生产还好，就是用的赤水河的水。”毛泽东这回从周林那儿获得了证实。

毛泽东在长征过程中途经遵义和茅台镇，当然知道赤水河，他的军事“神来之笔”的四渡赤水战役就是在这条河上展开的。

在中国的千条江河、万条溪川之中，如果说长论宽，赤水河真的啥都不是，然而赤水河就是因为有两件事让它名扬四海、威震神州，那就是在这条河上一是出了一瓶酒，二是留下了一桩事，酒当然是“茅台”，那桩事就是毛泽东领导中国红军的“四渡赤水”。倘若没有上面这两样，估计除了贵州人以外，基本不会有几个人知道赤水河。红军的“四渡赤水”把毛泽东的军事艺术第一次推向了极致，而一瓶“茅台”又让赤水名扬天下……

“佳酒必有良泉”，这是中国酿酒业的圣则。“茅台”自然也不例外。古书《北山酒经》也有如此说：“看米不如看曲，看曲不如看酒，看酒不如看浆。”所谓“浆”是造酒中的行话，就是指酿酒过程中所要加的水。人们对好酒“茅台”到底用了什么“水”也特别关注。

关于“茅台”所用的赤水河之水，水文科学家其实早已“揭示”过它的“秘密”存在：据史料记载，仁怀一带属于干旱之地，大雨暴雨一年平均两次左右，所以总体看，赤水河是一条“安好水河”，在漫长的岁月静好中多数时间保持着清澈见底的美好身段。赤水之水的“源流”其实就是山溪泉水，也就是说它是“根正苗红”很纯粹的好水。从云南流经至仁怀之后的“茅台河”（当地人俗称的 119 公里河段），至这里时的海拔为 457 米，而出仁怀境时的海拔只有 329 米，也就是说赤水河在“茅台”这一段的海拔落差有 130 米。前文已阐述过：在这 119 公里的“仁怀”境域的赤水河，其实是有大大小小的 170 多条支流、溪河一直在补充赤水河之水，形成了“茅台河”之水。这些“补充”之水，均为崇山峻岭之中流出的泉水。这些山涧之水，很有独特之处，每日早、中、晚三涨三退，逢雨水呈现不同颜色，汇入主流。而这也使赤水河的天然水，“处于与外界环境不断进行物质交换的过程之中，空气、土壤、岩层的有机物、无机物汇入其间，形成滋养人、供养微生物群落的营养体系，当然也将各种悬浮物质、胶体物质和溶解物质带了进来。”（引自《茅台秘钥》第 134 页）

在所有符合国家标准的白酒生产厂家的用水标准里都有这样一句话：本厂所用水“符合 GB5749 的规定”。这 GB5749 是国家对白酒生产所订立的一个标准，但同样的标准为什么生产出的酒的味道和品质不一样，或者说差异非常大，这就涉及在同一标准下的水质中的各种成分含量很不一样。茅台所用的赤水河水到底不同于何处，它们对酿酒所能产生的影响又会是什么？这一直是人们关注和感兴趣的地方。茅台酒厂自身也同样想弄明白这一“谜”。

10 多年前，茅台酒厂就曾约请贵州省环境科学研究设计院的几位专家对赤水河之水进行了专门研究，专家们后来发表了《赤水河中段水环境化学特征研究》的成果报告。此份报告中有一句结论性的话十分醒目：“由于中华人民共和国成立以来一直受到严格的管制，赤水河干流二郎镇以上基本无工厂（除酒厂以外），沿岸城镇发展也比较落后，再加上无任何人工堤坝阻挡，水流自然，这一段以上的赤水河水质得到了很好的维护，可以说是目前中国最好的河道水体之一。”

化学专家对于酿酒之水的酸性、碱性物质含量有这样的结论：如硫酸根离子过多会使酒体中的酸性升高，给酒带来苦味；镁离子超过一定量后又会令酒产生涩、酸、苦味，甚至是刺激味；钠离子过多也会让酒缺乏柔和感，甚至出现咸味等等。“茅台”所取的赤水河水中的这些物质都很独特，可以说是恰到好处，它酸碱适度，软硬适中，非常符合优质酿酒用水的标准。再加上赤水河常年流动，故这些物质含量虽起伏较大，但都在可控范围。

科学家告诉我们，酒中有种特别的物质，就是它的酶，而酶就是蛋白质，而这种蛋白质通常是由活细胞产生的，对生物体具有很强的催化作用。1833 年，法国两位化学家佩恩和帕索兹先生从麦芽的水解物中用酒精沉淀得到一种可使淀粉水解生成糖的物质，这就是现在我们常说的淀粉酶。40 多年后，另一位科学家昆尼把酵母中进行酒精发酵的物质称为“酶”（Enzyme），故后来人们俗称酶是在“酒精中”的物质。20 世纪 30 年代，许多科学家相继提取出多种酶的蛋白质结晶，并指出酶是一类具有生物催化作用的蛋白质。

科学家们在茅台酒所用的赤水河的水中发现，它比一般的水的碱性要重些。越来越多的医学家认为，人体的酸性化是万病之源。因此，英国最佳营养协会的创始人帕特里克在他的《营养圣经》中如此建议：人们在日常饮食中，应有 80% 的碱性食物和 20% 的酸性食物，这就需要通过补充若干碱性的食品来加以适当的调节，包括用偏碱性的水来代替自来水、纯净水，以创造体内的微碱环境。如此来说，赤水河的水，就是一种理想的“补充碱性液”。“茅台”的酿酒师们不经意中利用碱性偏强的赤水河之水制曲与酿酒，于是就对原本酸性偏大的酿液进行了适度的调整，形成自然状态下的酸性减弱，从而对人体产生事半功倍的效应。

这是赤水之水的神奇处之一。然而“茅台”可不是因为仅有赤水之美就能成为“美酒”的。

在茅台镇，我走访过那里的老人，他们神秘地指指身前身后的大山说：“茅台”是玉帝娘娘赐下的仙物，它是阴阳之造，赤水在下属阴，山峦在上是阳，阴阳造物才有了“茅台”。

老人们的话让我将信将疑。有一点虽无法解释，但是特别肯定，那便是：入了仁怀，到处迷漫的酵香之味，常令人心醉神游……

茅台酒厂对面的山叫“马鞍山”。顾名思义，其山势如一只马鞍般驮突在赤水河之上，半入云霄，是因为这里的山峰都不是太高。平均1000多米的海拔之上，再有五六百米高的山体，构成的黔地群山峻岭、峡谷崎岖的地貌，同时又因南方湿润多雨的天气，整个茅台镇四周每天所看到的几乎都是在云雾中环绕着的天与地、谷与河，加之到处迷漫的酵香空气，你所置身的就是酒之酿地。这般景况无地可比，无处可近。

你是会醉的，你也一定会醉的——不管你会不会喝酒，其实在这般地方，致醉的原因已经不是酒了，是空气，是环境，是那种云里雾里的山峦与草木等万物共同沉浸的天地之间气息与神灵……它们或从你身边升腾而起，或从你身前拂面而来，或从背后簇拥而过，总之是来自大自然的那种飘逸的力量和倾心的惬意感。

我仔细观察了早、中、晚的三个时间段里的茅台镇四周，竟然发现一个奇观：那些大大小小、近近远远的山谷，就像一个个酿酒车间里工人们积起的正在发酵的糟堆，无一例外地在散发着热腾腾的醇香气儿，我确信只有茅台镇和赤水河畔才有这样的奇境。

它是上苍恩赐这块土地的不可替代、也无法搬走、不能移动的神灵之气。它只属于这里。关于这，20世纪90年代之后，茅台酒厂的掌舵人季克良先生就曾阔论和断言过，之后各界都在最后认可了他的这一科学论断："茅台"只属于伴着赤水河的仁怀这块地域上。这里的水、这里的天、这里的气息，无法搬走，搬走后的"茅台"就不会是"茅台"。

这并非季克良和茅台人的孤傲之言，而是茅台人和贵州人通过多番验证所得出的结论。

在"茅台大事记"里有这样的记载：在20世纪70年代中期，当时茅台酒厂的产量一直上不去，当时各方压力都很大，甚至惊动了国家层面。于是有人就提出，能不能在离茅台镇不太远的地方再争取办一个"茅台酒厂"，这任务后来被列入国家科委和贵州省级重要研究项目。当时有关部门提出一个条件——新的酒厂，完全复制现有茅台厂的所有模式，包括酿酒的全套工艺、酿酒的师傅等，甚至是酒厂的设置，要与在仁怀的茅台酒车间一模一样……

“当时我们从厂里抽调了一批相应的制曲师、酿酒师、管理人员等，就是把大厂的人分解出一部分，再到另一个新的厂去酿酒，采用完全一样的生产流程，去酿制新的茅台酒，但结果失败了，失败得连我们茅台人自己都觉得特别奇怪，因为这个酒厂除了地址不在仁怀的茅台镇上外，所有的方式完全是跟我们原厂的所有工序一模一样，但酒的味道就是不一样，你说这怪不怪？”茅台酒厂当年参与这个“试验”工程的人包括季克良在内的有不少，他们谈起这事，即使在今天仍然一脸迷惘之笑，说不出个所以然。

异地办“茅台酒厂”的事是国家科委亲自抓的，时任国家科委主任的方毅亲自关注这一工程，后来他到了遵义——新“茅台酒厂”就建在现在的遵义市区，他听完办厂的介绍，也尝了这里酿出的酒，不得不承认“就比茅台差那么点劲儿”。但这里酿的酒也非常珍贵和独特，于是这个不是“茅台”的酒也有了自己的名字，叫作“珍酒”。

现在的“珍酒”厂和“珍酒”品牌是这么介绍的：

贵州珍酒厂，前身是始建于1975年的“贵州茅台易地试验厂”。厂址在贵州遵义市十字铺，是经中科院、贵州省科委、茅台酒厂科研专家及全国部分酿酒专家，经对酿造酱香型白酒所必备的条件进行综合考察和科学论证后，从众多“风水宝地”中挑选而来。这里空气清新、温度适宜，湿度等比较相近。为保证试验顺利进行，先后从茅台酒厂调来了以茅台酒厂副厂长、党委副书记郑光先，副总工程师杨仁勉、实验室副主任林宝财以及新中国成立前华氏茅台酒的酒师郑英才的关门弟子张支云为代表的28名优秀人才。在这28个人中不仅有优秀的管理人才，一流的酿酒大师和科研、销售骨干，还有车间技术工人、评酒技师等重要岗位的员工，他们不仅带来了正宗的茅台酿酒工艺、生产流程和经营销售的管理经验，甚至其最初的很多原料、辅料、生产设备等也都是从贵州茅台酒厂搬运而来的……1985 年 10 月 20 日，贵州科委根据国家科委综合司批准组织鉴定的文件，调集了当时全国白酒界最高规格的专家来鉴定，其中有中国科学院副院长严东、方心芳院士和季克良等 28 位领导与专家。最终的鉴定给予了试制酒“色清、微黄透明、酱香突出、幽雅、酒体较醇厚、细腻，入口酱香明显，后味较长，略带苦涩，基本具有茅台酒风格”的评语。后国务院领导亲自品尝产品后，连说“不错，是好酒！”并亲自挥毫祝贺：“酒中珍品”。

异地酿制茅台酒是失败的，但白酒中也出现了一款新的好酒——贵州珍酒。

如此一起国家级的异地试验，以铁的事实告知了公众无须再去怀疑的结论：茅台酒只能在茅台之地诞生与成熟，离开了茅台之地的“它”，就不会是“它”了！

“茅台”易地失败，已成定局。然而，好奇的人们和严谨的科学家仍然没有因此而断了遐想：难道茅台镇的土地上真的存在“酒神”不成？倘若有，又会是谁？在哪里？何等模样？

有人一定会对这样的“奇谈怪论”嗤之以鼻。其实起初的我也是如此态度。然而到了几次茅台镇，许多在过去不屑一顾的看法在那里瞬间被“凝固”了，因为所见所闻的诸多现象让人耳目俱醒，比如我竟然在赤水河边看到一群汉子赤条条地跳进赤水河内在游泳……那天我是隔河观望。很显然，那五六个光着身子的汉子，并不像外地人，因为如果外地人在那河滩上赤条条地走来走去会很害怕，惧怕当地有关部门来人出面干扰。似乎又不像是酒厂的人，因为酒厂的人肯定不允许员工随便下河。只能判断是茅台镇或仁怀一带的本地人。

“为什么喜欢赤着身子在河里游呀？”那一天晚上，正好到镇上就餐，我便问当地小店主。他是本地人，告诉我：过去夏天，这里的男人女人都喜欢到赤水河去洗澡和游泳，“因为那水洗了后全身特别舒服，甚至能消除皮肤病。女人洗了还会使皮肤细腻……”他说。

我问老板的媳妇，她有些腼腆地说：“当姑娘时，躲着男人们也常到河里光着身子泡一泡……是蛮润肤的！”

这些属于“民间传说”。

然而科学界则对“茅台”的研究和探求也是不懈而无穷的，并且发现的许多现象让我们大长见识。我们知道，任何白酒都是发酵而成的，它们的原料主要是粮食。“茅台”与其他白酒不一样的地方是它选择的粮食都是单一的，即曲都是用的小麦，投下的“沙”又都是高粱，而且“茅台”用的小麦与高粱也是很特殊的，这主要是我们前文提及的高粱品种。基本各占一半的小麦与高粱，在高温的数次发酵之后便成为原酒和基酒。然而那些致力于“突破”与“模仿”茅台酒的人曾使出全部招数，却最后还是没能酿出与茅台一样甚至接近的酒来，这又是为什么？

1985年，茅台酒易地试验鉴定会合影

从科学的角度讲，这样的“为什么”可能有百条、千条未知到现在连茅台人都没有弄明白的。很有意思的是，科学家发现，有一个特别有趣的自然现象，即茅台镇一带的“酒城”四周，拥有大量与酒共生的自然生物。这些自然生物，有些用肉眼看得见，也能在制曲车间碰得上……它们甚至有时在你身边飞来飞去。但绝大多数是看不见、摸不着的“神秘者”，然而它们却也一直在辛勤地“工作”着，因为它们十分喜欢由小麦制成的“甜食”——曲块。正是这些行踪飘忽的大自然“神秘者”，它们以独有的辛勤劳动和长期不懈，将茅台镇赤水河谷两岸草木繁茂、百花争艳环境中的花粉带入曲房里的曲块上，于是使曲香更加复合增色，形成茅台酒必不可少的特殊香味和微生物。这种带着香味的微生物在一次次酿制和漫长的窖藏过程中又获得提升与演化，最终成为茅台酒中不变和区别于他酒的独特成分。

茅台酒厂酿酒专家陈果如此评价：凡在茅台这个地方，酿大曲的，就有曲蚊存在。如果没有曲蚊存在，那个曲就要不得，它不出酒，香型也无法体现！而这，就是专家们常说的那些盘旋在赤水河四周的、由亿万万氤氲为阵的微生物串联起来的“茅台生态圈”的形成，直接关联和指向着茅台酒特殊的风味口感。

而这，就是茅台的神秘之处和它的“天人合一”之道。它纵然有千般万种的不解之谜，但又非常清晰地告诉你在制曲酿酒地可以感受得到那些自然万物间的神奇妙丹。

由此，人们自然又在想另一个问题：“茅台”又是如何诞生于茅台镇的呢？

这，又是古今之人都曾费尽心思探究过的一个复杂而又似乎简单的问题，最后多数的结论，倾向于在抬头环视群山再俯瞰赤水河之后所获得的这般推测：

在茅台镇沿赤水河的某一个村庄的某一个年代，有一位特别喜欢喝酒的人，立志自己酿造出美酒来，于是坚持了几年直至几十年的恒心与功夫，行动于山谷与河流之间，一次次在烧房里反反复复试验与勾兑着，劳作着，直至累倒也并未有满意之作，随即把以为是不成功的清酒，愤怒地抛遗在后屋的山梁上若干年……突然有一天兴致来了，打开旧酒，闻之奇香，于是痛饮开来，竟欲一醉方休，连连称道：“好酒！好酒呀！”而他的这酒与酒的酿制方法被重新反复使用，最后认定——就它了！于是，“茅台烧”便成为茅台人喝的酒……

由此“茅台烧”名声大振。外埠人喝了它，同样连连称道，好奇地追问：此乃美酒，出自何人之高功？

于是茅台人秘而不宣地告诉他们：此乃美酒，并非何人“高功”之作，而是天人合一之道所酿，当然它也唯我茅台一地有也！

“茅台”就这样诞生了，也就这样传了下来……

即使是今天茅台镇上的人，对自己的酒并不感到特别，但他们内心清楚一个道：“茅台”只属于自己这片天与这片地，就像他们自己的生命一样！

12 “酿”的哲学意义

在制酒的工艺和专业术语里，酒是酿出来的，而不是“造”出来的。一个“酿”字，让一向自以为是的西方现代生物产业技术变得百分之百地稚嫩，因为以中国为代表的东方“酿制”的生物工艺和产业少说也有数千年的历史。而且有足够的考古与文物证明，这个“酿制”技术就是中国人发明的工艺，后来才慢慢地传播到周边的邻国。曾经有韩国关于“泡菜”申请人类非物质文化遗产甚至与我们闹些别扭，听来有些好笑，因为像“泡菜”这类中国人家家户户都会的手艺，是在韩国尚处“箕子朝鲜”的中国历史范畴时期，才开始有人将腌菜发酵手艺传授过去。

一个“酿”字，几乎就是中华民族农耕文明的“全集”，这是因为勤劳而聪明的农民们除了在地里种粮打粮外，还特别会储粮存谷。在发明陶器之物后，他们就将多余的粮藏放在器坛里。而在这过程中，发现了有些特别成熟的食物在发酵变化后产出“奇酿”，于是就有了最早的酒。那粮食衍生出的酒能够消疲劳、增兴奋，慢慢地酒成为生产和生活中不可或缺的一件“宝贝”，而酿酒则成了一门与下地种粮一样必不可少的农家事……从此“酿”也如“种”一样，是劳作者身手的一部分，当然它应当属于那些具有支配他人或者影响他人的一种比较高级的技术，寻常家庭的巧妇也能运用娴熟，腌酿瓜果与蔬菜，以及制酿食酱等。酿酒则是所有酿制食物中最有技术含量的一门酿制技术，而且具有传承关系。最早的“茅台烧”酿技就是不知是哪一个“大神”把它完成之后，便成为一门绝技而难以复制给他人，进而外族人更难获取。

“酿”的层次和技术含量可以用无穷符号∞来比拟，因为它确实具有无穷的空间和水准，既可最简单和原始式地通过简易发酵的手段，也可以是高不可攀、深不可测的目标。而茅台酒的酿造过程，属于白酒业乃至世界所有制酒工艺技术中最复杂和奇妙的一种，因此它也成为不可复制与替代的佳酿。

在茅台酒厂，酿酒师傅们投料叫“投沙”。仅一个“沙”字，就足见“茅台烧”悠远的历史。中国古时酿酒的史书记载，在茅台镇一带，“沙”即高粱，投沙即在重阳时分酿酒中最开始的下料一环。投沙之后的高粱处置还有一系列工艺，如“坤沙”，也叫“坤沙酒”，就是茅台镇产的酱香大曲酒。还有一种叫“碎沙”，亦称“碎沙酒”，它是一种麸曲酱香酒，这种酒与“坤沙酒”的差异是需要将高粱原料粉碎，而茅台酒是不打碎高粱粒的。也因为茅台酒的是当地“专用”的红缨子高粱，它粒子壳硬皮厚，耐蒸，不易碎，所以在一次次反复蒸翻、发酵过程中保持原粒状态，使得茅台基酒与众不同。还有两个术语叫“翻沙”和“窜沙”。前者是以“坤沙酒”酿制之后所丢弃的酒糟为配料，再加入一些新高粱和新酒曲后酿成的一种低级酒。“窜沙酒”则要更次些，它用“坤沙酒”酿制完成后丢弃的酒糟，加入食用酒精经过蒸馏后在流水线上生产出来的比较次的酒。

关于“茅台”目前用的“沙”即高粱，是著名的茅台自产地的“红缨子”高粱，有人认为它是外来品种，因为中国大多数的高粱是新中国成立后，通过群众性的良种优选出来的，如早期的“打锣棒”“小黄壳”“关东青”“红棒子”等。此后经过各地科研单位的培育，人们利用集团混合法、系统选育法，培育出了“熊岳 253 号”“锦粱 9-2 号”“平原红”等。1956 年，农业专家徐冠仁院士从美国引进了世界上第一份高粱雄性不育系统材料 TX3197A/B，在北京农业科学院成功地培育出了中国第一个高粱杂交种，从而又通过一系列、数代杂交之后，最终研究培育出了高产、优质、多抗性的辽杂 10 号，该高粱品种适合中国各地种植，因此被农民们誉为“高粱王”。

茅台镇种植高粱的技术人员和农民们告诉我，他们的“红缨子”既有徐冠仁院士培育的“解放牌”的高粱基因，但更多的基因还是它作为茅台地区和赤水河谷地的原种基因，即壳坚皮厚、颗粒小、糯性大等特性。“红缨子”捏在掌中，如同沙子手感，故旧时的茅台人称下料为“下沙”“造沙”，其理也在于此。

因为茅台人都把做酒的高粱说成“沙”，这事引起了许多学者的兴趣，专家们后来研究发现：这一个“沙”字，也一下将中国古老的传统酿酒技术推前了约 5000 年的文明史，因为在汉语史学中告诉我们，把细小的粮食称作“沙”其实是我们老祖宗的习惯，比如粟，就有“沙”之意。《说文解字》中这样说：“沙，水散石也。”后演变引申指细碎松散之物，如“泥沙”“豆沙”“沙粒之物”，粟则被形容为“沙”。《山海经·南山经》：“英水出焉，西南流注于赤水。其中多白玉，多丹粟。”《康熙字典》中“粟”字条也有“沙谓之粟”的解释。我们常用的“沧海一粟”，此处的“粟”更与“沙”同意同物而论了！

可见，茅台人口中的一个“沙”字，也证明了高粱这种粮食作物在远古的中国早已有了。关于这一点我们留给史学家去研究。现在我关注的是今天的“茅台之沙”。

秋日里，笔者有幸去“红缨子”的产地看丰收时的这些成熟“沙子”的模样，那满坝子中的“红缨子”地，十分好看，那些熟了的高粱穗，每一个都弯着腰，像待嫁的闺女，羞涩腼腆，丰满的身姿饱含风韵。“红缨子”品种除了抗病、耐旱，还耐贫瘠，所以它自古就能在茅台一带的群山之间的坝上与山体上“落脚”是有道理的。

农谚语中有句话这么说，什么样的媳妇产什么样的娃儿。这遵义仁怀地区的“红缨子”，别看它外表不如“东北妞”个大粒饱，但很坚韧，经久有力，皮厚却内肉饱满，所以茅台酒能够成为白酒界的宠儿，与“红缨子”的底子有直接关系。

“茅台”的酿酒工艺复杂又传统，两次“投料”，亦叫“投沙”，十分讲究。那些喝着“茅台”，又常常对“茅台”出言不逊的人根本不知道喝下肚子的佳酿是怎样酿制而成的。怀胎生子需要十个月是那么不易，而“茅台”的酿制好酒则需要整整一年时间，这一年中它要完成一系列工艺。而仅仅在“投沙”环节，就有“下沙”和“糙沙”两道工序。且两次“投沙”的“沙”量还有讲究：在传统的工艺中，酿酒师傅们会按“下沙”投放80%的整颗粒河谷地带产的“红缨子”，河谷地的“红缨子”比高山地上的“红缨子”要早熟一个来月，前者相比于后者其皮壳薄一些，高山地上产出的“红缨子”的皮壳还要硬些，颗粒也更小些。第二次的“糙沙”即投放高山地上的“红缨子”时的整颗粒比例为70%，第一次“下沙”后的河谷地的“红缨子”发酵若干时间后，第二次的“糙沙”因为投放的是高山地产的“红缨子”，其粒颗皮壳更坚韧，“它的加入不仅有机地扩充了耐受折腾的整体团块的酒糟活体的张力，从而使酿酒进入更高级状态，并且以一种外源性的天地间阴阳协调为微生物的生命活动提供空间，遂而‘进入一个世界的深处’”。

成熟的茅台“红缨子”高粱

在“茅台”酿酒工艺里，有一个名词叫原料的“单子”，即小麦的单一体和高粱的单一体，不像多数白酒虽然也用的是粮食酿造，但其粮食的种类繁多与混杂，即使使用高粱，也是品种繁杂，是“多子”而非像“茅台”使用的原料具有单一体性。“茅台”除了原料的“单子”外，其“单子”本身又是封闭的，比如高粱，他们不会用非本地的高粱，现在已经做到非“红缨子”不用，因为仁怀市和茅台镇本地其实也有其他品种的高粱，它们较之于“红缨子”要差些。“茅台”投料的“单子”，事实上也是“茅台”在不断提高自身质量的背景下一步步完善和成熟起来的。有人问季克良：到底现在的“茅台”与过去的“茅台”相比有什么不同？季老先生这样回答：“茅台”的工艺从没有变过，但酒一定会比以前更好，因为“茅台”在发展和壮大之后的管理体系在各个方面都比以前完备和完善、提高和更提高。

他的话充满了哲理。“茅台”的诞生与酿酒本身就是一部活灵活现的“哲学史”。

我们对“茅台”的诞生史只能从“传说”与大自然中寻找答案，发现其酿酒本身则充满了更多的哲学法则，比如量变到质变的辩证法、优胜劣汰的自然法则、万物变化共存的法则以及事物在矛盾中获得统一等规律与思想。

“茅台”工艺严谨复杂而又讲究，它需9次蒸粮，8轮发酵，7次取酒，其间要经过破碎润粮、高温蒸煮、摊晾拌曲、高温堆积等反反复复近60个工艺环节（不能有一点偷工减料的工序），整体时间长达近一年。如果不是像“红缨子”这样的“仁怀红”，世界上很难找出第二种符合的“沙料”。而整个近一年的近百个在车间里要完成的工序和工序之间本身，就充满了高度自觉和主动的哲学意味与境界——

比如“变”与“不变”：

从粮食到酒的过程，是酿酒需要走过的全部过程，这是整体的“变”的过程，但“茅台”的这种“变”是在“不变”中所产生的缓慢的“变”中实现的，因为任何通过哪怕是一点点的“酒精+水”的速进式的成“酒”，对“茅台”等任何名酒都是最可怕的致命伤——茅台人宁可断头流血，也不会走这样的速成式“酒道”。为了实现从“不变”中获得“变”的过程，他们千方百计地通过“不变”来获得各种可能性，而这种高度负责的精神与态度，在我看来就是崇高的民族精神和“茅台”工艺精神，它其实很伟大。因为它是哲学本身，也是科学本身。

我们知道，从坚硬颗粒的“红缨子”到可以达到发酵产生酒水，必须对“红缨子”一次次折腾和软化，但这中间需要把握的前提是：不能轻易破坏它的质地，也就是说过早软化和太晚软化都不利于“茅台”成酒。怎么办？

“火候”的把握绝顶重要。

然而几百度的火在熊熊燃烧时，人可以把握住时间和温度，而“红缨子”也是生命体，它的皮肉之痛、之苦，人能把握得了吗？可酿酒人必须把握它，牢牢地把握才行。

我们先来认识一下“单子”的哲学意义，即单体的高粱自身的“变”与“不变”定律：

最早提出“单子”概念的，是与马克思诞生在同一国家的德国人莱布尼茨，他是哲学家、思想家，也是科学家、数学家，被誉为17世纪的亚里士多德，应该算是马克思的“先生”了，因为他逝世100多年后才有了马克思所著的《共产党宣言》。“单子”即La Monade，它类似于灵魂与精神。莱布尼茨认为单子没有量的规定，只有质的规定，不涉及量的差别，只有质的不同。他认为，单子的开始和终结只能瞬间发生，只能通过被创造而获得开始，只能通过被消灭而终止。单子只能“突然产生，突然消灭，这就是说，它们只能凭借创造而产生，凭借毁灭而消灭”。

莱布尼茨的哲学观点，揭示了一些物质存在的规律，对酿酒中的“沙子”的变化具有认识意义。

不难想象，仁怀当地产的“红缨子”作为一种粮食物质，我们既希望于它最终成为酵母而流淌出醇香的佳酿来，可又不能让它“迅速变质”，显然这是一对矛盾体。为了让“红缨子”在酿制过程中按照酿酒师们的意愿去实现最终的目标，于是“茅台”酿酒师采用的传统工艺就成为解决这一矛盾体的关键所在。这就是酿制“茅台”的哲学意味，它的道理并不复杂，但它的“变”与“不变”的转化过程错综复杂，甚至超越了到目前为止人类对酿酒过程的认知，因为许多“茅台”的微生物的成因与现象至今仍然有无数“谜”并没有解开。

在茅台厂调研和采访时，多位酒师曾跟我说过茅台酿酒之道，说得最多的一句话是：“道可道，非常道。”

这句话实际上是代表着中国古老的一个哲学，它出自老子《道德经》的开篇。它的解释为：世间万物是有规律可循的，是可以掌握的。但由于事物变化万千，所以我们现在所认识的东西也并不一定代表着事物的全部和未来可能发生的一切。然而无论世间的“道”变化有多端，终究是有其“道”即一定规律的。

“茅台”的酿酒工艺过程其实正是遵循了这一哲学思想。

比如两次投料（亦称“投沙”）到获取第一次酒（生沙酒）的过程看，你就能总结出其一定的规律：

如前文所言，两次投料，其整粒高粱比例略有差异，第一次投料的“下沙”操作是按80%整粒高粱和20%的破碎高粱来进行的。投料比例完成后，就进入热水润粮，也就是让高粱适度软化。之后是拌料工序，主要是加母糟，然后进入高温蒸粮，再出甑。随即摊晾，这时需要加曲和加尾酒。同时在酿酒车间由工人们迅速进入堆积发酵。这需要几天时间，然后进入窖中发酵，这时间比较长，一个月左右。之后再开窖取醅。这是第一轮投料过程。

之后就进入了第二轮投料，70%的高粱是整粒的，30%是粉碎的，加入第一轮已经发酵一个多月后的醅料，并进行翻拌后，放入甑中蒸煮……

此时就有了第一回取酒，叫作“一次酒”。它有较多的苦酸味。与茅台酒差异很大，但却又是“茅台”最基础的酒，就像一个人青涩的少儿时期，尽管并不成熟，却至关重要。

察观整个第一轮与第二轮渐进与衔接过程，如果我们单从差别“红缨子”高粱的变化，发现它其实在此时似乎并没有多大“质”的变化，它依然皮硬壳坚，整粒完整。但它确实基本被蒸熟了，可这时的熟度非常有限，基本上算是“生熟”，因此这时蒸出的酒，“茅台”的酒师们叫它“生沙酒”，意思是未蒸熟的高粱酒。

可是从物质的本质而言，此时的“红缨子”其实已经开始“变”了，虽然整粒依旧完整，但毕竟它已经能出“生”酒了。

然而它又根本不是酒师们所需要的“茅台”，或者说与“茅台”相差千里。

为了接近“茅台”和向着最终的“茅台”佳酿目标努力，我们才知道了酒师们为什么毫不含糊、毫不动摇地按照先师们传承下来的高温堆积、高温接酒、来回入窖发酵、反复入甑蒸醅……再一回又一回地取酒，继而一次次地盘勾，直到入库储藏。

整套工艺过程，烦琐复杂，又井然有序，从不颠三倒四，自始至终，按部就班。这过程中，主体事物的“红缨子”高粱则是在由表及里的一步步“不变”中渐入“变”，而它自身的“变”不是“内因”起变化，是由一次次“加曲”、蒸煮和发酵等外因促进其朝着真正的“茅台”方向发生“变”，最终完成“茅台”的全部酿制过程。

于是我们也恍然大悟：原来高粱变成酒的过程就是如此，同样的高粱在一系列的“变”与“不变”工艺过程中，使非常普通的它（高粱）变成了称之为酒的“技术物体”。

这一“技术物体”（亦可称为人为的工艺之后的物体），这是我们哲学领域对技术所能针对的对象世界的特定称谓。我们当然清楚，从普通高粱到“技术物体”之间，人是第一作用因素，是人改变了普通高粱，但“茅台”的成因还告诉我们一个道理：除了人的因素外，其他自然界的生命形态也是重要的施行者，这就是我们已知的和未知的微生物。

从“茅台”的生产形态来看，其整个工艺是“技术”，但从事物发展和变化的过程与规律来看，显然这种“技术”让普通的物质成为“技术物质”，因此我们说“茅台”工艺的整个过程，充满了哲学意味，是千真万确的：人是决定因素，人的行为方式与自然界有着密不可分的联系。

像“茅台”这样的酒，其实就是“人化自然”物体，它的生成和特点，表明了人与自然之间的亲密关系，而这种亲密的关系再一次证明了人类在认识自然、改造自然、推动社会发展的过程中，不仅要符合人的意志和社会发展的客观规律，而且不能违背自然规律，进而才能实现人所需要与期待的奋斗目标。

在走进茅台酒厂大门的S形坡道时，车子必须经过一段岩壁，那高高的岩壁上刻着“茅台工艺十法”，它是用摩崖镏金镌刻在上面，历经风雨，但依然格外醒目。它是“茅台”哲学意味的核心内容，更是“茅台”成酒的潜心而得的经典“十法”，据说是新中国成立之后收购与改造“成义”“荣和”“恒兴”三家烧房的年代，由大师郑义兴“口传”、其徒弟李兴发总结编录，再由另一位高徒季克良整理提炼而成的“茅台圣经”。这“十法”，每一个茅台人必能倒背如流：

一、一年一个生产周期；

二、两次投料、季节性生产；

三、高温制曲、高温堆积、高温接酒和醇甜、窖底、酱香三种典型体酒；

四、40天制曲发酵；

五、端午制曲；

六、6个月存曲；

七、7次取酒；

八、8次摊晾、接种、加曲、堆积、入池发酵；

九、9次蒸烤。

十、10大工艺特点：三高、三低、一少。

这“十法”在“茅台”的老一辈人那里，是口口相传的“秘诀”，在今天的茅台人心中是科学工艺，也是他们赖以生存和谋幸福、求事业的法宝。同时也是中国白酒王者的哲学精神。

13 岁月的旋律应是首最有味道的歌

大概所有喝酒的人都乐不思蜀地评头论足“话说”茅台。这已经成为中国喝酒人的通病。不管你是有钱人，还是穷光蛋，真要喝上了茅台，喝到了真茅台，那种神态，那种感觉，那种满足和不知足感尽在言表。

然而不管有钱的和没钱的，最后大家对“茅台”都怀有“深厚感情”，原因也只有一个：它就是好喝，具有高贵的味道。

那么“茅台”的高贵味道哪儿来的呢？当然是酿出来的。

那么“茅台”的高贵味道又是怎样酿出来的呢？当然是靠奇妙而精细的“十法”工艺。

然而“十法”工艺技术的核心又是什么呢？我发现，它其实就像周而复始的四季变换……

那么反复轮回的光阴与岁月中，它又是怎样带给了“茅台”与众不同的味道呢？

其中恐怕与几个重要“方面”有着直接而重大的关系：

从不动摇的轮回，从不减少或增多工序；

超越一切的艺术勾兑；

放入自然怀抱的漫长而陈化式的贮存……

世界上还有什么比反复轮回更叫人心烦和焦虑的事？在现代高科技的社会里，人们最能适应的是日新月异的新鲜，甚至最好一天换一种新的方式生活，而几年不变、几十年不变的“陈规旧式”生活，几乎很难满足今天的人们。然而“茅台”不一样，“茅台”从不因为自己在市场上被推崇得无比高贵而触犯与改变任何一道有可能伤及或影响质量的工艺。

在市场经济的社会里，不少企业和商品的制造者，受到利润或市场的驱动，在自己的产品“一路高歌”时，容易丧失方向和定力，往往改变或动摇好不容易建立起来的质量体系和生产工艺，经常怀着侥幸心理，来些“偷工减料”，然而“茅台”在这个问题上从不含糊，即使泰山压顶，也改变不了他们的“十法”铁规。

原因在于，不是茅台人死脑筋，也不是茅台人不懂变通，而是茅台人知道一旦有所改变，那么他们生产的将不再是“茅台”，他们自己也终将失去当茅台人的资格……

“茅台”的诞生和“茅台”的存在，就是岁月磨砺成的一首歌，一首不论时间的长短、只论岁月价值的歌。

云很淡，风很清。
任星辰，浮浮沉沉。
千山万水相聚的一瞬，
千言万语就在一个眼神。
生活是个复杂的剧本，
不改变我们生命的单纯，
不管走过多远的旅程，
感动不一定流泪，
感情还一样率真。
且听岁月像旋律永恒，
……

这首《岁月》，是由两位当红女歌手在央视春晚上唱的歌曲，很多年轻人都会唱。很多茅台人也都会唱这歌。他们是踩着曲糟在车间里唱的，他们是在酿酒车间挥舞着摊晾的扫把在吟咏的。

是的，茅台人比任何一个酒业界的从事者都珍惜时间。他们对季节、对时令、对每一天的晨与暮，都特别敏感，格外尊重分分秒秒。茅台人说，感受时间的流逝就像血液在自己身体里流淌一样，分外清晰明了，什么时候该做什么，什么时候不该做什么，清清楚楚，从不颠倒，从不混淆。他们知道，混淆和颠倒的结果是“酒”的生命体将出现“毛病”，而酒一旦出现“毛病”，就危及他们茅台人自己的生存，这是何等的息息相关，谁敢马虎？谁敢放纵？谁敢违反既定的一切规程与工艺？一旦违规，就是自找“毛病”，其结果就是危及企业与自身，那么所有的不良结果就是“活该”了！

茅台人不会让这种“活该”出现在自己的身上，因此他们同样不会轻易地忽略任何一个时间点，并确保在相应的时间点上完美地完成目标和达成目的。端午制曲，重阳下沙，3 个高温、40 天发酵、7 次取酒……任何一环他们都会恪守如一，甚至死板到雷打不动。

这就是“茅台”和茅台人。

时间匆匆流逝，而他们绝不会耽误一分一秒。因为他们知道春天是蜜蜂们采撷花蜜的好时光，夏日里猛烈的阳光对发酵格外重要，秋高气爽的日子里晾摊糟块最为适宜，冬的寒冷恰巧需要添柴加温……他们明白“树老皮为瓦，田荒米带沙”的道理，然而他们更懂得“时间是一条金河，你恒定地坚守，才可能见得到它的光芒”。茅台其实就是岁月的佳酿。

有人觉得太阳日复一日，毫无意义，殊不知每一天的太阳都是一次新生命的开始，宇宙就是在不断重复和轮回中产生新的生命，而生命本身就是在不断演化中成长与成熟的。

无穷的重复，意味着生命的无穷。

在我来到茅台镇采访的日子里，在夜深人静时独自走出那栋接待客人的酒楼，然后走过停车的广场，来到赤水河边，举目而望，看着不远处的酿酒车间和车间之上的贮存酒库，许多发现和联想浮上心头——

通常那个安静的时候，除了潺潺的赤水河在流动之外，几乎听不到任何声音，偶尔有几盏灯火，其余的都是静寂的黑夜。我在想，这应该是那些堆积的糟和贮存的酒最活跃的时间，它们会尽情地开始发酵、发力……

它们的世界并不是静止的，只是我们人类无法在微观宇宙里看见它们而已。在那个世界里，曲、糟和未成熟的酒，便是青春与歌，它们按照自己的爱与憎的方式，在自然环境下实现各自的发展方向；它们在完全自由自在的时间与空间里，享受着自身生命的特征，在成长与成熟的过程中寻找最佳的契合；因为这个时间里，大地属于它们，所以我能感受和倾听到大地在轻轻地咏叹和均匀地呼吸，似一首孕育美酒生命的神韵仙曲，所以此时大地的呼吸是均匀的、幸福的与和美的……

我也特意在早晨起来，举目远眺赤水河畔的群山。这时的群山通常会大放异彩，因为晨曦下的群山，由于雾气笼罩着，变得十分梦幻。这个时候的茅台镇与众不同，时间在这里似乎是凝固的，除了雾幕中偶尔可见的几缕霞光之外，几乎看不到云天之屏，唯有团团腾升的雾气，它是淡白色的，柔软的，然而又非常骄傲地从地心深处向天际发力，似乎在高唱一首首青春的生命曲。这样的情景在茅台镇河谷的大地上，经常是持续到日落西山时，而且几乎长年如此……

我曾经至少三次在不同时间来到茅台镇，而每一次几乎看到的是一模一样的景致与气象。这让人的内心不得不产生一种强大的震撼：越是不变的时空，才越具有恒力；越是凝固的岁月，越是在孕育惊世的巨变。

茅台酒的味道之所以恒久飘香，就是在悠长的时间里酝酿与盘旋，最后与时间一起流淌入岁月的长河里，于是那些会喝酒的人，慢慢地品尝出了它的滋味，又将这种不散的滋味潜入血液、注入灵魂、拌入情感之中，直到再也无法挣脱它的境地。

这就是“茅台”的魅力与摄魂之处。

一般人并不明白其中的道理，而如果你有机会来到茅台酒厂静下心来细细观察与感受几天，你就会有此体会。

味道出众、酒香奇妙的“茅台”，其实对粗俗和肤浅的人来说，并不觉得有什么高贵之处，它最主要的就是三样东西：小麦与高粱，再加上“人”。小麦和高粱我们已经说过，除了独特的赤水河谷的气候可以种植出独特的“红缨子”外，也只有茅台人了。茅台人有什么与众不同呢？

茅台人没有什么与众不同。但在茅台酒厂的人唯独对时间的认识与众不同，“时间就是生命”，就像深圳这类地区的人来说，争分夺秒，向前冲刺。但在茅台厂和茅台镇，人们对时间的理解却又很不一样。

有一件事让我很吃惊：都知道与茅台酒厂伴生的大大小小的酒厂有几千家，有人通常说他们是“假茅台”，其实他们又都是真“茅台镇酒”，因为厂子都是在赤水河边，用的是同样的赤水河水，制的曲还是河南小麦，甚至高粱也是本地的“红缨子”，只不过工艺没有真“茅台”那么到位。但我问过这些“假茅台”、真“茅台镇酒”的老板，他们对是否卖得掉酒一点不在乎。我再问为什么时，他们笑着告诉我：怕啥，我们这酱香酒，放的时间越长就越好喝，也就越值钱呀！

原来，在茅台镇，最值钱的也许并不是什么品牌，而是时间。谁家酿的酒贮存的时间越长，就越好。

“当然，也不是酒陈的时间越长就一定越好。但贮存期在二三十年内一定是时间越长越好……”一位“茅台”酒师这样说，甚至还可以长一些时间，比如三五十年。

小作坊、小酒厂和小老板再扛得起，但要 10 年、20 年不卖酒，他恐怕就要彻底告别酒界了。

唯有茅台酒厂不怕。曾经听这里的一位负责人自豪地说过“茅台”就是三五年不生产酒，也照样可以向国家交足税款。什么意思？就是茅台厂有着足够大的贮存量在酒库里……

这是我亲眼所见的。每一个来到“茅台”的人都可以看得到。

在已建 30 多年的酿酒车间之上，是一片片青砖青瓦房子，很像 20 世纪六七十年代的工厂职工宿舍，通常是 5 层楼，排列得十分整齐。那些房子其实都是茅台酒厂的酒库，存放着数量极多的“茅台”……

到底有多少？厂方没有告诉我数字，说这是“厂的秘密”也是“国家的秘密”。我相信，因为“茅台”除了属于一般的消费品外，还被国家用于外交等重要活动。

“茅台”的总经理说他都不能随便去酒库，而如果我想去实地观摩的话，必须有他和其他几位负责人签字。

“茅台”酒库太大了！可以用“漫山遍野”形容。如此“漫山遍野”的酒库，让人既叹为观止，又容易兴奋起来。估计爱喝“茅台”的人见后，一定手舞足蹈，因为他们一定会有种一醉方休、纵享人生之感！

然而在我看来，“茅台”的酒库就是一种国力的表现，一种时间积累的表现。若没有国家对“茅台”的高度重视，也许今天的“茅台”酒库，早已滴酒无存。但“茅台”之所以坐拥如此巨大的库存，更多体现的是，茅台人对时间的遵守。不到5年的“酒龄”的酒，在“茅台”是不会被叫作“茅台”的，而5年的“酒龄”，在这里只能算作“初生儿”——它刚够“出厂”的资格，仍不属于上佳的“茅台”。

有一天，去勾兑车间请教专业技术人员前，我终于有了一次近距离接触酒库的机会——

这一片叠建在山坡上的5层楼酒库，看上去真像职工宿舍。它们就在半山腰上，下面就是酿酒车间和勾兑车专属地。“里面就是一个个大坛子，坛子里面就是各个年份的酒。这些酒最短的时间贮存期也不会低于3年，最长的就不好说了，十几年、二三十年的都有。”工作人员告诉我。

“50年以上的就属于绝品了。也有不少，它们像黄金一样珍贵。”他说。

“除了稀罕，这样的酒还会有什么呢？”我好奇地问。

他抚摸了一下酒库围墙上的斑斑藤迹，说：“稀少肯定就珍贵了，但在我们茅台人的眼里，那些几十年的陈酿，其实它们的生命时间远

茅台集团公司万吨酒库一角

不止这些，即使是一瓶刚到酒桌上的普通茅台，它的生命时间也不止5年，实际上每一瓶酒中有‘基酒’，有陈年老酒——那些一代又一代传承下来的‘母酒’，它们的生命或许是10年、20年，甚至更长，因为茅台酒的勾兑就是从第一坛酒开始，继而所有新生产的酒，与不同年份的‘陈酒’之间进行勾兑，然而再产生味道一样的‘茅台’……”听完了这样的陈述，我想所有喝过“茅台”和没有喝过“茅台”的人都会以特别虔诚之心来看待他们心目中的佳酿。

我们由此也知道了“茅台”为什么味道独特，这就是岁月，是时光老人无私增添了自己盈盈岁月中的轮轮皱纹，换兑了这一坛坛酒水，终成为旷世佳酿。

在酒厂，勾兑就好比打开金库最后一道大门的钥匙，一般人不能接近。作为特殊的采访者，我也只能走进最基础的勾兑车间，但即便如此，也大开眼界：原来勾兑师有初、中、高级之分，最基础的勾兑是由酿酒车间送来的“生酒”，然后由检验员分四个步骤对每组进行检验，她们多数是细心的女技术人员，每人的工作台前有几十个小瓶，

茅台集团公司原老厂区制酒一车间大门（2014 年摄影）

茅台酒库

都装着“样酒”。这一过程看起来并不复杂，但却是“茅台”成为家族一员前的“身份”核对，如果发现某一“样酒”不合格或有异常，就必须被淘汰。“事实上，酿酒车间送来的样酒中一定会有些与标准指标有差别的次品，但它们不一定就必须淘汰，因为成熟的酿酒师们会根据检验提出的不合格指标，通过酿造工艺上的适当改进，会重新进入合格的产品而再次被送来检测。这一步完成后，真正的勾兑大师才会出现，他们工作的场所通常不再对外开放……”一位勾兑大师笑着婉拒了我进一步的现场深入采访。

“所有的白酒都是勾兑出来的。再好的酒都不可能像母鸡生蛋似的一次成型。”酿酒车间里的酿酒师这样说。他说他只有做“基酒”的本领，他做不成真正的茅台酒，“是勾兑师调出来的……”他的话意味深长，“而且勾兑师也不是一次就把茅台能调出来的，他也必须经过几十次甚至近百次的勾兑才在最后成为‘茅台’！”他的话简直有些不可思议。然而“茅台”就是这样做出来的。

“勾兑就是一门艺术，一门在时间里酝酿出来的艺术。”这是勾兑师的话。

这话听起来像是一个谜语。

其实就是很深的道理。有人怀疑酿酒没有科技含量，这只能说明他的无知。但能酿造“茅台”的只茅台镇上的茅台酒厂一家。过去国家花了大力，也动员了茅台厂的全部力量支持，结果也没有在异地酿造出同样的“茅台”来，现在依然没有人能够在茅台镇以外的地方酿造“茅台”。

“茅台”的“牛气”并非吹出来的，它有足够的底气。这底气是岁月的长河铸造出的坚韧和稳固。

除了“茅台”，没有哪种酒经历反反复复 7 个轮回，酿酒师告诉我，每批次 7 个轮次取出的原酒，经过感官评定分香型和等级，按香型分为酱香、窖底、醇甜3类，每轮次的每种香型又划分为若干等级。

可想而知，这样一分，每一窖酒就有上百种的原酒，它们将被分开入库装坛、分型储存。而能把这数以百计的基酒统一成为一种“茅台”，功夫在哪？

在勾兑。勾兑靠谁？自然是勾兑师。勾兑师是如何练就出来的？又是一曲漫长的岁月之歌。

我所知道的，在酒厂，最牛的并不是董事长、党委书记，而是勾兑大师。因为行政官位随时可能被上级任命或调任，踩曲的工人和酿酒师中或许能产生工程师或高级工程师，但他们中却很难产生一个勾兑大师。

50年代初，新成立时的“茅台”，是仰仗一位在“成义”“荣和”“恒兴”三大烧房都干过的郑义兴大师。那时酒厂的同事就极其佩服郑师傅，他除了睡觉吃饭，一天到晚泡在酒库里，身边放的全是酒杯，多达几百只。郑师傅就是靠着自己的感觉，不停地在装着各个层次的基酒的几百只杯中，反反复复、来来回回地闻味、品尝、勾兑，再闻味、再品尝、再勾兑……无休止地这样观察、体味、对比，直至到达“是这味”的满意程度。

我听说过常喝“茅台”的人能够品出“茅台”的年份，甚至能品出是什么人勾兑的酒。

国营之初的茅台酒厂，勾兑师比较少，只有郑义兴等少数几个从旧烧房成长起来的“酒师”和勾兑师，后来国家、军队、外交方面的用酒比较多，这些不同领域的喝酒人对“茅台”要求也不一样，南方人似乎喜欢柔一点的，北方人则愿意喝“辣”一点的，而外国人则更喜欢“刺激”些的。当时，勾兑师就会根据不同的需求做出一定的“微调”，以便“茅台”更能适合各个群体的品味。

如何“微调”并能保持“茅台”基本上的一致？这就是勾兑大师的本事了！

“茅台”就有那么一批优秀而技绝的勾兑师。当第一次看到他们的相貌时，令我大吃一惊：原来他们并非像我印象中的宛如郑义兴、季克良那般长须银发的“老古董”，而多数是年轻有为的“少壮派”，而且女性为多！

“女性心静，细腻，感官灵敏，且大多没有嗜酒抽烟的习惯……更适合当勾兑师。”这是“茅台”大腕级男性勾兑师的话，女勾兑师们听后抿嘴一笑，算是默认。

现在的茅台酒厂总工程师虽然不是专门负责勾兑工作，但她的女性身份对她负责管理全厂酒的质量具有独到优势，这一点与她申请院士引起的风波形成了“外行看热门”的效应是完全相反的。女总工程师在茅台酒厂的威望不是人为捧出来的，而必定是经过千锤百炼出来的，并能让大家可以完全信任的顶级技术领头人。

酒厂的领导在介绍他们的“首席品酒师”时，就说了一个人才选拔的事例：彭璟，女，原来并不是专门学习品酒专业的，而是一位在制曲车间踩曲的普通女工。开始一直在踩曲车间工作，在 3 年的踩曲过程中，她自己和大家都发现她的嗅觉特强，于是就在检验中心收录检验员的考试中她被录取了。而录取之前，这位年轻的彭璟姑娘，就对酿酒车间的 7 次轮回取酒非常好奇，一次有机会接触这些基酒后，跟勾兑酒师们交流时，大家发现她的鼻子有着与众不同的敏感度。就这样，身边的人鼓励她去干勾兑和品酒。

现在彭璟是茅台酒厂响当当的首席品酒师。接受我采访那天，她就坐在我对面，让我有些讶异于她“茅台”的首席品酒师的身份——她太年轻了！就像刚毕业的大学研究生。

“哪里嘛！我是 1993 年进厂的，老太婆了……”她竟羞涩起来。

彭璟后来向我讲述了她从“踩曲女”到成为茅台“首席品酒师”的岁月之歌：

高中毕业后，正值“茅台”一个发展高峰期，作为本地人，彭璟被招工进了酒厂。在茅台镇能够进茅台酒厂，是很自豪的事。彭璟也一样，“只要能进酒厂，干啥都成！”彭璟说。所以她的第一个工作就是踩曲。这是女工最集中的工种，也十分辛劳。“纯粹的体力活。”她说她整整干了3年，但并不感到苦，因为“踩曲是酒厂最基础的工作，虽然每天都很累，但很少有人不喜欢它。我自己在踩曲时的体会是：老一辈子创造的这种工艺很神奇，所以慢慢爱上了酿酒这工作。”彭璟就是凭着这份对传统工艺的爱，开始对酒有了兴趣。“我不会喝酒，连啤酒都喝不来的，但发现自己对酒的嗅觉特别灵。大家都在说我们茅台酒如何好时，我会去嗅一嗅，时间多了，就发觉自己对厂里的酒也能嗅出不同的差异……”再后来，就是大家也都觉得彭璟的鼻子特别灵，于是鼓励她去考品酒师。

在茅台酒厂，品酒师属于高端人才，因为不少勾兑师就是从品酒师中产生的，而品酒师就是每一批次生产与出厂的“茅台”的把关人，岗位重要，责任千斤。

彭璟说，考上了品酒师，其实只是成为对酒有“发言权”的开端而已。“我们厂里每年都会组织一些大型的品酒比赛，多的时候参赛人员达1000多人，老老少少都有，年轻人居多……”彭璟就是在2010年那场比赛中脱颖而出的。再后来，她一次次被厂里推荐到省里、全国的品酒会上去比赛，一直冲到了中国品酒界的最高峰，她因此也荣升为“茅台”集团首席品酒师。这个“首席”并不是论资排辈的，它需要独特的天赋加长久的实践磨砺才可获得。

“2010年时，我是凭着年轻，嗅觉灵敏。现在则是凭经验……”彭璟说。

“酿制一批次酒，就是一年，而这一批次酒中又有近200种的不同酒识别与勾兑，依然全靠人的品尝和经验来检别与勾兑？没有什么其他方法改变一下？比如机械仪器什么的，现在原子、纳米技术都这么发达了……”对我的问题，彭璟十分肯定地摇摇头，说：“我们和有关科研部门曾经一直努力过，但到目前为止一直没能实现，就像踩曲那

茅台技术中心

么辛苦，我们也曾试验过用机械制曲，可最后仍然放弃了——它达不到我们茅台所需要的工艺水平。"

呵，人类发展这么快，可有些科学技术仍然没能超越传统工艺。"茅台"酿酒工艺便是一例。这很绝门，也很传奇。

彭璟说，她现在的"茅台"品酒团队共有40多人，他们叫"品评"团队，整个队伍的每一个人都有品评资质，而且至少是省级，多数是国家级的。像她和集团的总工程师，都是国家级的品评大师。虽然看起来她们或英姿飒爽，或妩媚婀娜，但却都是"酒场"上身经百战的老将了。"茅台"的品评专家和勾兑大师，不仅在本厂工作中具有绝对权威，在全国白酒行业里也是声名远播。

"除了工厂的工作外，我们还经常被有关部门抽调到各种场合去参加品评活动，而平时团队成员要每天分组对每一个酿酒车间送来的批次样酒进行检查验收，一旦发现异常，立即需要去制酒车间的现场看情况，然后反馈意见，提出建议。酿制车间就得及时改进调整，然后再把样酒送来进行品评，直到合格为止。”彭璟说出厂的酒也是这样，每批次灌瓶包装和出厂之前的酒，都必须送到我们这儿品评，由不少于9个品评员品评之后，再通过系统表决，意见一致后才能放行出品。

这是“茅台”一直坚持的“铁律”。

从粮食选种到种植，再从收成到入库，再从制曲发酵到第一次出酒，再送样酒到正式批次入库，到入库之后的一次次、一批批之间的勾兑……一瓶最终能到消费者嘴边的“茅台”要经历多少道技术“关口”？

茅台人很严肃、很神圣地告诉我：不会少于几百道，甚至上千道……

现在看了、听了，我是完全相信的。市场上的“茅台”价格对普通消费者来说，是高了点，但茅台人用心血和时间酿成的中国乃至世界独一无二的佳酿，如果从技术和工艺角度对照价格的话，它确实一点都不贵。

酿制者的功夫和酿酒过程中所花的时间，其实远不止这个价。人们收藏“茅台”我想也可能就是因为印证了“茅台无价”这样一句来自生产实践的话是正确的。

“茅台”和茅台人共同创造的“茅台品质”就是无价之宝。

由于特殊的“保密”原因，我无缘进入最核心的勾兑现场。但勾兑大师们给我讲述了许多令人感动的事——

比如：一个勾兑师除了千锤百炼、历久弥坚的本领外，还需要心境静，善观察，善发现，在无限的宁静中寻找不断变化和叠加的批次酒之间的融合与分离、差异和吻合……又要在不同批次、不同年份的酒整合与分享中迅速寻找到吻合与差异点，从而实现更高层次的“茅台形式”——这就是“茅台”还需要走到特殊的“岁月轨道”上“工作数载”的“味道之旅”……

大师们没有跟我讲有关什么时间“茅台”的“岁月轨道”和“味道之旅”之类的语汇，它们是我对“茅台”的认识。尤其是它作为一个特殊的生命体被放置在仓库后到出厂前的那数年的漫长岁月，在这阶段——“茅台”的生命状态看起来“静止”，实际上却仍然非常活跃。

“茅台”珍贵之处自然在于前面讲到的“两次投料”“三次高温”“八次发酵”“七次取酒”等等，然而最后一道的“精心勾兑，长期贮存”才是完全彻底的真功夫、硬功夫。一般的白酒厂扛不住这一条，更不用说人们通常理解的那种用食用酒精与水勾兑一下出厂的劣质酒了。

天下道路万千种，每一条道路都是不同的人在不同的地方以不同的方式走出来的；天下的酒也有万千种，每一种酒的酿制方法不同，得出的味道也全然不同。“茅台”占据“酒之塔”的顶端，它的高贵在于它一直被茅台人当作具有生命的物质来呵护与培育。而如此精心呵护与培育的过程就是沉浸在岁月的长河之中的漫长而细腻的深情与温情——

每一次来到“茅台”，我都会特别虔诚地站在赤水河边，向那些沉睡在半山腰仓库中的酒坛里的“生命”致敬甚至祈祷，致敬是因为它们是无数茅台人的心血与汗水汇聚成的液体、酿成的味道，它们让多少人翘首以盼、为之痴狂；祈祷是因为它们还在成长和成熟，如青春的生命一样仍在茁壮的生长期间……

外行人自然不信这个道理，而所有了解“茅台”的人都知道这个“秘密”——5 年是“茅台”出厂前的酿成期，实际上多数“茅台”何止这“5 岁”酒龄，它们可能是 10 年、20 年……还有更长的。这就是“茅台”的品质与它的基本底色。

贮存于仓库和坛子里的“茅台”为什么仍需要那么长时间而不是从酿酒车间出来就装瓶卖掉了呢？

这就是“茅台”的另一个“核心机密”：它还需要“陈”，需要在“陈酿”中实现全然和统一的“茅台味道”。这个时候，时间是关键点。而支配时间的“推手”则是另一个影响与决定酒的走向的生命体，就是盘旋于赤水河畔的“茅台微生物圈”。这个生态圈，我们人类看不到它，然而它是实实在在存在的，并且至少已经存在了几十年、几百年……

它既像幽灵，又是妖女，但确切地说，它更像一位贤惠的温柔妇人。其实它是起源于赤水河谷与青山峻岭的神奇宝地、加之日积月累地发酵变幻生成的特殊生命体，它又是与天气、地气、人气高度融合之后所诞生的一个生物圈——专门为“茅台烧”“茅台酒”而生的生物圈。它不会去别的地方，也不会为别的酒品出力，它只为“茅台”，只在茅台镇一带。

微生物来自大自然，成为茅台人最亲密和离不开的“邻居”。

微生物是什么？现在我们面临的“新冠”病毒，其实就是一场由一种有毒的微生物向人类发起的残酷“战争”。之前的 2003 年“非典”也同样是有毒的微生物对人类的进攻。

有毒的微生物如此可怕！这个世界万千之物几乎都与微生物同生共存，包括我们人类的身体也存有大量的微生物。从另一个角度看，没有微生物，也就没有人类的生命存在。用科学的定义来解释微生物，那么它就是一切肉眼看不见的或者看不清楚的微小生物的总称。其特点是：体积小、面积小、吸收多、转化快、生长旺、繁殖快、适应强、变异频、分布广、种类多。微生物是地球上最为丰富的生物资源，其数以万种，甚至更多，是生命世界里除昆虫之外的第二大类群。微生物的种类有细菌、病毒、真菌、放线菌、支原体、衣原体、螺旋体、立克次氏体。许多植物和食物必须有微生物，因为只有依靠微生物才能成熟、成功，比如大豆、酸奶、酱油，酒就是靠微生物发酵后才酿出有“味道”的“黄金液体”。

人类对微生物的认识仅有二三百年，但自从发现微生物的巨能之后，这些微生物便成了人类不可或缺的“伴侣”。不过，微生物有时也毫不客气地成为人类的死敌，每一场病毒传播就是微生物对人类的全方位攻击。日常生活中，我们看不到它，可一旦它发起狠来，人类就可能经历灭顶之灾……

现在我们说说这个队伍中的那些有利于人类生活生产的微生物，比如酿酒的微生物，它就是一群见不到影子的伟大的劳动者。它们的奉献并不比那些加班加点、流血流汗的踩曲工、酿酒师少。它们的默默奉献，让茅台人始终对它怀有感恩之心。

到了茅台镇和茅台酒厂，每一个人都会闻到一股浓浓的酵母发出的醇香味，之所以有这样不散的香味，其实也是庞大的“微生物军团”在行动，在歌舞，它们一年四季不停地在这活跃着，奔腾着。它们总是在人们需要的时候挥洒着激情与豪情，总是在佳酿需要它们加力和加油时使出所有招数与本领，总是陪伴着美酒静静地休整待发，给予安然的守护，与其共同沉浸于岁月的沉淀洗礼……

现在我们知道了为什么“茅台”的酒库总是四面通风，到处是窗户，原来这就是为了让亲爱的“微生物”能够畅通无阻地入室拥抱它们想拥抱的所有“酒友”——而且酒师和勾兑师们会根据“微生物”与“酒友”们的拥抱程度、热度、密度、亲切度随时进行调和与勾兑，而且只要这些酒不出厂，那么这样的工作将永远地延续下去，而微生物们则更会日久天长地继续着它们的职守，为亲爱的“酒友”源源不断地输送一切属于酒的本质……

这过程，人的眼睛看不到，但其中尽是情意绵绵。

这过程，岁月无法计算，但岁月常常对此含情脉脉……

因为它是酒——具体地说，它是“茅台”之所以成为“茅台”的一首最踪影难觅但却又是最洋洋洒洒、汹涌澎湃、波澜壮阔的酿酒的岁月之歌。

第四章
一瓶茅台酒，半部国企史

世界上有些事你可能弄不懂，但你必须有思考。比如你知道世界上哪家单位最值钱、最赚钱？一定有人马上猜想到：是挖金矿的？开银行的？或者钻石油的？还是造汽车的？

当然是这些单位嘛！因为它们是垄断企业、暴利企业，全国或全球性的。这些单位所“赚”的钱，其实并不是赚的，它们或是从地里挖出来的，或者是从别人的口袋里掏来的，不是吗？黄金和石油是大自然恩赐的，而银行有钱靠的是千千万万存储户送上的。某些类别的企业则是某一个风潮到来时突然膨胀起来的“有钱”大户，然而当风头一过，它可能就是一个被淘汰的企业。在经济界，最牛的一定不是潮起潮落的那种“风投”式产业和企业，一定是那些你想砸也砸不烂、想搬也搬不走，更不是几阵妖风所能摧毁得了的企业。故无论哪个国家、哪个民族，人们对那些“百年老店”总怀有特别深厚的感情和崇敬心态。

当今社会，各式各样自说自话的表扬与吹嘘太多，让大众的眼里常常分不清到底谁最好、谁最有实力、谁真值得尊敬。专业经济权威和大众心理之间的评判标准并不一致，但平衡兼顾之下，有两项指标代表着对一个单位或者一个企业的基本评价：一是品牌，二是市值。

“茅台”的品牌在中国乃至世界上都属于“百年老店”了，而且少有另一家“老店”能与之相比，且它的“青春焕发”——活力四射、受人追捧的热度有增无减。

2021 年春节后一段时间里，“茅台”在市场上闹得“实在不像话”——它的价格像火箭一样飞上天，于是出现了对它的高价的抱怨与愤怒，在不得已的情况下，“茅台”必须降价了——事实上每一次降价或涨价基本都与茅台酒厂自己没有关系，“茅台”是特殊国货，受到的制约和调控完全不是来自单位自己，甚至有时是国家层面的考虑。然而作为一个国有企业与国家品牌，“茅台”的所有价值是属于国家的，也就是说它是全体中国人民的。因此“茅台”的好与坏，从本质上和理论上讲，与所有中国人和中国社会主义制度有关，故此我们也可以骄傲地说一说“茅台”从“三间烧房”到万亿元市场之间的这段“国有”企业光荣史……

据一则新闻材料报道：在2021年2月9日股票市场上报出的“茅台”股价为2456.43元（每股），当日涨3.70%。总市值达到30852.76亿元。在 2 月 10 日收盘时的总市值突破 32000 亿元。这个总值相当于 2 个中国工商银行，5 个中国石油。什么叫厉害，这大概就是厉害了。“茅台”是什么？是一瓶酒，是偏僻的大山沟里的一个酒厂，是一批靠手工操作的男男女女在作坊式车间里支撑起来的一个最传统的企业，然而他们的劳动和劳动价值竟然超过了网布天下、靠机器“收钱”的中国工商银行，而且竟是这个中国第一大商业银行的两倍市值！那么“中国石油”呢？不用说，人们都知道它是传说中的“油老大”，在汽车时代的今天，它无处不在，它意气风发，然而谁能想得到它与“茅台”相比，会败到“一个茅台”抵5个“中国石油”的地步！

它们同是国有企业，它们同在一片阳光下。一个看上去弱弱的小厂、一群模样并不时尚的干部工人与技术人员们，竟然干出了惊天动地、气壮山河的业绩，难道这还不值得我们去讴歌？难道这不是中国共产党领导下的人民用汗水酿造的最好的味道吗？

然而我深切地知道，“茅台”的国企之路也非那么一路高歌，而它的成长史，其实就是中国国企的命运史，它时而悲壮，时而意气风发，又时而发人深省……它是中国特色社会主义的奋斗史、创业史和精神诗史。

11 曾经的尴尬：从75吨到1000吨，用了26年……

我们刚刚讲到了“茅台”在2021年2月之初的市值达到3.2万亿，几乎逼近全球最大的“洋酒”公司帝亚吉欧。

“茅台”是2001年股票上市的。发行第一日“茅台”的总市值定格为88.88亿人民币。

上市20年，“茅台”一路飙升至今达3.2万亿元。这样的资产升值和品牌效应，在国企里恐怕史无前例。然而“茅台”也曾经历了漫长的“灰色地带”——这是无法想象的尴尬年代，国宝一般的“茅台”竟然有16年亏损！

整整16年呵！如黄金一般的“茅台”！

所以“茅台”并非“常胜将军”，甚至可以说这样一句话：如果不是社会主义，如果不是中国共产党的领导，“茅台”或许早已销声匿迹……

是的，不是所有中国老祖宗传下来的好东西都能流传至今，而“茅台”可谓新中国的“幸运儿”。

在“茅台”，一些上了年纪的人至今仍然记得1978年底工厂有过一次全体干部群众欢呼“胜利”的场景，这时党的第十一届三中全会刚刚结束，茅台酒厂的财务小跑着向厂长、书记报告：今年我们账面出现盈利了！16年的亏损历史从此一去不返了啊！

“快！赶快让办公室的同志到街上去买鞭炮，在厂房外的山坡上好好放一放，值得庆贺！值得庆贺！”厂领导按捺不住地喊道。

那一次“扭亏”，对“茅台”来说，是历史性的，因此人们记忆犹新。

现在的人一定会好奇地问：笑话，“茅台”也会亏损？！

是的，“茅台”当年不仅亏损，而且一亏就亏了16年。

亏损16年令人匪夷所思，但更让人不可思议的是“茅台”从1952年正式成为“国营茅台”后，其生产水平一直不理想，从成立之初的年产75吨，到年产1000吨，整整用了26年！

这是什么道理？茅台人“自嘲”：这是没道理的！也就是说，他们自己也很不相信过去的事实。

茅台人静下心来反省当年的“亏损16年”和生产低速增长的26年，这样感叹：“茅台”也有致命弱点，就是它虽为名牌，却“身不由己”，像人一样，名气太大后，就可能不是他自己想干什么就能干什么的了。而“茅台”还有一个“死磕”的问题：它几乎不接受外来的工业人的“先进技术与设备”，它只遵循传统的工艺。

但马上有人对此提出不同意见：过去“茅台”一直是计划经济的产物，生产多少、怎么生产，都是“上面”说了算，我们自己有啥办法！

不全是这样的。若全是这样的话，“茅台”的产量从75吨年产到1000吨年产就不会要用26年。不信你可以看看：“茅台”第一个增长周期是1952年的75吨，到1960年年产曾达到921吨的，而后来又跌到1964年的222吨。这样起伏、反复，都是因为走到想摆脱“茅台”

的传统工艺而追求高产的歪道上去了，或者是因为长官意志瞎指挥又造成“茅台”质量低劣，不得不重新回到尊重传统工艺的酿酒老方法上来……这样折腾来折腾去的结果，就是生产不稳定、质量不稳定。

上面的这些不同观点，应该说各有各的道理，从不同角度指出了当时的问题实质。我们把 1952 年年产 75 吨到 1978 年年产达到 1000 吨的历年生产总量列在一起，就可以清晰地看到问题症结：

1952 年生产总量：75 吨。

1953 年生产总量：72 吨。

1954 年生产总量：163 吨。

1955 年生产总量：209 吨。

1956 年生产总量：274 吨。

1957 年生产总量：283 吨。

1958 年生产总量：627 吨。

1959 年生产总量：820 吨。

1960 年生产总量：912 吨。

1961 年生产总量：347 吨。

1962 年生产总量：363 吨（第一次亏损）。

1963 年生产总量：325 吨。

1964 年生产总量：222 吨。

1965 年生产总量：247 吨。

1966 年生产总量：312 吨。

1967 年生产总量：321 吨。

1968 年生产总量：338 吨。

1969 年生产总量：355 吨。

1970 年生产总量：232 吨。

1971 年生产总量：375 吨。

1972 年生产总量：550 吨。

1973 年生产总量：606 吨。

1974 年生产总量：665 吨。

1975 年生产总量：700 吨。

1976 年生产总量：746 吨。

1977 年生产总量：758 吨。

1978 年生产总量：1068 吨。

对一般读者来说，这份“茅台”生产酒的年产表似乎是一列很简单的数字，其实它的曲线起伏中隐含着茅台酒厂前 20 多年“国营”道路上所经历的惊涛骇浪，有时甚至是惊心动魄的。它也是“茅台”曾经的伤痛和曲折。而“茅台”的这份曾经的伤痛与曲折，其实正好也折射出了新中国成立之初 20 多年的艰难探索与实践……

当人民政府从资本家的手中将三家“烧房”夺回，并将其归为人民当家做主的社会主义制度下的企业后，新成立的“茅台”确实一片欣欣向荣，酿酒工人回到了熟悉的烧房，开始为一个自己可以当家做主的新世界劳动和生活了。这一时期，茅台人的积极性是高涨的，劳动的态度也是向上的。然而因一段时间的急躁冒进，茅台酒厂的领导甚至不惜使出用北方酿制“二锅头”的方法来生产“茅台”，结果是一败涂地。

此事甚至惊动中央，之后为迅速扭转局面，“茅台”召回郑义兴、王绍彬、李兴发等旧社会过来的老酿酒师进厂，从此重回传统工艺制酒的老路。“茅台”质量和生产获得了一段正常发展期，虽然酒的产量上升不明显，但进入了短暂的稳步发展期。

好景不长，1958 年全国性的“大跃进”开始。蜗牛式的“茅台”受到了批评，经济落后的贵州省没有太多的工业作为，“茅台”成为“大跃进”的“主要矛盾”，甚至省委领导在公开的大会上提出这样的口号:“钢铁是元帅，茅台酒是皇上。”

这还了得！从此根据“大跃进”的步伐，“茅台”彻底打破了原本发展计划的严肃性，也打破了第一个五年计划建立起来的资金、物资、劳动力的苏联配置体系。在当时的形势下，重工业战线是在整体的“大跃进”条件下优先获得发展的行业，然而轻工业其实是受到了极大的冲击，所以物资供应、工人的工资与福利水平也是最低的，而此时的轻工业产品的贡献积累则特别高。茅台酒厂面临的就是典型的问题：生产要求飞速上去，工人工资与福利又很低，而物资又特别稀缺昂贵。可“拍脑袋”决策下的计划生产目标又高得离谱：“第二个五年计划”时，“茅台”的扩建产能是1959年扩建1200吨，1961年再扩建2000吨。1958年当年的酿酒年产要求比上一年的1957年“翻一番”。后来这一年生产“茅台”627吨。1959年“再一次拼杀”，年产达到820吨。

“这不是皇上的水平，是拉牛车的水平！”省里对茅台酒厂的“大跃进”水平十分不满，批评的声音让茅台人无地自容。怎么办？继续拼杀吧！

于是我们看到了历年生产表上的：1960年达到912吨的“高位纪录”。如果按照现在的“茅台”年生产50000吨的水平看，当年960吨简直就是“小菜一碟”。然而在当时，茅台人使出了吃奶之力，而且背后的“眼泪”外人并不知晓：20世纪50年代的仁怀地区每年的高粱正常产量在3000吨左右，新中国成立后茅台酒厂开始增加生产，本地的高粱已经无法满足，开始从川南地区和邻近县份收购高粱了。“大跃进”开始之后，茅台酒厂的原料便出现紧张，厂领导曾多次向上级呼吁求援。然而贵州省的领导对此十分为难，因为贵州原本就是缺粮省份，“大跃进”期间突然宣布贵州省是“余粮区”……

“余粮区”怎么能缺高粱嘛！一个贵州省还供不起一个茅台酒厂的用粮？这事谁都不敢轻易“捅”出去。“捅”出去的结果只有两种：上面会说贵州“吹牛”，向中央虚报；如果如实说来，贵州脸面何在？

左右为难之际，贵州省只能满足“茅台”所需，因为它是贵州人的“皇上”，不保它还保谁？

时任贵州粮食厅厅长的王三民于2006年出版的日记中有一句是记载当年这一事件的话：“为保茅台，贵州做出了巨大牺牲。”什么是巨大牺牲？王三民道出真相：因为茅台厂急需高粱，贵州又没有那么多高粱，所以求四川帮忙。四川的条件是，用400万斤大豆来换400万斤高粱。贵州无奈一口答应。可当时大豆的紧俏度远远超过高粱，再说从贵州农民手中再征购议价粮谈何容易。然而为了“茅台”，贵州省政府毫不犹豫地决定跟四川大豆换高粱。

有了高粱就能酿出很多的酒吗？不是的。据1960年3月出台的一份《贵州茅台酒整理总结报告》显示，1958年的茅台酒厂，生产厂房面积为1656平方米，设计生产能力为年产200吨。可1958年的年产已经激增到了627吨。然而这627吨的水平与上面要求的“大跃进”水平差得实在太多，所以到了1959年，茅台酒厂开始“疯”了，生产设备是24小时全天候运转，工人们则“献工、献点”，生产设备和工人都到了极限……结果这一年的年产仅为820吨。

茅台酒厂上上下下头痛得快要裂开了。能动的脑筋都动了，能贡献的都贡献了。还有什么可挖掘的潜力吗？

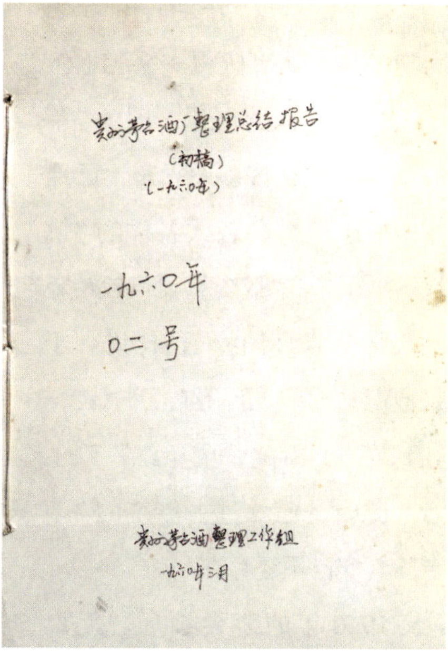
贵州茅台酒厂整理总结报告
（初稿）
（一九六〇年）
一九六〇年
〇二号
贵州茅台酒整理工作组
一九六〇年三月

1960年3月茅台酒厂整理总结报告（初稿）

问郑义兴等老师傅，老师傅们吓得逃回家。

问工人们还有没有办法，工人们拍着肚皮，说：你们先把我的肚皮填饱了我才可以回答你……

似乎一切能够想到的办法都想到了。

那么只有“改进工艺”一条路了！

“这是要灭掉‘茅台’呀！”郑义兴等老师傅喊了起来。

仁怀县供销社主任听说“茅台”要换工艺生产酒了，跑到酒厂开骂，说你们这是败家子，败祖宗的孽子！

结果他被打成“右派”。

谁还敢反对改变酿酒工艺？赤水河呜咽了……酿酒老师傅们在黑暗中哭泣。

失去理性的“革命”是可怕的，不讲求规律的生产建设也是可怕的。当有人在茅台酒厂喊出“突破千斤甑，闯进千吨关”时，就意味着茅台工艺圣殿的倒塌。那些想让一甑糟料中多出一倍酒的人“发明”了“边丢糟、边下沙”和“并窖下沙”，想力挽狂澜，结果碰得一头狗血。他们并没有因此倒退，因为“革命”的狂欢让许多人兴奋不已地挖空心思地想着各式各样的“挑战”：季节就那么重要吗？人定胜天才是真理！他们这样说。于是他们喊出了“开门红，月月红，红到底”的生产“全年红”鬼主意。此时，延承过去传统的“茅台”其实已不复存在……

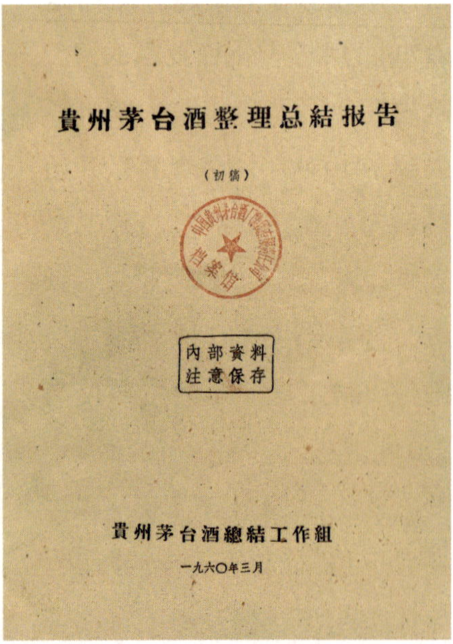
貴州茅台酒整理总結报告

（初稿）

內部資料
注意保存

貴州茅台酒總結工作組

一九六〇年三月

1960 年 3 月茅台酒厂整理总结报告（初稿）

1960 年的茅台酒厂“年产表”上，让那些“大跃进”的狂热者高兴了好一阵，达到 912 吨。

“啥子用嘛！根本没有人相信这是‘茅台’嘛！”接替“右派分子”职务出任仁怀县供销社主任的郑光先回忆这段光景时，叹气道。

可不是嘛。1964 年“四清运动”中，查责这段“大跃进”的“茅台”质量时认定，1960 年生产的 912 吨的“茅台”中只有 12% 是合格的，其中 800 吨不能入库，不得不当作红粮酒（当地的土酒）处理掉了……

也就有了前文中提及的“茅台”蒙受了前所未有的耻辱那一幕：1963 年召开的全国第二届评酒会上，曾经在第一届评酒会上名列第一的“茅台”，此次名落八大名酒的第五位。

茅台人对这一“历史纪录”感到耻辱，当然或许有评委不熟悉酱香型的原因，但“茅台”在这个时候质量严重下降却是事实。

历史是无情的。事实不应回避。

“茅台”的耻辱史，并没有让茅台人灰心与倒下，他们充分认识到了自身的问题，开始痛定思痛，重归传统工艺之上。

1964 年，在中央直接指令下，轻工部、贵州省联合派出两个工作组，一个是技术小组，一个是政治工作组，来到茅台厂彻查问题。

“必须充分地正确地认识茅台酒的政治、经济意义，决不能马马虎虎。”“要找出茅台酒的生产规律。”轻工部领导和贵州省领导严肃地对工作组成员们指出。

后来的结果我们在前文中曾经提到：“茅台”恢复了传统工艺，回到了正常生产的轨道。

这也就有了 1964 年生产总量 222 吨的具有恢复意义的最低数量。

新中国成立 15 年后，“茅台”的产量却又降到了年产 222 吨的水平，这个数量确实也让茅台人很尴尬，那些喜欢喝“茅台”的人当然也很不高兴。更重要的是当时的中国受到异常严峻的国际封锁，倘若能够多卖出一吨“茅台”，那能给国家带来多么重要的紧缺物资和先进技术装备呵！

那是所有中国人都在呼唤“茅台”重振威风的岁月。

“茅台”，你能行吗？

我们当然行！茅台人的骨头很硬，跟大山一样硬。但他们知道，“茅台”的兴与衰，不光是他们茅台人的事，而需要方方面面，尤其是地方政府、中央和省等各级的支持帮助。

在这过程中，茅台人需要感谢国家和省轻工部门联合组成的工作组在酒厂的蹲点调研过程中对传统工艺的肯定与支持，同时也提出了许多改进工作方法、提高质量的指导性意见，这些都为长期以来缺少系统性生产管理规程的“茅台”生产给予了正向的帮助与扶正。

其实，在当时的茅台厂通过新中国成立之后的10余年间“车轮战”式的折腾后，有人坚持认为只有传统工艺才能救“茅台”，有人则认为“茅台”如果不从落后封闭的传统中解放出来，最终只有死路一条。这两种意见在当时交锋颇为激烈，因为一些客观的事实摆在面前：欲想增产，就必须打破常规，但质量出现问题；而按传统工艺按部就班，产量总是上不去。这是一对非常突出的矛盾。

上级派来的工作组需要的是寻找这一对矛盾的“中和点”，而这个“中和点”必须是建立在“保证质量的前提下增加生产数量”。

这是一件并不容易的事。但混沌了10余年的茅台酒厂必须对这一难题做出最清晰和明确的选择方向。

其中，郑义兴的大徒弟、副厂长李兴发等人在此时的贡献和工作组专家方心芳、周恒刚的权威性意见起着至关重要的作用。

所有的酿酒人都知道，酒的好坏，除了原料和酿造所采用的工艺外，最后起决定因素的是勾兑。勾兑技艺决定酒的境界。

自新“茅台”诞生以后，先期几年的勾兑基本都由郑义兴等少数几位前辈在做。后来李兴发成为郑义兴徒弟，几年后郑义兴年岁已长，“茅台”勾兑的实际担子就落在李兴发身上。而让李兴发感叹不已的是：没有文化的师傅郑义兴所传授他的勾兑本领出奇地神乎，师傅就靠眼睛和嘴，判断风味品质靠口感，判断酒的度数靠“看花”——把酒在碗里晃动，便会出现酒液泡沫，泡沫不同酒度不同。酒度最高时，酒花大小如鱼眼，称作“鱼眼花”；酒度最低的酒花细碎如小米，碎花在碗里形成一个圈，叫“圈花”。郑义兴称其他不同的酒度为“堆花”“满花”“碎米花”三种。李兴发竟然奇妙地发现他的师傅郑义兴那一代老师傅们全都是通过“看花”来勾兑出相应的酒度，不同勾兑师勾兑出的酒度总体上相差不超过1%！

李兴发是从老一代精准学到传统本领的第一人。但到了20世纪60年代后，“茅台”的勾兑这一环差不多就剩他一人。如何让“茅台”质量不变，又能在工艺上有所突破，实际上当时的专家工作组就是带着这一任务来到茅台酒厂的。

但与郑义兴具有同样弱项的是，李兴发虽为副厂长，也把郑义兴大师的勾兑技术学得娴熟有余，可他的文化水平也不高，有经验但仍不能把“心得”变成文字。

这个时候，“茅台”遇上了一个“历史性人物”，他就是这一年刚分配到酒厂的季克良。

“小季，你是大学生，你跟着李副厂长，帮他一起把绝活学到手，关键是还要靠你把手艺活儿形成文字……”专家组和厂领导对新来的大学毕业生季克良这样说。

季克良在当时是茅台酒厂的“宝贝”。本来就虚心好学的季克良进厂经历的第一件事就是茅台历史上的奠基性事件：李兴发发现的“三种典型体”基础酒，即酱香、窖底香和醇香。中国“酱香酒”也由此诞生，“茅台”从此也奠定了酱香酒之冠的地位，开辟中国白酒发展的格局。

什么样的格局，决定着什么样的发展方向。所以有人把“茅台”的三种典型体理论的发现和总结完善，称为白酒工业生产上的里程碑，可与蒸汽机带来的工业革命相提并论。

我们再来说“茅台”的内部问题：由李兴发发现、季克良整理成文字的三种典型体基础酒理论，被当时的专家工作组和轻工部认可后，它就使得茅台酒的定位与工艺标准化也有了规范。以往神秘无比的勾兑，也从“秘方”变成了工艺，从经验转化成技术，昔日的勾兑员也顺理成章地变为技术工种。

“茅台”第一次颇有底气地在赤水河畔昂起头颅，眺望着远方的未来……

15 从千吨开启腾飞的“双良时代”

连续16年的亏损，在1978年这个重要的年份给打破了！这是个历史性事件，对“茅台”来说毫无疑问是件欢欣鼓舞的事。然而仅仅因为“甩”掉亏损就那么值得扬眉吐气吗？茅台人不会自欺欺人。

都说“茅台”好，爱喝它的人能够为它付出、为它舍命，像我这样即使不会喝酒也想珍藏一两瓶的人，在中国也不是少数，那“茅台”怎么还可能是“赔本生意”呢？

没有人相信。

另一个方面的事是：既然“茅台”靠的是传统工艺，是人做出来的佳酿，那么怎么能不依靠人的聪明才智寻求产量的突破？就只能生产几十吨、几百吨？或者就在1000多吨的水平上封顶？再说，不亏损的1978年的茅台酒厂实现了多少利润呢？你都不会相信，仅仅是6.5万元！

这个水平真那么值得炫耀吗？真的是“春风拂面”了？

没人不对这些问题产生疑问。即使像李兴发这样从老师傅手中学出本事来的酿酒大师们也不会相信“茅台”只能在原地转悠……尤其让茅台人难以释怀的一件事是，人民共和国的缔造者、开国元首毛泽东曾在

1958 年就对“茅台”提出过一个问题：能不能生产 1 万吨“茅台”？

事情经过是这样的，1958 年中央在成都开会，其间，贵州省委书记陪毛泽东散步。毛泽东就问贵州省委书记：“茅台”用的是什么神水？酒那么好啊！又问：能搞它 1 万吨？对于领袖的询问，省委书记牢记在心，并作为一件重要的政治任务向茅台酒厂及省直有关部门传达了。于是毛泽东主席嘱托的搞万吨“茅台”便成了茅台人和贵州省的一项神圣使命。

这个重托从 1958 年开始，茅台人始终放在心头。毛泽东不善喝酒是众所周知的事，然而他对“茅台”特别关心与关爱，这让茅台人一直铭记于心。在同一时期，邓小平也对“茅台”做过专门指示，明确要求贵州省重视“茅台”的发展。然而，新中国成立之初的二十几年里，茅台人不仅没有实现毛泽东主席的这份希望，甚至到了 1978 年才刚刚到达千吨水平。这与领袖的嘱托差距太大。

生产上不去，成为茅台人的一块一想即痛的“心头病”，低水平生产能力让茅台人处境尴尬……

但是，在国内和国际舞台上，此时的“茅台热”不仅丝毫未减，反而因为中国在联合国恢复席位的好事临近，有关“茅台”的话题和“佐料”更是频出。下面是两位外交官的回忆——

曾任中国驻俄使馆政务参赞陈平的《半瓶茅台》：

> 记得那是 1972 年 9 月上旬，一个艳阳高照的秋日。联合国大会开幕在即，周恩来总理决定抽出半天时间，同代表团成员一起对乔冠华团长在一般性辩论中的发言稿再进行一次审核。我作为发言稿起草小组的一员，有幸出席了这次会议。我们一行 10 多人在乔冠华率领下，来到中南海西花厅一间宽敞的会议室。刚刚坐下，总理就快步走了进来，同大家一一握手，随即开始工作。

……

经过整整一下午字斟句酌的审核，发言稿终于定稿了。在工作人员带领下，我们来到一个小院落，那是总理的书房和客厅。客厅里已经摆好了两张圆桌，大家依次入座。我们非常好奇，在总理的家宴上会品尝到什么好吃的东西？近前一看，只见圆桌中央放着一个大青瓷汤盆，里面盛着热气腾腾的白菜粉丝汤，四周摆着两圈盘子，里面的一圈是各式小菜，其中有广东香肠、云南火腿、花生米、豆腐干、咸鸭蛋、辣泡菜等，外面一圈是主食……总理面带笑容地走了进来，一边入座一边说，今天是便餐，没有山珍海味。不过，有两点保证，一是味道好，二是数量足，大家尽可以吃好，吃饱。

……大家正吃得津津有味的时候，一位女同志调皮地对总理说，总理，您不觉这里还缺点什么吗？总理问，你觉得还缺什么啊？她答道，您不是说为乔老爷饯行，没有酒怎么饯行，无酒，何以壮行色呀？总理听后哈哈大笑，点头说，我这里按惯例便餐不备酒。今天倒确实应该有酒，好吧，接受你的意见。说完，总理招手叫服务员到他身旁，对她说，我书房柜子里有一瓶开启封的茅台，你把它拿来。在服务员为大家斟酒时，总理说，这是几天前一位老帅来时打开的，只喝了几杯，应该还有大半瓶，够在座的一人一杯，就用它为乔老爷和代表团饯行吧！于是大家举起酒杯，在一帆风顺、一路平安的祝福声中喝了这瓶茅台酒……

这是一个真实的故事，这萦绕在我心头已经几十年了。时间过得越久，我的记忆反而越清晰。这是为什么？很简单，因为那半瓶茅台烘托了一颗真诚而伟大的心。

唐龙彬，原外交部礼宾司司长：

1971 年 7 月 9—11 日，美国总统尼克松特使、国家安全事务特别助理基辛格博士秘密访问中国，这为恢复中断 20 多年的中美两国政府交往、为尼克松总统访华和两国建交打下了重要基础。当时我有幸参加了这次接待工作，并陪同外交部美大司章文晋司长等秘密前往巴基斯坦首都伊斯兰堡接基辛格一行（6 人）来京。基辛格抵京当天，下午 3 时周总理就亲自到基下榻的钓鱼台宾馆 5 号楼与基会晤。当周总理按时抵达时，早在楼下过厅等候很久的基辛格马上迎上与总理热烈握手，并一一介绍他的随行人员。当介绍到他的两名警卫人员时，总理颇有风趣地说："我们的茅台酒可厉害呢，喝多要醉人的，可得要当心啊！"顿时引起大家对茅台酒的好奇，现场气氛随即变得轻松。当晚在欢迎宴会上总理用茅台酒与基一行祝酒。总理说，茅台酒既纯又香，饮后心情舒爽，多喝几杯没事，也不头痛。当时基表现得比较拘谨，且想着即将与周总理的会议心神不定，所以仅仅有礼貌地喝了一点茅台酒。但品味之后连说好酒、好酒，却不敢干杯痛饮，害怕酒后失态，其他几位官员，特别是两名警卫人员更是滴酒不沾。短短在京两天时间，共谈了十七八个小时。11 日上午举行最后一次会议，经过两天来长时间紧张、严肃、针锋相对的会议，最终达成了协议，并决定在 4 天后按时在各自国土上发表联合声明，同时公布尼克松总统将于次年 5 月前往中国访问的消息。会谈后，叶剑英元帅代表周恩来设午宴招待基一行。这次午宴，与之前大不相同，气氛轻松、愉快，谈笑风生。主人刚举杯提议干杯，基一行不约而同地举起斟满茅台酒的酒杯一饮而尽，连两名警卫也不示弱，把随身不离的文件箱就势放下，与我方安全人员也干起茅台酒。基的助手还说，他们回美后一定要向总统介绍茅台酒。据宾馆服务人员反映，基一行饭后回到住房后，又集中在基的客厅里相互喝起茅台酒，并大声哼起美国小调，共庆这次访问取得成功。离开前，基的随行人员想要几瓶茅台酒带走，宾馆也送给了他们。

经过多次磋商，尼克松总统终于在1972年2月21—28日专程来中国做正式访问，我国给予了高规格的接待……毛主席破例在当天下午会见了尼克松，会面时间大大超过预定时间。当晚周总理在人民大会堂举行盛大国宴欢迎尼克松一行。我们注意到，在席间，周总理几次用茅台酒向尼克松等主要官员祝酒，并介绍茅台酒的特点。在“茅台”营造的热烈气氛中，基辛格开怀畅饮起来，一杯一杯地干，与他在秘密访华参加宴会时那种警觉小心而礼节性的喝酒姿态，判若两人……

茅台酒在新中国外交上的特殊作用，也助推了“茅台”在国内的影响力，尤其是在提高加强茅台酒的生产能力与质量方面产生不可低估的推动力。一句话：当时的茅台酒生产量与实际需要不在一个层面上，“茅台”太少了！

1978年中国开启了改革开放的伟大纪元。改革开放之后的中国如春雨之后的大地，到处生机勃勃，热火朝天，尤其是外资涌进、合资合作办厂，随即是遍地开花的乡镇企业的蓬勃兴起，沿海地区的“生意”劲风席卷每一个角落，甚至家家户户，谈生意、谈项目……哪个离得开烟酒？而在烟酒中除了外烟外酒，中华烟、茅台酒自然最“牛”、最灼手，“茅台”的需求量火箭一般地飙升……

一时间，假“茅台”遍地皆是，因为真“茅台”太少，所以为了“面子”，消费者不惜冒着买假上当的风险喝“茅台”，给制假者提供了赚钱的“乐园”。

这，似乎怪不到谁。但茅台人迅速省悟：不好好地多生产些真“茅台”，就真的要被淹没在制假仿冒的浊浪中。

进入 1979 年春节，在点响庆祝摘掉连续 16 年亏损帽子的鞭炮声的那天晚上，厂长兼党委书记周高廉找到副厂长邹开良，俩人一边感慨一边促膝倾谈起来……

周高廉说，去年中央开了“科学大会”，邓小平说了科技是第一生产力，科技在我们酒厂就是传统工艺和守住质量关。这个必须继续抓紧抓实，一以贯之。在这个基础上，我们就要大力提高生产力了！没有硬碰硬的生产效益，啥事都不硬气。

邹开良连连点头，表示：你讲得对，没有质量保证，就等于没有“茅台”，而没有生产力，也会迟早扔了“茅台”。这两只“拳头”，在我们“茅台”厂都不能软。

你这个比喻好！我们的“两只拳头”一只都不能不硬。周高廉对自己的老搭档很满意。

周高廉原来是仁怀县长、县委书记，而邹开良到“茅台”厂前就是仁怀县的副县长，两人本在一个县政府工作。因为“茅台”频频“搞不定”，所以贵州省委决定调周高廉来主持“茅台”酒厂工作。可见在省委、省政府眼里，茅台酒厂的重要性显然高于仁怀县。

1977 年 8 月某日，茅台酒厂听说县委书记要来厂里当厂长兼书记，便派出当时厂里最好的一辆武汉出的八座吉普车。周高廉就坐着这吉普车，从仁怀县城走了好半天才到达酒厂，那个时候通向酒厂的道路九曲十八弯，颠颠簸簸，极其难行。现在只需 20 来分钟的车程，过去要走近两小时。

周高廉回忆：拎着行李下车时，浓浓的猪粪味、牛粪味扑面而来。“这个下马威，让我知道酒厂是根难啃的骨头！”

后来被称为“茅台第一代掌门人”的周高廉带着省上的“死命令”，以铁腕的工作作风，通过几个月严厉的整治，迅速改变了厂貌，仅用当年最后 4 个月的时间，扭转了连续 16 年的亏损局面。

县委书记的能力果然不一般。尤其他与邹开良的搭档，相当于用两个县委领导来共同治理一个酒厂，这对他俩来说既是挑战，又似乎胸有成竹。果不其然，1979 年再度创造“茅台”新高度：产量再度高于上一年，实现利润 10 余万元，上缴利税 333 万元。

“啥叫好？比自己过去创造了更高的生产水平、更高的质量指标！跟别人比能够跟得上人家，跟得上社会发展、国家形势，这就是好！”年终总结会上，周高廉厂长的声音通过高音喇叭响彻赤水两岸，让整个茅台镇的百姓都能听得见。

“高，实在是高！”

这一年茅台酒厂好事频出：省委、省政府命名茅台酒厂是“大庆式企业”；

“茅台”参加第三届全国评酒会，以优良而稳定的质量，荣获国家金奖，重回国家名酒之首。

这对茅台人来说，有种“王者归来”的荣耀。周高廉作为厂的一把手，功不可没。

“茅台”像中国的许多著名国有企业一样，一直有个企业文化叫“艰苦创业”。这四个字在今天一些人看来似乎仅仅是概念而已。特别是放在“茅台”身上，不少人觉得像是在说笑话。他们哪里知道，“艰苦创业”和“艰苦奋斗”其实一直是茅台人干事业中的一份优良的“酵母”，始终是佳酿不可或缺的重要物质，而且“茅台”所有取得的荣誉和效益，都因为是这样的“酵母”在发生作用。即使是今天，你如果有机会进厂走一走，看看那每天为国家上缴数亿税收的茅台人，就会发现：此地处处依然完整地保留着艰苦奋斗、艰苦创业的作风与精神……

从新中国成立初期、酒厂国营开始到扭转亏损的 26 年间，茅台人言自己“艰苦创业”“艰苦奋斗”，让人无法信服。待 1978 年实现扭亏为盈之后，全厂上下又掏出了一个埋在心头的夙愿：要实现毛主席嘱托的“万吨”生产目标。

实现1000吨，用了26年时间。万吨需要多长的日子才能实现？这是“茅台”成立之初的前二三十年茅台人心头压力最大的一个问题，谁都不敢轻易做出结论，各种意见分歧也十分激烈，甚至有人扬言：万吨之日，就是“茅台”灭亡之日。这种意见认为：茅台的生产工艺不能改变，未经改变的茅台酒厂生产形态就不可能年产达到1万吨。

真是这样吗？这一严峻而又非常明确与现实的问题，搁在了“茅台”历史上著名的“双良”时代，即邹开良和季克良当政时期。

这两个人在茅台酒厂都很传奇，一个具有中国共产党人的传统基因：老革命式的厂领导。一个是代表新中国成立后成长起来的具有知识分子情怀的人。邹开良是前者，季克良属后者。

“茅台”实现万吨年产实际上是在2003年。而邹开良和季克良俩人在厂长岗位上交叉任职时间长达18年，这种现象极少，而这18年是“茅台”从千吨到万吨的关键时间，因此被称为“茅台双良时代”。

这一时期的“茅台”特点是：紧抓质量管理，坚持创新前进。这一总体脉络，呈现了“双良”的优势发挥。

邹开良是本地出身的行政干部，做事有板有眼。在他看来，茅台酒厂的发展，根本在于质量管理，他为茅台厂的百年大业打下的质量管理基业立下大功。“质量是‘茅台’的最大政治。”他一直这么认为。

在接过“茅台”掌门人的指挥棒的1981年下半年，也是“茅台”从千吨向万吨进军的初始，邹开良以厂长的身份，连续数个月在抓质量管理和提升质量管理的机制体制。“走质量效应型”企业是邹开良的“就职誓言”。

“过去凭着质量，茅台酒从山沟里走向了世界，成为世界名酒；今后，茅台酒也只能凭质量，去占领更多的地方。茅台酒的传统工艺，在我们这一代人的身上，要发扬光大。”他在干部会议上明确指出。

但是邹开良并不是一个保守派，他常常找负责生产的副厂长季克良商量：茅台的质量管理，既要坚定地发挥传统工艺的“经验检验法”，还要按照国家与行业对白酒业的各种理化的科学指标的要求，要大力借助新技术、现代化手段对茅台酒的原材料、辅助材料、半成品、成品等项目进行观察分析。这是“科学分析法”。

“经验检验法与科学分析法”双法并驾齐驱。这正是季克良的真实想法。

一直以来，茅台酒瓶上基本没有什么产品说明文字。1982 年春节一过，季克良开始组织人员起草和修订“茅台”说明书。

新的“茅台”说明这样写着：

> 茅台酒是中国名酒，产于贵州省仁怀县茅台镇，历史悠久，工艺独特，早已驰名中外，为广大消费者所热爱。1915 年巴拿马万国博览会荣获奖章、奖状。
>
> 新中国成立后，茅台酒保持并发扬了优良的传统工艺，技术精益求精，质量稳定提高，具有酱香突出、幽雅细腻、酒体醇厚、回味悠长等特点。历届全国评酒会均被评为国家名酒，荣获国家金质奖章。

“别小看这事，其实它是茅台从比较封闭的传统思维生产方式走向开放开明的市场经济和社会形态之间所迈出的重要一步。”茅台人包括季克良都这样说过。

季克良当时对写“说明书”一事是这样认为的：过去茅台人一直在脑子里有“酒香不怕巷子深”的旧观念，加上完全信奉遵循传统工艺就是千好万好，其实没有认识到“外面的世界更精彩”这一基本的社会发展态势。最根本的主观原因是老茅台人文化水平比较低，又长期囿于传统工艺的感性认知，并不熟悉和了解市场经济条件下的社会生活新形态和人们的消费新观念。

正当邹开良身为厂长、书记一身兼的“起劲”时期，突然有一天上级宣布他不再当厂长并让位给原来的下级——副厂长季克良。

“不让你当厂长的原因是什么？”后来多次有人问邹开良。他自己摇摇头回答：“不知道，真的不知道。这是组织上的决定。”

500天后，邹开良又“奇怪”地被重新任命为厂长、党委书记。

季克良又为什么不当厂长了？这事我当面问已经退休了的季克良老先生，他笑着坦言道：我当厂长时，不是党委委员，后来发现党委在厂里是真正的领导和决定事的组织，所以我这个不是党委委员的厂长有的事情是很难推进和实施的，所以我是自己向组织提出来不当厂长的。

茅台酒厂的主要领导“突然”换任，在近几年中经常发生，外界评说种种，其实在我了解内情后发现，一切纯属正常。贵州省委对茅台酒厂班子特别是主要负责人的任职是高度重视的，每一位干部的任命也很慎重。有一点可以肯定的是：茅台酒厂太特殊，这名酒的名气和市场影响太大，有时对一位本来很好的干部都可能有些不太适应，酒能醉人也能熏人，就看这人能不能在“醉”“熏”的强烈影响下保持定力、有所作为了。据我考证，贵州省对茅台酒厂的主要负责人的任用是非常慎重的，这当然也不排除个别时候由于种种原因而出现一些偏差，问题还应当归结为：人会受环境和私欲的影响，其命运必然不一样。

我们来说20世纪80年代起的“茅台”在困境中崛起的那段充满艰巨而又激情的岁月吧——

1000吨的年产过后，就是更高的生产指标，而质量稳定后的名酒如何更契合市场对它的需求，又是放在茅台人面前一项新的具有更大挑战意义的艰巨任务：你“茅台”名气大，但倘若你占领不了市场，别人将代你占领。你占领不了大市场，别人将趁机占领大市场，甚至是全部市场。

回顾一下并不遥远的20世纪80年代，我们记忆犹新：很贵很贵的洋酒洋烟突然一夜之间占领了神州大地的每一个角落，而且奇怪的是，凡需要一些“场面”上的事情，洋酒洋烟的“能力”常常“效果”特佳。

中国的名酒名烟到哪儿去了？还能不能被国人所接受？还有没有人喜欢？

这，其实是民族工业和民族品牌所遇到的有生以来的第一次危机：你要么用实际行动和能力去跟洋货竞争，要么彻底败下阵来，甚至接受灭亡消散的命运……

茅台人能不知道吗？虽然远在大山深处，但那个时候即便在仁怀，有人在婚宴上、亲朋好友吃饭时，宁可掏几千元去买一瓶“人头马”，却对几十块钱一瓶的“茅台”嗤之以鼻：什么破酒，土里土气的，一边去一边去！

更有甚者，有人当着茅台酒厂的人，举着1万多元一瓶的路易十三，当众将一箱“茅台”砸碎后洒在地上，意思是：你一箱茅台酒，跟我手中的洋酒一比，啥都不是！

茅台人遇到的这般奇耻大辱在那个时候几乎天天有……

难道我们“茅台”真的不行了？难道这个开放后我们民族品牌都得给洋货让路？

面对这样的问题，邹开良是第一个不服气的人。季克良更不服，说：在酿酒技术上，我们中国人绝对是有发言权的，“茅台”作为蒸馏白酒在世界上是无人可及的。

全体茅台人当然也不服气。

好，现在我们要把过去的一句话高高地扬起、牢牢地刻在每个茅台厂员工心头，甚至要让所有茅台镇上的人都喊出声来！这就是1958年就提出来的口号：爱我茅台，为国争光！

爱我茅台，为国争光！

爱我茅台，为国争光——

呵，赤水河在翻腾了！

呵，巍巍群山也苏醒了！

“茅台”的香味从茅台镇开始重新席卷全国、全世界！

茅台人勒紧裤腰带——那个时候茅台账面上确实没有多少积累资金，虽然实现了生产上的利润，但是几十年来一直被厂房破旧、职工待遇很低等等困难拖着后腿。唯有勒紧裤腰带，方可一搏。

具有战略目光的邹开良此时考虑得最多的是：茅台酒既然作为世界三大名酒之一，那么它的实际价值无须怀疑，现在的问题是如何在洋酒泛滥的市场上夺回民族品牌的份额。靠什么？当然，适合国民消费者的口味至关重要，但是要改变消费者崇洋媚外的意识似乎更艰巨。不管怎么说，民族品牌要重回市场、占领市场、参与激烈的竞争，需要用更高的国际标准和消费理念来引导市场、引导消费者。所以这些问题，集中在一点：茅台要做好自己的事，让自己可以无畏参与国际市场的激烈竞争、拥有强大的综合实力。

“茅台”的实力在哪？当然是质量和工艺上无他酒可比。那么差在什么地方？市场份额占有太少。

区区1000吨，几十万瓶酒，放在10亿人的消费者的汪洋之中，岂不是听几滴水声而已嘛！

邹开良和季克良在厂务工作会议上拿这个给干部们比喻时，大家一下明白了“市场份额”与影响力的关系。

“我们应当考虑在稳定质量的前提下提高生产力！”

“对，没有生产能力的提高，再好的质量也会被挤出市场的！”

“国家都在改革开放，我们茅台不能故步自封，也应当改革进取，推陈出新……”

群情激愤，斗志昂扬，让“双良”大喜。

“克良啊，你现在是酿酒方面的专家了，20 年来一直潜心在厂里研究咱茅台酒的工艺技术，你认为现在我们的酒跟以前比到底如何？”一天，邹开良问季克良。

“当然比以前好，而且这种质量好是稳定的好。”季克良没有丝毫犹豫地回答道。

“那你说说，到底是何道理？”

“是因为一方面我们坚定不移地保持传统工艺，同时又有先进的现代科技条件作为辅助，建立了现代监控手段，一些过去靠人眼观察不到的指标参数现在都能通过先进的仪器设备获取，所以对质量体系有了监控和随时可以调整的可能，这样的条件下，‘茅台’自然比过去更加好了……”

“言之有理，有理有据！”邹开良大喜。

“你是管生产的，又是技术专家。你说我们的产量是不是还有较大的提升空间？靠什么来实现这个空间？”邹开良又问。

“还是按以前我们一起制定的在稳定质量的前提下争取提高效益……”季克良回答说。

“具体点具体点！”平时格外沉稳的邹开良，此时反倒比季克良更加心急似的。

季克良一笑，思忖片刻，爽朗地说：“据我在车间长期观察，我们茅台厂的传统工艺还是有许多方面可以改造一下的，比如车间人力问题，用水上的人力问题，甑的大小问题等等，都是可以做些探索和改进工作……如果这些方面有一个或几个改进一下，生产效益就可能有大幅度的提高。再适时扩大车间设备，完全能够保证实现产量上去的目标，而质量体系的监控是不会因此受到影响的！”

“太好了！克良，我们干！毛主席嘱托我们的‘万吨’任务，已经喊了多少年啦！他老人现在都离开我们好几年了，茅台人再完不成这个任务，我们就是对不起伟大领袖嘛！”邹开良说到这里，竟然双目湿润起来。

他们这一代对毛泽东主席的感情非同一般。而领袖的嘱托就是神圣的使命。

1 万吨“茅台”的目标，是 20 世纪末的茅台人心目中最崇高而神圣的奋斗方向。

“爱我茅台，为国争光”，这句口号 1958 年就提了，而今连万吨酒都酿不出来，何能争光?

“把这句话刻在墙上，立在房顶上，竖在所有道路的醒目之处……”邹开良对宣传部门的工作人员说。

于是我们现在可以看到在茅台酒厂办公大楼顶上八个闪闪发光的大字：爱我茅台，为国争光。

“茅台”开始真正的“大干”和“快干”——当然是有别于以往那种蛮干的真干，是确保质量第一之下的“大干”！

到茅台酒厂采访，与我谈得时间最长、最过瘾的是季克良大师，他是公认的茅台酒的大功臣。在茅台酒厂的发展史上，无论是当“第一把手”的时间，还是他主政时茅台酒的年产增幅和品牌知名度，他的贡献无人可比，所以“季克良”三个字在酒业界就等同于“茅台酒”三个字。

我采访他的几大问题之一，就是请他谈谈“从 1000 吨到 1 万吨”的过程。82 岁的老人家，整整用了半天时间还没有讲完……

> 1978 年厂产量达到 1068 吨后，有一段时间我们是为了填平补齐 1200 吨的目标，于是到 1983 年达到了 1189 吨，基本实现了 1200 吨的目标。

季克良老先生讲到这里，特意为我补充了与上面这句话相关的一个“历史事件”：

1975年1月，已经10年没有开的全国人民代表大会胜利召开。周恩来总理带病作了政府工作报告，并在此次大会上宣布中国要向现代化奋进的宏伟目标。被打倒多年的邓小平重新回到国务院领导岗位，主持日常工作。第四届全国人大会议又让“茅台”的发展获得了中央的支持。会议期间，李先念副总理专门找到贵州省委负责人谈话，特别讲到了要把茅台酒产量搞上去的问题。人大会议之后的中央政治局会议上，分管工业、交通的余秋里副总理又两次提到了茅台酒的生产问题。中央精神迅速通过省里传达到了茅台酒厂，而且这次是省委书记亲自到仁怀和茅台酒厂来传达，并进行了现场考察，“万吨”目标再次提出。

季克良有这样一段回忆：

“作为当时的一名员工、一名工程技术人员、一个外省人，听了这个宏伟目标，一是兴奋，二是震惊。兴奋的是要搞万吨了，必须要搞大规模建设。作为一个外省人来说，可以改变环境条件了。震惊的是：那时产量才600多吨，增加20吨、50吨都困难，我记得为了扩大生产，为了挖掘潜力，厂里在二车间老生产房中间，也就是6、7、8班中间加了一个13班，增加产量50吨；后来又在9班、10班中间增加一个14班，增加产量25吨；在11班、12班中增加了一个15班，增加产量25吨。后来又在大房子的东侧，即靠山面搭了一个棚屋，增加了16、17班，增加产量50吨。可以说是想尽了办法……”

“万吨”目标距离太大了。虽然包括季克良在内的人都对这宏伟目标非常兴奋，可内心又深感恐惧，因为大家觉得在六七年间要搞成“万吨”，简直是天方夜谭！

然而“万吨”并不是茅台酒厂自己的事，是中央的意见，贵州省只有执行落实的份，茅台酒厂更不用说了，唯有完成任务这一条路。

于是当年也就有了贵州省向国家计委“实现茅台万吨产量”的专题报告。报告中有一句话这样说：“年产1万吨的规模，确定尽可能在现茅台酒厂厂址内扩建，今年（指 1975 年——笔者注）1200 吨，1976 年搞到 2000 吨，1977 年搞到 3000 吨，并做出长远规划，力争 1980 年达到 1 万吨。”

后来证明这个报告是被“逼”出来的，有很大水分的“空头支票”。季克良所说的在 1979 至 1983 年几年中“补齐 1200 吨”就是贵州省当时向中央承诺的 1975 年实现 1200 吨的指标，事实上后来这个“小目标”根本没有实现，“1980 年达到 1 万吨”的大目标，更是有信口开河之嫌了。

实在是贵州省压力太大。当时若没有这样一个报告怎能向中央交代?

在采访季克良老先生的现场，他的思绪又回到了与邹开良搭档的 1981 年前后：

开良同志任厂长后跟我商量如何继续往更高的产量发展，同时又绝对不能让质量下降，我提出：鉴于厂里的酒师和技术骨干年龄都偏大，一方面为了让这些老技术人员在保证生产质量和提高产量中发挥作用，另一方面又能让他们全心全意地为企业服务，应当给他们在农村的子女解决城镇户口和进厂的问题。经过努力，1982 年经省政府批准，我们招收了 80 多位老酒师、老技术骨干的子女入厂。子承父业，后继有人，这在厂里引起巨大反响。老酒师们和技术骨干顿时心情舒畅，干劲倍增，爱厂的热情空前高涨。就在这个时候，我们有了提高生产力的条件。

开始有两个思路。他说：一是收编茅台镇上的那些小酒厂，二是内部扩建。最后选择了内部扩建。

1983 年 11 月，上级对茅台酒厂班子再次调整：季克良任厂长，已经出任遵义地区组织部部长的原仁怀县委书记陈德华接替周高廉党委书记一职。1984 年，省工业厅下文，邹任 800 吨扩建任务的“指挥长”。

从 1200 吨到再扩建 800 吨，“茅台”走上了发展的第一个快速阶段……

今天看来，茅台酒厂提升年产 800 吨似乎并不是一件值得大惊小怪的事，只需“稍作调整”恐怕就可以争取出来。然而在当时，增产 800 吨，就意味着“茅台”要向年产 2000 吨的目标进军，也就等于接近“翻一番”的指标。

成为国营企业之后的茅台人从未有过如此大的跨越。为什么省里还要将原党委书记、厂长的邹开良改任为扩建指挥长，其实当时很多不了解内情的人还以为“邹厂长下来了”，哪知扩建 800 吨工程是个一般人不敢啃也啃不了的硬骨头！

邹开良不去谁去？严格意义上讲，邹开良是位思维能力异常强的领导者，他喜欢思考，从管理学的角度去思考问题，分析问题，然后找出解决问题的能力。显然他是一位抓扩建工种的无可替代的干将。

“扩建 800 吨”工程在茅台酒厂发展史上具有特别意义，因为“茅台”在过去的几十年里，增产都是在几十吨、一二百吨之间，扩建 800 吨工程完成就意味着年产将是“千吨级”的递增，所以对茅台酒厂是全面的检验和通盘的考虑，这不仅仅是简单的多造一个酿酒车间的问题（现在的酿酒第四车间就是当时的扩建 800 吨工程项目），更重要的是要考虑原有的传统工艺能否适应高增长的需要。

扩建工程，在两个战场进行：工厂与车间的建设（建筑面积达 58900 多平方米）；技术与工艺改造（难啃的骨头）。自然还有人员的增加——该工程完工后需招收新员工 700 人左右。

赤水河畔的茅台镇其实没有一块像样的“坝子”（平地），“茅台”原有的老厂址已无空间，所以只能向外扩张。然而赤水河畔尽是河谷滑坡地带，地质条件十分复杂。著名的“铁五局”建筑处承建了这一建设的主体工程，其他数支建筑队伍分别承担了给水系统、车间装备、职工宿舍等辅助工程。

“那几年里，是茅台镇上人人都可以看得见的热火朝天的大干景象。各路英豪，个个都胸怀‘为国酒争光’的雄心，不分日夜、不怕艰苦，不畏日晒雨淋，天天在工地苦战……”参与扩建指挥部工作的陈孟强深情地回忆道。

“茅台厂中有相当一批人就是因为这一扩建而改变了自己的命运。”从下乡知青，到生产队长，到“茅台”员工，到车间主任，再后来成为茅台酒厂“扩建 800 吨 / 年”的投产领导小组组长的陈孟强，有着比一般茅台人更深的体会。

这项扩建工程的基本建设于 1988 年完成，随即开始 3 年的投产试验。

大规模的新厂投产，能不能像老车间里酿出的酒一样保质保量，这是茅台厂有史以来最严峻的一次考验。

“我们茅台厂，过去是小作坊、三间烧房，现在不一样了，数个车间，两三千号人，粗分工的工种就有上百个……全厂的管理，就成为一个系统。它既是可分解的，又是可综合的。既是有分系统的管理，也必须有综合性的整体管理。所谓分系统管理，至少有产品管理、基础管理、质量管理、效益管理、能源管理、物资管理、安全管理、财务管理、标准管理等。企业的管理越深化，管理的门类也就越细。只有细，才能管到实处，管出效益。”

办公室里，工地现场，干部会上，与季克良面对面坐在沙发上……邹开良常常滔滔不绝地跟干部、同事、技术人员这样讲述着自己的体会与对日益扩张的企业管理的认识。

然而，历史的经验与教训告诉每一个茅台人：任何稍稍动作大一点的对“茅台”原有的生产与环节的改变，都可以产生不可低估的后果，这种后果通常是与传统工艺发生预想不到的矛盾与悖论，由此也最容易让一切可能想改变它形态的试验失败——扩建 800 吨的基本建设之后的生产与生产质量，是整个扩建的成败关键。

工程上马时，季克良是厂长，而不到三年后，他突然又成了总工程师——其中的“意思”在前文已述。无论哪个角色，季克良注定都得为扩建后的生产负责。之后的一二十年里，他也是这样的角色，这是后话。

曾经，车间里的传统工艺哪怕是较小的改动，都会在茅台全厂引起很大震动，因为传统工艺酿酒法是“茅台”的命根子，谁动谁可能就是罪人，而且成功的概率几乎是“0”。

扩建800吨工程，等于是重建一个茅台厂，虽然就在茅台镇上，且就在老厂边上扩建，但这也等于是“重开锅灶”。新车间、新酒厂能不能根据实际情况在一些设备和老工艺上有所改进，这事让邹开良和季克良两位主要负责人颇费脑筋：既然是新建的，那“原封不动”也非现实。如何动，动了会不会导致扩建车间出产的酒质不达标？

“双良”需要决策，需要担当。

邹开良盯着瘦瘦的季克良，说：扩建800吨是生产需要，也是政治需要，这个前提和大局不能动摇，既然大局不能动摇，我看具体在生产和技术方面的决策，还是由你这个专家来定。

季克良抬起头，目光中怀有一份感激之情，回答同样瘦瘦的邹开良：有你这话，我就跟师傅们一起放手干了！

就放手干！出了事我来负责。邹开良站起身，拍了拍老伙计的肩膀——他们俩一会儿我当厂长，一会儿你当厂长。在季克良的眼里，邹开良是“老厂长”“老领导”；在邹开良的眼里，季克良是权威专家，茅台酒厂的技术与生产怎能离得了他嘛！

季克良开始借扩建800吨工程的机会，亲自主持了对茅台酿酒和车间设备上的历史性“动手脚”：

比如过去的老厂房酿酒车间是按照旧烧房的作坊式设计的，空间狭窄，甑子小，只能装几百斤红高粱，且甑壳是木质的，不耐用，最妨事的是甑的上口小、下面大。这种旧甑的出酒低，酒的质量也常有

制酒工上甑摘酒

制酒工正在上甑

波动。季克良一直觉得这很影响酿酒车间工人的劳动，效率也低。但这又似乎是传统工艺中非常核心的部分，能不能打破甑的木质用材和结构设计。在这之前，季克良与酿酒师傅们一起通过反复改进和实践，已经将木质甑改为石头甑，并在口径上也改为上下口一致的结构，这是一大进步。但后来他发现，石头甑仍然不够科学，于是尝试用铁皮做甑，结果又获成功。扩建工程的新车间所用的甑，便改成了铁的，且在口径上又改为上大下小，从而从某种程度上颠覆了传统甑，这种新型甑体所形成的蒸汽比老甑流畅得多，因而出酒率有了很大的提高，并且酒的质量也变得稳定与均匀。顺便一说，季克良通过这一次扩建对甑的改进获得了非常好的效果，在以后的扩建过程中也都推行了这种上大下小的铁质甑。再后来，他又在此基础上，革新出了不锈钢长活动式甑，更大大减轻了酿酒工人的劳动强度，并改善了劳动环境。

蒸高粱的甑子如此重要，而甑子周边的环境同样马虎不得，因为蒸出的高粱糟子需要随地晒冷，然后又得马上堆积起来发酵。但老厂车间的设计遵循了旧烧房的经验，一般甑子旁边的空间非常小，这样简易的布局对摊晾堆积都不利，通常堆子就堆在甑旁，再用木棒木板当作拦糟板拦糟，因而容易造成堆积发酵不均匀，出现大量烧包现象，即发酵的糟料被烧坏，无法成为酿酒原料。“新车间设计安装的甑子四周应当有足够的摊晾空间……”这是季克良坚持的又一件事。后来经与扩建工程专家们的多次协商，使原有的设计获得了改进。新的甑子和酿酒车间建成后，完全满足了摊晾和堆积的需要，基本杜绝了“烧包”现象。仅此一项改进，就为酒厂增加了可观的酿酒效益。

酿酒窖是发酵成酒的重要载体。老厂的老窖在老酒师们眼里就是酿出美酒的“秘密武器”，谁要在窖上做手脚，那就等于在“太岁头上动土”一般。可事实上季克良和新一代酿酒师们认识到，老窖虽有许多经典性的工艺，但由于旧时代的砌窖原料与技术受到条件限制，也从整体上影响酿酒质量与效率。比如老窖很容易在二次发酵时出现烧糟现象，这种情况一旦出现，比甑子周边因为空间小而造成堆积烧包的问题还严重，因为入窖的糟醅一旦烧了就是整窖原料全毁……“老罗、老谭啊，你们两个注意一下陈孟强的意见，他年岁不大，但提出的改造老窖的意见十分有道理，你们一定要借扩建机会，在建窖时把这个难关攻下！”季克良找到时任扩建工程副指挥的罗庆生和谭绍利，明确告诉他们针对旧窖的弊病，希望努力试验创造新的窖壁。在经过摸索与走访当地老酒师、老石匠们后，罗庆生提出了用条石成窖的方法，同时又改进了原来用泥巴镶缝的老办法。新条石窖建成后，经过试验，季克良十分满意，认为不仅降低了烧糟醅的概率，而且也由于改进了缝隙镶法，窖料发酵过程中的微生物活动与繁衍也比砖砌窖要活跃许多。这项工艺改革也成为扩建 800 吨工程中的一个亮点。

“80 年代末，我们花了整整四五年时间，走工人、领导、技术人员三结合的道路，提出了二次产酒不如一次产酒的 20 多条影响因素和 50 多条对策措施，后来又根据群众经验，调整了生产进度，从而彻底解决了二次酒掉排（出酒下降或不出酒）的问题。仅此一项，每年可增产百分之七八左右，而在这个问题没有解决之前，经常完不成任务，或完成任务困难较大。”季克良后来在《万吨圆梦》一文中这样说。

今天的茅台人之所以对当年的“扩建 800 吨工程”怀有特殊的情怀，就是因为这一工程带给茅台人在规模建设上、传统工艺上都是前所未有的突破，为后来一次又一次更大规模的扩建提供了宝贵经验，提振了茅台人在继承传统工艺的基础上勇于创新的勇气。

新厂房建设完毕后，酿酒的投产试验又是一场严峻的战斗，花费了整整三年时间。

茅台人的许多可贵之处确实值得当代中国人学习。他们从不马虎，从不敷衍，从不轻易放弃应该做的、必须做的每一件事、每一道工序，更不可能擅自“偷工减料”。他们认为这是“触犯祖宗”“违背良心”的事，而“触犯祖宗”“违背良心”的事他们从不做。在酿酒界，这种精神和信仰，就是酿酒人的初心。

不改初心的人，才会酿出世上最美的酒。

有这么一位下乡知青，在“扩建800吨工程”基建完成后被任命为投产领导小组组长、四车间主任，再之后升任为茅台集团技术开发公司董事长、党委书记，他就是“中国白酒工艺大师”陈孟强。这位新一代茅台人这样评估自己参与的这一扩建工程：“它是我在茅台酒厂工作20多年的人生中十分重要而又关键的一个阶段。让我从一名懵懂无知并带着很多‘为什么’疑问的普通制酒工，走上生产技术处处长的领导岗位，可以说是翻天覆地的变化。这些变化不仅仅是岗位的变化，更是让我破解了很多‘为什么’和理解了‘烤酒’这个词的深邃含义……”

1988年至1991年，是扩建800吨工程的三年投产试验期。这三年，邹开良继续是厂长、党委书记兼扩建总指挥，而季克良是名副其实的首任茅台厂总工程师。前者把控全局，后者尽心尽职，他们携手奋斗，同心同德，克服和战胜了无数困难与考验，以近乎完美的结果完成了全部扩建任务，并在投产的前三年试验期中共生产茅台酒4105吨，超产637吨。而且实现了新入库合格率97.7%，其中主体香型（酱香）占产量的16.87%，创下了茅台历史上的最高水平。

1989年和1990年前后国内、国外的大环境对所有经济体特别是像酒业这样的消费品造成极大影响，然而唯茅台酒厂岿然不动，反而逆水而进，连续创造了年产接近和达到2000吨的历史最高水平。

这是非常难能可贵的一段激情岁月。

茅台厂的这段“激情岁月”，其实不仅仅经历了上面笔者所提及的扩建和技术革新等方面前所未有的艰难往事，还有一件更难的事几乎使“茅台”这座中国白酒之圣殿摇摇欲坠，那就是20世纪80年代中期前后一夜之间冒出的“小茅台”、假“茅台”，它们几乎把整个“茅台园”团团包围……最可怕的是，那些酿酒技术上有一定专长的酒师、生产骨干顿时身价倍增，成了茅台镇上那些雨后春笋般涌现出的大大小小酒厂明确“重挖”和“深挖”对象。一时间，国营“茅台”大院内出现了自成立以来从未有过的“跳槽”风波……

“厂长啊，不是我对茅台没感情，是因为外面的世界太精彩呢！”

“我可以不走，可你给加薪分房吗？”

“不是我一定要走，是家里人不想让我再留在厂里，她们都想把日子过得好一点呀！”

那一段时间，最让厂长兼书记的邹开良头痛的是他要每天处理和研究一些干部和技术骨干要离开厂子的报告，还要应对直接找上门让他批准办手续离厂的人。

“茅台厂是大家的命根子，你们都走了，还有谁来酿酒嘛！茅台就毁在我们这一代手上？”邹开良个头小，但一旦说话，声如雷霆。

你声音再大有啥用？我不想徒有虚名了！“茅台”不能当饭吃，所以我只能远走高飞了！

对头了——我们要远走高飞啦！

那些走出“茅台园”的人，如此回应邹开良。

“你们！你们走了就别回来！”有一天上班前，邹开良经过“茅台园”大门口时见几个已经到其他小酒厂干活的生产骨干回厂偷偷取东西的样儿，气得邹开良让门卫把大门“哐当”一关，跺着双脚怒吼道。

“哎哎……别把我关在门外呀！”叫唤的人是季克良。

“老季，你咋啦？你也想走啊？”邹开良看到行动异常的季克良此时出现在他面前，大为惊异。

季克良笑了，说：“是啊，这些天来找我去当啥总工的、大酒师的、入股的，一拨又一拨的……”

邹开良脸色突变：“你动心啦？”

季克良还是笑："可不有点动心嘛！他们说要给高薪，你说我到茅台几十年才拿了多少嘛！连老家都不敢回去一次……"

邹开良沉默了，脸色变得更难看。他拍拍老伙计的肩膀，深沉地说："实在委屈你和徐老师了……"

这回季克良也不再笑了，颇有些语重心长地对厂长兼书记的老伙计说："我跟徐老师当年选择了茅台这个地方，是再没有想过一回要离开它的，恐怕就是死了后也还是要埋在这里的……但现在形势变了，社会变了，变成了市场经济。我们应当尽快想个办法来调动职工们的积极性，这样才可能留住人，保住质量。"

邹开良连连点头，赞同道："这些天我也一直在想，茅台酒厂施行计划经济几十年，基本上走的'上面给任务，我们把活干好'这么一条道……确实到了该改一改的时候了！"

季克良大喜，说："刚才我就是去见一个外地酒厂的老朋友，他跟我讲了他们厂现在搞计件工作制，就是多劳多得，我们厂也该活一点了！"

邹开良连连点头："有道理！看来这条路非走不可了！"他又马上加了一句："我们茅台酒与外面的那些小酒厂不同，我们承担了国家任务和国家荣誉，每个员工还必须有爱厂爱岗位的自觉性……"

季克良又笑了："这是你的专长，思想政治工作确实不能不抓！"

"好，我们两头并进，拜托你和技术岗位的同志一起研究出一套与生产一线的技术人员和生产骨干们的工效挂钩的方案来，回头我们尽快推出！"

"好的。我会抓紧的。"

由于"双良"的密切配合，茅台全厂很快再次掀起了"爱我茅台，为国争光"的热潮。

"一个人若没有精神支撑，就会像没有自主力的醉汉一样，一碰到酒、一遇到味道，就饕口馋舌了，就看不清走路的方向了，结果呢，必定跌得头破血流。一个厂也是这个道理，没有信仰和精神的厂，也会像醉汉一样，一有风吹草动，就会心动神移。今天的茅台镇上为什么能够出现那么多打着‘小茅台’和制造假‘茅台’的大小厂子，还不是因为有我们国营茅台酒厂，如果我们茅台酒厂倒了，还会有他们的好日子吗？但我们爱茅台，不是为了关照‘茅台园’外的那些大小的酒厂和不法分子，而是为了给国家争光、争荣誉，也是为我们茅台人自己争光、争荣誉！”一时间，茅台园内的广播喇叭里都能听到这样的宣传声音。

在车间里，技术人员围在季克良身边，津津有味地在讨论一个班能挣多少钱的“浮动工资”定额标准……

机关干部也没有闲着，他们的兴致在职务与岗位津贴上……

所有这些，在今天看来似乎很平常。然而在三四十年前的“茅台”，就是一声声惊雷，一袭袭暴风骤雨。

尤其是作为“一切听从上级安排”“坚决服从国家需要”为主要目标的茅台酒厂，自成立之初到80年代中期之间的30多年历史长河中，他们已经习惯于计划经济模式、听“上面”安排生产、按“规矩”和“章法”办事的工作方式和分配原则，然而现在要打破这些“规矩”与“章法”，走“打破铁饭碗”、实行“工效挂钩”的新路子，而且厂长兼党委书记的邹开良公开在大会和广播喇叭里跟干部、职工说：从今以后，大家的工资就要与完成的工作任务量、酒质好坏、劳动态度等效益挂起钩，全厂都要实行“多生产一吨酒、多分配一定比例的奖金”的制度……

真要这样干啦？

太好了！这样干大伙才有劲头哩！

可这么干行不行啊？咱茅台酒厂是国家的“宝贝儿”，不能像出质量问题一样出生产方向上的问题呀！

你这思想落后了！中央说得很明确：市场经济就是要讲究效益，社会主义不能搞大锅饭！

对嘛，“茅台”不能例外。“茅台”讲了工效才能成为国家和人民信得过的真正“茅台”！

茅台酒厂从未如此热闹过。因为厂里陆续隆重推出了——

制酒车间经济责任制；

制曲车间经济责任制；

酒库车间经济责任制；

包装车间经济责任制；

动力车间经济责任制；

汽车队经济责任制……

机关？机关也不例外！邹开良说。并且他马上在厂务会上通过了两个最重要的规定和意见：

《关于实行浮动工资的若干规定》，该规定共 6 条 33 款。

《关于实行职务津贴和岗位津贴的若干意见》，该意见按厂级、副厂级、科级、副科级、科员，乃至门卫等共 31 类人员分类拆解了具体的岗位责任和工资津贴关系。

“早该这样了！”

“是嘛，酿了那么多酒，以前从来跟我们的口袋没啥大的联系。现在不一样了，多生产一瓶酒，就有多一份钞票……啥子有劲头，这才有劲头嘛！”

干部和员工们兴高采烈地议论着，展露笑颜。

工效挂钩实施第一年，全厂生产计划提前完成，质量全面提升。这变化，连贵州省里的领导都“意想不到”！年底，省里和轻工部那边连连向“茅台”发来贺电。

一直以来，被批评多于被表扬的茅台厂领导的脸上难得露出了笑容。

当然，笑容绽放得最灿烂的当数邹开良和季克良这茅台“双良”，因为他俩在此刻已经看到了年产“万吨”的曙光……

16 “突围”路上的辛酸与荣光

20 世纪 80 年代是个怎样的年代？如果你是那个时代走过来的人，一定会非常怀念它，因为那是中国改革开放进入全面提速的时代，人们的想法和做法特别超前，甚至有些疯狂。似乎什么样的事都敢干，而且还喊着“不管白猫黑猫，抓住老鼠就是好猫”。然而对国有企业而言，那是一段极其艰难而痛苦的岁月，许多原本“顶呱呱”的单位和企业不再吃香，甚至被千千万万的乡镇企业、私营企业“挤”得七零八落，出现严重生存危机。往日的光芒与荣耀似乎一夜之间黯然失色。破产、重组……在新兴的市场经济冲击下，国有企业每天都在上演一幕幕沮丧的活史剧。

身处大山深处的“茅台”也不例外。而他们经历的是双重的压力：国企自身的体制与机制的生存危机，无序和恶性的市场竞争，已经变得近乎失控。当时的造假制假之风在全国各地盛行。烟酒制假是其中最显眼的“重灾区”，还有日用品制假，泛滥于市。“茅台”是名酒，针对“茅台”的制假可以用“军团级”的作战手段来形容也不过分，也就是说，堂堂正正的茅台酒厂只有一个，而假冒的地下“茅台”至少有几十、几百个。

一时间，假“茅台”充斥所有市场。“茅台”名声因此一落千丈。

怎么办？打假！可根本打不过来。而且凭“茅台”自己的力量，等于是小鸡斗鹞鹰——自不量力。即便省与国家工商部门出手，依然管不住制假风。

假“茅台”一多，真茅台别人也不信了，甚至常常有人对着茅台人嬉笑地追问：你们自己是不是也在卖假货？

茅台人敢怒不敢言。因为真假难辨之时，真的能有多少说服力呢？

“茅台”在刚刚崛起的时候，制假风潮如一股妖风，刮得茅台镇上的茅台人有些窒息……

怎么办？好不容易争取到的一部分市场自营权，却又被假冒伪劣产品将自己堵死在自家门口！

此时茅台的“双良时代”仍在继续。这个时候的“双良”，是一、二把手。这应当是80年代后期的几年。

一天，邹开良找到了季克良，跟他商量“市场”，商量茅台走出体制和计划之外的市场营销计划。在这之前，“茅台”的销路是从不用自己想办法的，都是国家和上级“统购统销”，就是只管生产、只管质量的一家完全“国有”主导的企业，所以“茅台”自1951年、1952年先后收购三间烧房之后就没有过销售部门与经销机构，甚至未曾建立经销机制。然而进入20世纪80年代的市场经济时期之后，全民性的“市场戏”唱响，“茅台”由国家大包大揽的机制已经不再适合，甚至呈现出一种严重落伍的状态。

“再不争取自营权，再不想法走市场，茅台真的要被打倒了！”季克良当时就跟邹开良说：广东现在很热闹，我们先到那里探探水去。

“你在上海和苏南待过，生意意识比其他人强，有劳你了！”邹开良感慨道。

后来季克良就带着几个厂里“头脑灵光”些的人来到广州卖酒。

其结果是谁也没有想到的：竟然没有人搭理季克良在内的几个茅台人。一些广东老板看看季克良他们，嘲讽道：都兴“人头马”“路易十三”了，谁还喝你们这些土酒？

“茅台”是土酒？季克良第一次听人说世界三大名酒之一的“茅台”原来已经沦为谁都不稀罕的土酒了！可不，在崇洋媚外的那些年里，有谁喜欢中国自产的土酒嘛！

“这是我一生中第一次自尊心因为茅台而受到了严重打击。”几十年后，季克良坦言道。

在近一个星期里，身为堂堂国营茅台厂掌门人的季克良和他带的一行人，像沿街乞讨一样，住在一个不起眼的小招待所，极其狼狈，可怜兮兮，如果不是因为他们怀揣盖有“贵州省国营茅台酒厂”的红印公章，人家还以为这几个人是到广州搞“投机倒把”的。

“洋烟洋酒”充斥天下的时候，中国自己的“土酒”还能卖给谁呢？季克良受过高等教育，也算是“见过世面”的人，但在大山沟里待了二十几年之后，他这一次感觉自己也变成了“乡巴佬”，啥都落伍了。

“自己落伍不怎么要紧，茅台酒不能落伍嘛！”那几天季克良在广州街头“跑”销售时，一边到处鼻子碰灰，一边在琢磨着。有一天听当地人说，现在各地派人到广州来，都是想跟香港、澳门过来的商人打交道，目的是“招商引资”……

啥叫“招商引资”？当时季克良他们还是第一次听说。

就是拉香港的“资本家”到内地来一起办厂、一起赚钱。当地人告诉他们。

也有跟公家单位合资的吗？季克良好奇地问。

有啊，只要你愿意、香港资本家也愿意就可以嘛！

季克良心想：这样的事要是咱茅台酒厂也能办的话，真是思想大解放了！不过茅台现在不缺钱，但太多的钱还没有赚到。这不，现在来广州就是为了给厂里、给国家赚更多的钱嘛！

这是季克良一行的目的。

你们这儿跟外商谈生意一般在啥地方？季克良不愧是酿酒大师，他还有江南人特有的聪明劲儿，他这样问当地人。

“白天鹅！广州最漂亮的酒店！”

噢——季克良似乎听说过，这是几千块一晚的豪华酒店，一般人是不敢进去的。“走，我们也到‘白天鹅’去看看！”

“厂长，那个地方去不得！”同事忙说。

“为啥？”季克良不解。

“那不是我们去的地方！”同事说，“贵死了！”

季克良一瞪眼：“我们又不是去住，是去卖我们的酒！”

“人家都是香港人，喝惯洋酒了，谁稀罕我们的酒嘛！”

季克良不服：“我就不信他香港人除了喝洋酒外，就没人喜欢喝茅台酒。我们茅台酒也是世界三大名酒之一。他港商要是真的懂货，就该喜欢我们的茅台……”

于是他们去了。去了之后大出所料。

“白天鹅”果然名不虚传，门庭若市，西装革履者进进出出，好不热闹。有不少满面油光、大腹便便，且衣着花花绿绿的港商或外商，而相比之下，本土的大陆人都显得瘦瘦的，似乎营养都不够。

季克良苦笑着看看自己：也是那么瘦瘦的，像是从来没有吃饱过饭。心想：饭应该是吃饱的，但营养确实不够。

“你们是干什么的？哪儿来的？”他们刚进酒店，就被人拦住了。

“我们是……这儿来的。有证明。”季克良同行的茅台人赶紧回答，并掏出盖有红印的“介绍信”。

“茅台酒厂的呀！你们真是茅台酒厂的？”挡他们进门的人突然热情起来。他的目光已经落在了季克良他们手拎的几瓶“茅台”上了……

“是是，我们就是‘茅台’来的！”

“嗯——真茅台！”那人从季克良他们手里捧起“茅台”，并在鼻子边嗅起来，连声道，“这是真的，真茅台！”

季克良借机问：“这里来的港商多吧！我们能不能进去跟他们认识认识，希望他们买点我们的酒？”

“嗯——我帮你们想想。”那人寻思了一下，说，“你们跟我来！”说着，他把季克良等领到一个“经理”室。后面的事就让季克良他们大喜。因为这个经理是管酒店餐饮部的，他说港商中有人喜欢喝中国自己产的“茅台”，希望季克良他们直供他们些酒，以备宾客就餐时选用。

“港商中有不少人是新中国成立前后和‘文革’中移民过去的，他们对你们‘茅台’蛮有感情的，所以只要是真茅台，他们就爱喝。”

“我们提供的肯定是百分之百的真茅台！”季克良连忙说，“我以个人名义保证，质量绝对一流！”

“这个我不怀疑，你们厂长卖出的酒我还有啥怀疑的嘛！”

“白天鹅”的头一开，“茅台”的市场和运气就来了：

一个港商见了季克良他们后，对“茅台”赞赏不已：“从家父到我这辈，要喝酒就喝‘茅台’！但弄瓶真‘茅台’不易，见了你们，我就格外开心！”

这一开心，就是 5 吨的销售量！

季克良这回广州之行，先是带着辛酸，后是喜悦满满的心境。回来跟邹开良一说，“双良”这一天的心情也是特别地好。

“老季啊，我看现在有个地方我们应该大举进入，抢占先机……”邹开良是智多星，平时就爱思考。

季克良忙问：“哪儿？”

邹开良拿起桌上一张报纸，指指：“海南！”

那个时候，海南特区刚刚经中央政府批准成立不久，当时的“海南特区”风潮比深圳还要热闹，几乎吸引了所有创业“淘金者”的目光，成千上万、后来是数十万内地年轻人和生意人涌至海岛，甚至连在深圳、广东一带的人都往那边涌……

“我完全同意，海南是中央新设的特区。如果在那里我们有个经销点，然而根据那里的试验模式成功了，就向全国几个主要城市再铺开。这个战略对‘茅台’发展意义重大！”季克良当即表示。这一步思路他在从广州回程的路上也想到了，现在与邹开良不谋而合。

“那——就这么定了，我们在节后的厂务会议上一起来布置了！”邹开良兴奋道。

“1989 年可能是我们茅台发展史上重要的一年，因为我们有可能实现销售额突破亿元的纪录。”季克良似乎也被邹开良的情绪带动了，激动地说。

“老季你也有此念头？！”邹克良大喜。

“应该是有希望的！”季克良重重地点点头道。

“好，今年我们的工作重点就放在进一步解放思想，调整和开拓经营销售市场，向亿元销售额的目标奋进！”

1989 年的大年初一是 2 月 6 日。因为多数职工是本地人，春节是职工们回家与亲人团聚的日子。而茅台酒厂历来也有一条不成文的规矩，正月初九以后，才是厂里开工的时间。这与茅台酒生产的季节性有关。别样的时节性生产时间，给了茅台人别样的工作方式：每一个新年过后，班子便开始新一年的思考与规划，而领导的决策常常便是新一年“茅台”发展的新航标。20 世纪 80 年代末的中国社会正在发生急剧变革，世界风云影响着东方大国的走向。这一年的中国，受国际大环境的影响，社会十分骚动。深在大山的茅台人似乎并没有意识到这一点，他们依旧按照自己的生产节令和发展目标在制定着新的“市场对应”措施——

“今年要做的事，就是把经销的市场打得更开，把我们的‘茅台’品牌打到全中国去！现在到了把‘酒香不怕巷子深’这句话打破的时候了！”别看邹开良瘦不溜儿的，一旦上了台上发言，一旦讲厂里的发展，他的劲头就像当年到茅台酒厂报到那会儿那么冲。

“市场是啥？市场就是战场！战场是啥？战场就是拼出来的！拼了才能赢！所以，今年我们的目标是：建立一批经销点，不能再等着别人上门来买我们的货了，要把我们的货送上人家的门！不然，再香的酒也是糟酒！”

轮到季克良发言了：“书记说得对，市场就是拼出来的！我们茅台人的每一滴酒也都是拼出来的！现在要拼的是市场，市场不会是躺在那儿让你去享受的。所以厂里制定的新战略——到海南去建经销点，我看就是我们茅台走向市场的第一次向高地冲锋的战役，只能成功，不许失败！”

“双良”一唱一和，把这开年大戏唱得令每个茅台人热血沸腾。

确实，今天稍稍上些年纪的茅台人仍然这样认为：海南经销点的建立是他们“茅台”发展史上一个具有里程碑意义的事件，因为这是他们向市场经济迈出的第一步。“茅台”有今天，是因为有作为中国白酒业的龙头企业与之匹配的格局，更是因为有当年与企业发展、社会形势相适应的布局。

在 1988 年国务院调高了茅台酒等 13 种名酒价格后，1989 年茅台酒又被列入社会集团控购商品之一，也就是说单位消费“茅台”等商品将受到控制。这样的国家政策，毫无疑问对“茅台”的销售影响巨大。

怎么办？怎么办？“茅台”人的心里开始发毛了，因为除了国务院的这一文件外，往年商业部给茅台酒厂下达的“统购”计划指标在这一年年初就是不下来，而以往总是在前一年年底就早早地下达了任务。

“茅台”自成立以来，“国家任务”一直是主要销售对象，而且是不折不扣的服务与供应对象。1985 年，酒厂向省轻工厅、省经贸委专题申请过部分自营权利，但并未获得明确批准，倒是在这年 10 月 9 日，对外经贸部出口销售部门致函贵州省人民政府如此强调：“为了维护名牌产品声誉，有计划地安排销售市场，我们认为，茅台酒出口仍应由中国粮油食品进出口总公司委托贵州省分公司统一经营，其他公司不得经营。”这一“公函”基本再次将茅台厂意图“自营”的路堵得死死的。

“不行，各行各业都在响应中央搞‘市场经济’，我们酒业界不能这样死抱着一棵树，否则早晚要死路一条的！”邹开良是个有远见的管理者，他认识到像“茅台”这样的名酒品牌，如果不尽快抓住机遇融入市场的话，早晚有一天将丧失所有优势。于是他在1986年贵州省委工作会议上，向领导和有关部门的负责人大声疾呼：“‘茅台’必须跟上形势，走自营发展之路！”来自“茅台”的声音震荡了省府各界，大会秘书处把邹开良的发言印成简报，省委负责同志高度重视，立即研究茅台厂的意见。经过几番讨论，最后省政府决定：茅台酒厂在完成国家调拨计划后超出部分全由工厂自销。

“我们终于有自主权了！”茅台人闻讯后欢呼道。这是几十年来他们作为国营企业的特殊生产厂第一次获得的“自由”权利。也就是说，你把国家的任务完成了，剩下多的那部分可以自己经销处理。这个口子一开，茅台厂能不欢呼嘛！因为以前身为茅台厂，却从未有此待遇啊！

或许是茅台酒厂的呼声传到了北京的缘故，不久，商业部、轻工业部《关于茅台酒价格等问题的联合通知》也传达到茅台酒厂，这份通知指出：“关于茅台酒厂每年交给国营商业的450吨茅台酒，在数量和出厂价不变的情况下，由国营商业收购的茅台酒，每吨给酒厂返还利润8200元和茅台酒另收酒瓶提价款收入，均不纳入产品销售，改征收产品税，但应纳入计税所得额，照章计征国营企业所得税、调节税。”

这些政策的松绑，在某种程度上，为“茅台”走向市场铺平了通道。然而不曾料到的是，进入1988年之后，茅台酒被混乱的市场大环境严重挤压，一方面国家商业部门统购的指标不仅没有增加，反而减少，另一方面自营那部分的酒竟然卖不出去。结果是，酒厂竟然没有钱购买原料和辅助材料了，甚至全厂的外债一度达到了3000多万元。

“茅台酒卖不出去了！”

“茅台酒厂成欠债大户了！”

邹开良他们的“茅台园”虽然有高高的围墙，但也不是透不出风的院子，很快他们的尴尬境况被无限地扩散和放大……一时间，甚至传出“茅台要破产了”的话。而了解茅台酒厂内情的人，细细思量外界的传闻，也感觉并非空穴来风。

如何办？出路在哪？

守着名牌等死？这是茅台人的作风吗？不是的。

出路？咱“茅台”生在大山深处，出山的路从未平坦过！闯呗！闯出去就是胜利！

往哪儿闯？朝市场闯呗！

大风大浪前，邹开良和季克良这样回答。这“双良”似乎也胸有成竹。

海南布点，就是一招！就是破被动局面的一个关键之招。“而这其实是一场生死抉择。”季克良回忆这段往事时如此对我说。

现在我们可以从茅台酒厂的档案室查到1989年印发的一份文件，它的编号为“黔茅厂（第7号）”，是标准的“红头文件”。全文内容如下：

> 为了抵制假冒茅台酒在海南各地的销售，保护海南消费者的利益，为开发海南做出一点贡献，根据我省政府领导同志、轻纺工业厅领导的指示，在海口市设立“中国贵州茅台酒厂海南公司”，主要负责销售我厂贵州茅台酒（系列）产品，服从当地政府的领导和当地工商行政管理，守法经营，照章纳税，计划流动资金100万元。特此申请，望予批准，发给营业许可证，以便尽快开业。
>
> 特此申报。
>
> 1989年3月16日

茅台人做事一向讲规矩。他们在这份文件基础上，还请省轻纺工业厅领导和茅台酒厂当地的仁怀县工商银行签署了意见。

刚成立的海南特区，确实是特区特办，很快批准了茅台酒厂的申请。

从申请报告打出去，到挂牌营业，都是在那个美好的阳春三月完成了。这对长期处于计划经济模式运营下的茅台酒厂来说，第一次尝到了“时间就是金钱”的意味。

怎么办，销售如何？

两个字“红火”。四个字：“红红火火”！

哈哈哈……

那个时候打个长途电话不容易。但那段时间，茅台酒厂的厂长办公室和海南省城海口之间的长途电话每天都要通上不止一次。而且内容都是开开心心、热热闹闹的。

“我看现在可以‘全面开花’了！”邹开良和季克良的眼神一对，又一件大事就决定了：继海口经销点建立之后，茅台厂迅速在广州、珠海、上海、北京、厦门等大城市先后设立了21个分公司形式的销售点，并通过这21个点，辐射到全国的广大地区，形成了“茅台”酒第一个自己独立经营的销售网。这一布局，不仅第一次改变了茅台酒长期以来国家统购统销的模式，走出了独立自营的第一步，同时也对当时疯狂的假冒“茅台”给予沉重的打击。

新的经销模式和制度也迅速建立，比如按照海口分公司经销形式的“只经销茅台酒系列产品和附属厂生产的酒，不准代销其他单位或者个人的茅台酒及其他酒其他产品”，分公司的“销货款不准借给其他单位或个人，厂部有关部门托分公司代购物资，凭厂账务审计科的通知办理”“分公司要建立完整的账务核算体系，要建立仓库实物账，严格收发手续，营业门市部只准零售，批发由仓库管理人员办理，每天的营业收入要及时存入开户银行，不准赊销商品”等若干规定。

21个经营点中有一部分是委托销售，主要是委托当地那些公有糖酒公司或商业部门。这部分按出厂批发价，先款后货、自负盈亏。

直销和委托经销，使茅台酒厂实现了大大减少中间环节，有效降低了费用，同时方便了各地消费者，让真“茅台”走到了前台、走到了消费者面前。

这是茅台酒厂历史上的一次真正意义上的市场环境下的“大解放”，也使中国广大消费者能够直接从“茅台”那里买到“茅台”。所以尽管这一年全国市场经济出现严重萧条的形势，但茅台酒的销售额却是前所未有的逆流而上，创造了历史性的最高纪录，销售额第一次突破亿元！

这一年里还有一件事值得一提：

年中，全国市场突然变冷，尤其像洋酒、洋烟一类的高消费品受到触底式的打击。茅台酒虽然在那个时候相比洋酒洋烟属于价格很低的消费品，但在国内同类酒品中仍然是价格较高的。更因为长期以来，都知道“茅台”不走“市场”（一直是国家统购统销），所以明知“茅台”好，但在日益活跃的市场上却也没走进普通消费者的视野里。而假冒茅台盛行，更把“茅台”推向市场的边缘。

这年 10 月，早已筹备良久的成都秋季交易会召开。举办者成都方出于多种原因，也向茅台酒厂发出邀请，以往几乎没有过这种情况，大家都知道茅台酒厂一般不参展，也不到公开的交易市场上交易，“因为他们是皇帝的女儿，不愁嫁不出去”。或许，成都交易会的主办方也被当时的形势逼得无路可走，才试着给茅台酒厂发了这样的邀请函。

去不去？负责生产的季克良问邹开良。

去呀！这么个好机会，不去白不去！邹开良回答说。

季克良笑了：又想到一起了！而且他又追加了一句：我来带队吧！

哈哈……老季出马，地动山摇！我不用担心，肯定是赢了！邹开良高兴呀，心想：我要的就是你季克良出场。茅台酒好不好，没有一个人可以跟你季克良比说法的！

季克良带着厂里的一帮销售人员去了。

成都远离内地的沿海城市，远离北京和上海，但成都人爱生活、爱安逸，所以他们的秋季交易会在那个年头竟也是少有的火爆。“我们得弄出些名堂和响声来！”面对热情的成都人和来自各地的客商，季克良对同行的同事们说。

“你说怎么个弄法？”有人问。

“老百姓喜欢看哪个，我们就弄那个！”季克良大手一挥，说。

“真的呀？”

“还有假？做生意跟打仗一样，要拼哩！”别以为季克良只是个技术干部，他的思维活跃程度绝不亚于一个诗人。现在他就是诗人了。在他的主导和指挥下，茅台酒厂在那里大出风头，关键是他们出手不凡：大彩车过街招摇；锣鼓乐队震耳欲聋；形象小姐们娇艳美丽……这一招让“茅台”在成都风光无限！

2700万元订货金额！获全场订货交易之首。这个数现在看来很小，但在当时绝对是惊天动地。

事实上，交易会结束没多久，客商们追加的订货额迅速突破了3000万元大关。

“老季啊，没想到你还是个推销能手呀！”邹开良见季克良一行满载而归时，高兴得直跟老伙计打趣道。

“要不你把我弄到销售部去吧！”季克良也开起玩笑道。

邹开良一笑，道：“你别说，以后我们应该有个规矩——凡是酒厂领导，都得有一套推销的本领。”

本来“成都之战”胜利该庆贺一下。然而参与成都交易会的人回到厂子后，就听到一些刺耳的闲言碎语：

咱堂堂“茅台”，竟然这么出去丢人现眼！

是嘛，这样子跟女人上街站台有啥区别？茅台的脸都给丢光了！

还有比这些更难听的。

“岂有此理！啥叫丢人现眼嘛？咋，有一天大伙的饭碗丢了，‘茅台’的牌子给人砸了，被人挤出市场就是光彩啊？你们丢了工作，回家待着就有身份了？你们想过这事没有？”邹开良气坏了，这顿脾气发得不轻。

可不，假如有一天没有人来买咱们的茅台了，我们还有啥身份？还有啥脸面？还有啥光彩嘛！

能卖得出去的酒，百姓喜欢的酒，那才是真正的身份！

虽然流言蜚语很快消失了，但这样的讨论确实也让茅台人的观念开始转变：市场是考验我们是不是好酒的利剑，消费者的美誉度是我们的真正“身份”……

统一了认识，就会有统一的市场意识。

与成都秋季交易会相去无几的时间内，茅台酒厂又遇到了一个“外贸”机遇：这年9月，正当西方世界对我国经济与政治“制裁”时，邹开良却获得了一个到美国考察的机会。也正是这次考察过程中，有一位美国商人对“茅台”甚感兴趣，说愿在美国代销“茅台”。

“好啊！我们可以合作……”过去“外贸”销售都是国家统一管理的，茅台酒厂从来没有自己做过国际市场。虽然还不清楚到底怎么做，但邹开良意识到这是一条打开茅台国际影响力和国际市场的路径。

“大家觉得怎么样？”考察回来后，邹开良在班子会上抛出的第一个议题就是接不接美国商人这个“单子”。

“接！美国是当今世界最发达的国家，他们的消费水平也是最高的，我们茅台能在那里立足，既是一种象征，更是我们走向国际市场的一个大战略，我赞成做！”季克良的态度非常明确。其他人的态度也都基本一致。

“好，我们就接单子了！”邹开良当场拍板。

要440箱？好啊！美国商人来电，告诉茅台酒厂。440箱，就相当于5280瓶。数量虽然不大，但如果能够让5000多个家庭、5000多个美国人喝上“茅台”，这绝对也是一个不小的“广告”效应，所以茅台人还是很高兴地应下这笔生意。

什么？容量要按国际标准每瓶500毫升？！茅台人赶紧折算了一

下：500 毫升与 500 克差不多少？差 30 克。

差 30 克咋办？瓶子怎么改？这道题让茅台人有些为难了。

我看不要犹豫了。我们现在需要的是市场，其次才是利润。邹开良说。他的目光扫了一下自己的同事们，虽然有人嘀咕，但最后“同意”的仍然是大多数。

什么？又要改装置标准？从 500 毫升改为 375 毫升？！这、这生意怎么做嘛！

美商又在最后提出这个要求，说美国有关方面对烈性白酒有如此要求。同时告诉茅台厂：如果不能在包装瓶的容量上达标，这生意恐怕就真不能做了。

“美国佬”这不是成心折腾我们嘛！改来改去，我们的成本就无法保证了！

是嘛！干吗非得卖给他们不可！咱“茅台”不差他几千瓶市场嘛！

可不，他毛病多就不卖他！

这回厂子里有关卖不卖给“美国佬”意见显然有着较大的分歧……

邹开良事后这样回忆道：卖他们，我们可能要亏本；不卖他们，我们亏掉的将是一个大市场、一个代表国际水平的市场。“茅台”是中国白酒的龙头企业和中国在世界上屈指可数的著名品牌之一，我们需要有大格局的视野与战略思考，不能简单地就一笔生意的利润得失而论事，我们应当有与“茅台”和中国“茅台”一样的格局。所以我坚持拍板了要跟美国做定这笔生意！当时我的心头也有一个从难以忍受到捉摸不透的过程。难以忍受，是因为买方条件太苛刻，但人家又说明非这样不能登上其海岸，这就是国际生意的游戏规则，你得尊重和遵守它。而拿我们酒厂来说，确实从 500 毫升变为 375 毫升完全需要重新做瓶，这个成本显然会增大。但面对国际市场，我们茅台需要投石问路。这投石问路的过程是需要成本的。到底做不做，其实是在看我们的战略思考和格局大小。最后我们还是统一了思想，决定做！

后来不仅做了，而且做成功了：这一年的 440 箱远运太平洋彼岸的“茅台”让美国普通消费者尝到了中国茅台的好味道；第二年，对方购销的订单增了 10 倍，达 4400 箱；后一年，又增长到 5000 箱……

从此“茅台”走向国际市场，并保持每年增长的态势。

而被茅台人称之为“寒年”的 1989 年，全厂上下在以邹开良、季克良为主要领导班子的领导下，善于把握机遇，及时调整经营对策，努力开拓销售渠道，使一度陷入困境和谷底的“茅台”与茅台酒厂冲击重围，首次实现全年销售过亿元，利税收入比改革开放前的 1978 年增长了 27 倍，这个成绩和效应在当时的特殊历史条件下，作为一家沉陷于多重围困的国有企业，实为不易。难怪贵州省委和省政府要专电向茅台酒厂表示祝贺。

这一年末，茅台酒厂不仅顺利通过了“国家二级企业”的验收，而且全厂上下，大有一股甩开膀子跃跃欲试、再干一场惊天动地之战的架势。

新年（1990 年）元旦过后的第一个工作日，邹开良早早地来到办公室，然后提笔疾书……他向全厂各车间、科室规划设计了一封“假如我是厂长”的征求意见书，随后让办公室印发给全厂干部职工。

“厂长把我们当主人，我们就该多为厂里贡献智慧和力量！”

“茅台不是张三李四几个人的，是我们全体茅台人的饭碗，是中国的民族品牌，我们是该参与决策、出出点子……”

都说酿酒车间温度高，这回茅台人说他们心头比酿酒车间的温度还要高。一时间，各种“意见”“建议”如早春的雪片飞向厂部，多达 4000 余件……

“你们看看，这就是我们的员工！这就是我们的茅台人！”不善饮酒的邹开良，这一天特意让办公室同志拿来小杯，说要为这些热心的、建言献策的员工干一杯！

季克良就不用说了，本来就善饮的他，看着许多来自一线车间的好建议、好点子，就未饮先醉了……

“双良”高兴的原因是，员工们在“假如我是厂长”的鼓舞与激励下，脑筋大开、各抒己见，一则表现在对生产过程中各种材料的合理、科学与节约的使用上，二则在提高生产效率上。后来厂里把这些群众意见建议运用到了生产实际过程中，果然大大降低了一线的生产成本，增进了产酒的质量。比如制酒工人随时把散落在地上的曲子和酒醅、谷壳等清扫回来，不浪费一分一两；制曲工人坚持回收在稻草上的曲子，回收可以继续使用的稻草，甚至那些以往不被重复使用的麻绳。包装车间的员工则做到把节约每一滴酒、每一个瓶盖、每一张商标都看作是自己的事。勾兑车间的师傅们每天对所管理的酒库进行两遍巡视，发现坛漏，及时转坛，盘勾酒耗由原来的4%降至2.4%……这些看起来似乎都是微不足道的事，但当全厂行动起来之后，产生的效益让员工们都尝到了甜头。

为啥不能奖励大家嘛！奖！邹开良在厂务会上明确告诉大家：凡是员工们在生产一线省下来的钱、省出来的效益，应该按比例作为奖金发给参与“双增双节”的职工们。于是就在这一年中，茅台厂的生产一线人员有人拿到了3000元的奖金。这在国有企业茅台是破天荒的事。

它的意义非同寻常。于是我们也在“茅台大事记”上看到了1990年他们所实现的收入硬是比上一年的1989年增长了58.6%。同时为国家创汇500万美元。

“来来，邹厅……我们敬你！敬你！”年末的一个中午，许多干部员工拿着酒杯，追在平时很少有笑容的邹开良后面，要给他敬酒。

羞得老大不小的邹开良脸上露出一片片红晕：“啥厅不厅的，我还是茅台酿酒人一个！工作是大伙干的，我邹开良几斤几两你们还不知道嘛！”

大家口中所言的“厅”，是源于省里前不久下达的决定：茅台酒厂升格为副厅级企业。这样邹开良和季克良两人就成了“厅级干部”，所以大伙儿这么打趣这两位掌门人。

“季厅，你今天必须请我们喝酒，而且要多喝几杯！”酿酒师傅和徒弟们则缠住季克良左一个、右一个呼唤“季厅”，借机想蹭他的便宜。

“我？季厅？你们别逗我了！我不就一个做酒的技术人员，啥厅不厅的！不过今年大家在一线都很卖力，今天的酒我确实是要请大家喝的……来，为了茅台的明天更美好，干！”

“干！”

“干——！”

据说那一年迎新辞旧的夜晚，赤水河上的月儿格外明亮，山涧也比往年流得欢畅，云雾中的树林似乎也在翩翩起舞。酿酒的老师傅说，这样的光景已经实属稀罕，他们说“茅台”的来年将是个吉祥之年。

季克良听了，只是抿着嘴笑，心想：那是因为以邓小平同志为核心的党中央带领全国人民扭转乾坤，彻底打破了西方世界的制裁、让改革开放的巨轮重新回到了正常的航道之上……

可不，中国真的要腾飞了！我们茅台也要真正腾飞了呀！呵，这才是赤水河与群山的欢声与笑语。

这一天，有人看到厂长邹开良的眼眶里几度泪花闪烁。

第五章
醉人的岁月

在今天，中央电视台每日的《新闻联播》节目前有个5秒钟的“标王”广告是“茅台”的品牌宣传。那里面有一句话特别引人注目，叫作“中国茅台，香飘世界”。

关于“茅台”酒味，我见过那些醉心于此酒的人几乎把人间可以找出来的华丽词汇都翻出来用过一遍，溢美之词不绝于耳，但到目前为止又似乎还没有一个人能真正把“茅台”之美言尽，就像世上的人欣赏琴声一样，谁能把最美的琴声写得传神贴切、入木三分？也似乎没有。正如苏东坡先生的“琴诗”形容的那样：

> 若言琴上有琴声，放在匣中何不鸣？
> 若言声在指头上，何不于君指上听？

茅台的奇妙之处也在于此，你永远无法接近它内在之美、之奇。它是中国的白酒之王，而中国白酒的主要成分是醇类物质，同时它还含有酸、酯、醛、酮、酚等微量成分，这些物质之间的量比关系决定了酒质的风格和品质。如果酒质中的微量稍有失调，其味就大不一样。茅台酒也是一样。它比一般的普通白酒更复杂是因为它的新酒有 7 个轮次、各甑出来的酒也不尽相同，虽然初看起来大同小异，但透过细细的每一个班次的工序，就会发现迥然不同。即使是同一个酿酒师傅在同一个班次工作，他所蒸酿的酒肯定不会绝对的一样，俗话说：十个手指有长短，你一个大师傅一天工作就那么一模一样？没有人相信这样的事。

那么茅台酒厂的师傅们是怎样做到其百年陈酿如此统一、如此一致呢？手工工艺又怎么可能是统一和一致的呢？

倘若把这样的问题让茅台酒厂的师傅们解答，他们多数不会正面回答你，他们只会告诉你：他们的“茅台”就能做到一个味，一个永远让人满意的、神往心醉的味。

这不很神嘛？确实如此。

留着这样的问题，我让茅台人和中国酒业界人士称为“神”级人物的季克良老先生回答。

因为彼此熟络些，他又那么健谈，加上老乡的特殊亲情，我采访他时，季老显得特别放松，一谈就是半天，一点不显疲倦，握手道别时还会认真地问下次定在什么时候再聊一类的话。我很感激老人家。

现在，我们正式说说“季克良时代”。

他年轻的时候其实很帅气，双眼有些陷入高高的额下，鼻子高削，颇有些混血儿的气质，但百分之百是土生土长的中国人。当茅台厂厂长和董事长后，他又因为满头银丝，显得格外有学者气质。

这样的人，注定是时代的宠儿。当然，在今天的茅台厂，他是不可撼动的丰碑性人物，在中国白酒界也同样。

“季克良”的名字曾经有相当长的时间就代表了“茅台厂”和“茅台酒”。

今天他已经 82 岁，所以茅台人尊称他为“老爷子”。一位公认的德高望重的老先生了。

季克良在“茅台”的成长过程在前文中已有叙述。这里只讲他任厂长之后的事——而他当厂长之后的“茅台”所出现的奇迹就是“茅台史”最值得书写的如诗如歌的篇章。

17 将物理艺术推向艺术的至高境界

我以为季克良对“茅台”的贡献可以用以上这样一句话来概括。

都说“茅台”的酿酒工艺本身就是一门由技艺高超的民间酿酒师们创造的艺术，只是它是依靠劳动经验积累起来的一种物质生产方式的表现，所以它的艺术跟传统意义上的艺术理解起来有些不一样。然而当我们深入茅台酒厂的车间，无论看到踩曲，还是甑旁的摊晾与堆积醅料，尤其是勾兑全过程之后，我们顿然大悟：原来它是真正意义上的、由人依靠肢体与思想以及灵感产生的艺术，是真正意义上的艺术，因为它们完全符合构成艺术的“广泛的人类活动”和“创造性的想象力”，它“旨在表达技术熟练程度、美感、情感力量或概念与观点”。同样它还具备了艺术对人的“视觉”“情绪”和“灵魂的冲动”等要素，它是真正的艺术体。

而季克良本人就是在这种艺术实践活动中将自己练就成另一个艺术体。

不是所有的人都有这种可能性的——能够让自己的命运和情感与所生产的物质产品融为一体的人并不多见。爱因斯坦的伟大之处就在于他通过极为巧妙而又严密的思维实验发现了相对论，从而改变了人类的进程；钱学森让人尊敬之处就在于他把自己的情感与精力全部融入所从事的科学研究活动中，他的火箭和导弹提升了中国的实力。季克良对“茅台”的贡献，也在于他把毕生的才华与智慧自觉地融入茅台酿制与茅台市场的全部活动之中。

他是唯一的将茅台技术上的高峰和茅台文化上的高峰融为一体的人。

组织上对他有种超乎一般人的信任。不是因为他的学历比别人高，这固然重要，更主要的原因是在20世纪五六十年代，大学生季克良竟然带着女朋友（后来是他妻子），放弃江南的优越条件，来到“穷乡僻壤”的茅台，这份苦与难不是一般人所能承受得了的，他不仅没有怨言，而且力学笃行。

穆尔说过：艺术是高尚情操的宣泄。学酿酒专业的季克良热爱酒的情操让他在外人难以忍受的大山深处毕生“待下去”，这就是一种人生执着的宣泄，所以他骨子里有“艺术感”。

后来他到了茅台厂看到老酿酒师们的工艺技术后，没有因为自己是一个大学生而骄傲，相反默默地告诫自己：在这里，好好学习吧，十年内“没有发言权”。这是何等的艺术！因为艺术导师们早就说过这样的话：艺术教导人们谦逊、坚韧和做出正确的选择。季克良做到了，而且后来一生伏身于酿酒之中并视为乐趣。多少“茅台”的历史镜头中有他的身影，那一进车间、见了酒糟就要扑上去闻的情景，以及其他种种，让我感动无数次，他也许自己都没有意识到，在那一瞬，他季克良呈现最美的状态，是一个真正意义上的“酒神”！

关于艺术，罗曼·罗兰有句最经典的话，他这样说：艺术的伟大意义，基本上在于它能显示人的真正情感、内心生活的奥秘和热情的世界，以及从不掩饰对客观世界的憎与爱，并用艺术家的独特方式来表达。季克良同样有着这种强烈的“艺术感”，因为在茅台酒厂，他是唯一一个当了厂长不到三年时间又“降”为总工程师和常务副厂长的人，一般人是不太容易接受得了这样的“换岗”的，然而季克良坦然接受，知内情的人还说，那几年他依然脸上笑呵呵的，车间里没少见他的影子，该干什么还干什么，科研成果一个接一个。用他自己的话说：“我本来就是一个技术干部而已。”

有“艺术”范的是，过几年季克良又被任命为厂长，重新走上“一把手”的岗位，而且之后他这位“技术干部”不仅当了厂长，还兼任党委书记、总工程师，成为“茅台”集三大头衔于一身的角色。

这样的“艺术”范，在茅台百年历史上，唯有他一人，而且他坐拥着这片“江山”，一干近20年！绝无仅有。

“茅台季”“季茅台”……一系列诨号就此而出。

然而这仅仅是艺术的“概念”部分，季克良真正的“艺术”范是他的业绩，他对茅台厂无法超越的贡献——

1991年3月初，正在一年一度的酒厂“黄金烤酒季”之时，贵州省委组织部、省轻纺工业厅领导一起来到茅台酒厂，再次下达了一个新的任命：原厂长兼党委书记邹开良任命为专职党委书记，季克良则再次被任命为厂长，兼总工程师。

几年前的一幕又被重新翻出来，茅台厂就这么有趣。邹开良是老资格的共产党员，组织让他干什么他就干什么。可季克良不一样，他是技术型干部出身、知识分子，这样的“轮岗”不仅在茅台厂的历史上是史无前例的，在其他国有企业中恐怕也极为少见。

又当上厂长的季克良心里笑笑，没说啥。因为这个时候的他已是一名中国共产党党员了，而且组织任命他任厂长的同时，还有一道任命：任茅台酒厂党委副书记一职。他知道服从组织的意思代表着什么。

“茅台酒厂这几年在邹开良为‘班长’的领导下，党委和行政一班人团结奋斗，取得了可喜成绩……在新的班子调整之后，希望你们的第一个目标是创建国家一级企业，同时要把生产和质量双抓共管，争取取得更大的成绩，为国家做出更大的贡献。”省委、省政府寄予季克良和茅台酒厂满满的希望。

在这个会议上，季克良和邹开良的座位调了个位置，但他们的手依然像以前一样，握在了一起。两双眼睛深情地对视了一下，无需多言，但他们早已默契地在心里说道：角色对调，携手依旧。其他皆不重要，唯有茅台重要！

“茅台”不存在“两张皮”，我们只有一个“中心”，就是在坚持质量的基础上，把酒厂的生产和管理搞上去，朝着建设国家一级企业的方向奋力前进。这一年的5月6日、7日，“茅台”召开了一次重要会议，主题是：争创国家一级企业推进计划工作会议。曾经有人私底下言论“双良”职务再次轮换，从此酒厂会出现“两张皮”的奇谈，此次会后这种言论消失了，因为干部员工看到季厂长和邹书记俩人在会上发出的声调如出一辙，于是也都露出了宽心的微笑。

“前10年我们团结合作得像一个人一样，怎么可能在今后就离心离德呢？”邹开良作为党委书记的心胸更开阔，一向严肃的他，这回则如此温和而坚定地回答一些老伙计的质疑。

“我在生产的船头上冲锋陷阵，你在管理的船尾上为我和厂里掌舵……”季克良在新任命之后，跑到邹开良的办公室更直接地说道。

邹开良喜欢这位知识分子的真诚、坦率和他如酒一般的透明澄净。“只管发挥你的专业与才干，茅台有你，大伙放心！”

这一年年底，茅台酒厂心想事成，国务院企业管理指导委员会经过验收后正式批准茅台酒厂为国家一级企业。这个荣誉并不那么容易获得，获得此殊荣的大庆油田、鞍山钢铁等，都是新中国崛起的超大型国家企业，相比之下，茅台酒厂是个从小作坊成长起来的食品类企业，然而“茅台”依靠奋斗与努力，骄傲地跨进了大庆油田、鞍山钢铁的同等行列，这是何等的不易！何等的分量！

庆祝大会的那天晚上，酒厂的干部与员工们自然少不了来点“土酒”庆贺一下。平时不喝的邹开良也品了好几口，厂长季克良自然与大家开怀畅饮。

当晚，有人吟诵起诗人流沙河的《题茅台》：还我青春一夕，赠我

20 世纪 80 年代，季克良（左二）等在生产车间研究茅台酒糟发酵情况

黑甜一梦。醒来日上三竿，方知茅台味重……

季克良此番再度上任厂长，对他和对茅台酒厂而言，皆是风华正茂时。那天回家，夫人跟他说：你以前一头浓浓黑发，现在看得见几缕白发了……

我早在镜子里看到了！白发挺好，我喜欢它，而且我发现我的白发跟其他人的白发不一样……季克良竟然有些得意。

啥不一样？不服老？夫人说。

就是不一样，我的白发色亮，有光泽，是多喝了我们的茅台！丈夫说。

我看你确实没有少喝！妻子摇头。

丈夫有些得意地说：我这是工作需要！

理由还算正当，但身体还是要注意些。妻子体贴地给他套上一件毛衣，顺口说：听说又要扩建 1200 吨？

不，是 2000 吨，上面说的 1000 吨，我建议来个 2000 吨！

你也疯啦？从1952年到1978年26年才搞到1000吨。上一个扩建800吨搞了小10年，现在全年才刚上2000吨。你这一口就咬2000吨，不想把厂长当下去了？妻子有些怒了。

你不要急嘛！季克良让妻子坐下，耐心地分析道，有了上一个800吨的扩建项目经验，我们就有了扩大年产1000吨的可靠依据。现在是什么时候？你没听前几天报纸、广播里在讲邓小平“南方谈话”精神吗？国家都在飞速发展，让我们各条战线都要解放思想，迈开改革开放的步子，茅台作为国家一级企业，能不跟上这样好的形势吗？

那……你要跟党委邹书记和其他班子的领导们好好研究实施方案，茅台不像其他企业，厂不大但影响大，一滴酒出了问题，就会砸一个品牌！妻子语重心长道。

晓得晓得！季克良对妻子徐英频频点头。

新的扩建2000吨工程很快被批准。而就在新的扩建工程还在图纸阶段时，轻工业部一位副部长和贵州省一名副省长来到茅台酒厂。“钦差大臣”驾到，必有大事。

果然，两位领导见了季克良就直接向他传达“上面”的精神：全国改革开放在小平同志“南方谈话”精神鼓舞下，如沐春风，我们食品业也要赶上去啊！国家现在想引进西方国家的先进设备，就缺外汇。现在能够换回外汇的没几样东西，你们茅台酒是其中之一，而且成本是最低的，所以中央希望你们加大生产力度，争取为国家多挣些外汇……

这是国家战略任务！副省长的话说得更重些。

明白明白。季克良连声应诺。

那明年——1994年就给你们下达3000吨的任务了！没问题吧？

3000吨……季克良想了想，等于一年多点时间，要他们在现有基础上纯增1000吨。这个……他没有马上回答。

老季，你是最懂“茅台”生产的。你说到底行不行呀？3000吨干得出来吗?

季克良瞅了瞅省里和部里的两位领导，那是多么期待的目光呀！他心动了，思潮腾涌，重重地点点头，说：能！一定能！

太好了！太好了！两位领导好不兴奋。突然又把脸板了起来：质量能不能保证呀?

保证！质量一定也能保证！季克良又一次重重地点头。

老季，辛苦你了！部里和省里的领导轮番跟季克良握手，握得他心头热乎乎的。

“热乎乎”之后怎么样呢? 干呗！拿出样子、拿出干劲、拿出全部本事拼命干呗！中国知识分子身上的那些优秀品质和技术专家的特质在季克良身上清晰而明朗，他的人格特质跟“茅台”一样：澄澈明净而又散发幽香——这幽香，是他对“茅台”的特殊感情与特殊感觉，或者说在技术上他进入了艺术与哲学的境界。

我们现在从艺术的纬度来看季克良在“茅台”工艺上的诸多独特贡献——

前面已经提到在第一个“扩建 800 吨”项目中关于新酒窖到底用什么壁材时有过分歧，比如按照原来的旧酒窖，基本都是用的泥巴窖和碎石窖。在扩建新车间时，是依然遵循老工艺用泥巴窖或碎石窖?还是其他什么窖? 是不是老窖就一定好?

老酒师们认为“这不能改动”，可一线酒师们认为泥巴窖和碎石窖都有缺陷。尤其是泥巴窖，它对酱香型的“茅台”质地产生影响，1963 年评酒时就出现这样的结果，有评委们就说“茅台”不应是酱香型，毛病就出在一些泥巴窖在发酵过程中对微生物产生异味，致使茅台酒质不稳定。

碎石窖相对而言更佳，土质上的问题不存在了，但这种窖的缺点是容易垮塌，容易裂缝，这也同样造成生产成本的增加和产量减少、质量不稳定。

改不改？用什么窖才是最好的呢？

谁也不敢拿主意，谁也无法做出权威的结论。几乎所有的人都在盯着季克良，因为只能是他拍板，他拍板了才是最后的定夺方案。

为此季克良再次“钻进”车间，在老窖里跳进跳出，再跳出跳进……最后再把泥巴、碎石和条石三种壁材进行对比，而这样的对比并非在实验室，必须在酿酒车间的实地，必须在同样的温度、同样的时间、同样的条件等内外因素等同的情况下做实验，而且需要上至制曲车间的制曲人、下至勾兑车间的勾兑师等各方配合与汇总，得出正式结论之后，季克良才一边看着成酒，一边品味，最后才会心地点点头：我看就是条石窖最好！

新的窖材和窖基就是条石了，用茅台镇中华村一带的红砂石！这一工艺彻底改了过来，“茅台”的味道稳定了许多，也极少出现窖窝塌陷与裂缝了。

仅此一项提高多少“茅台”效益？

季克良先生听了我的问话，哈哈大笑起来，真没算过。不过用条石窖也并不那么简单，因为石条与石条之间的缝隙也是一个问题。后来我才知道，为了这一个小小的问题，季克良和他的助手们又在闷热的窖窝里不知蹲了多少回，最后才在各种材料中找到了水泥混合石灰来填缝。

窖好了，酒也香了。这是酿酒人的一句老话。而这条石窖一项工艺，花了季克良的多少心思与心血呢？

茅台人知道。他自己也知道，而这，仅仅是“茅台艺术”中细细勾勒着的“一笔”而已。可就是这样的“每一笔”，才让“茅台艺术”成为经典，也让他成为“酿酒大师”——这是有国家认证的荣誉。

季克良老先生告诉我，在茅台的工艺谱系里，几乎每一笔都具有经典意义，“因为它的工艺本身就像区块链一样，每一环连着每一块，每一块又影响着制酒的整体……”所以他的结论：每一个工艺环节都不能马虎，不能得过且过。

他举例说：比如发酵的窖面是要用泥巴封的。这一窖的酒糟在窖里静静地发酵，就像母亲“十月怀胎”一样，需要适宜的条件，它既不能敞开着“七窍”让外界的微生物大量输入，又不能过于闷在窖中而得不到透气的机会，所以窖面封得如何又是一个细小却讲究的事。有些工人怕泥巴封面裂开，就用大量泥巴结结实实地将其封死；有的则并不认真地糊面，导致没几天后酒窖的封面裂开，这看起来简单的“闷面”与“裂面”，给酒糟在窖的“怀胎”过程带来极大的质量差异，同样一窖糟，微生物的吸入量可能有天壤之别，“最后酿出的酒的味道肯定很不一样”。

为了达到酒窖的封面适应度，季克良不得不拿出小时候在江南水乡蹚“烂泥地”的本领，赤露着四肢，甚至把脸一起贴在窖池里观察窖面的“呼吸”……他告诉工人：什么样的睡眠状态最好？打鼾太猛了自然不好。但闷在被窝里也不好，通畅和均匀的呼吸是最好的。我们的糟也需要在窖中这样“睡觉”。

呵，明白了。放心季总，我们一定让每一窖的糟都在窖里睡得舒舒服服。工人们知了这理儿，从窖里出来的酒糟所酿出的酒就是真正的酱香“茅台”了！

这也仅仅是“艺术”的开始。而“艺术”本身并不是固定的和一成不变的，既然“茅台”的工序是传统的，那么人的因素总是发展和制约着艺术本身的完善性。

季克良在“茅台”当厂长、常务副厂长、“总工”的时间太长了，长到没有一个人能与他相比。原因只有一个：他的技术权威无人替代，所以也必然有比别人更多的难题需要他去处置。

有一个时候，厂里突然出现一种反常的现象：二次出酒竟然比一次出酒要少，这样一来，酒厂的生产就出现了问题。以往，从第一次出酒，到最后一次取酒，整个过程的出酒量呈抛物线型，但现在出了问题。

怪了！不是一般的怪！上上下下都很着急。季克良更着急，厂里的生产和技术质量问题，到最后都得由他来做“裁判”。老问题再不解决，我就愧对自己这个“总工”的身份了。季克良在接受我采访时这样回忆说。于是他马上主持了一个“神仙会”，召来酒师、车间管理人员和有经验的生产班长和工人代表们研究与寻找问题的根源。大家很动心思，又搞分析，又提建议。“我自己也整理了 20 多条原因，同时也采取了 50 多条改进措施。”季克良说，结果后来情况好一点，可仍然没有根本解决。

“工艺”也会“走”入死胡同？

季克良来到车间，见了一位车间副主任，问：怎么样，今年的生产有没有问题呀？

他带着点情绪回答：生产还算好，但现在不好弄呀，经常挨批评！

季克良问为什么。

对方说：我完成得好，可我拖了两天时间。可生产部门说什么时候完成就得全部完工，这样拖了人家部门的工人，所以出了些问题……领导就批评我。唉，这样的结果很叫人伤心。

季克良深思片刻后，问：那你感觉拖两天是不是对酿酒、出酒有一定好处呀？

那车间副主任肯定地点点头，说：那是肯定的。

说者或是无心嘟哝，听者却是认真思索。季克良在想：为了质量，能把生产时间拖一点时间未必不是好事。烤慢一点，晾场上堆的堆子少一点，那摊晾的面积大一点，这样就可以像做甜酒一样，加的酒曲就可以多一点，容易发酵得更好些。这看起来是个生产计划的安排问题，但实际上是点出了一个“为什么”的问题。

“为什么”呢？他对两个助理说：从今年开始，酿酒车间不要安排 6 天烤 3 个窖了，用 5 天烤两个窖就行了！

季克良很开心地跟我回忆道：“这两个助手一个是管生产的副厂

长，一个是助理，他们很听我的话，也没有问我缘由，就照办了……"

这一招很绝，也很"艺术"——因为其他人开始一直不明白：季总让车间的工人们少干 1/3 的活，把整个工期往后拖了一个星期，结果二次生酒少的问题不仅解决了，而且也让一线酿酒师与工人们减轻了劳动强度。

"这就是'艺术'了！"我认真地与季老开了个玩笑。他立即回应道："是个艺术问题。我们很长时间没有解决的二次生酒产量少的问题后来通过这一招彻底解决了，大家都觉得很神奇，因为工作强度小了，而产量却比过去增加了 7%……"

一招出手，增产 7%，对"茅台"来说，就是"黄金万两"呵！

不知"茅台"的人，只知其味，而不知其味何来。听了季克良大师的一番又一番"茅台艺术"的故事，你才会明白原来"茅台"真是把一种物体化成了美轮美奂的艺术……

我又向季克良老先生提问，他第二次当厂长之后如何实现从 2000 吨到 1 万吨，他看了看我，认真地说道："你怎么能不喝酒嘛！"意思是你到了"茅台"竟然还不喝点酒？太遗憾了！他说："我要让他们给你喝两种酒，一种是新酒，也就是市场上买得到的放了 5 年的酒，还有一种是30年的'茅台'。这两种酒的味道，你喝了会感觉不大一样。"

他十分遗憾地看着我，庄重地说："你不喝酒怎么能写好酒的文章呢？"

我只能告诉他：我父亲、爷爷都不能喝酒。"清华大学的专家曾经给我做过测试，说我血液里缺一种酶……"

季老这回总算放过我，继续说：酒是讲究温度的，温度对白酒来说，就是一门高超的艺术，入门的艺术，不可替代的艺术。不把温度整好，好酒是出不来的。

是不是所有的酒放的时间越长就会越好？味道就越醇香？我问。又开玩笑道：虽然我不会喝酒，但酒的文章还是要写的。您老可以把您喝“茅台”的体会告诉我。

他终于笑了，点点头表示认同。

对季克良这样的酿酒大师、大学专业出身的知识分子，在一般人的眼里，当茅台的“总工”是毫无争议的。问题是：现在既要让他继续当好“总工”，又得挑起全厂的生产与管理的重担，自然会引起一些人的猜测，因为在“艺术”的领域，假如一个原创的编剧，还要上舞台去表演，这样的“双重”角色极为罕见，除非天才。

在我和许多人看来，季克良在茅台厂就属于这样的双重角色，所以对他的“艺术”要求就非一般了。而季克良从大学毕业后一脚踩到赤水河畔的几十年里，他便在这两种角色中交换着并进。当然，他更多的是与生产和质量在打交道。而茅台酒厂什么最重要？自然也是生产与质量最重要，倘若离开了这两样东西，其他的就几乎没有存在的价值。

所有的艺术都是如此：原创是其生命。酒厂的生产与质量是“茅台”的生命体，季克良的人生就是附在“茅台”的这一生命体上，因此从他身上迸发出的每一个字、每一股精气神，都可以理解为“茅台”的艺术精髓。

在再次接手“茅台”厂长的时候，全国酒业市场乱象百出，似乎谁的声音喊得最响，谁就是酒业“王者”。这一个 20 年里，被称为广告界“标王”的央视《新闻联播》之前的 5 秒钟广告，一直是“茅台”。但这之前，一年一度招标会上，那些“喊”出声望来的酒不少，现在似乎已经没有这些酒的声音了，有的酒甚至在市场上基本消失了。

“茅台”作为中国酒业界的龙头品牌，并非没有受到一波又一波的浪涛冲击过。比如关于白酒的度数竞争就让消费者和喝酒人疯狂过：谁的酒的度数高，谁就是“王”！

真是这样吗？季克良需要做出对茅台酒的自我认知上的定义，并回答什么才是真正的好酒。"酒的度数锁定和年份酒的规范就是个很高的标准。"

茅台"年份酒"的规范与锁定"53"度是季克良的一次向外界展示"茅台风范"的精致的艺术表演，而且让"茅台"在百酒争鸣中脱颖而出，稳居巅峰。

我们首先来说说现在的"茅台"为什么多数是"53"度，而不是"52""54"或者其他多少度呢？

季老这样对我说：这是酒中的酒精浓度。"茅台"之所以把出厂的酒的酒精度定在 53 度上下，是因有重要且合理的科学依据。"我们所接酒的酒精浓度是在 52 — 57 度之间，而这 52 — 57 度之间仍然有一个差异，精准地把握和缩小这个差异，就是我们茅台酒酒精浓度的最佳截取点。它是十分重要的科学问题……"

呵，我相信关于这样的问题，多数人并不知道，即使是酿酒的人恐怕也只知其一，不知其二。

听酿酒大师讲述这样的科学问题，事实上比喝"茅台"本身还有味道。

1840 年前后，德国人做过一个实验：发现酒精与水的分子结构十分接近，都是不对称的极性结构，53.94 毫升的酒精与 49.83 毫升的水，融在一起等于 100 毫升的容积。然而我们发现，两者混合体积不是 103.77 毫升，而只有 100 毫升，3.77 毫升的体积竟"消失了"。为什么？就是因为乙醇分子和水分子融合时可以缩小体积，当酒精度在 53 度时，水分子和酒精分子缔合最紧密，亲和力最强。这个科学实验结论，给了我们酿酒中的接酒工艺一个重要科学依据，就是酒精在什么浓度下才有最佳的口味。季老说到此处，几乎是一个字、一个字地在跟我"吐"——

另外，"茅台"在 40℃以上的高温环境下接酒，不仅能充分挥发掉低沸点的硫化物之类的有害物质，还让酒体健康、香气香味更加突出、丰满。所以我们的“茅台”空杯后仍留有余香的原理就在于此。

这就是“茅台”的奇妙之处？我问。

季老深情地点点头，看得出，他对这份独特的“茅台”祖师爷们留下的艺术和他与同事们继续发扬了这份艺术表示满意。

那么在你来之前的“茅台”一般是多少度？季老说：多数在54、55度，也有53、52度的，没有准确的规范。

那个时候，低于54度的就出口，高于54度的就内销……

为什么？外国人吃不消这么高的酒精浓度？国人喜欢“辣”一点？我说。

季老点点头，说是这个意思。“后来我们经过仔细研究分析，包括酒精浓度对人体健康的影响等要素，最后选定了53度为我们‘茅台’的基本酒型。”他说。

“茅台”与其他白酒的味道不一样，除了有种种工艺与原料、环境等不同外，季老向我透露：“茅台”在酒精的度数把握上与其他白酒酿制厂不一样，我们接的酒在52至57度之间，而他们一般都在68至70度，甚至还有更高的。另外，我们在遵循“高温摘酒”，在温度40℃以上接酒，而有些酒厂在温度25℃接酒，他们追求白酒产量越大越好和酒精度越高越好，消费者并不清楚这里面的一个科学问题：接酒温度过高，会损害那些不该挥发的物质，同样道理，接酒温度过低，则又去不掉不该留存的物质，因此它也会带来不佳的酒味……只有接酒温度在37度出头，才能既挥发有害物质又保留有益物质。这个科学性辩证的差异之间，是需要高度科学的规范进行取舍。

“我在当厂长期间，和大家一起最后确定了53度作为茅台的基本酒，这个非常重要，它让茅台成为一种有科学规范的酒精标准的高档酒。同时也能实现对人体最大限度的健康保护……”季老在此还给我掏出了一个饮酒文化上的科学原理：不是酒精度数越高的酒就越好，酒精太高会破坏酒中的那些对身体有益的物质，其实对身体是有害的。这话是具有科学依据的忠告。

现在我们终于知道了53度是“茅台”的酒度，它饱含了季克良自己对待生命的爱护与怜惜。这个度数是科学的、艺术的，是醇厚甘甜的。

53度是茅台人的科学酒度，也是对他人健康呵护的酒度，所以后来喜欢“茅台”的人牢牢地将53度定义在“茅台”的身份卡上。

季克良对“茅台”和中国白酒业的贡献，就是基于这些根本性的科学标准上的制定。在攻克难关过程中，季克良和他的技术团队所花的功夫远非一些外行人所认为的“酒科学”就如一碗白开水那么简单。然而在季克良身份或为“厂长”或为“总工”时，都将这些难题攻克了。

“你尽管可以喝一些，茅台是不上头的，多喝点它不头痛的。”季老对我不会喝酒耿耿于怀，他以自己的身体和满头银丝“教育”我：你看看我现在的样子，就是多喝了茅台嘛！说到这儿，他老人家开心地笑了。

综上所述，得出一个结果：我们“茅台”存放10年、20年、30年、50年……甚至更长的年份，都不会变味，反而会越来越醇香甘美。而且“茅台”勾兑时从不放水，其他白酒同样做不到这一点，更不用说我们的酒的最新酒龄也必须是在5年之上的……季克良为自己在出任厂长并兼任“总工”之后使“茅台”在这些方面获得了科学的规范而感到自豪。

“这是对传统工艺最大的保护和尊重，具有传承和与时俱进的贡献！”有人这样评价季克良和他团队的这些贡献。

我们好奇地发现，在季克良第二次上任厂长之后，茅台酒厂的生产可谓像脱缰的骏马，在年度生产数量和市场销量上都实现了飞跃式的进步，其主要原因，是技术和科学进步起了根本性的推力。

比如他用科学的原理来解释为什么“喝了茅台不头痛”和“喝茅台有利于健康”这样的最具“广告”色彩的宣传。这些用自己的亲身体会所做的宣传“广告”，在茅台酒集团资料室内所保存的20世纪90年代中后期的新闻材料中都能找到——

“我跟踪茅台酒的质量有20多年了，茅台酒的质量一直是稳定的，这一点我可以拍胸脯保证！”

“茅台酒经过长期陈酿和精心勾兑后，不仅其香味香气成分组成十分复杂、丰富、协调，而且酒体蕴含多种有益健康的微量成分。茅台酒不能等同于普通白酒及其他名白酒和洋酒。”

“茅台酒经高温蒸馏接酒和三年以上的陈酿后，容易挥发的物质已经挥发。另外，茅台酒蒸馏的接酒温度高达40℃以上，能最大限度地排除如醛类及硫化物等低沸点易挥发的有害物质。茅台酒的接酒浓度为52%—56%、57%（V/V），而其他蒸馏酒浓度可达67%（V/V）以上。因此，茅台酒中易挥发物质相对较少，不易挥发物质相对较多，对人的刺激小，饮后不上头，不辣喉，不烧心，这是其他任何蒸馏酒所无法比肩的。”

“茅台酒的酒精浓度为53%（V/V）左右，是世界上所有蒸馏酒中最科学的酒精浓度。而国内外其他白酒，如白兰地、威士忌、伏特加等名酒，其传统接酒浓度都在65%（V/V）往上，有的高达70%（V/V），然后加水降到需要的浓度。很明显，这些名牌蒸馏酒在酒精与水的缔合上，不能与茅台酒相比。”

“茅台酒是天然发酵产品，不添加任何外来物质，完全靠用不同轮次、不同酒度、不同酒龄的酱香型、醇甜香型、窖底香型三种典型体茅台酒精心勾兑而成，所以茅台酒中的香味香气成分及比例也很科学、合理；而其他中外蒸馏名酒，则必要时需添加外来物质……”

“茅台酒中可能有保肝物质。北京医科大学一位内科肝病和病毒分子学家亲临茅台厂考察后说，茅台酒具有保肝功能的说法有一定道理，人们所用的一些药品、保健品等相当一部分就是微生物发酵的产物。茅台酒通过科学的、自然的发酵过程，可能产生一些非常复杂的生物活性物质，这些物质很可能对人体的健康有益处。”

“茅台酒富含各种营养。检测分析表明，茅台酒中含有人体必需的十八种氨基酸、多种维生素和微量元素。”

季克良在任厂长之初，市场正在面临开放后的一阵大混乱——白酒业更是如此，因此他不得不作为“茅台”的第一“宣传员”站到了前面，所以那些“酒友”常常有机会听他侃侃而谈——

“我在《茅台酒与健康》的文章中曾说过：茅台酒的保健功能，是人们在生活中的切身检验，已为现代医学科研成果所证实。茅台酒确实是一种少见的‘健康白酒’。”

季克良说到这儿，骄傲地拍拍自己的肚子。这时，会引来看客们的一阵善意的欢笑。

“干！干了这杯茅台！”茅台酒销售场面更加热闹。

“1993 年，我们茅台酒厂曾委托遵义医学院对员工进行健康普查。接受检查的制酒车间和酒库的部分员工，年龄都在 34 岁至 54 岁之间，因工作需要，他们每天饮用 150 克以上茅台酒都超过了 10 年，时间最长者超过 37 年。检查结果表明，他们当中，除一例系原患肝炎未愈继续饮酒形成肝硬化外，其他人的肝脏均无任何病变，身体健康……”每当季克良说完这样的话后，都会受到一阵阵热捧。

“茅台酒确实好！”酒友们高呼道。

“茅台酒就是好嘛！”季克良举起杯，声音更洪亮。

于是，酒友们越发欢呼雀跃：“茅台好！茅台就是好——”

茅台就是我们黄河与长江，
它从古老的昨天流到今天，
从春天流到夏天，
从秋日流到冬日，
它承载着中华民族的辛酸

与骄傲、追求与创新。
它浓缩了中华民族对技术美
与艺术美的高度完美的和谐统一，
它在中华文明史中
树立了一座文化丰碑与物的艺术
……

呵，已经有人开始吟诵诗篇了！而且吟诗的人越来越多了……那酒后的诗句如何，且不去评说，但好酒能催诗似乎是个事实。古今中外皆如此呵！

这个时候的季克良就笑了，一边笑，一边嘴里还会喃喃道：我们茅台酒就是好嘛！就是有魅力呵！

不少酒厂同行见了季克良都会暗暗吃惊：这人干啥出身的嘛？咋推销起产品来一套又一套的，而且好像都是科学论文式的词儿！后来熟悉季克良后才恍然大悟：他是搞酒出身的专家呵！

搞酒出身的专家当厂长就是不一样。他注重的生产力是对科学的尊重与讲究。他把管理放在生产整个过程与质量体系之中。他把工艺作为一门生产艺术来教育和引领全厂员工朝着“开动脑筋”“全身心投入”的方向去做——

“我们的酒是从哪儿来的？粮食里来的是不是？那好，我们想搞出好酒来，就得从第一个环节开始……”

1995 年是季克良第二次任厂长的一个发力年，也是“茅台”实现年产 2000 吨之后开始“火箭”式腾飞的发力年。季克良在年初的生产动员大会上这样说：去年我们通过了权威的“质量体系认证”，但这并不说明我们“茅台”的质量就到了天花板，而恰恰在认证检查过程中发现我们的质量还有很大的提高空间！因此，全厂上下、每一个员工都必须树立“质量第一、酱香为重中之重”的思想意识，严把工艺关，狠抓工艺规程的执行。抓质量不是一句空话，得从第一个工艺开始。现在又到了一年一度的投料节点。今年的要求还是一句话：在去年的基础上，继续往下降低投料水分。

季克良说完这话，用目光扫了一圈参加下沙工作会议的生产骨干们，然后强调道：我知道大家心里在说什么话，你们会说，几年前听了你的建议我们已经有了前年、去年的收获，但是不是还得要往下降水呢？老经验是：投料加水加得多，出酒就会多，可一味降水分，酒出少了生产任务完不成，你这个厂长不是又要批评我们呗！是啊，完不成任务肯定是要挨批的，但酒的质量不能更好地提高，受到的批评将更多！更重！所以说，今年的投料过程中，降水仍然是一个关键点、要点，不能含糊，要坚决执行！

后来各车间下沙的第一窖平均降水值比前一年的 1994 年降了一个百分点还要多，为 39.17%，而 1994 年全厂 5 个车间的水分为 40.37%。

后来各车间下沙的第二窖平均水分为 39.17%，而 1994 年的第二窖水分为 40.23%。

看起来似乎仅差一个百分点，而对后续蒸馏后所产生的酒量则是会有很大的影响。什么意思？水分少了，出酒肯定也会少些，而基酒里的水分少些，酒质的酱香肯定是更好了。这就是季克良为什么一定要一年又一年的把下沙工艺中的投料水分降下来，降到一个最佳的合理点上。

科学是什么？科学是最接近真理的那一个点，而少于或多于那个“点”，就可能是荒谬了！

降水分只是个开端。季克良的“艺术治理企业”“艺术引领生产”“艺术强化质量”的功夫开始全方位发力——

投料把握水分固然重要，但控制原料破碎程度仍然大有文章可做。季克良在当技术员、生产科长和副厂长、总工程师的二三十年中，经过长期的观察和实践，他得出结论：原料高粱与小麦尤其是高粱的破碎程度总体来说是“宜粗勿细”。如何做到“勿细”其实是个难题，是需要制曲和制酒车间的员工们用眼和手去感觉的。既然是人为的眼上功夫、手下活计，难免有出入，因此为了防止和把控原料的破碎程度，季克良要求生产技术处所有人员下到制曲车间的现场随时抽样，并随时调整，做到坚决杜绝超标准现象。

而这在季克良看来，它又是整个酿酒工艺流程中的起步阶段。把握润粮关、严格蒸粮时间，确保原料糊化状态的最佳合理性又是一道极其需要控制的环节。为此，他提出做好润粮工艺质量的三要素：让粮要吃透水（虽然下沙时实行了降水分），杜绝跑水现象；要使粮食吸汗，无稀皮现象；要防止粮食发芽，消耗营养。“这三点是润粮的细功夫，要做到它，就得一个堆子一个堆子地盯着，而且是每时每刻地盯着……”季克良用做实验看显微镜式的工作方法引导制曲和酿酒车间的员工们这样工作。

然而他知道真正把这些他所要求的工艺不差丝毫地实现，也绝非易事。

怎么办？

“所有生产一线的干部、技术人员、车间主任、班组长……你们就是技术监工，大家都是技术监工，我们不是坐在那里看看数据、查查表格就行，而是要在现场及时发现、分析和解决问题，通过勤走、勤看、多问来符合上述工艺要求，从我做起，大家一起来把好工艺关！”

于是他发明了“走动式”管理模式。这个模式至今仍然是茅台酒厂一大生产经典经验。

茅台酒厂的一位酿酒师跟我解释这“走动式”管理的意义：“茅台”最了不起的技术是延续了传统手工艺的酿酒方法，既然是手工工艺，就像一个画家作画一样，他必须用笔去完成画作的每一笔，任何偷工减料都可能使画做出现水准的降低。我们茅台酒工艺也是如此，在细分的千道工序中假如有一个细微的工艺稍有不慎，就会对后续酿酒过程产生影响，所以季总提倡的“走动式”管理其实就是传统工艺范畴的一个要点。最初的作坊酿酒时规模小，师傅们只需用眼睛扫一眼甑四周就可以发现所有问题，而大工业生产之后，车间多了，每个车间又至少两台甑、几个堆子、一二十口窖后，再无法靠“一眼”就彻底看清楚了，因此“走动式”显得越发重要，它就是酿酒人身边的技术与质量监督员，而且季总实际上用这种方法也在培养和锻炼每一个制酒生产参与者的自觉监督，并能够像画家手握画笔一样，运用自如……

季克良以强化工艺的严密性为抓手，依靠抓每个环节的科学管理来提高质量，再从抓质量促生产的全程式管理，获得了不同以往的生产效益。

1995 年的产量不仅超过了 4000 吨，而且质量也有进步。

这前后他还做了两件重要的事：针对长期以来茅台酒一次酒酸度高的问题，他总结了保证酒质量的 11 条经验，让茅台酒从“起步”时就具备了“冠军范”；他明确提出了“茅台酒生产工艺对当地环境有很强的依赖关系，茅台酒不能异地酿造，离开了茅台镇就不能生产茅台酒”。虽然在这之前有关部门已经在遵义通过艰苦实践得出过类似的结论，但季克良以一位专家人士和茅台酒厂厂长、总工程师的身份，向外界宣布了这一科学定论，也等于把“茅台”的原产地划定在一个圈内。这对外界和整个酒业是前所未有的震动。因为这一定论的潜台词是：茅台无法复制，茅台独一无二。茅台只属于中国，只属于贵州，只属于遵义的茅台镇。

若干年后，茅台酒据于此理，成功申请了“原产地域保护产品”，系全国行业中第一个获此殊荣的白酒，也等于为茅台酒走向世界获得了一张珍贵的通行证。

季克良和茅台酒厂的这一招，堪称绝伦。

艺术的绝伦，是将酒推向了真正艺术的绝伦境界。

18 历史性的台阶：万吨与上市

茅台酒厂虽为一家普通的国有企业，然而它的影响力和独特性又是其他企业所无法相比的。比如它的产量连毛泽东主席生前都在关注，这是其他企业难有的光荣。

共和国的开国领袖毛泽东不善饮酒，但从许多历史文献里可以看到他与“茅台”同样有着独特的情缘：这要追溯至当年中国革命进入紧要关头、从而正式确定毛泽东在红军中的地位的遵义会议。而在遵义会议之后，毛泽东带兵到茅台后，给他的红军部队休整与疗伤带来运气的就是“茅台”。以至在新中国成立之后，国宴用酒和招待国际“亲密朋友”（如朝鲜的金日成、越南的胡志明等）时，毛泽东会慷慨地拿“茅台”作为国礼送给他的这些“老朋友”。当然像对尼克松等“新朋友”，毛泽东也会开心地送上几箱“茅台”。

然而，毛泽东是政治家，更是人民领袖，他关注“茅台”更多的是从国家的经济建设和人民生活出发所思考的问题。毛泽东在 1958 年提出“万吨茅台”的嘱托在茅台史书上随处可见，而且我不认为毛泽东说这句话与“大跃进”的风潮有太多的关系。以其大国领袖的胸襟，他说的话通常具有深远的战略意义，在“茅台”只有几百吨时，他就张口“万吨”，这似乎看起来很有些“大跃进”的味道，但今天看来，茅台“万吨”早已不是神话。然而，为了领袖的这句话，茅台人则苦苦奋斗了整整 45 年（从 1958 年至 2003 年）。

一个酒厂，为了实现领袖的一句话，用了近半个世纪时间，不能不算漫长了！而这样的历史时间，在新中国的建设史上也是少有的。

原子弹没用这么长时间。大庆油田发现和开发没有用那么长时间，似乎航空母舰也差不多这么长时间吧？

区区“茅台”就得用这么长时间?！茅台人自己都不信，外人更觉得不可思议。由此在 1958 年之后的相当长一段时间里，有人把毛泽东的这句话简单地归结为“大跃进”的“盲进”式大话，其实这是非常短浅之见。

1958 年时，茅台酒厂的年产量是 627 吨，在毛泽东说这句话之前的 1957 年，只有 283 吨。当时与毛泽东提出的“万吨”指标确实差距太大，有点仰望登天的感觉。用现在的“茅台”生产水平来看，“万吨”只不过是“小菜一碟”。可是茅台人在毛泽东去世之前没能实现领袖的这份嘱托，其实是很有些遗憾与压抑。因为他们太爱毛泽东了，中国人民都热爱毛泽东，茅台人对毛泽东的感情犹如对大地、对赤水河的深情，是毛泽东因遵义会议的历史事件让“茅台”在共和国成立之后有了独一无二的“桌上地位”；是毛泽东让酒师、窖工们翻身做主，茅台人永志难忘人民领袖的恩情。然而一直以来，“万吨”则是压在茅台人心头的一个想说又不敢大声疾呼、想干又实在高不可攀的一件事……

万吨呵，你真的很难呵！多少年来，茅台人长叹“力不从心”。甚至也有人在这样的奋斗征程上有些唉声叹气：太难了！难于上青天！

不是茅台人不努力，应该说他们一直牢记着这件事；他们也一直在努力甚至拼命地朝着这一目标奋斗着……但就是因为“茅台”不能改变传统工艺，而改变传统工艺的结果那就不是茅台了——多少年的奋争与努力、多少次的试探与实验，也都证明了这样的结论！面对似乎非它不可的状况，茅台人不得不把领袖的这一崇高嘱托深深地埋在心里，埋在对领袖深深的情感之中……

在 1959 年和 1960 年的两度奋争造成茅台酒质量大滑坡之后，茅台人包括国家有关部门、贵州省等也似乎再不敢有人轻易提及毛泽东的“万吨”之说了。

季克良是 1964 年到茅台酒厂的，他初来时就听到了毛泽东的这句话，后来他也参与过向着“万吨”的目标的策划设想与实际实施工作，然而他同样深知这个“万吨”目标比登世界最高峰的珠穆朗玛峰似乎还要难些呵！

比造原子弹还难吗？比造航空母舰还难吗？军队的有些将军碰到季克良和茅台人会开这么一句玩笑，说得季克良和茅台人的脸上羞臊得很。为什么？因为季克良和茅台人最清楚，他们自从1952年正式组成茅台酒厂到实现年产第一个“1000吨”，用了整整26年；第二个1000吨又用了15年；

第三个“1000吨”的实现，是季克良任厂长之后，他领导下的茅台厂，用了不到两年；

第四个“1000吨”的实现用了一年多一点儿。

1995年年产量是3978吨，可以粗算为4000吨了！

“这个时候的生产形势还是不错的，但我也不敢提‘万吨’的指标和目标，只是内心轻轻地在呼唤曾经埋得比较深的一个夙愿——那是我们茅台人‘欠’毛主席的一件事……”82岁的季克良这样描述着近30年前的那个时光里的心境。

我看过中央文献出版社出的一本《茅台酒百年图志》，里面有两张毛泽东主席逝世时茅台人沉痛悼念的现场照片。其中有一张照片是摄于毛泽东逝世之后的9月14日，茅台人在当年红军四渡赤水河的渡口旁悼念毛泽东的现场，另一张则是9月18日全国悼念日的茅台酒厂情景。两张照片的解释词这样写道：茅台酒厂员工们纷纷表示，一定加倍努力生产和工作，让茅台酒年产量早日上万吨，实现毛泽东生前遗愿，为国争光。

人民领袖毛泽东是中国百姓的大救星。人民领袖毛泽东领导人民推翻了反动统治、建立了新中国，而在建设新中国时，特别对茅台酒厂提出了一个奋斗目标和任务，这对茅台人是多么大的荣幸！然而，在领袖去世之前，竟然还没有实现领袖的这一嘱托，茅台人当时的内心是异常痛苦和内疚的。

之后的茅台人努力过，但无奈努力的结果甚微，1977 年的产量只比 1976 年多出了 12 吨。改革开放的 1978 年则是一次重要的提升，年产第一次实现了千吨。然而千吨与万吨之间的距离依然极其遥远……

那个时候即使有人想过，但仍然不敢放在口头。面对不可“逾越”的传统工艺和遥不可及的产量差距，大家只能埋头苦干，继续一步步向前，包括季克良在内。

于是——到了 4000 吨，到了一年左右可以增产 1000 吨这个时期的季克良，他的内心代表全体茅台人对领袖曾经的嘱托再一次翻腾起来……

呵，我们应该为实现领袖的嘱托冲锋了！

是的，该冲锋了！

该为这一崇高的目标和神圣的使命冲锋了！

季克良没有在全厂的生产会议上把这话说出口，但大家已经感觉到“万吨”目标又在眼前召唤了——

1997 年的产量是 5066 吨，比前一年多了 701 吨。这可是个不小的惊喜！

奋力拼搏了一年后的 1998 年，到年底一算，总产为 5368 吨。又比前一年多出 302 吨，这也应该是个不小的进步。于是有人高兴地向季克良董事长“报喜”。但此时的季克良只用鼻腔“嗯”了一声，脸上没多大喜色。因为他心里想的是 1 万吨，毛主席要的那个 1 万吨！5368 吨与 1 万吨差多少？小一半哩！他作为茅台酒厂的“一把手”，似乎真的也高兴不起来。

1999 年，又是拼搏了 365 天之后，酒厂的产量为 5624 吨。与前一年相比，增加了不到 300 吨。

这个增速似乎并不太理想，但到了年底总结会上，季克良还是笑眯眯地给大家敬酒，并用他特有的方式鼓励大家道：“请大家来年多拿出些拼劲来好好干一场啊！”

其实，此时季克良的心里何尝不着急嘛！有一件事他在 20 多年后的今天这样告诉我：当时在白酒界产量在呼呼地往上蹿，而相比之下，茅台厂的增速显得缓慢。作为白酒业“第一品牌酒”的酒厂“一把手”，这种来自同行间的竞争压力，必然对他心理上产生影响。然而又有多少人知道季克良内心还有想得更远、更神圣的目标是 2000 年——这个新世纪的“门槛”将至，茅台酒厂从新中国成立之初的 1952 年年底全面正式接收 3 家私人酒坊以来，都快 50 年了，酒厂的生产总量也才 5000 来吨！除了距毛主席提出的“万吨”目标相差甚远外，如何按照市场规律和社会主义制度原则，全面建设好一个国有大企业，这使季克良内心有股强烈的“壮志未酬”的紧迫感。

2000 年这一年，季克良很看重。

结果是：这一年的产量仍然没有出现“突破性”，但季克良内心其实还是满意的：6030 吨。因为这一年有个特别的指标是：全厂销售额和缴税额均超了亿元。

“来来来，我敬大家……干了！大家都干了！”年终庆贺会上，季克良满面春风地向每一位酒厂的有功人员敬酒。

在向那些“老茅台人”敬酒时，他更是脸上堆满笑容。

然而在这个时候，有人当着大伙的面，高声道：“老季啊，我们大家知道，茅台酒一年能多产三五百吨也是非常不容易了，现在的增产步子已经不小了。可你看看，现在我们这些个老家伙，全都七老八十啦！可大伙心里都有个心愿：能不能在活着的时候，看到厂里的年产指标往‘万吨’这个大目标靠啊！那样的话，毛主席他老人家的在天之灵也会称赞我们的，你老季也算是立了大功呀！”

“是是，我记着这个，记着这个……”这时的季克良脸上有些凝重。片刻，他慎重地说：“老哥们的话我季克良牢牢记在心头，说句实话，即使你们不说，‘万吨’目标也每一天都压在我心上。”转而他高声道："请大家放心，我和全厂的所有在职员工，一定努力再努力，早日实现毛主席的嘱托！"

"好——为早日实现'万吨'目标，干杯！"

纵观季克良第二次出任董事长、党委书记兼总工程师之后，到他正式离开岗位的20多年中，后面几年的生产增长速度都是在几千吨、上万吨地往上蹿，可为何在最初的1998年至2000年步履迈得如此小呢？

"难哪，那几年，国家难，我们厂子也遇到了少有的难啊……"20多年后的今天，在我采访他时，老人家回忆那段"峥嵘岁月"，给我讲述了外人并不太清楚的"茅台坎坷"——

大家一定不会忘记的，那是我们遇上了改革开放以来最严重的"金融危机"……其实这场危机从1997年就开始了，而像"茅台"这样的传统产品市场所受影响，应该比其他商品要晚了一两年。而当时国内白酒市场的混乱状态又对"茅台"造成了巨大的冲击与影响。

然而，对茅台冲击和影响最大的则是出在酒业界自己身上——1998年初，山西朔州假酒案造成20余人死亡事件。"这事对我们酒业的冲击力跟'唐山大地震'似的，是摧毁性的，我们茅台也不例外！"季克良回忆道。

山西朔州假酒案与金融危机几乎是在同一时间向白酒行业袭来。当时已是酒业领头羊之一的"茅台"所受的冲击显然是超出一般人的估计。

怎么办？"还得找活路呗！"茅台人称那是一段岁月的"冰冻期"。但日子总还是要过的，既然日子总还在过，那么人们喝酒的习惯不可能因为一场金融危机和一次假酒事件而改变，不可能从此不再喝酒，或许只是暂时对白酒产生一定的心理障碍，那么我们就另辟蹊径。

用季克良的话说：假酒案所加剧的是广大消费者对一些劣质酒的厌恶，而对真正的好酒人们反而会更加珍惜。茅台酒要乘势逆行而上。

还搞酒?

当然搞酒嘛!

都没人敢买酒喝了，我们还搞啥名堂嘛!

不是没人敢喝酒，而是我们的酒要跟消费者的口味对路才行……

那些日子，茅台厂内部的争议不小。有人甚至怀疑是不是酒厂也会有关门的那一天了!

我不信，酒厂关门，等于这个世界停止转动；只要地球还在转动，喝酒的人是不会不去买酒喝的。我们现在需要生产的是跟消费者对路的酒。季克良不愧是酒神，他自己喝酒，也知道其他喝酒人的心理。而他和班子成员在这逆境时刻，也看到了一个突出现象：金融危机的影响下，酒品消费市场在此时开始向多元品种外扩，就像喝惯茶水的中国人也不知什么时候，突然喜欢上了咖啡一样。当时的消费者除了迷上“洋酒”之外，又对啤酒大为上瘾。

在洋酒和啤酒的双重影响下，茅台人反应迅速，也开始谋划起应对假酒事件和金融危机的措施。

“别人能搞啤酒，我们为何不行嘛！试一下何妨？”季克良与几位决策者经过商量，决定开辟“茅台”之外的啤酒产业。

相比“茅台”，啤酒生产对茅台人而言，就好比国家队员去参加省级比赛……1999 年，茅台酒厂第一次生产啤酒达 17000 余吨。

嗬，原来啤酒也不错嘛!

第二年继续发力，啤酒生产再上 4000 吨，达 21269 吨。但是，这一年的茅台酒生产报表在年底送到季克良手中时，他又皱眉头了：2000 年全年产茅台酒仅为 6030 吨，离“万吨”目标还差近 4000 吨!

“季总啊，要不是看到你们的销售收入和利润总额的账本，我可真上火了呀!”2001 年初，省领导在贵阳开会时见到季克良后拉着他的手就这么说。然而眉开眼笑道：“茅台产量是少了点，但今年你们的利润比去年多了 1.2 亿，税金也增加了 1 个亿，要向你们祝贺！向你季总致敬!”

“但——我还有一句话：争取早日拿出万吨茅台！这个万吨目标已经是我们几代贵州人的愿望了，历史重任现在正好也落在你季总季克良肩上，我们上下都在期待，连中央的领导们也都在期待啊！”贵州的省长和书记几乎都在表扬茅台酒销售和利润实现双突破后，又异口同声地这样对季克良说。

“我明白……请领导放心，我们一定会早日实现毛主席的这一嘱托的！”据酒厂的同事讲，对茅台生产和质量一向持特别谨慎态度的季克良，这一回在省领导面前承诺誓言的样子特别豪迈。

那么他的底气在哪？动力何在？

“万吨目标是我们茅台人用了整整50年跨过的一个台阶。50年呀！等于是我从一个满头青丝的小伙子干到白发苍苍的时间！这个事在我们茅台人心目中一直是件大事啊！”季克良在接受我采访时这样感慨道。而像这样的感慨并非只来自他一位掌门人。几乎在他之前的茅台领导们个个都有同样的感慨。然而除了“大跃进”年代曾经有过的一两个当任的领导提过“万吨”话题外，到季克良第二次出任“一把手”之前，再无一个敢提“万吨”目标。

原因只有一个：固守传统工艺的茅台生产，千吨年产已是一座高山，万吨则是珠峰，谁也不敢扛着一架竹梯去登天……

时至世纪之交的2000年，转眼就是2001年，也就是说茅台酒厂从三间烧房改制成国营企业，快整整50年了！而跟当年领袖毛主席所嘱托的“万吨”目标仍有一个距离时，季克良心头汹涌澎湃：论酒品，全国上下，都说茅台好，但就是茅台的产量无法让人也说好，尽管茅台人坚守传统工艺的精神可贵，但不能满足广大消费者的需求，作为茅台酒厂本身就欠了市场和广大消费者的一个情，尤其是欠了以毛泽东为代表的老一代共和国缔造者对茅台的那份深情厚谊。

2001年，季克良宛若一位指挥千军万马的大将军，正式向全厂员工提出了“向万吨目标进军”的总动员。

于是这一年上上下下大有气吞山河之势，开始了一场向“万吨”目标发起冲锋的劲头，以只争朝夕的精神投入到新的工作之中……

然而此时的季克良既作为茅台酒厂党政“一把手”，又是技术负责的总工程师，他的心头其实比任何一个茅台人都看重“万吨”的数量，但内心依然牢牢地在把控一件事：追求增产和传承传统工艺之间的平衡点。

这其实才是最难最难的事——从 50 年代初，到 20 世纪末的长达近 50 年的实践早已告诉季克良：单纯追求产量，茅台的命运一定是毁灭性的；而同样，如果茅台在产量上不能突破与增长，市场也同样会将其挤出“王位”。

如何平衡，如何把控，因此茅台的“质量”与“产量”，都压在季克良的肩膀上……

“其实到了 1998 年、1999 年后，我的心里就有底了，就是茅台实现年产万吨的目标已经不在话下！但当时我想的更多是：茅台作为传统的民族品牌，又受到共和国开国领袖的特别厚爱，加上我们在国际上的影响力和国内消费者对它信任的程度，我们要努力奋斗的目标不只是万吨的事，而是要把茅台作为中国一个白酒航母来打造。这是我当时的想法。”季克良将手指插在浓浓的银丝里，然后往后一甩，双目顿时泛出一片光芒地跟我这样说。

万吨目标只是时间问题，万吨之后才是季克良和全体茅台人的未来目标。

“其实进入 90 年代中期之后，当时我们茅台面临来自各方的压力非常大。这主要来自两个方面：内部与外界。内部，依然是产量的增幅与质量的保证问题；外部是其他白酒厂家的迅速扩张，特别是各名酒厂家纷纷上市，圈钱圈市场风起云涌。1994 年 1 月，山西汾酒成为中国白酒第一股，在上海证券交易所上市；同年 5 年，泸州老窖紧随其后又在深交所挂牌上市；接着古井贡酒在 1996 年 6 月上市；之后，五粮液于 1998 年 4 月上市……而同样是白酒企业，同样是国有企业，显然我们茅台酒厂在这一轮改制上市的浪潮中落在了同行的后面。这个压力对当时的我们是非常大的。”一位“茅台”干部说。

“茅台”不能落后，“茅台”是国家的荣誉，也是每一个茅台人的尊严。季克良和当时的酒厂领导思想十分统一，尽管作为一家坐落在贵州偏远山区的国有老企业，尽管对现代化新型企业制度理解还不够深刻，但茅台人有自己的尊严，他们不甘落后于他人。在贵州省政府的支持下，于 1996 年 7 月正式改制为国有独资公司，第一次将“工厂制”变为“公司制”，全称为“中国贵州茅台酒厂（集团）有限责任公司”。

“改制是一件大事，需要各方面的准备与调整，所以从 1998 年开始，我们除了面对市场压力外，还花费了大量时间与精力在整合内部的资产重组、机构重组及募集资金等上市前的准备……”“作为一个解放初就成立的老企业，虽然茅台在外的名气很大，但作为一个传统企业，我们转变为现代化企业组织的过程中其实是有许多问题需要处理，尤其缺少重资产，而作为上市公司的现代化企业就有很大不同要求，这也是我们在上市前所遇到的诸多问题……”参与当年上市工作的茅台人掰着手指数出了当时的“一二三四”。

一方面是“万吨”目标的冲刺，一方面是上市前的冲刺。“反正记得 2000 年这一年是季总比较辛苦的一年，也是我们茅台厂在改革征程上经历风浪较大的一年。大家盼着‘东风’，但‘东风’也没有来得那么容易……”上市工作组的茅台人说。

“为什么？”我问。

“那个时候上市是有严格的指标限制的，像我们贵州省这样的经济落后省份的上市指标非常有限，不是想上市就能挤得上的。不得已，我们只好一等又等，直等到后来因为已经拿到指标的乌江电子公司突然宣布不想上市了，省领导就通过国家证监会为我们茅台厂争取到了

4 广告 2001年7月30日 星期一 贵州日报

MOUTAI

热烈祝贺

贵州茅台酒股份有限公司

7150万股A股将于7月31日

在上交所上网定价发行

- 发行价格：31.39元/股
- 申请简称：茅台申购
- 发行市盈率：23.93倍(摊薄)
- 申购代码：730519

网上路演时间：7月30日9:00～13:00
网 址：www.p5w.net（全景网站）

主承销商：南方证券有限公司

祝贺单位

中共贵州省委办公厅
贵州省人大常委会办公厅
贵州省人民政府办公厅
贵州省政协办公厅
中国轻工业联合会
贵州省发展计划委员会
贵州省经济贸易委员会
贵州省财政厅
贵州省工商局
贵州省质量技术监督局
贵州省国家税务局
贵州省地方税务局
中国工商银行贵州省分行
中国建设银行贵州省分行
中国农业银行贵州省分行
贵州证券期货业协会
中共贵州省遵义市委
贵州省遵义市人民政府
中共贵州省仁怀市委
贵州省仁怀市人民政府
中央电视台广告部
贵州日报社
凤凰卫视股份公司
贵州电视台
贵州省轻纺国有资产经营公司
贵州省轻纺行业管理办公室
中国贵州茅台酒厂有限责任公司
贵州茅台酒厂技术开发公司
贵州省轻纺集体工业联社
中国食品发酵工业研究所
上海捷强烟草糖酒(集团)有限公司
北京市糖业烟酒公司
江苏省糖业烟酒总公司
深圳清华大学研究所
南方证券有限公司
安永信投资咨询有限公司
北京证券有限责任公司
北京竞天公诚律师事务所
北京金杜律师事务所
北京市金台律师事务所
北京中企华资产评估有限责任公司
天一会计师事务所有限责任公司
贵州赤天化股份有限公司
华西证券有限责任公司
大连证券有限责任公司
万通证券有限责任公司
福建省闽发证券有限责任公司
广东证券有限责任公司
长城证券有限责任公司
贵州证券公司
东北证券有限责任公司
湖南证券有限责任公司
（排名不分先后）

茅台上市当天报纸

上市指标。”

一波三折之后，“茅台”股票于2001年7月的最后一天，在上海证券交易所敲锣开盘。

“茅台”上市在白酒界是件大事，尤其是谁也没有想到在十八九年后的中国股票市场上，“茅台”几乎让全国股民跟着疯狂了好一阵，而且也创造了中国股票的一连串奇迹，久居中国股市第一。这当然是后话。然而在2001年上市时的“茅台”，并没有像人们期待的那样出现疯狂势头，当日“贵州茅台”（股票代码：600519）开盘价为34.51元，收盘35.55元，总成交1410342.20元。从上述价位可以看出，当时的“茅台”股并没那么引起股民的热忱，可谓比较平淡。然而作为一家传统国有企业，亲自在上海滩蹲守收盘结果的厂长季克良这一天却大为激动与感慨：“我们一下募集到了近20亿元呀！这下我们有钱了！可以好好干几件大事了！”

“茅台”当时最大的是什么事？有人问季克良。

“一万吨！我们必须要早日实现一万吨！”他毫不含糊地告诉大家。“满了一万吨，我请你们喝老酒！”季克良用老家习惯语补了一句。

上市后的“茅台”，让手中有了钱的季克良，激情澎湃，豪气冲天。次年，新的1000吨项目又投产，加上新资产进入销售与流通领域，2003年，不仅年产超过了一万吨，而且销售收入与利税，均超过了预期，销售收入达到32亿元，全厂利润收入第一次达到10亿元。

“来来，我们一起干杯！”那一天，从北京参加完庆贺实现“万吨”的新闻发布会回到厂后的季克良，特意带着班子人员和一些新老员工代表，来到赤水河畔，他们整齐地立队站着，毕恭毕敬地举起手中的酒杯，先向赤水河祭上三杯之后，又向着毛主席像、周恩来像祭上三杯，以表达茅台人实现领袖嘱托的崇高心声……

之后，茅台人又在公司体育馆举行隆重的“茅台酒产量上万吨暨荣获全国质量管理奖庆祝大会”。

“确实是双喜临门，很不容易的呀！”老茅台人都清晰地记得 2003 年底的那个庆祝会，许多人在当晚晚宴上一边饮酒，一边吟诗唱歌，倾吐半个世纪来茅台人为了实现领袖嘱托的梦想而付出的辛劳与心血之情。

那天喝得最多的自然是季克良，他酒量本来就很不一般。那一天他“格外不一般”！因为季克良比谁都更能感受到实现“万吨”对茅台酒厂的意义，而为了这“万吨”的奋斗目标，茅台人费尽了半个世纪的心血与劳作。还有更深的一层的是，“万吨”的目标还饱含了共和国一代一代领导人的关注与关怀。季克良说，就在实现“万吨”目标之前，曾在北京的一次会上，一位中央领导见他后就高兴地说：“我曾在电视里见过你，我认识你！”接着又说：“茅台酒近期效益好吗？”当听到季克良汇报有 10 个亿的利税时，领导又问：“10 个亿的利税有多少利润？”季克良回答说：“利润应该是 5 个亿多一点。”领导连连点头：“那就好！那就好！”

想到这儿，季克良趁人不注意的时候，又独自连干了几杯，他内心在说：这几杯是感谢几代党和国家、省市各级领导几十来年对茅台和对他本人的无微不至的关怀……

那天年长的酿酒师们围在他身边谈笑风生，回忆往事。年轻人则簇拥在他身旁载歌载舞，好不欢欣愉悦！

这一天，季克良说过一句话，至今仍然在他耳畔回响：实现“万吨”这一天，是我一生中最幸福的一天。

人的一生中会有许多幸福的一天，但季克良在实现“万吨”的这一天，说出这般话，足见“万吨”在他心目中的分量和意义。其实，当时，季克良的话代表了全体茅台人的心里话。

新中国的开国领袖，在半个多世纪之前对一个酒厂嘱托的一件事，现在茅台人实墩墩地把它完成和实现了，这是多么漫长的岁月，又是多少人期待的一个夙愿。为了这目标，许多茅台人在奋斗与努力中带着某种遗憾提前离开了这个飘着醇香的酒厂，又有许多人为了这一目标费尽心血而终于盼到了这一天。身在其中的茅台人更清楚，为什么一个“万吨”目标需要如此漫长的奋斗呵！

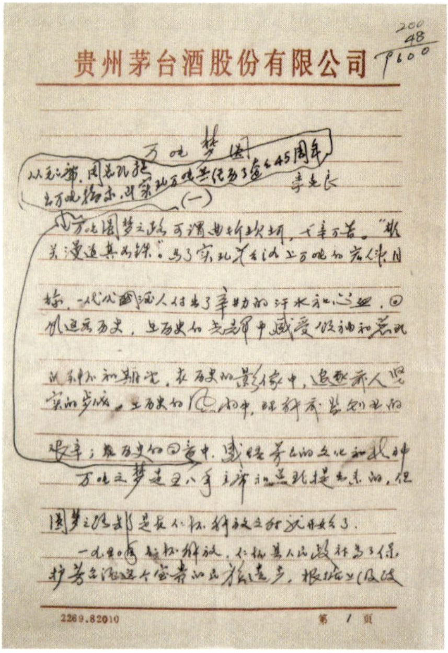
贵州茅台酒股份有限公司

万吨梦圆

季克良

(一)

2269.82010　　第 1 页

季克良写的《万吨圆梦》手稿

“万吨圆梦之路，可谓曲折坎坷，千辛万苦。雄关漫道真如铁。为了实现茅台酒上万吨的宏伟目标，一代代国酒人付出了辛勤的汗水和心血……”这一天回到家的季克良久久不能入睡，挥笔写下《万吨圆梦》的万言长文，倾吐着心中浓浓的赤子之情和万吨圆梦的那份幸福感。而我知道“万吨圆梦”的这份幸福感后来一直烙在他的心坎，并随其周身的热血始终在奔流，在发热……

19 好酒与大师

在茅台酒厂的发展历史中，如果说有台阶的话，那么千吨、万吨，绝对是个“坎”，或者说是座“峰”。这是因为我们在前文曾经多次阐述过：传统工艺和自然环境决定了茅台不可能像其他酒品那样可以无止境般扩产。甚至在相当一段时间里，专家和酒厂都对茅台扩产抱有保守和消极的态度，而且确实也有一段时间里酒厂本身基本上放弃了追求产量。然而“茅台”虽为“稀罕之物”，可它在中国消费者心中，一直属于不可或缺的产品，尤其是改革开放后，在社会和百姓的消费水平不断增长的条件下，“茅台”的增产与减产问题并不是茅台人自己能说了算的。总而言之，进入20世纪80年代后期和90年代之后，市场对“茅台”的需求在日益增长，远远超出了茅台本身的生产能力的增长。

季克良后来在茅台厂拥有不可替代的地位和影响力，就是他在以一名专业技术专家的身份出任厂长后，可以说，是顶着各种压力和重重包围，不断突围、不断突破、不断突击，并让“茅台”一路高歌、奋勇猛进。他能够得到茅台人的尊敬和拥戴也在于此。

另有一点让人格外敬佩季克良的是：在“你死我活”的商战中，通常同行之间的竞争有时会“撕破脸皮”，在20世纪八九十年代一段时间里，由于白酒业各路品牌与酒厂群雄竞起，相互抢占市场而不惜一切手段。“茅台”面临对手的竞争挤压比任何一家酒厂都激烈，甚至时常擦出火花……甚至有酒厂公开喊出“气死茅台”“搞垮茅台”的口号。更不用说那些不正规的小酒厂还大玩文字小把戏，用“茅”或“台”做品牌，来混淆和捣毁真茅台。这种情况可谓屡见不鲜。

无数次在大庭广众之下，有人尖锐地提问季克良，逼着他回应这类问题。每每此时，季克良以他特有的微笑，轻轻地回应道：“茅台是属于全国人民的，感谢大家关心和关注茅台，也欢迎大家一起把中国的酱香型白酒市场做得更大更好。”

事实上我知道，季克良在那一段时间里，被假酒和侵犯商标的纠纷气得在厂里至少三四次摔了饭盆——确实太气人，气到你无法忍受。然而在公开场合、在公众面前，他季克良说自己代表的是茅台、是中国白酒名品，他必须保持应有的谦卑平和。

但季克良在“万吨”以后最关心的还是茅台自身的发展。“当时我们的压力主要是被后来居上的五粮液酒厂在各方面都超越了，他们的改革步伐、市场营销、生产规模都比我们快了几个台阶，而且在白酒业坐到了‘王位’，加上社会上一些人煽风点火，好像我们两家酒厂进入了‘不是你死、就是我亡’的白热化竞争状态……”季克良回忆道。这个时候，省里召开经济工作会议，提出要经过几年努力，培养一批销售收入上百亿的企业和企业集团。不用领导说明白，在贵州，茅台酒厂肯定是被“圈”在实现销售“百亿”企业的第一方阵之中。

百亿是什么概念？显然不会仍然是万吨，而应该是二万吨，或者三万吨！这、这……茅台人其实不敢想得那么高远。因为前一个“万吨”，整整用了 50 年，新一个“万吨”那么容易？ 5 年？还是 10 年？有人问季克良。季克良对此只能笑笑，因为他也不知道到底下一个“万吨”需要用多少时间。

“新一个万吨是肯定能够实现的，至于用多少时间，我心里当然有数，但我们酒厂遇到的一个问题是外界所不知道的：当时区区茅台酒厂的小地盘上，已经不可能向二万吨、三万吨的生产规模发展了！这才是最要命的事啊！”季克良说出了一个让人心惊肉跳、后背发凉的事实。

“那怎么办呢？”我跟着紧张起来。

季克良抿了一口茶水，说：“我也着急呀！所以就到处找去，找来找去，就是找不到跟原有的酒厂差不多规模的地方。后来又沿着赤水河下游找，没找到，再沿着老厂的旁边找，也没有找到，因为茅台镇旁边都是山，想找一块平地又挨着赤水近一点的地方再也没有了……我当时的压力都在这事上。找不到新扩建厂的合适地方，意味着茅台再想上一个新的‘万吨’就等于说胡话。能不急死人嘛！”

“怎么啦，犯啥子愁呀？”2003 年年末的一天，为找不到新地方的季克良正闷在办公室里长吁短叹时，已经退休多年的老书记陈德华进了他的门。

“哎呀老书记来了，坐坐！”季克良见到这位有恩于自己的“茅台”老领导，赶紧让座。

“万吨过了，这是件大事，你手上干成了，我心里高兴，所以跑来当面向你表示祝贺！”老书记这天激动地说。

季克良忙接过话头，说这是几代领导、几代茅台人努力的结果，更有你老书记的一份重要贡献在里头。

老书记又问：下一步有目标吗？啥目标？

季克良：有啊，也是省里提出来的。要我们建设“百亿企业”……这是必然目标。可我现在真有些着急了！

陈德华老书记打趣道：噢，有人说，在“茅台”，任何事都可以难倒任何一个人，唯独难不倒季克良这个人。这回有啥事让你难住了呀？

季克良：第一个万吨我们花的时间是50来年，第二个“万吨”肯定用不了那么长时间，可能5年、8年的，这个能力现在看来不成问题，但老书记你清楚的，按照目前厂子的情况，再扩大一倍的生产能力肯定不行，可茅台不朝着两万吨、三万吨的方向发展同样是不行的……我的难题就是这个。

陈德华：你没有找找地方？

季克良：找啦，但茅台这个地方你是知道的，手掌大的空地也难找出来，更何况要重新找块像我们现在厂这么大的地方，而且要靠赤水河边……您是仁怀的老书记，您看看哪里还有合适的地方吗？

陈德华：你找哪些地方了？

季克良眨眨眼：厂子的左右和沿下游一带的地方都找了，煤厂啊，那些地方都找过了，就是没有合适的地方！

陈德华是仁怀人，听完季克良的话后，不紧不慢地说：你应该还要往前走一走，就可以找到合适地方了！

季克良半信半疑道：是吗？那里都是山丘啊！而且是很大的山丘丘呀！

陈德华点点头：没错。但过了那个山丘，我记得里面就是块好地方呢！那个地方叫中华墩……

季克良喃喃地念叨着“中华墩”三个字，心里想着：这名字多好啊！是不是祖先就为咱们准备好的中华民族的大酒坛子呀！

陈德华继续说：赤水上游的百里保护区，这是当年周总理定的，所以保护得也是最好的。你要找出路，那里有地盘……

季克良抑制不住激动地握住老书记的手，连声道：谢谢！谢谢老书记，你今天给我和厂子里送来了大礼！这个大礼要记在茅台史书上！

这一天，俩人的手握得紧紧的。

“后来我就马上带着搞技术的、基建的过去，还有我爱人徐老师也去了！是开着越野车和拖拉机去的……”季克良回忆说。

这一次“出巡”，季克良收获满满，虽然他和夫人累得不轻，但却越走越兴奋。

徐英老师用双手挖了一团土让季克良看：老季，你看，这儿的土质和颜色跟现在的厂区土质和颜色一模一样呀！而季克良则双手支着腰，远眺着赤水河畔的那片山坡，脸上露出欣慰的欢笑：这个坡呀，比我们现在的厂区还要好嘛！

水文技术员说：而且这里是赤水河上游，水质更好！

另一位生产工程师则更加欢欣道：这个环境绝对比老厂区要强……

“大家好好再多瞄几眼！我看它是一块天赐我们茅台酒厂的好地方，再也找不出比它更好的地方了！”季克良一边欣赏着四周，一边深情地感叹了一声，“这得感谢陈德华老书记呀，到底还是仁怀人知仁怀！”

我第一次到“茅台”采访，宣传部的工作人员就带我到厂区走了一圈。路上看到“中华”厂区便特别地问了一下：是不是它是厂里为了“突出政治”而起的名字。茅台人告诉我：中华村古有之，过去叫“中华墩”，现在改成“中华村”。

后采访季克良大师时，才知道他所找的“新地方”就是这个地方，即现在的茅台酒厂酿酒三十车间所在地。

“我们找到这块新地方、好地方后，大家都很高兴，立即帮着研究如何早日动手在这片土地上扩建生产车间的事宜。”季克良说，厂里同时向省里和国家主管部门打了专题报告，上面都表示同意。“于是我们就开始从技术层面组织相关工作，让各路技术专家先开始做各种试验，这个过程整整用了 3 年时间。当一切就绪之后，又申请了原生产地的保护，也就是说通过从法律与行政上广而告之，要征收这块地了，让当地百姓知道……”

“季克良！季克良……”季克良跟我讲，有一次他陪国家轻工局的一位司长去看新址，他们乘坐的是一辆越野车。在路过一个小学时，孩子们就追着他的车奔跑，一边跑一边冲着他大声喊他的名字。

“老季呀，你的名声可真大啊！茅台镇这儿的人都认识你呢！”同车的司长曾经也在季克良大学毕业后来到“茅台”的 1964 年时来过这儿，所以看到眼前孩子们的这一幕，很为“老伙计”季克良而骄傲。

季克良则开心地向追跑的孩子们挥手。

在一片田野里，他们遇到一群农民后，有人就拉着季克良的手，期待地跟他说：“厂长，你要早点来呀！我们等着你呢！”

季克良知道农民们的心思，连声道：“好的好的，用不了多少时间，你们中间就有不少人成为我们酒厂的人啦！”

“那个场面是很感人的，令人难忘。”季克良回忆说。因为按照征地政策，被征地的农民除了经济上获得补偿外，他们的年轻劳动力是可以被吸收到茅台酒厂来工作的。“在茅台镇和贵州遵义一带，能够进我们酒厂，对当地百姓来说，就是一份荣耀……”

确实，我在采访车间时，见过好几位三四十岁模样的酿酒车间的员工，他们老家就是“中华墩”的，就是当年征地后招工进的厂。

可以说，中华墩划入茅台厂后，使茅台酒厂从根本上解决了生产地的局限性，为日后快速发展提供了必不可少的区域条件。

这是第一个“万吨”之后，季克良和他的团队所做的一件功德无量的大事。

在我们的概念中，似乎钻研专业和技术的人都相对死板些。其实不然，有些专业技术人士非常“文艺”，特别浪漫，才思敏捷，多才多艺。当年我采访钱学森大师时，他上来第一句话就说：“建明同志，今天给你讲 0……”钱大师的一句话，让坐在他对面的我目瞪口呆：“0”是什么？“0”还有什么可讲？！钱大师笑笑，然后滔滔不绝地给我讲了“0”是万物的开端，在科学家的眼里是最有意思的一个数字，因为它充满了无限性，充满了通向成功或失败的各种可能性。他把“0”讲得神乎其神，又引人入胜，令我大开眼界。还有一次我到另一位“两弹一星元勋”王淦昌家拜访。老人家当时近 90 岁了，他见我这个“小老乡”光临，格外高兴。他说完“你先坐”之后，颤颤巍巍地从里屋抱出一大卷纸……我问王老那是什么时，他若无其事地说：研究原子弹的图纸与资料。我一听就吓得双腿发软，连声说：王老王老，千万别给我看，这一定是绝密的，国家绝密资料我不能看的呀！王淦昌大师乐呵呵地笑道：我知道你根本看不懂，所以给你看看……原来是这样啊！我顿时脸颊绯红。

真正的大师是幽默而智慧的，其思维活跃，能力超众。茅台酒厂的季克良大师也属于这样的人。

烟酒在一个国家的消费中从来都是“巨无霸”，而同行之间的竞争也堪称超级“战役”，而且通常是一波未平，一波又起，十分激烈甚至有些残酷，经历最后的决战之后所留下来的几个品牌也差不多决定了一个国家、一个民族在某一个时代的嗜好或习惯。烟是这样，酒也是如此。如前文所言。自改革开放进入八九十年代后，国内消费的巨量增长与国际品牌潮水般的涌入，使酒业的竞争处于白热化状态。名牌和有实力的酒厂有足够的资金支持而风光无限。那些刚刚加入行业的新酒厂和新产品为了让消费者接受，通常更是不惜代价，掏空血本来做各种广告和宣传，欲求抢占市场份额。

茅台酒厂虽为名牌和老牌产品，然而在此刻面临的挑战在很大程度上别人无法理解：若不在宣传和广告上露面，似乎让消费者感觉和怀疑“茅台不行了？”“茅台不如人家了？”久而久之若再不露面，再不以同样或更强劲的宣传与广告形式出现的话，就容易被一般的消费者误解成“茅台真的不行了”“看来茅台真不如人家了”……这种效应在激烈竞争的消费市场上十分可怕，一旦负面“口碑”形成，后果确实不堪设想。

季克良和茅台酒厂在上了“万吨”台阶之后的形势就是如此。怎么办？

传统的消费概念里，中国有句老话，叫作“酒香不怕巷子深”，然而在新的消费时代，人们接受的“快餐文化”和“印象派”意识覆盖了传统概念，好酒如没有好的宣传与推广形式，或许就会不如并不那么好的产品有市场、受消费者欢迎。酒也一样。

季克良告诉我面对这种消费环境时，身为厂长的他连出了“三招”：

茅台酒作为酱香型白酒，适量饮用有一定的保健功能；

陈年酒推出；

身为厂长的他亲自登台做广告。

“敢推这三招的不是很多，得过硬的酒才会有这样的底气……”季克良回忆当年他的这“三板斧”时，有些得意。

在普通的消费者和大众意识中，人们对烟酒既不舍，又似乎有几分“痛恨”，我们不去说烟，仅说酒。喝酒到底是好是坏，不同说法也许各有一万条理由，所以从来也没有谁说服谁。然而季克良在主政“茅台”航母快速发展的重要时刻，竟然敢说他的“茅台”一不上头，二不伤身，当然，前提是在饮酒者力所能及的情况下，也就是说，一般人只要不超量（你自己的喝酒能力），“茅台”是不会伤着身体的，反而会有益于健康。

与季克良老先生紧挨着时，我笑着对他这么说：但这谁信呢？您不是王婆卖瓜自卖自夸！

季克良侧过脸，认真地看着我，回答说：这个问题在一二十年前我任厂长时一直有人这么问我，因为也是我一直在公开场合一次次讲了上面这些话。大师摸了摸自己满是闪闪银丝的头，充满底气道：看到我这一头银发了吧！你再看看我的脸颊是不是比一般同龄人要红润许多？

回答是绝对肯定的。您的头发不仅亮晶晶的，而且浓密异常，我小您一大截，但完全没有您头发浓密，脸色更没有您红润……相比之下我打心底里惭愧。

他笑了，欢欣地笑了：你不会喝“茅台”嘛！你要坚持喝“茅台”的话，气色也会很好的，头发即使白了也会亮亮的。

网络上传言季克良至今在厂里喝了至少两吨半“茅台”，也正是用“吨”数泡出来的人，如今 80 多岁，依然精神矍铄，神采奕奕，走起路来带风。这确有其事。

世界上是否有人超过季克良的这个酒量，我并不清楚，但他是因工作而不得不喝了那么多“茅台”，这也有意无意间让“茅台”在检验了人的身体与茅台酒之间的自然关系，结果是季克良的“体验”完全证实了他的结论：“茅台”不伤人，“茅台”有益健康。这个宣传效应比花几百万、几千万的广告费要更强有力。

据传，曾经有一个患有胃溃疡的人，医生劝他切掉三分之二的胃。但他的父亲告诉他：手术暂时不要动了，我让你做件事，你坚持下来就行。儿子问啥事？那父亲举起茅台酒，说这酒能治你的病，从现在开始，你每天晚上喝二两五茅台酒，过几个月看看有没有效。儿子坚持这样做了，每天喝几杯茅台下肚，两个月后再到医院检查，结果以前的胃溃疡病症不见了！

然而季克良不是江湖上的人，而是一位严谨的酒业科学家，一位有良知的知识分子。他所得出的“喝茅台有利于健康”的结论不是广告语，而是有科学依据的。

中国人都喜欢喝“茅台”，也都知道“茅台”是好酒。可再好的酒也不能贪杯哟！然而喝酒的人真若遇上了真“茅台”，又免不了要多喝几杯。奇怪的是他们发现：同一个人的酒量，却在喝“茅台”时通常能够“超常”发挥，而且也会感觉身体不受影响，相反精神和体力变好了，这是为什么？饮酒者并不清楚其中的科学道理，然而他们用最朴实却又最具“广告”宣传效应的话让“茅台”在消费者中的知名度与影响力更上一层楼——这话其实十分平常：茅台多喝点也不伤身呀！

“多喝点”到底是多少？当然是在每一个饮酒者非极限的临界线上。六七成？！基本是这个水平。我请教专家，他们对此点头。

消费者是上帝。“上帝”的话能够影响和征服“信徒”们。在季克良主政的那些年里，他又著文，又演说，只要有机会，就在社会上宣传“茅台”不伤人、是“健康食品”。

好酒又加是“健康食品”，这让那些饮酒者都跟着“理直气壮”起来。紧跟着，是季克良他们的“茅台”销售量暴增……

酒精对身体有害是早有的科学结论，而且无数科学实验和血淋淋的现实都告诉人们：一次过量酗酒或长期大量饮酒对肝有害，这也是科学结论。然而“茅台”和它的掌门人季克良竟然说“茅台”无害，“茅台”是健康白酒、绿色食品，“长期适量饮用有利于身体健康并能延年益寿”。此等话语一出，震动社会，令同行酒厂侧目。因为自古以来嗜酒者千千万万，谁也不敢说饮酒有利于健康，倒是有千千万万阔论饮酒“伤身误事”之文。

“茅台”是恶意炒作，是挤压其他酒，是可憎至极！同行们的愤怒烈焰欲将季克良烧成灰烬——市场竞争本来就是你死我活。你“茅台”倘若独领“健康白酒”“绿色食品”之风骚，这不等于其他白酒顷刻被消费者所抛弃嘛！

可想而知，那时的季克良，只要出了“茅台”，就几乎会被来自各方的围攻所压垮。然而他没有倒，相反身板子站立得越来越挺立，那些日益变白的满头银丝在风浪中抖动，更彰显其英姿与浩然……

面对众人的怀疑与责问，季克良坦然地回应道：我是一个知识分子，从来就讨厌和反感假话与谬论，但“茅台”是不是绿色食品、健康白酒，绝对不会是随一个人的嘴巴说说就是一或二了，它是经过大量科学实验和检测得出的结论，而关于茅台酒是“健康白酒”“绿色食品”早在 1993 年时，新华社因为上文曾经讲过的一次有遵义医学院组织的专业人员对茅台酒厂长期在酒厂工作、每天因为工作需要而饮酒 150 克以上的 236 名职工进行肝脏等体质检查，结果发现茅台酒厂的这些职工的肝脏全部正常，于是新华社发表了一篇题为《国酒茅台新发现，天天饮用不伤肝》。这篇文章立即引起巨大反响，因为它跟传统的“酒精伤肝”“饮酒百害而无益”的观点相反。贵州的一名著名肝脏专家看了此篇报道后，很受触动，从此开始独立追踪茅台酒，并确立了“贵州茅台酒对肝脏的作用及其影响的研究”项目，进行了长达数年的实地调查研究。

“在研究的过程中，他们首先做了一个双盲试验。所谓的双盲试验，就是把茅台酒和国内其他的名酒编了号，然后送到药物研究所试验。做完双盲，又到茅台做人的研究病理组织学研究。后来又做机理方面的研究。在这个过程中，还对茅台酒所含成分做了一些分析。想不到的是，茅台酒竟含有超氧化物歧化酶（SOD）……”季克良兴奋地回忆这段历史。“SOD 是氧自由基专一清除剂，主要功能是‘一清四抗’，即清除体内多余的自由基，抗肿瘤、抗疲劳、抗病毒及抗衰老。试验过程中，他们还发现了一个非常重要的问题：茅台酒能诱导肝脏产生金属硫蛋白，金属硫蛋白的功效又比 SOD 强很多。通过对比试验，用了茅台酒的，比正常对照组的金属硫蛋白高出 22 倍。试验中还表明，金属硫蛋白对肝脏的星状细胞起了抑制作用，肝的星状细胞受到了严重的抑制后，它便不再分离胶离纤维，于是也就不形成肝纤维化了。”

专家通过艰苦的试验所得出的结论，让季克良和茅台人难掩激动和感恩之心，所以从此之后，每逢论酒场合，茅台酒的“掌门人”季克良张嘴便会说上几句茅台酒是“绿色食品”，“不会伤身”等宣传语。

“季总那你说说你们茅台酒为什么就不伤身了呢？秘密在哪？”多数人半信半疑，追着问道，尤其是媒体记者。

回答这些问题是季克良的拿手戏。这时的他会坦然一笑，然后侃侃而谈——

我们茅台酒的工艺特殊……

我们茅台酒中相对而言易挥发物质少。我们的酒至少要经过 3 年以上的贮藏期，贮藏损失每年高达 2% 以上。很显然，容易挥发的物质已经挥发掉了很大一部分。按照蒸馏原理，一般易挥发的先出来，不易挥发的后出来。因此茅台酒中易挥发物质少，不易挥发物质多，最后对人的刺激小、不上头、不辣喉、不烧心。这也是茅台酒杯空留香、幽雅持久的秘密所在，也是喝了不口干、不上头的原因，这是其他任何白酒无法比肩的。

我们茅台酒的酸度高。由于酒精相对容易挥发，所以接酒时开始酒精度高，后来越来越低，而酸相对来说不易挥发，所以蒸馏时，前面酒精度高时酸度较低，到后来酒精度低时酸度高。茅台酒的酸度标准是每升含酸度 1.5—3 克，是其他酒的三四倍。茅台酒酸中，主要又以乙酸和乳酸为主，还有不饱和脂肪酸。根据中医理论，酸主脾胃，保肝，能软化血管。西医也认为食醋有利健康。西方人喜欢喝酸奶，东方人喜欢吃泡菜，都是乳酸产品。资料显示，它们都有益于人体健康。所以不难看出喝茅台酒有利保肝，有利于治胃病、糖尿病、感冒等，喝酒时后味悠长……

我们茅台酒……

我们茅台酒……

“服了！服了！季总你不要讲了，我们都知道你们茅台酒有利健康，我们多喝就是了！多喝就是了……”一个个原来的怀疑者，或者挑衅者，面对侃侃而谈的季克良，一个个都服输了。

服输的结果是，茅台酒的市场一片彩虹。

市场上的彩虹高高飘扬，后方的酒厂生产指标与经济效益，则如乘上火箭般地上蹿……

董事长兼总工的季克良笑了。他一笑两眼眯成一缝，那一条弯弯的缝，那缝魅力无限，并成为茅台酒在消费者面前的标志性微笑……

多数人一直以来都把季克良看作是“茅台”的酿酒大师，或者说是难有人与之相提并论的超级大师，今天仍然是这样，只要他在“茅台园”，大家都是如此尊敬他，称其为“季老”或“季总”。然而在我看来，季克良先生其实是个“茅台文化人”，他甚至是把“茅台文化”的内涵和外延发挥到极致的一个“茅台文化人”。

在这一点上，到今天为止，茅台厂的历史上无人能与他相比。

“万吨”是在他手上实现的。如果说万吨目标是几代茅台人用了半个多世纪实现的伟大梦想的话，那季克良就是把几代人的梦想化为现实的那个人，或者说是他带领下、扛着那面誓为实现领袖嘱托的大旗攀登了最后的一百米。那么从 1 万吨到 3 万吨的历史性飞跃，那则是他驾驭着两个“轮子”，并以高超的技艺，使“茅台”进入了快速通道……

这两个“轮子”，一是以质量为本的工艺技术，二是以市场为导向的“茅台文化”。前者容易理解，而且茅台厂一直以来遵循着这样一条道路，季克良主政时的与众不同之处就是他这个厂长精通酿造技术，而且总是在继承传统工艺的同时，不断创新与发展，使茅台传统工艺技术趋于完善与完美。

现在的许多企业同行，或者说是一些经济界的“大佬”、网红达人，他们在议论“茅台”时总有一种妒忌之心，在他们眼里，似乎“茅台”的市场不是茅台人干出来、拼出来的，而是国人喝出来的，甚至是捧出来的。当然这话也有一定道理。但在我了解茅台酒厂的整个发展历史时，才真正明白：“茅台”的快速发展，归根结底，还是茅台人在党和政府的领导下，走了一条正确的发展道路，尤其是在激烈的市场竞争过程中，始终坚守传统工艺，坚定维护质量，同时又不断提升品牌影响力，拓展市场，形成了独特而自信的“国企茅台文化”。

这种文化在茅台厂职工中，就是“爱我茅台，为国争光”。这八个字，看似很平常，实际上蕴含了深刻道理与炽热情感。这也是“茅台文化”中最闪耀着国企光芒和本质的显著特质。茅台酒厂是国企，原本是一个小得可怜的三家烧房合并而成的小作坊企业，而通过茅台人几十年的艰苦奋斗，成为影响中国股市甚至整个国家经济风向标的一个品牌，其市值的升与降，能够影响到一个 14 亿人口的国家民众的爱与恨的情绪，仅此一点，“茅台”就足够荣幸之至了！

然而我们再从另一个角度去看待国家经济发展过程中，万千不同行业、不同企业在前行的道路上，曾有多少个“巨无霸”式的国有企业，它们越走越小，有的最后竟然如一片鸿毛被轻轻吹到了历史的尘埃之中，永远消失在我们的眼前，甚至连点滴的记忆都很难寻找到；有的曾经辉煌一时，如今却油尽灯枯、奄奄一息……当然，我们更应该看到那些在新中国成立之后和改革开放以来成长起来的支撑着国家大厦的众多国企。而令茅台人感到自豪的是，他们以“一瓶酒”跻身于这些大型国有企业之列，并且占有一席之地，几十年来一直为祖国孜孜不倦地争着光。这是茅台人最自豪和骄傲的地方。

然而又有多少国人知晓茅台人是怎么样将一个如微弱萤火般的小酒厂发展到如今驰名中外、人见人爱的国家品牌的。

一瓶酒能卖几千元，这种情况以前只是改革开放初期那些“洋酒”才会有的“待遇”，为什么我们中国自己的酒就不能有这样的品牌价值呢？它确实是贵了些，作为消费品它自然应当成为百姓们买得起、喝得起的酒，然而在这个世界上难道只有那些“洋货”才配得上几千、几万的标价，而我们中国货就不能卖贵些？我们民族的东西就不能有与“洋货”一样甚至更高的附加值吗？要知道，每一滴“茅台”都是茅台人的汗水和心血凝聚与提炼出来的，尤其是在我几次与制曲女工和酿酒车间的师傅们跟班之后，我内心的这份体会更加强烈和真切，而这也让我认定茅台酒实际上是无价的。

谁能解释一个劳动者的汗水是多少价吗？又有谁来假定一个由“上天”创造的自然生态环境是多少价吗？当然更没有人能够将几代人创造的一套无与伦比的完美传统工艺定价定值。

茅台酒就属于这样的稀贵之物。它是中国人民用精神和汗水创造出的稀贵之物。它的品质如同茅台人对国家、对自己的领袖的感情一样，那么纯洁，那么高尚，那么自然。

其中，季克良是茅台人的代表，虽然他和夫人是茅台镇的“外来者”，但自 1964 年长途跋涉来到赤水河畔之后，他和夫人就把自己的生命根须深深地植在这片大地上……

他的事业在赤水河边成就。然而他竟然是江苏人，江苏人特有的聪慧与才情让他在成为“茅台”掌门人后获得了彻底的张扬与开发，甚至有时是超常发挥。

今天的天下人只知道现在“茅台”贵而稀，怎知道当年一轮又一轮的中外酒业激烈竞争中，作为固守传统的茅台酒有多少次差点被淹没于那一轮又一轮的正当的和不正当的竞争浪潮之中……

季克良都遇上了。

“让他搞行政职务，对他个人、对国家都是损失，到现在我都这样认为。”这是跟他一起守在赤水河畔一辈子的爱妻生前所说的话。妻子的话意思很明显，季克良是一名专业技术人员，你们不能把“茅台”这么大的企业行政搁在他肩上，不该让他去“活受罪”。

但命运就是如此。季克良不仅当上了茅台酒厂厂长，后来还当上了董事长、党委书记，而且一当就是超 20 年，比任何一任厂长任职时间都长。

不可思议的结果是：他在“茅台”70年的历史长河中，他不仅任“一把手”的职务时间最长，而且也创造了最辉煌的历史阶段。

什么叫大师？大师是在某一领域中超越所有人的那种人。作为白酒业的龙头老大的茅台酒厂总工程师，季克良坐在这把交椅之时就已经成为大师。而中国酒界大师称号其实也不是“民间传说”，而是由国家权威机构专门评比出来的，所以季克良凭借着自己的实力和权威，这个大师称号不容置疑。然而他不仅仅是这等具有某种“固定格式标准”的大师，他更是那种驰骋行业内外、驾驭时代风云的人物。

他确实属于这样的人。

“茅台”在实现年产万吨之时，其实放眼当时整个酒业的形势，季克良和茅台酒厂的压力可谓泰山压顶，当时与茅台同处西南的“五粮

爱我茅台，为国争光

液”无论在年产量上还是在社会上营造的声势和品牌影响力，已经远超于茅台；而远在北方的山西汾酒也在此时攒满老牌名酒的劲势卷土重来，力压茅台……更不用说还有名目繁多、不胜枚举的新兴酒品兴风作浪，使得整个酒业硝烟四起，皆在争雄天下。摆在季克良和茅台人面前的一道必答的时代发展大题是：茅台怎么办？

“茅台”是任其自然，还是顺势而守、顺势而退，或顺势而为呢？

那些日子，季克良的眉头常常紧锁……他在思考着。

那时，一向充满自信的茅台人也在思考着，甚至有些徘徊……

“我们不可能只守，守的结果就是被大浪吞没；我们更不可能退，退的结果是全军覆没，丧失茅台品牌，这条路是万万不能选择的！”季克良不是政治家，但在那段时间里，他在厂里说话、开会就像一个完完全全、彻彻底底的政治鼓动家、演说家。“……所以，摆在我们面前的只有一条路：顺势而为。而且必须也一定能够做到顺势而胜！我们茅台不胜，就对不起茅台大地的那些酒神，更对不起毛主席、周总理等一代代国家领导人对我们的厚爱与寄托！”

一直以来，季克良在茅台人的眼里，是位热忱而有激情的技术专家，而现在，他在员工们的眼里，成为率领前方与后方两条战线在市场搏杀的“茅台大军”的司令员，威武而果敢、豪情而智慧。所谓的前方与后方，其实就是茅台的生产与市场营销两大方面。关于生产，季克良紧紧抓住的是质量关。

“我们‘茅台’什么都可以丢，甚至我季克良这个人头都可以无所谓，但‘茅台’的质量一丝一毫都不能出差错！谁要在质量问题上出一丝差错、一丝马虎，那厂里就是要砸他的饭碗！这一点你们不要说我老季无情。我是有话在先的！”说这话时的季克良就是一个铁面无私的厂长。

大师就是大师，他严而不保守。在季克良再任厂长的头几年里，“茅台”发展其实遇到了前所未有的困难，其中最为显著的趋势是：同行的白酒企业都在快速发展的“高速路”上行进，唯独“茅台”仍基本停留在单一的品种和缓慢的发展进程之中。

“既然酒业中有龙头老大的霸主一说，那么这个龙头老大的座位也该换换了！”后来居上的白酒界新兴企业主已经在公开场合这样叫板。

“季总，我们该怎么办呢？”有人胆战地问季克良。

“你们说呢？”生产会议上，季克良目光如炬，注视着每一个干部。他的反问换来的是一片期待的寂静——大家都在等待厂长的“决策与高见”。

“别人超过我们已经是事实。当不当龙头老大，不是谁说了就算的，实力和质量是决定因素。既然人家有本事超过我们，那就证明我们茅台确实跟人家有了距离……”季克良说完这话，特意停住了，又将目光扫了会场一圈，然后提高嗓门，说，“这就是压力！就是形势对我们的压力！可有压力并不是坏事，毛主席说了，我们要把坏事变成好事，变成找问题、找差距、找出路的动力，然而再迎头赶上人家才是！”

会场仍然一片寂静。但每一双眼睛都是炽烈明亮的，他们在期待着厂长指明一条“迎头赶上”的出路。

“出路在哪？天上掉下来？不可能！”季克良话锋一转，说，“当然还是靠我们自己嘛！”

我们自己有啥招数吗？大家在等季总“发令”。一双双眼睛更加殷切炽烈地望向他。

“我和班子的同志们已经多次深入研究了，我们的办法是，要在加强企业管理的现代化基础上，实现生产的成本最小化、质量的最优化、产品的多样化、营销的市场化、信息的现代化、管理的科学化。同时要改变原有的生产经营方式，要开拓‘一业为主，多种经营；一品为主，多品发展；一厂多制，全面发展’的全新战略，也就是说，‘茅台’是我们的主打牌子，这一点丝毫不能动摇，但以后的‘茅台’就是一艘航母，一个舰队……”

原来是这样啊！季总的脑子就是“活络”。

“活络”二字是上海和苏南一带对聪明和反应快的人的赞誉。季克良本来就是那里的人，又是他同代人中的佼佼者，脑袋“活络”自然是不用说。“但是做买卖和生意并不是我的专长……”在采访他时大师自己曾这样感叹过。然而大师就是与众不同，当年他来到人生地不熟的茅台，因为遇见了“茅台”，所以他身上自带的那份“活络”，便让他在赤水河畔的酿酒天池里如鱼得水，一天比一天成熟和成功，最后他的才华在“茅台”的酒色香味中脱颖而出，干出了这番惊涛拍岸的伟业，最终成为闻名中外的酿酒大师和首任“茅台总工”。

有人说，“茅台”从 20 世纪 90 年代至今的近 30 年间，之所以有了大发展，在很大程度上是因为“遇见”了季克良。然而季克良自己听人这样说后，连连摆手，说：“是茅台酒香引领了我的成长之路，也是茅台前辈们为我铺设了走向高峰的一个个台阶，而改革开放和党的知识分子政策又给了我施展才华的机会和可能……”

无论哪一种“遇见”，显然都是茅台之幸。突然有那么一天，茅台人和茅台外的酒业界人士都对“季总”“季大师”刮目相看了——

原本单一的品种、单一的瓶子，还有单一的价格的“茅台”，突然派生出一大堆“兄弟姐妹”“子子孙孙”，它们是“38 度茅台”“43 度茅台”以及“茅台 15 年”“茅台 30 年”“茅台 50 年”甚至“茅台 80 年”等“茅台年份酒”……更让人意想不到的是：大厂长季克良竟然自己充当“广告形象”，他念念有词、绘声绘色的模样在电视等媒介上频频出现……

“茅台”真是拼了呀！

季总出山，力压群雄！

同行们看着茅台老板振振有词、有模有样地宣传新产品，感到新奇而又怀揣几分敬意和忌妒。

后来的事实证明，季克良亲自主持开发和做宣传广告的“茅台年份酒”在市场上出现后，不仅引发了茅台酒热购风潮，更重要的是带动了中国白酒界的年份酒市场。直到现在，我们还能看到一浪更比一浪高的“年份酒”销售宣传与市场推广。据悉，年份酒的诞生，给整个白酒市场带来了三成份额。而季克良的广告形象，也让他在酒业界从此刮起了一阵浪漫而务实的“季风”……

这“季风”对“茅台”来说，再实惠不过，因为厂长做广告厂里不需要付一分钱广告费的，如果换一个明星代言，没有几百万甚至几千万怕不行。

这“季风”对“茅台”的消费者而言，是绝对的利好消费：厂长兼总工出面宣传“茅台”，还有比这更放心的吗？

一阵“季风”，皆大欢喜！

当然，最得利的自然是茅台厂。“年份酒”带动下，茅台酒的基酒销售额跟着狂飙。前方的市场好了，后方的生产急步紧跟。

生产形势好了。“季风”又开始新的畅想：既然“年份酒”卖了个好市场，那么白酒消费者也可以再细分……于是，广大消费者和“茅台”的竞争对手又在市场上看到了“茅台”53 度之外的新的系列——

……

哇！茅台的“季风”太厉害了。同行们又响起一片惊呼声。

市场好了，产量必须跟上。然而“茅台”的传统工艺是无法做到产量说翻番就翻番的。于是有人来跟季克良“吹风”——

季总，听说你们的酒至少要在库里存放 3 年？

季克良点点头，回答：是啊，如果再加上生产周期，普通的一瓶“茅台”都在 5 年以上……

哎哟我的季总呀，“茅台”在市场上那么紧俏，你就不能把存放时间缩短一年两年的？再说，“茅台”质量那么好，谁能喝得出你们少放了半年、一年嘛！

季克良听后笑笑，说：你这样的主意和建议，过去也有人提过，但我们从来没有采纳过……

为啥?

因为我的师傅不同意。到我这儿呢，就更不同意了！季克良回答。

又为啥?

因为我除了是厂长外，还是“茅台”的总工程师，我对全厂的每一瓶酒的质量负最终的责任，所以类似你提的这种建议，到我这儿肯定通不过。季克良还是笑眯眯地回答人家。

又有人听说“茅台”酿制时用的粮食都比一般的白酒要多，于是又有人来探究竟——

季总，听说你们酿制的茅台酒，每一斤酒需要用五六斤粮食?可人家其他白酒厂生产同样的一斤白酒，才平均用粮两三斤，同样一斤，你们所花的原料成本就增加了一倍多啊！还有一个问题是：你们的“茅台”就必须用五六斤粮食而非四斤、三斤?或者不是七斤、八斤呢?

这样的问题，季克良是最有兴趣解释的：这跟煮饭一样，水加多了，煮出来的饭就稀了，不香，不好吃。反之，水加少了，饭就煮不熟。炖鸡汤也是同一个原理。

于是又有朋友与同行悄悄建议：你“茅台”独一无二，与他人之酒完全不在一个等级上论英雄。不过，你说用五六斤粮食酿一斤酒，如果在出酒时你在甑里多加点水不也是“差不多”的味道嘛！而这对茅台酒厂来说，每一甑出酒前多加那么十斤八斤的水，然后多出一斤、两斤……这一年下来你季总的年产量和茅台酒的经济效益该增长多少嘛！

还有人这样说：少加水的米饭煮出来确实香，但多加半斤一斤水的一锅饭其实煮出来也照样蛮香嘛！季总你说是不是这样的理呀！再说，真这么干的也不是只有你们“茅台”一家酒厂嘛！

胡说！这回季克良不再笑眯眯了，脸色一板，很少生气的他这回真生气了，然后声色俱厉道：那么干就不是“茅台”了！我们“茅台”从来不会这么干，绝对不会！

回答是干脆不容反驳的。这样的回答，其实不只是厂长季克良一个人，而是全体茅台人的声音；也不是一时的一句答话，而是从“茅台”诞生以来的自始至终大家的肺腑之言。

厂长就是这么干出来的。总工程师就是必须做这样的担当。他季克良之所以成为“茅台季”也是因为他一直以来坚守着茅台的魂和灵，“灵魂灵魂，魂丢了还有啥灵光的日子？”这话是江南人的口头俗语，不经意间又从季克良的嘴边“吐”了出来。

在中国、在世界，尤其是在今天的中国和世界，当个“厂长”，似乎如同小学生回答一道“1＋1”算术题那么简单，因为在公有制单位里，一个厂长职务，通常都是被上级任命的，或者说大伙儿说你好你就当上了；至于私营企业主，你凑上几万元钱，再找几个人，弄一块地方，你就可以在名片上印有“厂长”的头衔了。全世界什么都缺，或许现在唯一不缺的是“厂长”，因为厂长太多了，多到一次经济风波刮起，倒下的可能是森林里的树一般多的厂长了。然而我知道，茅台酒厂的厂长并不好当。在你生产的酒卖不出去的时候，你就是一个近似乞丐的人，你的笑脸和恭敬在别人看来充其量就是“商人”“生意人”，或者有更难听的刺耳的称呼送你——奸商一个；你的酒卖得火、火上天了，你千万别以为这就是好事，这时的茅台酒厂的厂长，更需要谦卑，谦卑到在消费者和股东面前把你的老腰弯至 90 度，你也未必获得掌声，相反辱骂声可以将你吞没……

这就是茅台酒厂厂长的境遇。当然，如果在一些高贵和体面的场合，因为你是“茅台酒厂厂长”，你受到的关注程度可能不比一个省长、市长差。在国外的话，你甚至可能享受到总统级的待遇，因为你是茅台酒厂的厂长，因为“茅台酒”驰名中外、声名远扬。

是厂长，季克良就必须去应对所有市场经济上的惊涛骇浪，那么得意的时候，他可以金鸡独立、睥睨群雄；倒霉的时候，或许就是一个遍体鳞伤又被众人漠然视之的败将——对茅台酒厂厂长来说，没有中间的选择，要不就是比所有人都成功之后而获得的雷鸣般的掌声，要不就是被人痛骂和贬低成一无是处的可怜虫。这就是茅台酒厂的厂长仅有的两种结果，当“茅台”雄踞在酒业界的皇冠宝座上时，人们说这是“理所当然”，但倘若掉了名次、落后他人哪怕是一小步，你就是第一个被人辱骂的对象。

“原来我的脸皮比较薄，后来慢慢厚了，厚到谁骂都有些不在乎，只当耳边风吹过……因为你要去计较的话，茅台酒厂的厂长是无法当下去的。”季克良皱着眉头苦笑着对我说。

“但我不怕。我内心有底气。”季克良突然又挺直身板，朗朗高声道，“我的底气是来自我身后的几百、几千名茅台酿酒人、茅台酿酒师傅，我的底气来自我们一以贯之的过硬的酒品与酒质……当然还有我本人对茅台酒的深切理解，‘茅台’就好比我的儿子、女儿一样，我对它怀有深厚感情，它就是我的生命！”

呵，这就是季克良。茅台酒厂百年不遇的一位降临于赤水河畔的酒神——他的灵魂与生命都与这瓶酒融在一起，同时他又让自己的才华在推进这瓶酒的发展过程中获得了淋漓尽致的发挥与舒展……

“茅台”从“国有”至今，70 年历史，而季克良从他任厂长到 2015 年正式退休，仅在厂长（董事长）的“一把手”岗位上，就是整整 20 年，这是绝无仅有的，他年过 70 还在位，这也是在国有企业中少有的，与季克良既是茅台酒厂厂长又是酿酒大师有着直接的关系。

他在任的 20 年，就是茅台酒厂的发展从低速“慢牛”变成了飞奔“高铁”的巨变阶段，可以用“雄关迈道真如铁”这 7 个字来总结性地描述，具体的产量数字是最好的说明：四五千吨到万吨、再攀上 3 万吨的高峰。在 2011 年茅台酒厂建厂 60 年之际，有一份“成绩单”让季克良数次热泪盈眶——

屡创新高、屡创奇迹的岁月

茅台酒厂经济效益经历了微利阶段（1951年至1961年）、亏损阶段（1962年至1977年）、盈利阶段（1978年至1997年）、快速发展及规模效益阶段（1998年至今）等4个阶段。

建厂之初，茅台酒年产量仅为0.34吨，1952年，茅台酒产量达75吨，产值6万元，盈利0.8万元。1952年至1961年，共生产茅台酒3782吨，产值375.6万元，上缴利税185万元，10年间工厂仅获利31.7万元。

1961年至1977年，共生产茅台酒6751.5吨，由于受长期政治运动的影响，致使连续16年亏损，亏损额达444万元，上缴利税1307万元；1978年至1997年，共生产茅台酒30579.74吨，实现利润80845.5万元，上缴税金136813.5万元。

1998年至2010年，茅台集团步入了跨越式发展时期，持续实现了产量、销售量、销售收入、利润、利税及上缴税金等主要经济指标两位数增长。茅台酒产量从5072吨发展到26284吨；茅台酒销售量从2102吨发展到10141吨；集团公司销售收入从9.45亿元增长到155亿元；实现利润从1.88亿元增长到79亿元；实现利税从4.5亿元增长到117.6亿元；上缴税金从2.9亿元增加到54.5亿元；固定资产从10.66亿元增加到51.3亿元，这期间，集团公司白酒产量33.6万吨，其中茅台酒累计产量16.7万吨；累计销售白酒26万吨，其中茅台酒销量8.5万吨；累计实现销售收入（含税）750亿元，实现利税523亿元；实现利润340亿元，上缴税金280亿；公司总资产从19.21亿无，发展到331.56亿元。

1999年，茅台集团在中国白酒行业的经济规模和效益排位由1998年的第7位跃居第2位。“十一五”以来，茅台集团人均利润率、人均利税率等主要经济指标高居行业榜首，创造了行业18%的利税、11%的税金，贵州酿酒行业95%的税收。“贵州茅台”股票一直表现强劲，是沪深两市绩优股、领涨股、第一高价股，总市值在白酒行业上市公司中排名第一。

从弱到强、从强到更强的年代

60年前，茅台酒厂仅有一栋简陋的瓦木结构厂房，破旧不堪，设施缺损，年产量只有几吨，总资产约1.3万元，是一个产品形式单一、经营模式单一的作坊式酿酒企业。20世纪50年代后期开始逐步扩建。2003年，茅台酒产量“梦圆万吨”，实现了毛主席、周总理等老一辈革命家多年的夙愿。2008年，茅台酒产量突破2万吨，茅台集团实现了百亿目标。2011年，茅台酒产量突破3万吨大关。茅台酒年产量突破1万吨，茅台人整整用了52年时间；从1万吨到2万吨，茅台人用了5年时间，从2万吨到3万吨，茅台人则只用了3年时间，这是茅台酒发展史上一个个光辉的里程碑。

目前，茅台酒生产有17个制酒车间，4个制曲车间，标准制酒生产房101栋。公司本部占地面积由1978年的516亩增加到2011年的5000余亩，建筑面积由1951年的不足4000平方米增加到2011年的220万平方米；公司员工由1951年的54人增加到2011年的12915人；企业总资产由1951年的1.3万元增加到2011年的331.56亿元。

1992年，茅台酒厂被评为全国大型企业。1994年，茅台酒厂被评为国家特大型企业。2010年，公司上榜中国企业500强第462位，上榜中国制造业企业500强第254位，上榜中国企业效益200佳第66位。

茅台这个昔日的作坊式传统酿酒企业，现已成为国内酒行业唯一的集酱香白酒、浓香白酒、啤酒、葡萄酒、保健酒为一体的大型酒业集团。

在今天的中国人眼里，“茅台”在白酒行业中成为强者、成为“霸主”，似乎是毫无争议的事。然而在季克良任厂长期间的相当一段时间里，“茅台”其实一直是有些灰溜溜的，因为它的年产量和在消费者中的实际影响力，曾远落后于四川的“五粮液”。那个在赤水河流域尾末的“五粮液”确实了不起，在20世纪80年代中期的一场改革浪潮中，“五粮液”竟然来了个脱胎换骨的改造，创造性地成功推出了多品牌战略，销售额从曾经的1500多万元一下飙升至150多亿元，上升了1000倍，一下将包括老大“茅台”在内的国内所有名酒甩在后面……从20世纪八九十年代走过来的人都会记得“五粮液”在那些年里的无限风光，宴席上的名酒几乎都是“五粮液”占主导，甚至民间有一种说法：“没有五粮液，便成不了宴席。”可见“五粮液”的威风。

季克良也算是中国酒业界的“老江湖”了，但论说起“五粮液”把自己的厂远远甩在一边的时光里所受的一幕幕“窝囊”时，脸上仍然能够憋得红红的。

“是我在任期间重新确立行业领军地位……”老人家为自己能带领全厂员工实现了这一“历史性的改变”而自豪，因为从此以后，茅台酒一直稳居全国白酒第一，无论是销售还是利润，当然还有影响力。

“其实，我对超过国内同行并不是最感兴趣的。我对我们‘茅台’年营业收入超过法国科涅克地区白兰地酒厂的总和才觉得蛮有点意思，而且也实现了上交国家税金超过了苏格兰威士忌所有酒厂的总和……”季克良老先生在说上面这句话时，眼睛眯成缝，朝我笑得格外开心。

作为一名酒厂厂长，他把一个已经远远落后于他人的老牌酒厂，带到“世界第一”，这就足够了！

茅台厂区一角

季克良的历史地位就是这样被确定的——茅台厂没有一个人否定这一点。

而季克良在茅台人心目中最令大家尊敬的并非他在官位上的光芒，而是他的酿酒大师的身份以及精神上的宝藏……

他自己在总结这一段“与茅台同命运”的辉煌岁月时，并没有多谈企业的产量和利润翻了多少倍，而是谈了一堆关于对茅台酒生产技术的贡献——

1990 年前的一段“短暂”的厂长和总工程师经历，他经过摸索提出了：

1. 在茅台酒生产过程中要尽一切可能让好氧性微生物充分生长繁殖的观点。要求从磨麦粉、踩曲、制曲摊晾、加曲、上堆发酵、下窖等注意操作。

2. 茅台酒之所以如此细腻、优雅、丰满、协调是由于参与发酵的微生物适合温度带宽，并在堆积和制曲过程中得到充分生长繁殖。

3. 在保证茅台酒正常发酵的前提下，较高重量比有利于提高产品质量。

1991—1997 年：

1. 发表了《神秘的茅台》论文，提出了长期适量喝茅台酒有益健康，并分析了原因。

2. 提出了离开了茅台镇生产不了茅台酒的论点。这论点不断深入人心，引起广大消费者的共鸣，使茅台酒的核心技术处于垄断与被保护地位。

1998—2004 年：

1. 曾在 2003 年花了近半年时间，为茅台找到了今后更好发展的生产场地。

2. 发表了《茅台酒是世界上最好的蒸馏酒》《一切为了消费者》《告诉你一个真实的陈年茅台酒》《茅台酒在中国白酒发展中的影响、地位和作用》等论文。

2005—2011 年：

1. 为确保茅台酒质量永远提高，提出了 12 条“坚定不移”。

2. 为提高技术人员的工作能力和水平，提出技术干部要做的“三个法”，即统筹法、全面质量管理方法、倒推法等。

这就是中国酿酒大师。技术和学问，是装在他心目中最神圣和重要的“圣经”。而“茅台”的发展史，就是依靠像季克良这样一代又一代、一批又一批胸怀这般“圣经”的广大技术人员和在一线劳动的干部与工人们的辛勤汗水托起的一瓶滋润全国人民心田的佳酿与其背后的史诗……

第六章
昂扬的顿挫与顿挫的昂扬

地球是个神奇的世界。而神奇的世界里，生物的存在与活动着的环境又让神奇的世界在不断地更迭与变化，它们的发展方向或奔腾或迟缓，有时倒退，如同声音一样，进入我们耳境的不可能是单一的，它或高亢，或委婉，或激昂，或悲壮……所有的现象在万物世界的生存法则里，都属于正常现象。

一个企业，一个自然人，或者一个由人创造的产品，一片云霞，皆是这样的规律。

2011 年是“茅台”历史上的一个重要年份，也是“茅台”自成为国营企业之后的 60 年大庆之年。

60 年的“茅台”，除市场上经受的一次次挫折与奋搏的风云之外，茅台人和“茅台”声誉一直都是骄傲和被人高捧着的，可以说，60 年历史上的“茅台”，似乎并没有被内部的因素污染过——当然，后来的腐败问题其实也并非一夜之间发生的。

茅台人告诉我，在他们庆祝“茅台 60 年”时，所有茅台人的心里只有纯粹的骄傲和激情，因为那个时候，他们最喜欢听这般昂扬的“历史旋律”——

> 茅台国营 60 年，是我们茅台人艰苦创业、团结拼搏、与时俱进、开拓进取的 60 年；是我们茅台人奋发图强、持续改进、继承创新、追求卓越的 60 年；是我们茅台人矢志不渝、百折不挠、不辱使命、勇创辉煌的 60 年。60 年来，是我们茅台人面对各种严峻考验，面对日益加剧的行业竞争，谱写民族精神的光荣史诗。
>
> 60 年，我们风雨兼程，励精图治，高歌猛进，持之以恒，以醉人的醇香见证了新中国的崛起与发展，在实现中华民族伟大复兴的史册中写下了自己的荣耀篇章。
>
> 我们——茅台国营，60 年的历史，就是一部艰辛史、创业史、奋进史、辉煌史……

这是多么昂扬高亢的声音，这是多么骄傲激荡的豪情！而事实上用 60 年的岁月酿铸和缔造的“茅台”，它的品质和对国家的贡献，毋庸置疑。

年届 72 岁的季克良，在主政茅台 20 余年后的这一时间点上（2011 年 11 月），按照贵州省组织部门的决定，正式交班给后一任新领导。自然可以称得上“功德圆满”。他因此也成为茅台酒厂历史上任职时间“超长”的厂长（董事长），即使在这个时候，他仍然保留了集团公司“董事”的身份，一直到 2015 年才全身退位。

如果一定要分出茅台酒厂的几个“历史阶段”，那么从季克良不再任董事长那一年之后的近 10 年是又一个大发展的历史阶段，而这一阶段的“茅台”，可以说经历了中国经济和政治的双重风口浪尖——不是所有的企业都能够“享受”这样的待遇的，“茅台”特殊的社会地位让它无法回避，所有在茅台酒厂工作的人和与茅台人接触的人，都会有这种感受。简单的一句话：身在小小茅台厂，好比站在一座大山的巅峰，你向左转飓风可能将你刮向万丈深渊，你向右转漩流或许将你卷入天际宇宙；当你站在众人羡慕的巅峰时，你所感受的可能是高处不胜寒，而你真的平平庸庸降落到普通的地位时可能遭遇的是比严寒更残酷的被人抛弃的感觉……所有这些，茅台人必须经受，就是以最低的姿态出现在公众面前时，人们依然认为“茅台”必须如何如何。

这就是“茅台”。中国人对自己这一民族品牌，爱之深责之切，也时常有恨，其实对“茅台”的所有爱与恨归为一点，那就是太爱“茅台”了！

茅台人懂得这一点。只是有时觉得全国同胞爱他们和他们的酒让人有些喘不过气来。

国人呢，因为太喜爱“茅台”了，所以不允许它忽冷忽热，忽浊忽清。事实上，“茅台”在很大程度非常之难。

“茅台”在2021年10月份之前的两三年间，被资本市场和消费者捧到了不可一世的地步：股票高到2600多元，一瓶“飞天茅台”在普通市场上被翻价卖到三四千元！

谁受得了嘛！于是消费者愤怒起来。持茅台股票的大大小小的股东们激昂与兴奋起来，甚至连操心大事的领导们也不得不一次次出面就茅台问题作“批示”……

中国的“茅台现象”成为市场经济和社会形态甚至是当代政治生态中的一个怪之又怪的现象。

还是一句话，人们对“茅台”，爱之，又恨之。爱恨交加，竟然有些不知所措。

茅台人其实比谁都难受和为难：一不能随便涨价，涨价的决定权并不在茅台酒厂，这是历史形成的和它在中国社会中的影响力所决定的；二不能自主地改变销售体系与方式；当然还有一条最不能的是：不能轻易随便改变或推行相关的平价销售渠道……

为什么？

因为不这样，茅台销售体系会被毁灭性地破坏；在社会的政治生态环境中会成为公害……

这、这又是为什么？一般的中国百姓并不相信一瓶“茅台”会牵涉那么严重的问题？答案：是的。甚至有些严重程度超出了一般人的想象。而这，也就是“茅台”。

“茅台”是什么？“茅台”当然是酒，中国的白酒。可“茅台”何止是一个简单的酒，在今天的中国，有人说“茅台”是奢侈品，也有人说它是“收藏品”，而在资本投资家的眼里，就是他的利益与金钱乘着的跌宕起伏的过山车，而因为“茅台”的畸形市场风潮，在共产党内的纪委处理腐败干部的“通报”中，“茅台”也成为腐败分子通向堕落与蜕化道路上的一件似乎少不得的东西……

关于“茅台”除了酒的属性之外溢出的社会功能其实也并不仅仅是它，黄金和宝石早已是先例，而且人们至今不改对其崇拜与痴迷。

现阶段，原本只是消费品的“茅台”似乎被人们视为黄金和宝石了，这其实是非常可怕的。可你又刹不住这种近似疯狂的潮势……

“我们从来就不想让它涨到太高的价上！”茅台酒厂的普通人都是这样的意见。

“涨得太高绝对不是我们想看到的，它的价格应该是理性和渐进的。”这是茅台领导层和销售部门负责人的一致看法。

从茅台酒厂的实际情况看，他们的出厂价一直没有变，一瓶969元，市场的指导价是1499元，但一到消费者手里就根本不是这个价，一瓶“飞天茅台”三四千元已经成为“平价”，即使如此，普通消费者依然买不到真“茅台”……

为什么很多消费者依然买不到1499元一瓶的真“茅台”，甚至三四千元一瓶还不是真的“茅台”呢？我问茅台集团销售公司的负责人。他这样回答：“茅台”目前的年产确实达到了 56000 吨，但“茅台”有 5 年的储存期，也就是说，现在的 56000 吨的产量只有到了 5 年以后才可以销售到市场上，因此其实现在投放市场的“茅台”总量也就是三四万吨。即使按照 5 万吨来计，灌装入瓶的数量约为 7000 万瓶。14 亿中国人，三亿多家庭，也就是说只有 1/3 的家庭一年才能喝上一瓶“茅台”。

“我们不敢有太大的愿望，只希望自己的中国消费者每个家庭一年能有一瓶茅台喝……”这是茅台集团的领导所说的一句真诚的话。

事实上 7000 万瓶“茅台”中相当一部分并没有进入一般的消费市场，因为不少个人、单位千方百计囤积“茅台”当收藏品……如此这般，市场上的“茅台”稀罕就可见一斑了！

既然如此，还不多产 5 万、10 万吨的！有人这样呼吁。

茅台人和国家有关部门、贵州省全然不同意，因为茅台酒的传统工艺决定了现有“茅台”生产能力已经接近“天花板”。“茅台酒的产量只能缓慢渐进，绝对不能搞‘大生产’‘大跃进’，那等于毁了这一宝贵的民族品牌！”任何一个茅台人都不会接受这种诱惑的，即使有人、有单位用黄金来换他们的酒，他们也不会改变这一理念。

这就是“茅台”和茅台人的纠结。

在“茅台”70 年的历史长河里，其实多数时间中“茅台”或因为贵不好卖，或因为国家统购统销而不能进市场卖，或因为宣传吆喝没有别的酒那么响亮而卖不出去。好卖和贵得让人买不起的状况也就在最近 10 多年出现了，当下的“茅台”市场确实令人无法想象。比如在我老家苏州，以前从没听人说办宴请、办喜事一定要喝“茅台”，现在竟然在百姓的普通宴会上都要“弄”几瓶“茅台”来撑场面，否则就显得寒酸。

这个世界确实变了，变得让人不可思议。

“茅台”从不好卖，到买不到，到贵如黄金的过程，让掌握“茅台”销售权力和可以轻而易举通过一些非市场途径就能获得它的人开始了以“茅台”盘利、以“茅台”谋私利，甚至捞取政治资本，从而影响和破坏国家的政治生态环境，活活地将醇香甘美、清冽透亮的“茅台”变为一些地方、一些部门破坏党纪国法的污染源……

这是为什么？广大消费者感到不可理喻。于是也造成了“茅台”近些年在发展过程不能回避的问题。

若回避这类问题，就不是完整的“茅台发展史”了，也就不是真实的“茅台”了。

那么，我们就需要客观地、公正地从事物本质去分析和观察这一问题。

由此也让我想到了这样一个话题——

20 微生物的哲学现象

如前文所言，像茅台酒这样的白酒，就是靠微生物酿制而成的酒品。微生物的发酵过程，就是粮食成酒的整个过程中最重要的环节和物质变化的基本原理。

大生物学家、进化论的奠基人达尔文在《物种起源》一书里告诉我们地球生物演变的基本原理，就是生物在一定的环境影响下不断地在进化。之后地球上出现了许多生物，一直到有了人类，再由伟大的人类改造了整个地球上的生物世界和物质世界……达尔文在《物种起源》中还溯源了生物的这种进化的前端，那就是微生物的演变史。

微生物是什么？用科学和通俗的语言来解释它，那便是那些弥漫于自然界中肉眼所看不见的或看不清、必须借助于光学显微镜或电子显微镜放大数百倍、数千倍甚至数万倍才能观察到其形态和结构的微小生物。据《微生物学》记载，微生物的总量为50万—600万种，而我们人类目前的科技水平仅了解1/10的微生物种类。

奇妙的微生物在地球上存在的历史远长于我们人类所知的动物世界、植物世界，当然比我们人类世界的历史更久远。科学家告诉我们，能进行光合作用的微生物是能量的初级摄取者，如同人类中的底层劳动者一样，生命力异常强盛与坚韧。它比一般生物具有更快的生长速度，同时它能通过新陈代谢的方式，获得迅速快捷的分解与合成，或变异、演化等将自己的生命形态转化得无比神奇与入胜。它一旦进入相当适合的环境与温度之后，即使是人类具有高超本领，也很难阻止其进化和变异。

聪明的人类在酿酒等古老工艺过程中，正是利用了微生物的这一特性，实现了为自己服务的目标。酒，便是微生物催生下的人间美妙的甘醇。而作为一种生活所需品，这种微生物催化与进化具有益处。但酿酒大师告诉我们，小麦与高粱一旦进入发酵阶段之后，温度如果不能掌握好，微生物将向两个极端进化：或酿出苦酒，或酿成美酒……由此我们从技术层面认识到：酿酒过程事实上具有规律性的哲学原理，那便是内因在外因的作用下，会产生质的变化，外因将对内因产生重要影响。同样道理，内因是决定因素，如果发酵的过程能够严格按照规程去执行，那么所酿之酒，必然是佳酿和美酒。反之则不成立。

这是制酒的哲学原理。饮酒其实也有哲学原理：适量地饮用，是甘美的，舒心的，健康的，反之则反。

因此在酿酒行业里，专家们都知道这样一个定律或原理：微生物其实拥有各式各样的自我调控能力与调控方式，能够高效率地利用养分，平衡代谢流和适应环境变化。由此微生物也能在天地之间无所不在，绵延不绝，成为自然界最强大和最活跃的生命群体，也是地球生命活动循环中不可缺少的链条。

既然微生物在酿酒中具有如此神奇的功能，那么生活在复杂的、具有无数诱惑因素的社会中的人，自然也会因为种种原因或越变越好，或变得坏透与腐烂了……

茅台酒的大发展是在茅台人心怀“为国争光”的奉献精神激励与鼓舞下，紧跟改革开放的步伐，在市场经济条件下勇于闯出一条适合中国国情的销售体系和方式，坚持质量第一，善于把握时机，科学把控生产与销售之间的供需关系等一系列有效做法才换来的快速发展期。

历经52年的奋斗才跨上万吨的台阶之后，奋力拼搏，连续跨越式的发展，从2万吨到3万吨，再到5万吨……而且销售效益与企业收益也从百亿到了千亿，如此快速的发展，让世人瞩目，成为中国酒业之骄傲，也成为国有企业中市场影响大、利润特别好的少有的巨型企业。

然而，就在这般“一路高歌”中，茅台集团的领导层也出现了让国人震惊的腐败案——继任季克良的那位一直以来把自己“锤炼”成“茅台王”的袁仁国，在2018年5月23日，突然被组织宣布“下马”，由比他小两岁的时任党委书记的李保芳接替出任茅台集团董事长。一年之后的2019年5月，袁仁国被“双规”。两年后的2021年9月23日，贵阳市中级人民法院宣判袁仁国因受贿1.1亿元，被判处无期徒刑，剥夺政治权利终身，并处没收个人全部财产。

在茅台酒厂副厂长、集团有限责任公司副总经理、董事长等岗位上掌权18年的袁仁国利用职务上的便利，为他人在获得茅台酒经销权、分户经销、增加茅台酒供应量等事项上提供帮助，从而非法收受他人钱财。“袁仁国一方面把‘茅台’经营权当作搞政治攀附、捞取政治资本的工具，违规为他人办理茅台酒经营权，并增加配额指标；另一方面也大肆牟取私利，自2004年以来，仅袁仁国妻子和儿女违规经销茅台酒，就获利2.3亿余元，一大批经销商、供应商也千方百计和袁仁国拉关系、搭人脉，大搞利益输送”。在央视《国家监察》节目里，曾对袁仁国的罪行作了这样的介绍。

有时“一天找的起码有四五十个人……”茅台人告诉我，在袁仁国“当家”时，经常看到他办公室那层楼道上排满了让他批条的人。“那个时候他一个人说了算，想给什么人经销权也是他大笔一挥就成了……”茅台人说。

袁仁国曾经在中国酒业界具有同季克良差不多的威势和影响力，原因自然与他是茅台酒厂“一把手”有关，而2018年前的那些年里，也恰好是茅台生产大发展、市场接近向“疯狂”的方向在绵延，所以一瓶“茅台”、一份经销权，可以让一个人、一个单位或上天，或入地狱……袁仁国在这阶段便是茅台酒厂呼风唤雨之人，谁的话能听得进？“茅台厂成为他的独立王国”“一些想往上走的人都要靠着他才有希望”“好像茅台就是他袁家的一样……”茅台职工们向我这样描述。

而对我们来说，问一个为什么才是重要的。

纵观“茅台”的发展和了解“茅台”的特性后，我们也可以从中获得一些规律性的和需要吸取的诸多教训——

比如，一个传统的产业尤其是像“茅台”这样的传统工艺，通常“家族式管理”与“家族式传承”在一般人心目中成为“理所当然”，而那些执掌“家族”大权与命运的人，又慢慢在心底里滋长了一切都是“理所当然”的感觉，于是权力过大、威望过高，也就慢慢为所欲为起来，变得一发而不可收拾……

比如，茅台酒厂这样一家依赖传统工艺技术的国有企业，如何管理、如何配制干部、如何对领导干部的权力制约等，特别需要总结和研究并制定出行之有效的办法，而非“大路货”的一套照搬照抄到这样的企业。如果那样的话，毁掉的可能不仅仅是一个袁仁国，而可能是整个“茅台”，就像“茅台”无法复制一样，若用适应于其他地方的管理机制与方法来管理“茅台”，结果只会失败。

比如，袁仁国从当上有职有权的副厂长到他下台，其间长达近20

年，袁仁国并不是一个无能的人，其能力和管理水平在业界也是众人皆知、名声显赫，他的一言一行也因“茅台”的特殊性而受人广泛关注，难道我们那么多部门的眼睛都在漫长的时间里被屏蔽了？

但关于袁仁国的问题——其实也是许多类似的“袁”的共同的问题的现象，实质上是个事物发展的哲学问题，它既很平常也很高深，只是我们一直没有研究和分析得透彻，所以导致出现一个又一个“袁”……

关于“茅台”和中国其他酒品的生产过程与科技问题，专家们都深入地研究与探索过，并且不断地加以完善与提炼，甚至到了娴熟于心的地步。然而关于“袁”这样的人和这样的领导者，作为一个酒业企业的重要分子，难道就不是酿酒的重要部分？难道不是重要工艺甚至是关键工艺的重要部分？回答是肯定的。

我们已经知道，并清醒地知道，包括“茅台”在内的所有通过发酵与蒸馏而成的白酒，它们的共同点是有一个渐进而强大的微生物环境，这也是决定能够生产出什么样的酒质的根本。茅台酒之所以无可替代，在我看来，除了有一套严密、细腻和成熟的工艺之外，微生物环境起着至关重要的甚至是根本的因素——赤水河的水质、1000多米高的海拔山岳地段和群山起伏、雾雨蒙蒙的气候，加之独特的高粱、小麦等，它们都是特殊微生物圈的组成部分，这些环境的形成与创造以及它所产生的不可逆转的演化能力，才是“茅台”的本质与其味道的根本。

有一个现象我们一定要牢牢地记住：在这个世界上，我们一般人的知识所及，有一种生物是最小的，平常日子里人们可以对它忽略不计，任其所能，甚至也确实无妨大局，然而伟大的人类也同时在它身上犯过无数不可饶恕的错误。那就是，小小的微生物是我们在世界上最强大的敌人或朋友——你好好地利用了它，它就是人类的伟大助手和命运的推动者，你如果忽略甚至放纵了它，那它可能是毁灭人类的最大敌人。在我观察和研究“茅台”的生产全过程后发现：“茅台”之所以那么有味道，那么让人欲醉而不罢，李兴发、季克良等酿酒大师的酿制技术肯定是不可缺少的，女工们汗流遍体地踩曲自然也少不了，工人们在车间挥汗摊晾也必须一丝不苟，勾兑师的精巧勾兑神乎其神自然也很重要，但如果没有那些看不见、摸不着的万千微生物在努力干着惊涛骇浪、流血流汗的伟业的话，那些置放在半露天的酒库里的酒为什么时间越久酒质越发甘醇异美呢？

这就是微生物的奇妙功效。这就是万物世界里那些形似看不见的“手”在发挥着推动历史和人类进步的巨大作用……

微生物的这一哲学原理告诉我们：任何问题产生质的变化，都是有原因的。茅台酒厂70年的历史中，员工们所熟知的规范条例和一个个管理制度，是一种必须遵循的“法则”，而那些看不见的自然界的微生物的运动“法则”你不遵循显然也是不行的。知其一，不知其二，而规范其一，忽略和放任其二，自然最终会影响酿造好的酒。

在分析袁仁国和与他一起犯错误与罪行的人“微生物环境”之后，我们才能真正可以有针对性地研究如何防范类似问题。既然“茅台”既受自然界的微生物群体的影响，同时又不得不在千百个郑义兴、季克良这样的大师的努力基础上才能酿造成最终的佳酿，那么对待和预防袁仁国这样的贪腐现象同样是可能的。

由此得出结论：事物发展，条件和环境是多么重要啊！

21 涅槃时的阵痛与裂变

德国著名哲学家、存在主义创始人海德格尔在论述世上事物存在的“法则”时认为，在人类和自然界创造的环境影响下的人们所展现出的主体本性，是人对对象世界的“限定”与“强求”。限定是不作为，“强求”是自觉和不自觉中的作为。而“强求”又是这样产生的：

> 在自然中隐藏着的能量被开发，开发出来的东西被转换，转换后的东西被储存，储存的东西又被分配，分配的东西重新被转换。开发、转换、储存、分配、再转换是展现的诸方式。

在海德格尔的这番理论中，我们可以清晰地看到一个有意思的规律：酒——包括茅台酒的产生不也是这样的不断反复的“更迭”与“运动”过程吗？不也是这样的一次次发酵与变化的“强求”过程吗？这里所谓的“强求”实际上是人们运用技术、实现自己愿望的主观行为。

马克思的哲学观告诉我们：一切事物的发展与变化，内因起着根本性的作用。一个人的命运与结果，其实也是他自身的内因在起着根本的作用。

在“茅台70年”的光荣历史中，可能只有两件事让茅台人真正丧失过“面子”，一件是在20世纪60年代的第二次全国评酒会上被专家们评成名次降至全国名酒第5名的那一回，后来又好长一段时间退出酒业“老大”地位；第二件就是这几年发生的袁仁国等人的腐败案。

关于第一次失“面子”，惊动了当时的周恩来总理，后来国家轻工部门连续派出专家研讨组到茅台酒厂蹲点和协助技术总结，时达数月，最终对经验教训和质量有了根本性的改进和指导意见。从此茅台酒的地位重振旗鼓，其品质再没有落过他人之后。

第二次失“面子”的袁仁国等人的腐败案，同样震惊中央最高层，而且波及茅台酒厂内外和整个贵州省，甚至全国茅台销售网络以及由此诱发的“茅台政治生态”链……

在我采访和决定撰写这部书的时候，曾经怀疑过茅台人特别是现在的茅台集团领导人会不会让我避开“袁仁国腐败案”和茅台酒厂相关的廉政问题，后来的结果让我非常满意，他们明确答复我：尊重历史，实事求是，不必回避。

于是我有机会走进茅台酒厂的“党的建设”方面的“档案室”——存放历年行政与党务建设的资料库……

在这样的一份份“红头”文件与档案资料中，我看到了其他地方、其他部门同样普遍存在的很要命的问题：

很长时间内，袁仁国作为党委副书记、党委书记，有过一次次的专门为集团和公司党员、干部和职工们所进行的“廉政建设”专题讲话与报告；也几乎一次不落地“学习”“贯彻”。我在茅台酒厂档案室随意地抽出一卷文件中找到一份“黔茅有限党发〔2009〕6号”文件。文名为“关于印发《中共中国贵州茅台酒厂有限责任公司委员会贯彻落实〈建立健全惩治和预防腐败体系2008—2012年工作规划〉的实施方案》的通知”，而这个时候袁仁国是股份公司的党委书记。在这份通知的开头就有这样一段话：

> 公司各级党组织和各单位党政主要负责人要充分认识反腐败斗争的长期性、复杂性、艰巨性，在今后一段时期内，紧紧围绕促进公司经济又好又快发展，把反腐廉政建设放在更加突出的位置，以完善惩防体系为重点，加大工作力度，采取有效措施，坚持不懈地推进反腐倡廉建设。

作为股份公司党委书记，像这样的文件签发出去，还要在一定的范围内召开会议，袁仁国不会没有看到这样的文字，更不会连读都没读过这些文字，要么是他一向以来把所有党的廉政建设方面的中央精神、省市精神和茅台集团党委的精神完全放在搁空的地方，一切文件和精神的“学习”“贯彻”尽是形式主义；要么他是一个当面一套、背后另搞一套的人。否则怎么能对这样的话语和警示无动于衷？

在同一份文件中还有一段更具体的《工作目标》这样说：

> 今后五年的扎实工作，使公司拒腐防变长效机制初步建立，反腐倡廉制度体系更加健全，权力运行监督制约机制基本形成，体制机制改革进一步深入，纠正损害员工群众利益不正之风进一步取得成效，全体员工特别是党员中级管理人员反腐倡廉责任意识进一步增强，腐败现象进一步得到遏制，企业惩防体系基本框架初步形成。

“袁仁国腐败案”出来后，有关方面到茅台酒厂调研，询问基本员工特别是受“袁毒”比较深的集团股份公司的基层党员们如何看待滋生袁仁国腐败土壤时，这些党员干部不无惊奇地这样说：原来他当年说的一套和做的一套完全相反的呀！原来那些好听的话都是说给别人听的呀！

难道不是这样吗？我们无须用太多的实例来引证袁仁国等腐败的内因，只需从他所说过的那么多“进一步”中拎出一个“进一步”让他在实际工作中有所反省与领悟的话，估计以袁氏为首的腐败案也不会像后来所发生的那样一发不可收拾。

“袁仁国腐败案”对茅台酒厂的伤害是巨大的，对“茅台”这一国家民族品牌的外溢印象也曾产生巨大的负面效应。我们分析“袁仁国腐败案”的脉络与背景，有一点几乎是与其他腐败案相似的地方：像袁仁国这样掌握着巨大权力的人、像他自以为创造了很多很多“贡献”的人，他们自己的灵魂深处严重缺乏共产主义信仰，其个人的价值观和人生观存在严重的扭曲与两面性。不能摆正自己和单位、自己和广大干部群众，甚至不能摆正自己与组织的关系，狂妄自大，以为天下就是他的。

“袁就是这样的人。他任茅台股份公司董事长、党委书记和后任集团党委书记、董事长时，确实是茅台历史上市场扩张最快、茅台生产和销售形势最好的阶段之一，但这不能简单认为都是他一个人的功劳，这里面主要的原因是国家的发展和人民生活水平的整体提高给了茅台发展一个大好时机，是几十年来一代又一代茅台酿酒师们对产品质量的不断成熟所带来的叠加效应发力所溢出的效益，是几万茅台职工辛勤劳动和每一位一线销售人员努力工作的结果，还有国家、省市甚至全国方方面面给予了茅台的帮助支持……没有这些因素，谁也不能把一个产品拉到像茅台这么了不起的市场效应。他袁仁国忘了这些，而只把所有的功劳记在自己头上，最后利令智昏，不可收拾……”茅台集团管理人员和员工的这个判断一针见血地分析了“袁仁国腐败案”的根源。

参与省纪委处理袁仁国腐败案的一位年轻纪检监察干部在介绍袁仁国腐败的全过程之后，说：“茅台酒厂以前不是没有廉政建设的制度与要求，但很多成为形式主义，没有落到实处，或者说党委书记与公司行政负责人是同一个人的时候，他对别人的要求存留下不少话语和文件，但唯独没有把自己放进制度与要求之列，而且听不进任何身边的人和同事的意见，平时嚣张地扬言‘只听某某长、某某书记’的，言语之下，其他什么人根本管不了、管不着他。”“利用茅台酒的特殊商品属性，构建与形成了以他为中心的强大的权力圈子，其核心圈就是一个由他一个人说了算的独立王国，茅台集团的所有一切都是他一句话就能定乾坤，逐渐使茅台集团本身、茅台销售链以及全社会的茅台文化一度形成了不良的生态圈，其危害深重。”

以袁仁国为代表的“茅台特大腐败案”现在已经过去两三年了，茅台人自己已经清醒地认识到了它对“茅台”和每一个茅台人以及热爱“茅台”的中国人所造成的伤害之深，好在中央和贵州省等能够迅速、坚决、彻底地清除了袁仁国等一批腐败分子，“茅台”又很快恢复了它的正面形象，而事实上即使在袁仁国等人长期霸着权力的那些年里，广大“茅台”技术人员、一线职工们始终没有放松过一丝一毫的

茅台廉政教育馆

质量管理与努力实现快速发展的生产建设，“茅台”之所以在很短的时间里重获了消费者对它的认可，这与新的茅台集团党委和领导干部们坚定不移地贯彻中央对“茅台”问题的多次批示指示精神、坚强有力地抓好反腐倡廉措施，特别是对主要领导和主要销售流动领域的防腐制度与机制的一抓到底、抓而不放有关，形成了自觉的气正风清环境，一旦发现漏洞，迅速及时地纠正，并制定更为严格的措施，通过机制和监督体系，绝不让一瓶“茅台”轻易产生透气漏风的可能，一环扣一环，环环连着反腐倡廉的“红线”和“底线”。

“过去‘茅台’有个好传统，就是视质量为企业生命线，这是茅台人几十年来形成的一个人人自觉、共同维护的共识；现在，我们就是要把反腐倡廉与茅台质量视为同样重要的另一条生命线，让每一个茅台人自觉地维护和监督好身边的事、自己的事……要让茅台的廉政建设成为与茅台酒质一样纯粹而又有生机、朝气的政治环境，让党和国家及全国人民永远放心和骄傲的民族品牌。”现在的茅台集团各级党组织负责人有这样的底气回答我，让人宛若第一次来到茅台镇闻到的那种酒香之意……

我想，尽管我写到此处，已经用了不少笔墨来讲述今天的茅台酒厂上上下下的廉政建设上的新变化，我知道要让全国人民都能了解对围绕“茅台”而形成系统性的良好生态，似乎还有一定距离。那么有几件我在茅台酒厂调研与采访所遇到的事可以跟大家分享。

一件事是：在茅台酒厂再想通过“关系”买酒或从中获利已经基本不太可能，因为现在即使是董事长和党委书记都不能作此类审批，哪怕是一瓶酒的纸条，除非他不愿继续干了；员工也不行，集团公司专门有文规定：凡是通过不正当的手段和渠道破坏“茅台”营销与现有廉政制度所规定的形式，一旦发现，立即开除公职。这一条很严厉，一般人是不会去碰的。当然，茅台酒厂的相关规定不是没有一点人情，企业自己的职工当然不能在厂里或营销渠道内谋私、买酒，但厂里每个职工每年在欢度春节时可以获得由厂里分给的 4 瓶“品尝酒”——这些酒的瓶子与市场上看到的“茅台”瓶不一样。另外你生日那一天可以买两瓶酒。基层的茅台人告诉我：“有这几瓶酒，我们也够喝了。”

还有一个细节，第一次到茅台酒厂采访时，我住在集团的茅台国际大酒店，被告知：如果你想买茅台酒是可以的，住一天可买一瓶酒，但后面也有个限定：即使你住一个月，也最多只能买 6 瓶。当时我感觉茅台酒厂既费尽心思照顾好客人们的愿望，又周全地堵住了任何有可能的漏洞。

但第二次再去茅台酒厂时，被告知：现在即使你住酒店一年，也不能买到一瓶酒了。除非你在用餐时可以买到酒并在现场喝，但一席上最多是两瓶。

为什么？我困惑了。

他们告诉我：以前的住一天能买一瓶酒，也有漏洞——许多外地人甚至乘飞机过来，住在酒店一个星期买6瓶酒就走了，而还没有离开茅台镇就倒手将酒翻倍贩出去了，除了住宿和飞机票，还能赚到几千块，有人就靠这个倒卖“茅台”，破坏正常销售秩序，所以我们发现这个漏洞后就把原来的做法给取消了！

呜呼，我这个不喝酒的、好不容易跑一趟“茅台”的人虽带着朋友们的希望却也只能空手而归了。茅台集团宣传部的人面对我的尴尬脸，只能同样尴尬地朝我笑笑：这是新规定。

哈哈，我想不出还有什么更严厉的措施，而这就是现在的茅台酒厂的严格程度。除了我们这样的外来客人就餐时可以嗅到“茅台”香，也就只能闻闻赤水河边的广袤大地上飘散的酒香了……

想来有趣，一种商品，能够出现像“茅台”这样严格管理的现状，可能在世界上独一无二。

它真的珍贵。而发生在它身上的廉政与其他社会问题也真让人操碎了心呵！

第二件事，也令人内心震荡：茅台集团出现“袁仁国腐败案”后，有关茅台酒厂的领导收入也成为人们关注的一个问题。看看其他企业，比如有的银行、公司的董事长、总经理，年薪几百万甚至几千万。那么像茅台酒厂这样给国家创造巨大效益、企业年利税丰厚无比的企业领导的年薪该拿多少呢？

我好奇，并且想看看茅台酒厂的“廉政建设”到底是否做得干净彻底……

于是我希望获得一个准确的茅台集团领导层的年薪情况……我看到了，竟然并不是在集团公司的财务那里看到的，而是在网上看到的。

我拿网上公布的那份“茅台高管年薪表”给“茅台”现任领导看时，问其真假，得到的回答是：这是公开的，当然是真的。

我又问：是全部收入吗？还有没有其他什么收入？

回答是：没有其他了，全在里面。

那么下面就是领导层的2020年的收入情况：

董事长：72.07万元（税前）；

副董事长、总经理兼总会计师：95.33万元（税前）；

副书记、董事：77.56万元（税前）；

纪检书记：77.56万元（税前）；

副总经理：79.47万元（税前）；

总工程师：79.48万元（税前）。

明白了，很清楚。茅台酒厂的高管层，就拿这么多！

说明了什么？说明了他们比那些同样或者差不多贡献的国企高管所拿的年薪要少得多。而跟那些一般性的国企高管薪资水平相仿。

今天和现在的茅台高管们在利益方面上没有任何问题。他们每一个人都很清楚：在“茅台”，你别想在个人利益方面沾一分不属于你个人的“好处”，有无数只眼睛正盯着你的所作所为，你的手是不能伸的。你唯一可做的是努力地把工作做好、把“茅台”这一品牌做得更好，让中国人尽可能地多喝上它，家家户户能买得起、买得到它……

现在已经在贵阳过着幸福自在生活的老书记李保芳给我讲了一句非常实在的话，一直在我耳边回荡：在茅台，只要一天时间，一件事，就可能会把你送进去（指的是进监狱）。

可不是嘛！

茅台酒很香，但那只能适量饮用，多饮了会伤身体，用在别的地方，那伤的就不只是身体了，而是你的人生和政治生涯。

切记这一点。所有的茅台人和想用茅台酒谋不正当事的人。

今天茅台集团的高管干部和茅台人比以往任何时候都清楚这一点，他们已经深深地懂得：“茅台”既是他们的，更是全国人民的，更是国家共有的，只有像守护神一样地守护好它，才是自己的职责，才是应该做的，任何想从它身上获一点点私利的行为，都是不可以的，都会受到正义和纪律以及法律的惩罚。

在茅台酒厂采访调研时，我从一位员工手里拿到一份他们内部的“禁令十条”：

（一）严禁以自己或他人名义投资入股或参与经营（从事）茅台酒营利性活动；

（二）严禁以本人或他人名义参与倒卖茅台酒；

（三）严禁利用职务、工作之便为亲属或特定关系人参与经营（从事）茅台酒营利活动提供帮助；

（四）严禁利用职务、工作之便帮助他人倒卖茅台酒；

（五）严禁有违反营销网络建设、客户发展、销售权限、团购政策等制度规定行为；

（六）严禁在客户考察、审批、销售等环节，有暗箱操作、弄虚作假、内外勾结、规避变通等行为；

（七）严禁有违反《领导干部插手茅台酒经营活动打招呼登记备案制度》情形；

（八）严禁利用职务、工作之便违规为经销商、代理商经营茅台酒提供帮助；

（九）严禁向经销商索要、购买茅台酒谋取利益；

（十）其他有利用茅台酒牟取私利的情形。

被茅台员工们称为“禁令十条”，它的全称是茅台酒厂《关于员工利用茅台酒牟取私利的处理规定》，与之配套的惩罚条款这样写：凡茅台酒厂员工“若本人获取利益的，一经查实，给予开除或解除劳动关系的处分；涉嫌违法犯罪的，移送司法机关依法追究法律责任”。员工若“利用茅台酒牟取私利的，所获财物一律予以收缴”。若“本单位相关领导因失管失职，发生员工利用茅台酒牟取私利行为，给公司造成严重损害或者严重影响的，按照有关规定追究相关领导责任”。

这禁令就是现在茅台酒厂关于谁想利用酒来谋利的“红线”，一旦触犯了它，轻则砸了自己饭碗，重则挨刑法，所以茅台人说它是与20世纪五六十年代形成的“茅台酿酒十条”堪为比肩之法，动不得。

如此两三年整治下来，在今天的茅台酒厂，我听到这样一句着实让人振奋与欣慰的话：现在的机制和制度强化下的茅台集团内部，不太可能再出现“袁仁国式”大腐败分子或大范围的腐败现象。

这样的话语既有茅台酒厂的职工们说的，也有刚从领导岗位上退休出来的集团党委书记说过，从他们自信的脸上，我看到了坦率真诚和实事求是。“‘茅台’在利益场上，就像一个水龙头，有人巴不得我们这些人为了一点点私利把这龙头拧开……但我们不会给这样的人以任何机会！绝对不会了！”在茅台酒厂声望很高的李保芳说，他说他这一任做到了，相信他的继任者们也会做得到、做得更好。

那么，小的腐败和一般性的腐败呢？纪检部门给出的答案是：少了很多很多，现在仍有些案件，还都是“袁案”遗留下来未处理干净的那部分。新发生的违纪违法案已经少之又少了。

“茅台”的风气已经扭转过来了！这是今天“茅台”的样子。今天“茅台”的样子令人宽慰和放心。

当然，我们应当客观地认识到，作为商品，“茅台”只属于消费者嘴边的佳酿，而不能是其他；作为资产，“茅台”是属于全体中国人民的；作为品牌，“茅台”就是我们中华民族的宝贝，好好珍惜和保护它，才是每一个茅台人和全体中国人要做的事。

至于它的醇香，必须是心怀虔诚和遵守生活与社会法则的人方可品出来的……

22 终究是“王者”

关于“茅台”的说法，几乎每一个中国人都可以说出自己的一些观点。但茅台人自己的观点与公众对它的议论是不一样的。

可以这样说，在茅台酒厂几乎听不到一个人说自己“茅台”的坏话，即便是在茅台镇甚至仁怀市，你也很难听到关于“茅台”的刺耳的话。这是个极其罕见的现象，很难找到同样的地方或单位。

如果用一句话解释这一现象，只能是：茅台人和茅台当地的人，他们确确实实从心底里深深地爱着“茅台”……

茅台人和茅台当地的人之所以这样深爱他们的“茅台”，是因为他们知道这是为他们和他们家乡在这个世界上获得尊严和荣耀的品牌；就是因为“茅台”，没有“茅台”的存在和发展，他们可能像千千万万偏远僻壤的山村与小镇一样，谁也不会知道，谁也不会去关注其悲欢离合。

这是事实，也是茅台人爱“茅台”的根本，因为“茅台”胜似他们的生命。

我常在想：“茅台”的股价涨到那么高，一瓶“茅台”能卖几千元，茅台人不是就富得流油嘛！

其实是完全错误的认识，茅台酒厂的人平均薪金和奖金事实上并不高，而且长期以来一直如此。

所以茅台人的贡献在很大程度上是真正的“默默无闻”。就人均利税来说，茅台酒厂可以说是远超于石油等资源型的行业，也就是说如果按比分配的话，茅台人的收益应当是“北上广”城市平均水平的数倍才是合理的，然而一直以来茅台职工包括干部在内的基本收入并不高，从某种意义上讲还是相当地低。而且茅台人所创造的财富本身并不是依靠不可再生的资源型产品，相反他们的生产原料就是农民每年不断种植的小麦与高粱，是茅台人通过传统工艺和最基本的劳动手段所实现的高附加值贡献，而这样的贡献在今天耗能耗电才能实现高效生产力的社会里，显得更加可贵。

茅台集团的一位机关中层女干部这样说：2006 年以前，我的工资一直是我妈帮我收着，也就是在 2006 年年底时，我的工资一年下来有了 10 多万元，我妈吓得以为账务给多了呢！我自己也是从这一年开始，才知道厂里的收入开始每年涨 10% 左右，现在我们平均年收入 20 多万元，我和大家一样感到蛮满足了。

这位女干部的话，代表了茅台人的心声，也代表了茅台人的基本生活水准。

与外界对“茅台”的认知相比，70 年来为国家贡献出了一座座金山银山的茅台人其实从来没有听说过为了待遇和工资低、奖金少而闹过事，他们只知道埋头在车间里干活，默默地行走在神州大地上的每一条马路与乡间小道上，不断地吆喝着自己的酒如何地好、为何该快来买我的酒……他们开心地看着全国人民美美地喝着自己生产的酒，看着众人喝得醉醺醺地说些胡话和掏心窝的话。“我们不眼红，我们从心底里高兴大家认可我们的酒，认可我们的酒就是认可我们的付出和流出的每一滴汗珠子……”

这就是茅台人。这就是茅台酒所拥有的特殊品质。

这就是王者风范——不会去计较身边和旁人的那些微不足道的区区凡事。他们虽然平凡，虽然立足于边远僻壤的赤水河畔，然而他们胸怀国家、志向高远、重守信义、常怀远虑、安居思危、保持定力、守志笃行、不负使命、砥砺前行。为了国家利益和民族品牌的荣誉，我必念之、我必行之，从不为一时得失而削锐收锋，也不为一次的荣耀上位而骄傲狂妄，更不会在风浪起伏中丧失信仰。

茅台人知道，他们没有先天的“上帝”恩赐，唯有祖先们手把手的传承；他们既不靠芯片式的现代化高科技的集成，更不会想酒精和水能够勾兑出什么所谓的“琼浆玉液”，更不会让一滴不属于“茅台”血缘的哪怕是高贵得价值连城的黄金玉露融入他们的酒瓶之中……

这就是茅台人。这就是“茅台”为什么具有王者的“酒格”魅力。人有人格，酒自然也有“酒格”。“茅台”的“酒格”，就是茅台人用几十年、几百年甚至几千年挥洒的汗珠与自然界的天露之水融于一体所产生的品质与甘醇。

它的品质与甘醇，是有香气的，更是有力量的，还是中华民族与中国人民的精气神的结晶。

茅台的发展历程从邹开良、季克良领导的时代进入“万吨”之后，与国家的发展和全体中国人民的生活水平提高是在同一条平等线上飞速提升的。1 万吨到 2 万吨，到 3 万吨，再到 5.6 万吨……这样的飞速发展中，几乎都是一路高歌。当“袁仁国腐败案”冒出后，所有关心“茅台”的人都为其出了一身冷汗。这不是骇人听闻，因为在酒业市场上曾经多次出现过一个名牌酒因为意外的“假酒事件”，或因为一个内部风波，而顷刻间土崩瓦解，销声匿迹。然而“茅台”没有。

“茅台”的疗伤过程当然也有巨大的痛苦。但他们在中央和省委的直接指导与帮助下，迅速清理了袁仁国的流毒和影响，新的党委和行政领导班子以力挽狂澜之势，一面整顿队伍，一面紧盯市场，双向发力，重振雄风。

有些“历史性变化”与时间有着密切关联。

2018 年 5 月，整肃后的茅台集团领导班子焕然一新，李保芳接任集团党委书记、董事长和股份公司董事长。这样一人身兼三职的模式，从邹开良开始就是这样，这与“茅台”是一家企业有关。企业就必须按照企业的管理办法和领导模式行之，现代化国有企业更应有现代化的管理模式。

“过去出问题，也出在有人把企业当成家业，把领导当成家长。这种完全背离现代化企业制度和社会主义国有企业性质的管理方式，早已证明是落后和有严重缺陷的。”2018 年接任“三权”的李保芳清醒地认识到，“茅台酒厂是企业，但茅台酒又不仅仅是商品，它在中国，既有文化内容，又有政治色彩，所以对‘茅台’的管理只能是开放式的现代化管理，而对它的特别属性又必须按照中国特色和中国现行党纪国法来行事，这就是‘茅台’的所有事都必须在保持透明、稳健、连续和传承的轨道上前行，否则就会出问题，否则就会失去国家和人民对‘茅台’的期待……”

“过去‘茅台’之所以被广大消费者信任，靠的是一个‘质’好，今天和未来‘茅台’如果能够继续让广大消费者和全国人民信任，除了产品本身的‘质’外，茅台人需要通过‘茅台’来加强‘德’字建设。‘茅台’的质与‘茅台’的德才能构建‘茅台’真正的王者地位！”李保芳的这番话，堪称经典。

“他的这 5 年所经历的比我们几十年经历的还要多，而且又是茅台发展最快的 5 年……”这句话出自季克良之口，他所说的“他”，就是李保芳。

在大发展的年代，身处“茅台”核心的集团内部领导岗位的每一茬继任者，其工作期间，都与“惊心动魄”“如履薄冰”这样的字眼贴在一起。

袁仁国的贪腐权力被夺了过来之后，外界的人在猜测，这回“茅台”将再度坠入低谷，甚至有人预言或许比党的十八大后的“八项规定”出台时所面临的处境更惨，道理更简单：“八项规定”之后是外部环境对高档酒的“茅台”一下断了团购这条又粗又壮的销售渠道。相比其他的中国老百姓，茅台人所能感受到的销售“寒流”要敏感与切肤得多。茅台人告诉我，2013 年春节的“茅台”市场一下进入“寒冬”，之后的 2014 年基本上全年都是“冰冻期”。“直到 2015 年才开始回暖，出现了普通百姓对茅台酒的消费热潮，之后一直是烈日炎炎的销售‘艳阳天’……”

“但这一次不一样。外界普遍认为，市场已经很难打倒‘茅台’了，而‘茅台’自己内部若要垮才是可怕的事。”时任集三权于一身的李保芳在贵阳一个朋友的茶室里给我回忆起当时处在风口浪尖上的他和摆在新班子面前的“惊涛骇浪”。他说：“我们确实感到压力巨大，倒不是因为外界市场不信任‘茅台’本身的价值，而是我们自己内部从上到下能不能从‘袁仁国贪腐案’中真正吸取教训、甩掉包袱、重新振作起来的问题。如果这一点做不到，势必影响市场，一旦市场丧失对‘茅台’的信心，那一定是飞流直下，一代名酒会从此坠入万丈深渊……”

真的吗?

当然有这种可能，而且可能性非常大。“因为我们当时除了肃清内部的腐败分子之外，为了确保茅台酒一直在往上涨的基本销售面外，必须满足市场广大消费者对茅台酒日益增长的需求供应量。也就是说生产的酒只能比以前更多，而不能少了，少了就会麻烦，就可能被认为是因为反腐败影响了‘茅台’的生产。那么怎么办呢？应该重点抓什么呢？是继续拼命地开足马力生产、酿造‘茅台’？这当然是必需的，而且也是必要的。但是我们自己知道，茅台酒厂在2011年实现3万吨之后，实际生产设计能力已经到了瓶颈期，也就是说增产潜力越来越小……而从2015年销售市场回暖之后又出现井喷式的飙升，当时厂里就决策，希望不要辜负了广大消费者对‘茅台’的期待，于是也在猛挖增产潜力，一直到2017年增加到年产42771吨和2018年的46100吨……这已经过了全厂生产设计能力的头顶盖了！”我见到的李保芳虽然退休快两年了，但他仍然气宇轩昂，对往事如数家珍。

“反贪反腐之后怎么干？干得怎么样？这其实是对我们一个极大的考验，那一段时间全国人民都在看着我们，茅台自己人也在看着我们……压力绝对不小。但我们在省委、省政府的正确领导下，坚定地按照中央对‘茅台’发展所提出的要求，着手进一步完善现代化企业管理制度，重点整顿内部混乱的大大小小的子公司，后来证明我们抓的这一手是有效的，对处在高速发展的‘茅台’添加了‘润滑剂’！”

李保芳的这一比喻很形象，也是茅台酒厂在反贪廉政风暴之后清本正源、强大主业效益所使出的一个大招。

腐败分子袁仁国一手遮天的那些年，茅台集团公司和股份公司下面，大公司下面套着小公司、分公司下面又套着子公司，机构重叠交叉又往往与集团公司和茅台酒厂本部不着边，成为山高皇帝远的“管不着公司”，可这些公司一直卖着“茅台”，而实际上并没有给茅台酒厂带来什么效益，相反成了一部分腐败分子谋私利的“避风港”。

一直以来这些“子公司”“分公司”甚至是“野公司”成为“动不得”的“茅台二少爷”——外人这样讽刺道。

“既然他们挂着我们‘茅台’的牌子或者在卖我们茅台酒而又不为茅台集团和全体茅台人谋利，那么就关掉它！铲除它！”李保芳带领集团党委班子很快做出相关决策，并获得了贵州省国资委和股份公司董事会的支持。

于是乎，一场前所未有的“茅台瘦身”风暴随即刮起……那风暴刮得很猛烈，让一些人感到了强烈的痛感，更让一些混浊不清的贪腐源头浊浪翻滚，最终恢复了清朗的“茅台天空”……

“过去乱七八糟的子公司、分公司实在太多太乱了！这一次我们对56家下属全资、控股公司和参股企业，展开了清理整顿，其中包含集团出资的二级公司24家，其中二级分支机构有2家、二级全资公司有7家、二级控股公司有6家、二级参股公司有9家。清理和整顿这些公司，难度确实很大，等于在扒一些利益公司和利益小团体的皮，是需要极大勇气和意志的，其实这项工作比明里抓几个腐败分子要困难和艰巨得多。但必须整治，而且要整治干净，不留死角！”李保芳看起来是个慈祥的老领导干部，说话尽显文韬武略，关键时刻却如同一员疆场虎将，不达目的不罢休。

不出几个月，“瘦身”成功，茅台酒厂的生产不仅没有受到冲击，销售市场和渠道更加规范清朗，更重要的他和新班子一下收获了两方面的“红利”：广大茅台人的信任，广大消费者的信任。内部有了更大的干工作的积极性和奔头，消费市场更受欢迎，这是反贪风暴刮过之后“茅台”在短时间内恢复信誉、重振雄风的崭新风貌的原因，确实让人刮目相看，信心倍增。

“茅台”的生产与销售市场的数据扶摇直上……

2019年，贵州茅台酒股份有限公司全年实现销售854.3亿元！2020年，全年实现销售将近980亿元！已经抵达1000亿元门槛。

千亿元啊！区区一家酒坊，区区饮酒者手中一瓶酒，它让中国在成千成万的企业中诞生了一家国家经济顶梁柱的“巨无霸”企业！

想当年，茅台酒厂组建的第一年，全年所实现的工业产值仅有6万元。1000亿元与6万元之间的距离是多少？

简直一个天，一个地。

而2020年对茅台酒厂来说还有一个指标是极其重要并具有历史性意义的，那就是年产第一次跨上了5万吨高峰。

5万吨，是70年前茅台成立之初的1951年年产75吨的多少倍？！

让经济专家去计算吧！我们的直感是两者根本无法相比。

年产5万吨“茅台”酒，也就是说它以绝对的量和质稳居在中国高档白酒的王位。

是的，“茅台”自创年产3万吨以来，荣登白酒“王位”的时间已经有十几年了，而这种势不可当的市场趋势和消费者对它的“热恋度”似乎看不出有丝毫弱化。

“茅台”终究是王者，而且王者地位无法改变。

“但，你要牢牢记住：坐上这个王位，并不意味你就是真正的王，真正的‘王’，是在众人之中。可谓人民就是江山，江山就是人民……”这也是李保芳主政“茅台”时的胸襟与气度。

他做了一件事让茅台人一下感到格局不再一样了。而普天下的“酒神们”也顿时簇拥过来——

“我们是来学习的……”那天李保芳率茅台集团班子主要成员造访四川“五粮液”酒厂，被媒体称为“放下身段之旅”。

别小看这次“放下身段之旅”，这在“茅台”与“五粮液”的历史上是十分罕见的，白酒业界都知道，这两家酒厂历史上曾经因为谁是“老大”问题有过不太愉快的较量，而且一直被外界奉为中国白酒“老大”的茅台酒厂也确实有过不太光鲜的历史记录：在20世纪八九十年代的一段时间里，“五粮液”也确实通过自己的改革和努力，把销售市场做得红红火火，几度荣登年产和销售“老大”的地位，多年将“茅台”远远地甩在后面。然而因为“茅台”一直以来被国人和政要们尊为中国白酒之“王”，所以两个厂家之间暗里为谁是中国白酒“老大”较劲不少回合……俗话说，商场如战场，尤其是烟酒行业，谁的名声大、市场销售好，自然谁是“王”。

由此，中国白酒界“茅台”与“五粮液”之间的“王者”之争成为两大企业的一种明争暗斗。过去多少年里，他们似乎谁也不服谁。

现在呢？

哈哈，哈哈哈。

两家“老总”难免在一些重要场合要见面，于是他们客客气气地握着手，心里怎么想的，只有他们自己知道。一些有心眼的媒体人都看出来了：茅台和五粮液，面和心不和。

是的，多少年来一直是这样。

“这样不行！中国的白酒市场大得很，而且我们自己家人的竞争并不是主要的，洋酒才是真正的竞争对手！再说，我们还有一个责任：要去国际市场上跟洋酒去竞争，把中国的白酒做大，做到全世界去，这才是我们中国白酒界的使命！”都说李保芳的格局大。确实他的格局就是大，大在思路上和价值观上的宏阔与远见。

于是他也有了“放下身段，去向五粮液等兄弟酒厂学习经验”的设想与行动。

早已超过了自己的“老大”现在来到“五粮液”，还一口一个“前来学习、取经”，这让“五粮液”人大为感动。

李保芳一行的茅台人学习“五粮液”是下的真态度、真功夫：请对方高管谈改革经验、谈管理秘诀、谈市场妙计，甚至谈个人对“茅台”的意见……总之，你们觉得我们“茅台”哪些地方确实不如你们，啥都可以谈，就是消费者对我们的看法也可以跟我们说来听听。李保芳的大度和胸襟，让“五粮液”感动、感叹又感怀。

从市场角度上，我们两家酒厂是竞争对手，但我们同样又是合作兄弟。中国的白酒市场不能只有一个品牌吆喝，大家一起吆喝才能热热闹闹，才能把市场越做越大；再说，洋酒在不断进军我们国内市场，靠我们任何一家跟他们竞争，我看都不一定是其对手，但“茅台”和“五粮液”还有其他的白酒厂联手，应对洋酒的竞争也较有胜算了。不过从消费这个角度，人家进来也是好事，可以丰富我们的市场，形成良性的竞争，由此促进发展。再说，人家可以进我们中国来，我们为啥不能去进军国际市场嘛！应该去进军，大举去进军才对，把国际市场的中国白酒、中国名酒做大才是我们的目标和方向。你们说对不对呀？从这个意义上讲，我们两家是“竞合关系”，一对兄弟的“竞合关系”……

李书记说得太好太对了！我们两家就是酒业界的兄弟，就是共存共荣的“竞合关系”！

李保芳带领的茅台人的“放下身段之旅”震动和感动了整个中国酒业，那些过去为了竞争差不多老死不来往的“冤家”开始像“茅台”与“五粮液”那般友好地走动起来，甚至携手共同开发、共同发展新的产品与市场，使中国白酒市场呈现酒企与消费者同样乐悠悠的美好景象。

当然，在这共存共荣的大格局中，最获利的是“茅台”，它在2019年后的消费市场景象和股票势态，简直就是疯了，疯到连“石油”“航天”，甚至“芯片”行业都看着眼红。

我们也想不到会有这么“疯”的呀！李保芳他们想不乐也不行。想不当“王”也不行。明摆着的嘛！

原来，当“王者”不一定要那么自以为是嘛！当躬下身段、仰望他人的长处和优点时，然后再虚心地学习、努力地调整战略战术，把事情做得更好时，反而是最显王威的时候。

可不是嘛！李保芳他们此次的“王者”放下身段的“五粮液之行”像一笔政治遗产般的对继任者影响很大。我知道现任茅台酒厂董事长丁雄军上任不久，就沿着前任领导的路，于2021年12月10日来访“五粮液”。而且年轻的丁雄军不仅率领了新班子的几个主要成员，还请上李保芳、季克良这两位前任董事长一起同行。

这样的规格、这种真诚，又一次让“五粮液”方面为之动容。座谈会上，丁雄军说，“茅台”和“五粮液”是一对酒业界好兄弟，关系密不可分，同为行业翘楚。具有5个鲜明的共同点：都是琼浆玉液，都是从自然粮食出发酿造，都是采用生态良好的长江上游水源，都注重技术的传承与创新，都体现了中华文化和谐中庸的酒文化哲学，双方共同酿造了中华文化中的一瓶好酒，交流互鉴具有牢固的共同基础。丁雄军提出了“茅台”与“五粮液”“美美与共、各美其美，引领推动中国白酒行业高质量发展和企业可持续发展的3点意见”。

你们说到我们心坎上了！说的是亲兄弟的心里话，这不仅我们“五粮液”愿意，我看就是全国的白酒厂都愿意这么合作，美美共赢、共荣、共发展！时任“五粮液”董事长、党委书记李曙光激动地说。

茅台酒厂身为中国酒业“王者”，如此虚心好学、真心求教的做法与精神，不仅教育和影响了他人，更让自己的“王者”风范变得更加和蔼可亲。

"2020年是个'黑天鹅'不断飞翔的年份，庚子年的360多天里，中国和世界都经历了'新冠'病毒的侵袭，许多生命消失了，企业维持不下去了。而同样，还有一些企业努力在这种逆境中奋进着，拼搏着，我们'茅台'算其中之一。在这一年中，我们生产指标、市场销售额和企业营利以及向国家所交的税收，都创造了历史最高纪录和最高水平。原因有千万条，但最重要的一条是：'茅台'在快速发展的过程中，没有忘记自己的企业性质和企业的使命，这就是我们是一家由4万多名职工、技术人员、干部组成的，是在中国共产党领导下的国有企业。我们奋斗的每一个成果与进步，都是社会主义制度的体现和党的意志的体现，是一个国有企业、人民当家做主所应尽的社会责任，还有广大消费者、全国各界对'茅台'关怀、关爱的结果……'茅台'属于祖国、'茅台'属于中国人民！"

上面这些话，是茅台人在2020年底由《人民日报》主办的"中国品牌论坛"上所发出的一段激情告白，它通过国家媒体强大的影响力，传播到了神州大地乃至全球的每一个角落，掷地有声，声声回荡。

"茅台"——中国白酒的"王者"，它不负其名。

它荣光四射。

第七章
赤水、习水，一江春水……

被诗人称为“集灵泉于一身，汇秀水而东下”的赤水，从云南源头流淌至四川境内的长江，全长数百里，穿山越岭，逶迤延绵，似嵌在群峰之中的一根绿色丝带，美艳了这片西南大地。赤水河因为“茅台”而出名，由此赤水河也被誉为“美酒河”。其实，延绵数百里的“美酒河”除了“茅台”那段叫赤水外，再下游有条大支流叫“习水”。而今天的“习水”大名，也跟酒有关——当年的“习水大曲”、现今的“习酒”：窖藏1988、君品习酒、习水大典……也是威名四扬，响彻云霄呵！

习酒与茅酒啥关系？许多外人有些弄不明白。而走进“茅台”之后才明白，原来它们是“一家人”，也就是说是一个集团的酒品，一条河里酿出来的美酒，而且又差不多是一批酒师用同样的工艺酿造出的一种酱香酒……

这并不奇怪。因为赤水与习水，本来就是一条河里的水，一脉相连的筋——它们只是在历史和地域上存在差别。

新中国成立前的仁怀，包括了现在的习水。习水县的历史建制很早，古代称鳛国，这“鳛”字即现在“习”的古体。作为行政建制的习水，历史上多次与仁怀合二为一，又多次分分合合，现在著名的习水二郎滩，也是习酒的主要生产地，与其一水之隔的对岸，就是四川著名的郎酒所在地。因“二郎滩”属于两个不同省的同一块水域的地名，所以“郎酒”是因“二郎滩”的滩名中的“郎”字得名，但最早习水生产的酒也叫“郎酒”，之后因为行政区域发生变化，为有别于四川的郎酒，于是习水的“郎酒”就改为“二郎酒”，后来才正式改为“习酒”，“郎酒”便成了河对岸的四川二郎滩之地的专有名酒。

那天我站在习酒厂新建的展览馆巅峰，向在群峰之间流过二郎滩的赤水河望去，心头微微震荡——好一条默默流淌的河流，却让这个世界多了几许醉意和豪情！

二郎滩（习酒和郎酒分界线）

当我再举目远眺二郎滩旁的习酒厂区时，心头顿时涌起万般波涛：一片穷乡僻壤之地，因为一条河的存在，它借着“茅台”之力与名威，几番涅槃，终成大器，年产值超过百亿元，正向新一个“千亿”酒业豪迈而进……

这是何等的气魄，何等的豪情！

这就是“茅台”所带来的另一片明媚的天地，“茅台”“习酒”携手让美酒河所放射的另一种光芒。

23 归途就是重生

现在大家都知道，赤水河流经到习水地段有一处酿酒的地方叫“二郎滩”。它出名是因为一个河滩的左右有两个著名的白酒：习酒与郎酒。“二郎滩”出了中国白酒界的两个好儿郎，也算是奇迹。众人不知，其实二郎滩的正式地名要比茅台镇的地名“高贵”得多，叫黄金坪。

在中国传统的意识中，茅台与黄金是无法比的，前者是茅草之地，后者是生金生银的富贵沃土。然而茅台最后出了最高贵的中国白酒，而黄金坪上的白酒则几度呜咽，就差彻底断气……

习酒的命运便是如此。

《仁怀县志史》上有这样的记载：1951 年下半年，当时的县政府为了社会主义事业的经济发展，贫穷的仁怀以复兴酒业为主要抓手，开展寻找老酒坊的工作。“茅台”就是在这场寻找老烧房之中率先组建的国营企业，当时也可怜得很，仅有几间破房、几只烧锅。其实，当时的仁怀县不只发现了“成义”“荣和”和“恒兴”，还在二郎滩的黄金坪发现了殷、罗二姓在此经营和传承白酒作坊数百年。由于这两家的酒业兴旺，也带动了二郎滩一带的经济与民生，原本叫“黄荆坪”的地名，也渐渐被人叫成了“黄金坪”。

因酒“富贵”起来的黄金坪没有想到的是，它后来的命运远比不上同在赤水河地势上游的茅台镇那几间烧房。

这段命运就是同样建厂70年的“习酒”为什么不如“茅台”名气那么大的重要缘故。

在《习水县志》和习酒的厂史中，都能看到民国时期一位曾经当过贵州省省长的周西成的身影。正是这位孙中山时期成长起来的国民党军阀任了贵州省省长，他非常有远见地在贵州境内修了第一条公路，而因为这一条公路，让赤水河畔的酒业从此走出大山成为中国国酒，从此名扬天下，让无数饮酒者狂喜不已，终身只恋其味。

邹定谦，这个人的名字在茅台厂史里基本找不见他，然而他应该是“贵酒”的重要贡献者，因为在20世纪50年代他就任过茅台酒厂副厂长，是老茅台酒厂的创始人之一，中共党员。邹定谦是仁怀县沙滩人，是一个略懂经济的工业战线的干部。1956年，仁怀县工业局发现另一个县域内的酒厂——现在的“习酒厂”（当时名为“贵州省仁怀郎酒厂”）。邹定谦之所以没有晚一年进茅台酒厂的郑义兴、王绍彬那么出名，就是因为他离开了茅台酒厂，到了二郎滩去主持这个时运不济的“贵州郎酒”。

据说当时仁怀县政府是把二郎滩的郎酒厂与茅台镇的茅台酒厂视作县里在酒业工作方面不相上下的两个重点来对待和发展的。但两个厂同时遇到了国家的困难时期——1958年起，国家粮食紧缺，尤其到了1959年后，贵州等地普遍缺粮，人们瘪着肚子快饿死了，怎么可能还留着粮食去酿酒呢？

关！把酒厂先关了！官员和百姓都在异口同声地喊着。当然，“茅台”离县城近一些，又因为“上面”还经常要“调酒”走，所以县政府不敢轻易关厂。二郎滩的“贵州郎酒”的命运就不一样了。“关！”这是响应政府和党的号召，必须关！大会上，邹定谦含泪对工人们说。

二郎滩的“贵州郎酒”就这样奄奄一息。“老茅台”的邹定谦，后来去了仁怀县农机局，从此与酒断了关系。这时，习水出产的白酒属于酱香型，与相距40多公里外的茅台酒在品质上十分相似，当时的仁怀县政府的人都口称二郎滩的“二郎酒”与“茅台”是兄弟俩。事实上在新中国成立的头十来年里，“茅台”除了被“上面”重视外，作为一家企业也远没有现在这么牛，生产的数量不仅十分有限，企业还年年亏损，绝无半点趾高气扬。然而茅台酒厂毕竟没有在国家经济最困难时停厂，所以到了20世纪60年代国家恢复了国民经济正常运营后，迅速有了量和质的飞跃进步，不像习酒的前身——“贵州仁怀郎酒厂”说关就关，没有半点余地。如上文提及，“茅台”困难时期也断过原料，是贵州省断腕割肉跟四川省做了一笔交易后才换回了急需的粮食，维持了正常的茅台酒厂生产用粮问题。

然而自古茅台与习水同属一源，近在咫尺。那边的糟香飘到这头就是酒的味……1962年，三年自然灾害即将结束，3位习水本地酿酒师曾前德、蔡世昌和肖明清又开始在赤水河二郎滩地区搭起烧酒作坊，小打小闹干了起来。他们最初烤小曲酒，后来研发出一种浓香型酒，俗称“郎糟”——当地人喜欢把酒称为“糟”。就在这时，仁怀县的行政区域发生变化，原仁怀二郎滩在内的几个乡镇划归为新组建的习水县。当年支持习酒恢复的原仁怀县委副书记出任习水县委书记。据说两县分家时，就因为这位庞书记的“人情”，所以茅台酒厂一批原来在习水二郎滩酒厂工作过的酿酒师和数百坛老酒都留给了习水……这与后来“习酒”得以沿袭相当部分的“茅台基因”有着重要关系。

从仁怀县“独立”后出来的习水人，尤其是那些在二郎滩的酿酒人更是跃跃一试，纷纷重操旧业，而且此次是像模像样地向“茅台”学习，走“茅台”之路，方向十分明确，目标坚定有力——搞酱香酒！

这是1976年前后的事。

“这个时间点非常重要，它对习酒发展具有历史性意义。”在我参观习酒发展史展览时，该厂的专家认真地提到这一点。“我们当时就是对标‘茅台’，在赤水河习水流段酿出近似于‘茅台’那样的酱香酒来……”

新的习酒起什么名呢？有人说还是用“郎酒”，但对岸的四川郎酒此时已经名扬天下，显然同一个河滩的贵州不能再抢人家的商标了，无奈，习水人想到了二郎滩的“学名”黄金坪，“那就叫‘黄金液’吧！”

“黄金液”真珍贵呀！美酒如金，琼浆玉液，“黄金液”似乎很合习酒本质和地域标志。但这个商标没有被国家商标部门批准，“黄金液”含着误导消费者之意，不能用。

不能用，就无法用。于是习水人脑子一转：干脆，就用“习酒”，咱习水之酒嘛！

好，这个名字响亮又把我们习水的地名一下亮出来了！习酒习酒，习水之酒，响亮！

1983年，习酒隆重面市。

之后，又开发了一款浓香型的大曲，叫“习水大曲”。此酒一度名声远扬，至今仍在酒友中享有绝佳名声……

那岁月，习水依仗对标茅台酒厂的传统酱香酒和适应市场新开发的浓香型酒，浓酱并举，左右逢源——等到了国家开放白酒定价权，由企业自定。而正是这一政策，让全国的白酒业迅速发展，尤其是赤水河畔以“茅台”为龙头的酒厂如脱缰之马，飞奔发展，赤水河自茅台镇起的下游两岸，各类酒厂如雨后春笋般地涌现。习水酒厂算是除“茅台”酒厂之外的大酒厂了，它在此时以锐不可当之势，获得了快速发展。

习水县域经济也尽享了美酒带来的丰实恩惠。

不能不说，当时的习酒厂主要领导也是些想干一番事的能者，他们的雄心壮志在酿酒师的共同努力下，横空出世的习酒在激烈竞争的中国白酒中脱颖而出。1988年，习酒第一次获得国家质量奖，并获中国优质酒称号和商业部优质产品金爵奖、首届中国食品博览会名特优新产品金奖。这是一向被习水人自己称为“土酒”的习酒第一次登上国家级的大雅之堂。

“习酒与‘茅台’本是同根，‘茅台’名扬天下，习酒也该威风神州——今年3000吨，后年争取过万吨！”当时的习酒人已经豪气冲天，跃跃一试，心底有了与“茅台”在数量与质量上快步赶上、比个高低的雄心。

1991年春天的寒意仍笼罩着黔地，贵州省里和遵义地区的领导来到习酒厂视察，在听取酒厂发展汇报之后，大加赞赏，尤其是省领导即席提出了一个观点：遵义地区是不是应该把思想再解放一点，应该把赤水河两端的“茅台”与“习酒”之间这百里美酒河，打造一个中国名酒百里基地不是？

“领导的这个主意太英明了！我们本来就有此意呀！”习酒厂的负责人兴奋得快要跳起来了，因为在习酒连续几年飞跃式发展之后，他的视野在开阔、他的胸襟在膨胀……他想下一盘白酒业的大棋，而领导的提议让他感到有了天赐的“知音”，能不兴奋吗？

太兴奋了！

好嘛，你们要有此意，可以写个报告上来，我们再研究研究。省领导发话了，当时上上下下都是热血沸腾，想干大事。

习酒厂的“报告”很快形成，其基本意思如下：

贵州经济落后，但是酿酒工艺独特，酒以高质量赢得了全国消费者的信赖，赤水河中段是我国一块特殊的宝地，生产的酱香型白酒（以“茅台”为代表，还有习酒、郎酒等）举世无双，如果在赤水河中段的茅台酒厂以下至习酒厂的46公里间，充分利用这里特有的自然条件，发展酱香型酒生产，建立中国酱香型白酒基地，每年将给国家提供数亿元的税收和外汇……

这是一个多么美好的前景啊！

在当时的贵州，能够有如此宏伟的设想和蓝图，不仅当事人心潮澎湃，而且也让贵州省、遵义地区的领导们心潮澎湃。

上上下下的心潮澎湃，在赤水河段即“茅台”到习酒之间打造一个“百里白酒城”的梦想，梦一般地牵绕和振奋着习酒厂当时的负责人，当然也不全是他一个人在“发热”“发烧”，当时的习酒一片大好的市场形势无疑更是推波助澜，比如习酒当时的年产确实进入了全国白酒业的前十名，比如确实需要继续扩张生产和市场影响力，于是习酒在这种浪潮之中，做了几件连“茅台”都稍显逊色的大手笔：“西北万里行”，其宣传攻势在西北数省史无前例；中央电视台“春晚”节目中直升机从习酒厂的山坪上徐徐升起，一夜之间全国人民都把目光“盯”在了习酒上；一次性在全国招聘 200 多位高等学历的员工，这在 20 世纪 90 年代即使在“北上广”等大城市也是少有的，但这些都是习酒厂做的事，响当当的，亮堂堂的……

一个属于全国贫困县之列的小县，有这样一个酒厂，把一瓶酒搞得如此声势，不能不说习酒当时的风光和势头无二。然而也许正是这样的风光和势头，让当时的习酒掌舵人开始头脑发热，那个“建造百里酒城”的美梦，时时刻刻在他的血管里奔涌着，激荡着……

是的，他手上确实也有一定的资本——县级小酒厂竟然评为国家二级企业，这本身就让他有足够的“底气”：“茅台”不也就是二级企业嘛！他们能做到的事，我们习酒怎么就不行了？

这样的责问没有人给予反驳。没有反驳也就没有了对他的一些盲目扩张决策提出有力的劝阻，于是一条原本乘风破浪的巨轮，在大风顺势推力下，被突然出现的一些暗礁重重撞击，然后慢慢地倾斜、倾斜，最终舵折船翻……

“习酒在 1994 年、1995 年开始是受国家政策调控的影响，已经铺开的摊子不能按时完成基本建设，甚至成为半吊子工程而拖累了公司的主业。同时，主业的销售体系与运营上出现问题，分公司权力过大，总厂把酒销出去了，而钱却在分公司账上回笼不到总部。更有一些分公司借‘大手笔’促销活动，浪费大量人力物力，呆账久账追账一时成了习酒厂的主要业务工作，这种结局无疑很快把企业原来积累的底子迅速掏空……”

在寒风凛冽的市场经济“冬季”里，昔日醇香满滩的黄金坪，顷刻间乌鸦横飞，河水断流，曾经的名酒厂岌岌可危，资不抵债。至1995年底，公司账面亏损9416万元，而实际亏损超过亿元。

不是没有想过拯救的方案，但一个贫困县的财政能有多大的力量背起如此一个大包袱，习酒厂最后的结果只有两个选择：要么宣布破产，要么等待兼并……

破产似乎太可惜，那么谁来接手这烂摊子呢？

习酒人抹着眼泪，蹲在赤水河边，叹息着，低吟着……看着滚滚向东流去的清澈河水，闻得一阵比一阵醇香的茅台酒香——这是他们熟悉的味道，是比他们自己酿得更好的酱香味！

既然我们不行了，还不重新回到“茅台”的怀抱，求一次重生的希望呢？

是嘛，本来我们就是一家人！

习酒人的这份殷殷“回归”情，很快让茅台人知道了。在贵州省、遵义市两级党委和政府的协调与努力下，经过长达一年多的反复认证与协调，以及资产、债务、经营盘面的清理等数百项工作之后，于1997年12月19日，贵州省人民政府正式下文，批准原贵州习酒总公司解散，归入贵州茅台集团公司，并由茅台集团公司派出一名公司副职，出任新组建的茅台集团下属的习酒厂总经理一职，至此，独立的习酒厂不再存在，新的习酒厂成为茅台集团公司所属二级企业……而遵义地区的两家最大的酒厂兼并过程，意义非同寻常，是赤水流域的贵酒向未来发展的深度而有力的“拧绳动作”——强强联合的结果是：习水河汇入赤水河奔腾更欢畅，它也从曲径崎岖中迈向无限广阔的天地。

是的，源与流的结合会使河流欢畅不息地奔腾，习酒向“茅台”的回归之途，其实是一场脱胎换骨的重生之旅……

难道不是吗？

21 涅槃之后是“金刚”

2022年元旦前的一周，我第一次来到习酒厂，在那里看到的景象，与20多年前的1997年相比，可以用“两重天”来形容——

新建的“习酒文化城”耸立在黄金坪的山巅。那形似飞船的崭新建筑翱翔在崇山峻岭的蓝天白云之间，气势磅礴，象征着今天的习酒蒸蒸日上、飞速发展、继往开来的万千景象。主人指着赤水河边那一圈又一圈的金色制酒厂房，告诉我这是酒厂正在向年产10万吨迈进的新片厂区……

“10万吨？！”这个数字或许外人并不一定在意，但我刚从茅台酒厂而来，知道茅台酒厂用了70年时间创造了历史的最高峰，也就是现在的年产56000吨。这个年产对“茅台”来说，可谓竭尽全力了。现在，它的“子公司”习酒厂，竟然在向10万吨进军，这不是“后浪”翻倍超前浪嘛！

“10万吨是我们不远将来的奋斗目标……”年轻的酒厂总经理自豪而又坚定地对我说。

“但不得不说的是：如果没有20年前被茅台厂的兼并，也许今天的市场上人们早已见不到习酒了……”他补充的这句话在新建的“习酒文化城”上空久久回荡，似乎把习酒人20余年来的心声吐了个痛快。

是的，这是习酒人的共识，他们从心底感激“茅台”，感激“茅台”将他们重新带到了有尊严的辉煌征程——

茅台酒厂正式兼并习酒厂是在1998年元月。

这月 18 日，是茅台集团有限责任公司兼并习酒厂工作领导小组正式递交兼并报告之日，并着手盘点当时的习酒“家底”：至 1997 年底，习酒厂的企业资产总额 5.9358 亿，总负债为 8.2339 亿元，资产负债率为 139%。职工人数 4017 人。1997 年，企业共生产白酒 823 吨，销售 2600 吨，销售收入 7144 万元，实现税金 1266 万元，企业亏损 3852 万元。

一个已经呈现严重亏损的不大不小的酒厂兼并到“茅台”来，“茅台”会有什么好处呢？为什么一定要“兼并”而不是让它破产，这样“茅台”在赤水河边少了一个竞争的对手不是更好吗？

这可能不仅是我这样的外行人的困惑，当时“茅台”内部也有类似的声音。

一位参与“茅台”兼并习酒的老茅台人给我摆出了几个观点。其实当时“茅台”也不是没有压力，它来自两个方面：外部是受如“五粮液”等同行竞争的压力，“茅台”想要夺取白酒行业内的“老大”地位，显然靠原有的“单兵作战”比较吃力，而自身条件由于受传统工艺和自然条件影响，生产力跟不上与同行竞争的态势。正在这个时候习酒厂同是国有企业，并且生产条件规模也较大，加上国家正在推进国有企业的战略性改组，那我们茅台酒厂也正在实施大集团、大公司战略建设，显然兼并习酒厂对“茅台”来说，在最低成本的扩张条件下能够较好实现规模效益，从而壮大茅台实力，发挥名厂名牌效应的最大化，同时它又对盘活沉淀的国有资产、调整产业经济结构、带动遵义全市和贵州全省经济起到积极作用。

他算了这样一笔账：茅台集团兼并习酒之前的资产总额为 17.4184 亿元，兼并后就达到了 23.3542 亿元，各种白酒生产能力从 4000 吨一下可以扩大到 2 万吨，并形成多系列、多档次、多香型、多品种的生产格局。这样就进一步增强了市场竞争能力，巩固了行业排头兵的地位。如果单靠茅台酒厂自身扩张，投入就会受到极大影响，兼并习酒之后同样扩张，但投入成本就小得多。仅这一成本比起兼并之中所要解决的债务与劳动力安排的成本就要小得多。简单的一句话：兼并其实对茅台酒厂来说，不是亏了，而是“赚”了。

原来如此！

再来听听老习酒人怎么看当年被“茅台”兼并这事：真正“赚”得最多的是习酒厂。他的第一句就说得如此干脆而坚定。

为什么？

显然，若没有“茅台”那次兼并，可以说，习酒虽然以往也是几经风雨、历经沧桑，但1998年兼并前的那次一定是最惨、最接近毁灭的灾难了！但因为“茅台”出手兼并了，所以我们习酒有了今天，而且是扬眉吐气的今天！

他坦言当时被“茅台”兼并后习酒所获得的四大优势：一是资本优势。因为“茅台”的效益好，负债率低，所以银行那里的信誉度高，兼并后，它可以通过自己的良好信誉，帮助习酒厂解决资金问题，从而让垂死的习酒厂调整资本结构，恢复生产经营，并争得名牌优势。“茅台”自身的光芒足以让它的“子公司”的习酒厂恢复信誉和元气。二是技术优势。“茅台”之所以受到全国人民、世界饮酒者的追捧，就是因为它酒好，酒好是因为它有一批酿酒大师的高超技术，特别是进入改革开放年代之后，茅台酒厂一方面精准地传承传统工艺，另一方面不断地引入先进科技，两者有效地结合，使茅台酒厂的生产更加规范、科学，其质量水平不断提高与稳定。兼并后，茅台集团显然可以充分利用自身的技术优势为习酒厂生产和开发新产品、增强市场竞争力提供丰厚的技术支撑。“这等于给习酒注入了源源不断的新鲜血液……”这是季克良大师的话，兼并习酒厂时，正值他任茅台董事长，为此他没少带着技术人员往习酒厂跑。三是管理优势。茅台集团作为国家白酒行业中唯一的国家一级企业，企业管理工作规范、扎实，显然兼并习酒后可以将许多成功和成熟的管理企业经验引入习酒厂管理之中，使其真正按照社会主义市场经济的要求，建立新的企业机制，从而提高习酒公司的企业素质与效益，不再因为管理上的漏洞而造成企业大量亏损。四是市场优势。茅台酒作为中国白酒行业的“王者”，产品长期供不应求，茅台集团在长期经营中又建立了一条以省、市区级糖酒公司为主渠道的销售网络，兼并后茅台集团完全可以将习酒引入这一主渠道销售网络。而习酒过去自己摸索出的中低端市场销售网络又可以兼容销售茅台酒，这样两个不同消费群体的销售网络被同一牌子的茅台集团的“茅台”与习酒合力举起，形成更强大的独特优势，甚至是绝对优势，因此让“茅台”和习酒两个主打产品形成的“擂台优势”将无往而不胜。

“这就是我们比喻的：兼并前习酒都快成为被淘汰的一个‘软蛋’，而被茅台兼并后迅速又恢复了雄风，再度成为白酒行业中的黑马金刚……”今天的习酒人深有感触地说道。

从在白酒行业几近销声匿迹的淘汰软蛋，到华丽转身再度成为黑马金刚，习酒厂自1998年以来的20余年历程，既是习酒厂的重振辉煌史，又是赤水河畔的“茅台”壮大史，它同样荡气回肠，香气漫天……

“特别是1998年这一年，亚洲金融危机影响到全球所有行业，国内消费市场也是寒风凛冽，让人不寒而栗。可以设想一下，假若这一年我们不是在茅台集团的大树下防寒避风，1997年已经严重亏损几千万元的企业会是什么样的下场呢？一定是：想得好一点的，是让你圆满破产，其他的路不可有了！”老习酒人这样肯定道。

是的，1998年金融危机中能够挺过来的公司与企业都不简单。茅台酒厂凭借着自己强大的信誉和实力，尚能扛住金融危机的飓风袭击，当然也将一部分温暖传递给了几十公里以外的习酒人……

大量的要债人从习水的二郎滩被劝引到了茅台镇，茅台厂热情接待，酌情处置；待业的老习酒人伸手争取救助，“茅台”自然也要管一管……

“我们不能什么都靠集团总公司，既然大家还在习酒厂，就要敢于承担责任和风险，从自己做起，靠自己努力摆脱困境！”兼并后的习酒人围在一起，握紧拳头，在二郎滩上面对滔滔奔涌的赤水河，再度发誓——

“不能让‘茅台’因我们而丢脸！”

“不能再让习酒在我们手上败了！”

“重塑习酒辉煌，就有我的一份！”

“这是最后的斗争，团结起来到明天……”有人在二郎滩的赤水河边唱起《国际歌》，那悲壮的场面令人动容。

习酒人开始了又一轮的新“长征”：在最为困难的时刻，许多工人的工资不足以养家，只能从自己家在农村的父母家中带粮食到酒厂坚持上班；在市场困难时，销售员工自筹路费，走街串巷做起“卖酒郎”……“这一幕虽然惨了一点，但大家心头是热的，眼睛里有光亮，因为我们心里清楚一个理：有‘茅台’这棵大树在，就有我们习酒重新好起来的一天！”

有“茅台”大树在，习酒就有好起来的一天！这是习酒人的信念，而此时的茅台人也有一个心愿：在“茅台”名下的习酒必须好起来！而且一定能够好起来。

于是，茅台酒厂派出强有力的领导赴习酒厂担任主要负责人，让技术最过硬的酿酒大师去帮助指导，甚至董事长兼总工程师的季克良不顾繁忙的工作和60多岁的年龄，只要听说是习酒厂的事，“你们不要拦着我”，最频繁的一年中，他到习酒厂不下十几回。

“酒香靠酿，企业靠干。习酒的日子好起来，要靠大家拼出来。”那段日子里，习酒人聚在一起说得最多、喊得最响的就是这话。这话转成企业领导人口中就是一串更响亮的话：

对标“茅台”，一年打基础，两年有起色，三年大发展，四年上台阶。

兼并后的第二年——1999年，成为茅台子公司的习酒厂，各项技术指标大幅度提升，实现销售收入 1.2 亿元，上缴税金 2167 万元，全年利润 500.44 万元。习酒人自己说，现在听起来这串数字挺拿不出手的，可在当时，对一个从破产边缘“拉回来”的酒厂来说，绝对是“振奋人心”的，因为它让习酒人看到了生的希望、复活的曙光！

是的，归属于“茅台”之后的习酒，不鸣则已，一鸣惊人。2000 年，公司根据当时的国内白酒市场行情，及时制定了企业发展战略，以清醒而积极的头脑，开始在酒厂内外部提出“无情不商”的经营理念，大力倡导“尊商、亲商、扶商、安商、乐商、富商”的情商文化。这些抓住酒业产品市场本质的企业文化推出后，受到广泛认同，“习酒”的社会认同感重塑成功，这对习酒企业走出低谷，起到实质性的根本作用。

进入新世纪的第一个起步——2001 年，习酒公司获得国家和省颁发的“绿色食品”多达 20 个，从而使习酒在消费者心目中树立了良好形象。

2002 年，习酒全年实现产量 5754 吨，产值达 1.57 亿元，缴税 3756 万元。

习酒厂的新崛起，让贵州省政府各个部门看在眼里、喜在心里。2003 年，省经贸委、省企业联合会、省企业家协会联合授予茅台集团习酒有限责任公司“贵州省优秀企业”和褒奖该厂“无情不商”的企业战略为“贵州省企业管理现代化创新成果一等奖”。

习酒有望，茅台荣光。一路高歌的习酒进入兼并第五年时，被评为全国酿酒行业百名先进企业，让茅台人和习酒人格外欣喜的是他们“双双”进入了这一崇高殊荣的名单之中。而此时的习酒在集团公司的引领下，确实也具备了“单飞”的能力和战略定力。他们在制定“十一五”（2005—2010）战略规划时，明确提出将在“十一五”期间形成黄金坪浓香白酒中心、大地酱香白酒中心、大坡成品酒包装中心和阳雀岩办公中心等企业四大格局——目标 3 万吨，销售 20 亿，浓酱并举，进入全国大型白酒企业行列！

嘿，这习酒老弟，又要雄起了呀！同在二郎滩的四川郎酒厂也在对岸为昔日的“兄弟”再度“雄起”而喝彩起来。面对这集团的子公司，茅台人对习酒厂的关切与援助自然来得更具体、更给力。“我们在赤水上游主产酱香酒，你们在下游浓酱并举，消费市场上我们携手形成高、中、低三类酱香、浓香型酒，全面进入每个市场空间，形成战则胜、胜则全胜的局面。”茅台集团生产会议上，集团董事长和子公司总经理签下“任务责任书”时，四只手牢牢地握在一起，又高高举起……

这时，赤水河畔响起雷鸣般的掌声、欢庆的擂鼓声！

这一年——2005 年，茅台集团第一次实现销售收入 50 亿元，实现利润 18.7897 亿元。习酒在这一年有两个产品获得“贵州省名牌产品”，分别是酱香习酒和浓香习酒大曲。

次年，习酒人梦寐以求的“习水”牌和“习”字牌商标通过评审，被认定为“贵州著名商标”。这对从事酒业者来说，意义非凡，它意味着“习酒”和“习”字商标已经具备了进入千家万户的水平与迈向“百年老店”的可能与资格。

加油吧习酒！

习酒没有辜负茅台人的期待和习酒人自己的心愿，他们在“对标茅台，浓酱并举”的发展道路上，越走越有信心，并探索出了一套符合自己理念的独特经验，即“纯粮固态发酵白酒”。何谓纯粮固态发酵？酿酒人知道，这是酒能陈香的重要保障。酒之所以能陈香，它必须满足三个核心条件：纯粮为原料；严格的传统酿造工艺；窖藏多年，老熟自然。这也是茅台酒的本质，习酒与“茅台”本是同脉之酒、同源之酿，所以它们之间秉承着共同的古老酿酒法。在进入 21 世纪头 10 年的中国白酒市场，大部分酒厂为了减少成本、快速增长、最大化地求取利润，所以在用粮方面、酿造时间方面尽量“减工减料又减时”，这样必然影响到酒的品质。“茅台”能够立于不败之地，就在于不惜时不惜成本地沿袭了自己一贯的酿造理念，而事实上也会增加企业生产成本，特别是在全国酒品大发展时期，粮食和其他生产物资成本全面上涨的环境下，要坚持自己传统的“纯粮固态发酵”，必定给企业生产成本造成很大压力。“茅台”是这样，然而“茅台”依靠自己强大的名牌能力和消费者对它的极高的信任度，挺了过来。习酒能不能挺过来，其实对习酒人又是一个严峻的考验——生产形势好了，市场销路打开之后，面临的市场竞争所产生的种种问题依然严峻。

“对质量的动摇，便意味着动摇企业的根基。习酒绝不能再走失败的老路。跟着‘茅台’一路走下去，就是我们的未来和希望！”关键时刻，习酒人再次坚定自己的信仰，骨干们又一次次来到“茅台”，瞻仰那些为捍卫茅台酒香的先辈，并从他们身上吸取战胜困难的力量。此时的茅台集团上上下下也正在根植“产量服从质量、成本服从质量、速度服从质量、效益服从质量”的“四服从”准则，习酒人再度深刻全面地对标“茅台”，并根据当时的市场形势，制定了“贮足老酒，不卖新酒”的战术，同时固化了原有的“以诚取信、以质取胜”的经营理念，形成了习酒更加成熟的质量观。

质量为上，让习酒在品质上获得了与“茅台”并行发展、同享品牌的可能。这个时候，茅台集团层的一项决策，让习酒人宛若云开雾散——

用“茅台”品牌，帮习酒的浓香酒支撑一片市场新天地！

于是，消费者很快在市场上看到了“茅台液”“茅台浓香第一液”，并被人们喜称为“茅台新生儿”。

集团公司以宽阔胸怀，将“飞天牌”商标图案和“茅台”字样的注册商标授权给了习酒的这两款新上市的酒品。一时间，“茅台”出了浓香酒一事引起市场一阵热浪……

虽然“茅台”一直以来主打的是酱香酒，但因为习酒厂在生产浓香型酒上具有强大的实力，加之“茅台”的品牌优势，茅台浓香酒一上市就受到消费者的追捧。而此时的习酒厂拿出自己 60 年、50 年和 30 年的“家底”老窖池酒，乘势推出系列“茅台液”“茅台浓香第一液”年份酒，这不仅让习酒浓香酒大放溢彩，同时也让“茅台”获得了更丰富的内涵和更高的接纳度。

兼并所带来的强强组合、频频出击、携手共进、奋力拼搏的结果是：“茅台”和习酒同放奇彩，而习酒生产基地在茅台集团的协助下，也正距离贵州高端浓香白酒第一生产酿造基地的目标越来越近。

在“五星习酒”成为浓香白酒主打产品之后，习酒厂不失时机地又推出了金质习酒、银质习酒、优质习酒、习酒窖藏 1988、习酒窖藏 1998 等酱香型产品。至此，习酒厂基本实现了“浓酱并举”的产品战略布局和市场占有，形成了自己的产品和市场体系，保障了主业健康发展。

2008 年，是“茅台”兼并习酒 10 年时。10 年间，习酒从严重亏损企业，一跃成为中国白酒业“十大金刚”之一（消费者排列的中国十大白酒名品），累计实现销售额 24 亿元，上缴国家税金 5 亿多元，实现利润 1.38 亿元，使企业完全进入了良性和稳定的发展历史。

再度强大后的习酒，会不会重蹈覆辙、由强盛至衰败？这毕竟是习酒人曾经的一段曲折心路。

茅台集团领导和贵州省领导似乎意识到习酒人的这份隐在内心的忧虑，于是及时提出了“全面加固实力、快带做大习酒”的战略计划。自 2010 年习酒新的领导班子成立之初，贵州省政府和茅台集团公司为习酒厂发展做出了新的规划与安排，并在资金、人才、技术等方面给予了全面支持，为习酒再上新台阶奠定了坚实基础。

习酒厂决策层抓住这一好机宜，及时在内部推出了干部任用竞聘制，实施质量、安全目标责任制，同时在生产和管理方面推行绩效制，加强以成本为核心的财务管理等一系列现代化企业管理的精细化。茅台集团同时抽调 3 名骨干，加入了习酒销售、制度建设和酿造工艺3个关键领域的团队。“这场及时雨来得好！当年习酒败就败在做大后管理松懈和漏洞太多上，现在由集团公司把握大船的舵，习酒做得再大，也不会迷失方向。”习酒人感慨道。

“但习酒是不是一定要依仗着‘茅台’这棵大树才能把自己做大呢？”当习酒的生产和市场天地再现光明、忽儿又“晴转阴”时，习酒厂的决策者给自己提出了具有挑战性的新话题。

傍大树肯定稳，独自发展天地肯定宽，但到底稳不稳、胜不胜，这事到底怎么样？习酒人对决策层的新思路开始有些疑惑。

“我们倡导不完全依附茅台，并非离开茅台；我们力求做大，并非为另开门户，而是要在茅台的大旗下，高举起习酒的旗帜，只有这样才能不失茅台这面大旗的光芒，才能让习酒的旗帜也能猎猎而卷……”决策者耐心地向员工们这样解释，并适时提出了习酒要走“君品之路”，从而壮大企业。

来到习酒厂，处处可以感受“君子之品”的文化氛围。何谓习酒的“君子之品”？主人向我解释：中国是个具有5000年文明历史的古国，君子精神一直是中华民族传统文化中的精髓。君子，当言而信，信必守。酿酒人最讲究的就是信誉，所以好酒一定是酿酒人最重信誉的一批“君子”。习酒要成为中国名酒、世界闻名之醇，就必须大力倡导“君子之品”的理念和管理以及销售等一系列环节上的“君子精神”……

原来如此！

好嘛，在中国，王者，其实就是君子。“茅台”为酒中之王，最好的君子也。习酒作为“茅台”体系的一员、中国白酒中的一名佼佼者，如今能够独自喊出“君子之品”为自身建设的固化品质，极其可贵。其实也是从本质上秉承和沿袭了“茅台”的精神品质。

呵，赤水和习水，汇成一河水哟，其味其色，同一品呵！

“君子”习酒，高尚而高雅，高贵而珍奇。有道是，君子之言，千金之诺。习酒人能把“君子”作为自身的酒品喊出来，其本身就是一种气魄和一种高度的自律，做不好“君子”的结果是什么，习酒人最清楚。

君子一言，驷马难追。你既然把自己称为“君子”，意味着你的所有言行必须恪守最高标准，否则顷刻间身败名裂。

习酒人，你想好了吗？

想好了。

习酒人，你真能做得到？

做得到，而且必须做到！

“君子之品”，已经喊出去，习酒在市场上、消费者那里获得的是必须和绝对的“君子一言，驷马难追”，否则后果早已注定，你习酒人自己等着瞧吧！

“果不其然呀！这习酒的‘1988君子之品’，习酒‘窖藏君品’没说的，找不出毛病，喝的就一个字：爽！第二个：还是爽！”当习酒的“君子”系列上市之后，市场一片赞誉，前所未有！

好酒，真正的好酒！真正的君子风度、君子品格！习酒没有食言，是真君子！

消费者纷纷赞赏习酒，好评如潮。

此时的习酒人没有狂，没有傲，倒是在朗朗地读着“孔曰成仁，孟曰取义”，“仁者人也，义者宜也”……

崇道，是对天地之仁；务本，是对己身之仁；敬商，是对事业伙伴之仁；爱人，是对家庭、社会之仁。

对天地之仁，就是对天地的关怀之情，也是对天地的敬畏之心，与自然和谐相处共存。尊崇前人智慧，秉承先辈传统专注始终。对己身之仁，是对一切生命的关怀与关切，包括自然界的万物生命。

酿酒需要对万物的仁，即有情。有了对万物的情，才有爱，有了爱才能舍去一切去把事情做好、做到最好、做到别人难以超越，甚至自我也无法超越。这就是酿酒人的君子精神。

什么是习酒？习酒的本质是茅台品质的传承和发扬，所以我们习酒发展好了，才是对茅台兼并战略的感恩；我们把习酒做大做好了，才是对茅台最大的回报……

习酒人在做强的道路上，形成了倡导“崇道、务本、敬商、爱人”的企业核心价值观、“爱我习酒、苦乐与共”的企业创新精神和“无情不商、服务至上”的经营理念，从而确定了“君子之品、东方习酒”发展方向。

习酒，君子也。这是他们自己所说的，后来慢慢成为消费者对习酒的评价。

事实上，习酒在融入茅台集团之后，在设计品种时也发挥了“一面大旗”下的“组合出拳”战术。当时的“飞天茅台”一枝独秀已经让热火朝天的“茅台”市场明显感觉缺少一个质量接近、价格适宜的梯队产品。

“这个任务交给我们来做！”习酒人向集团公司请缨道。之后，他们集公司技术大师们的智慧于一身，又专门与“飞天茅台”的酿酒师们汇聚研究和开发了一款具有习酒“君子品质”的汉酱酒，成为2011年茅台酱香系列酒推出的“汉酱酒”的前身。2017年，茅台“汉酱酒”进入全球烈酒品牌价值前50名中的第39位，可谓闻名天下。

“茅台”是王，习酒追求的是君子，君王天下的“茅台”能够在近10年突飞猛进，习酒的发展功不可没。

有道是：天行健，君子以自强不息；地势坤，君子以厚德载物。物始生，君子以持守有度。习酒人用君子精神创造出一片浓酱并举的新天地，对中国白酒业甚至世界烈酒业也产生了巨大影响。

2012年，习酒实现销售30亿元，同比增长68%，被全国总工会颁发“全国五一劳动奖状”，这份荣誉来之不易，因为12年前的习酒只是一头瘫软在干涸沙漠的“濒死困兽”，而转眼间，它已成中国企业界威名四海的铁铸金刚。这一年，习酒还荣膺“华樽杯白酒品牌全国20强”。

2016年，第10届中国品牌500强评选活动榜单出炉，习酒以独立的品牌参评，以199亿元的品牌价值位居总榜168位，白酒行业的第8位。

2021年130亿元，习酒稳稳地为茅台集团贡献了超1/10的份额。而在我来习酒之前，中国酒类流通协会评选出的第13届“华樽杯中国酒类品牌价值200强”的榜单已出炉，习酒以1108.26亿元的价值位列贵州白酒第2名、中国白酒第8名。习酒的“君品习酒”以726.9亿元的品牌价值，位列全球酒类第22名，白酒类第8名。

习酒的这番业绩，既让茅台集团稳稳位居在中国白酒的“王者”之位上，同时也让主管贵州酒业的贵州省政府有了更宏大的打造“贵酒”战略决策——新一年里，习酒厂再度从茅台集团中分离出来。

呵，曾经的茅台集团习酒厂，你将在黔地再造一个“茅台”式的

国有大企业，这是你自身发展所一直期待的，也是一脉同源的茅台人所期待的，这更是酒乡贵州人民所期待的。习酒更加美好的未来，当然也是中国人民所期待的。

祝福习酒！

25 “王子”传奇

一个企业要想长存，就要做好一件事，把一件事做到极致，这是那些“百年老店”的经典经验，自古以来的中外历史都证明了这一点。“茅台”也不例外。

70 年的“茅台”能够从一个小作坊发展成庞大的中国万千企业中的龙头企业之一，其品牌的无形资产都能达到上万亿元，这种现象在中国甚至世界发展史上也算是十分罕见的。“茅台”之所以能做到，就

系列酒的产品组合图

是它遵循了一个企业专注于做好一瓶“茅台”酒的理念，“茅台”的荣与耻、消费市场的热与冷皆因这瓶酒……

“茅台”承载了太多茅台人的光荣与梦想，而其实它也是中国人在酒文化上的光荣与梦想。我们可以回想一下改革开放初期，因为“洋人”和华侨们把“洋酒”带进来之后，那个时候喝“人头马”“威士忌”象征着一种身份、一种荣耀，我们自己的“土酒”毫无尊严，即使是“茅台”也只能被扔到一边。

茅台人的感受最切肤。“有一次我们到广州去推销，遇到几个商人在吃饭喝酒，他们喝的就是XO，我们上前去问要不要‘茅台’，有人当着众人面竟能把我们的‘茅台’贬得一分不值……那个时候，我们的内心就有一个强烈的愿望：什么时候也要让‘茅台’占领中国的酒席，同时也要让外国人知道中国的白酒也是呱呱响的！”

茅台人的这份心和情，就是中国人强盛民族自信的一分子，就是中国梦的一部分，就是14亿中国人民的光荣与梦想的具化。做好、做强“茅台”，是茅台人过去70年的主旋律。

可以肯定地说，茅台人在这一点上做到了，而且做得出彩、值得骄傲。

其实在我探秘“茅台”70年国有企业发展之路时，也发现了一个“秘密”：茅台人既有专心做一件事的恒心与坚定，同时也能随时根据市场形势去触达消费群体的不同层面，比如在坚持主打“飞天茅台”的同时，也在不断摸索“飞天”之外的“飞天”，这就叫产业品种的多样化或称产业多元化。而作为中国白酒“王者”，茅台人在品种布局与设计上确实下了功夫。

历史和常识告诉我们：王者独行，自然可以威风天下，然而天下并不总是王者独占，天下是天下人的天下，天下人的天下就是由不同群体组成的天下，而一个丰富多彩的天下需要不同的形态。在消费市场上同样道理。

经过几代人的艰辛努力，“茅台”在中国白酒市场上的“王者”地位，无须争议，尤其进入21世纪后，它在广大消费者心目中的“王者”地位被如日中天地树立起来。而在近几年中，这种态势已经从消费市场蔓延到投资市场之中，由此我们也看到中国股票市场和整个中国社会因“茅台”而潮起潮落。也许正是这种潮起潮落的循环反复和经济发展的自然规律中，茅台人也省悟了多种发展自我的光明大道。那一年，“茅台王子”就像孙悟空横空出世一般，是一次成功的“非主流”涅槃，在今天我采访茅台人时，当年参与“茅台王子酒”问世和营销的几位茅台人在谈及此事时，大为感慨与自豪，而且涉及了国有“茅台”所经历的销售机制和不同历史时期的政策与经营变化。

是巧合，也可能是无意的“碰上”。那天原本说去茅台酱香酒公司听“王子”故事的，结果到了同一栋楼的茅台酒销售公司。

“找我们采访？”副总经理杨秀权也许接受过很多采访，于是习惯性地接待了我，而他的这一接待让我对“茅台”的营销史有了一个较系统的了解。

最早的“茅台”销售是通过供销社渠道来进行的，那个时候市场基本上属于封闭式的，靠“分配”来实现市场的定量销售，而且是用的“茅台票”，也就是发票券。“能够获得这样的票的是极少数人，那个时候普通老百姓其实基本上也不会有人买茅台的，生活水平完全不像现在……”杨秀权说。

“茅台”经营销售权是从1978年开始慢慢放开的，这个时间段经历了将近20年，一直到1998年。这20年中,“茅台”的经销是采取“双轨制”，即国家调拨计划供应和国营糖酒公司定向销售，实际上还是没有放开，只是给市场留出了一丝缝。

“茅台”的特殊性决定了它的经营方式一直是跟着社会主义制度的市场经济发展而发展的。杨秀权说，其实1998年之后的所谓“开放”，也非我们“茅台”酒厂自己有这个权利的，而是大家都被改革之中的市场经济大潮所“逼”的。

此话怎讲？我好奇。

他说，因为在20世纪90年代末，那些经销糖酒的供销社和相关流动商店并不赚钱，而且由于销售范围受到原有的计划经济控制，商品单一、定价单一，所以许多糖酒销售的国营糖酒店与供销社纷纷倒闭或转行。“无奈，我们只能自己想办法，自己想法建立销售渠道。而且那些为我们销售茅台酒的商家确实并不能赚什么钱……”

为什么？

“价格控制呗！当时的‘茅台’定价权并没有放开，而且消费者确实还没有像现在这样喜欢‘茅台’。”

原来如此。

“我记得1997年金融危机之后，第二年的1998年上半年我们的销售任务完成得很可怜。当时厂里领导着急得不行，组织了18个销售骨干，拿着盖好章的合同书，到全国各地去寻找客户。这就是茅台销售史上有名的‘十八勇士闯市场’的传奇。”副总经理说。“为了鼓励和打开销售市场的局面，我们厂里对与我们合作的销售者实行奖励，标准是：每卖出一瓶‘茅台’奖励5—10元。过了几年后，又把销售渠道的门缝拉得更开了，允许个体户经销我们的‘茅台’……”杨秀权回忆道。

如果不是当事人的一番亲身经历的回忆，今天的我们也许谁也想不出伟大的“茅台”竟也曾经历“无人问津”的一段谦卑的岁月。

杨秀权用异常肯定的口吻告诉我：当年“茅台”就是不好卖，中国的大多数消费者不太喜欢“酱油味”的茅台。“是我们茅台人不遗余力地通过一瓶瓶酒的推销过程让广大消费者慢慢喜欢上了酱香型的酒，让大家喜欢上了‘茅台’……”

这个过程，外人无法想象和理解，但它确实是“茅台”的一段艰辛的“奋斗史”“成长史”，而且还属于“辛酸史”。

“我是贵州凯里人，家穷，大学是靠贷款完成学业的。工作 4 年后才还完贷款的，而正是为了还这笔贷款，我是自己走到茅台酒厂来请求给一份工作的……”没有想到堂堂销售公司副总的杨秀权当年竟然是因为还贷款才参与了“茅台”经销的，而他的这一步，一走就是整整 20 年。

“我这 20 年的经销人生路，可以说也是经历了‘茅台’营销从谷底走向巅峰的全过程。”杨秀权用生动而感人的语言向我讲述了他与“茅台”经销一起成长的故事——

“我父亲是当兵出身的，从部队复员回家带过一瓶茅台酒，后来喝完了就一直把空瓶放在厨房的柜子最高端，我们天天都能看得到，但知道那个酒喝不起，酒瓶放在那里意味着父亲曾经有过的一次骄傲。也正是因为这个空瓶放在家里成为一种崇高的纪念，所以我大学毕业后有了两个实际情况需要解决：一是想改变家庭的穷困，包括支持正在人民大学读书的弟弟；二是为自己还贷款。选择到茅台酒厂来工作，就是为了实现这两个具体的心愿。”杨秀权坦诚道。

“大学毕业后我是自己投简历到‘茅台’的。几番周折之后我被录取了。我从贵阳乘着二层长途汽车到茅台镇的，那个时候交通还很不便，晚上 7 点才到茅台镇的，当晚住在镇上的小旅店。第二天一早打了辆摩的。在车间实习 3 个月后，就去搞销售了。那时有人嘲笑我，说你一个学贸易专业的大学毕业生，去卖酒是不是太掉价了？我心想：销售赚钱呀，我口袋里和家里都缺钱嘛！”杨秀权说到这儿笑了起来，他说当初就是这么想的。

“我喜欢当销售员，不是因为像现在谁卖茅台谁脸上有光或者有什么油水似的，那个时候卖酒或卖我们茅台酒并不是啥光彩的事，实际上是个苦差事。”杨秀权话锋一转道，“但我们这些走南闯北的销售人员也有一个好处，就是有出差补贴，酒厂给外面跑销售的人员补贴 200 元一天，包干的，吃住都在里面。我当时一个月工资大约 6000 元，又有补贴6000元。工资并不算多，但补贴6000元就给了我省吃俭用的空间，比如我只住小旅店，一天15块钱左右，吃的也是很省，这样我就能从补贴中省下两三千元一个月，这对当时的我来说，太重要了！我一个月能有万把元的收入，就算是有钱人了呀！”

杨秀权说到这儿眼睛也在放光：“我记得当时用省下的补贴钱在贵阳买了第一台诺基亚手机，这为我后来跑销售起了重要的作用……”

“老的销售公司人员基本上跟我是差不多的‘酒业人生’。”杨秀权对2006年之前的“茅台”销售依靠自己的力量“跑出来的市场”深怀感情，“用现在的话说，‘茅台的粉丝’确实是被我们销售人员推销出去的一瓶又一瓶酒逐渐引导而来的。而这广大的普通消费者的市场培养，就是靠茅台人、茅台销售人员一瓶瓶酒推销出来的。”

我知道，2006年到2012年是茅台酒市场快速增长期。这一时期的快速增长与国家经济发展和人民生活快速发展紧密相连。同时还有一个重要原因是，酱香型茅台越来越受广大消费者认可和喜爱了……

党的十八大出台“八项规定”后，茅台经历了两年左右的“寒冬期”。但“茅台”坚持了“质量第一、市场靠跑出来”的两条铁律，在2015年之后市场又迅速恢复了元气，直至后来大家都知道的茅台市场越来越热，热到进入了连茅台人自己都感到特别紧张的大涨时期。

采访杨秀权那天，茅台股票价是2048元，比前一年降了些，但仍然在高位。曾经最高位是2604元。

“季总多次说过一句话：一瓶酒能赚三分之一的钱对酒厂来说就很知足了。这也确实是我们茅台人的共识，大家不愿让市场把酒抬得那么高。”在茅台人中，跟杨秀权说出同样话的人占绝大多数。

明明有钱赚，却不愿赚更多的钱，这在今天的世界上是少有的事，但在茅台酒厂就是这样。年销售额达千亿元的酒品，全厂仅有600名销售人员外加外聘人员共800来人的队伍，这也是非常少见的，自然说明了茅台酒不愁卖出去。但茅台人仍然有更多的远虑：尽管市场和消费者对他们的“茅台”存在狂热的痴恋与追捧，甚至希望投入更多的数量进入市场，也就是说赚“茅台”的钱的机会还有很多，但为了一保茅台酒的质量、二保生产茅台酒的自然环境，茅台人不可能走一条竭泽而渔的自毁道路。

另一个发展上的问题也就来了：难道“茅台”永远停留在一个水平之上？将市场白白拱手相让于他人甚至相让于洋酒？不能，也不该。市场就是市场，那只“看不见的手”必须正视它的客观存在。人们普遍热爱的“飞天茅台”不能随意疯狂生产，难道就没有可以接近和替代“茅台”的产品出来吗？

这是中低收入层面的消费者的期待，也是茅台人一直所想的在确保上面所说的“二保”基础上的进一步扩大生产的可能……

“茅台王子”就是在这种情况下应运而生的。

“普茅”——消费者对“飞天茅台”的尊称，也说明了茅台酒厂除了部分年份酒之外，正宗茅台的招牌就是“飞天”商标的那瓶酒了。但“飞天茅台”确实有些贵，甚至贵到有些离谱，一般消费者不仅买不起，而且即使高收入阶层也不是那么容易买得到的。

强劲的消费需求和有限的商品之间是否还有一种较为合理的“融通”道路可走？这是喜欢“茅台”的广大消费者的渴望，也是茅台人对“茅台”市场的期待。

一年一度的茅台营销大会从20世纪90年代开始举办以来，一直是茅台人与茅台销售渠道之间的重要纽带和平台。在这个会上，销售方的茅台人可以从客户那里获得许多有关市场对“茅台”的反馈信息，从而有针对性地指导下一年的销售甚至是生产。

“俗话说，一枝独秀不是春，百花齐放春满园。你们‘茅台’总不能只让有钱人喝得到它，也该让想喝茅台又买不起它的多数消费者闻闻茅台味吧！”1998年的营销大会上，客户们议论最多的是这个话题。

“实话，我们其实也一直在想呀！但就是不知市场到底接受不接受‘普茅’系列外的产品！”茅台人从大客户们那里听到的话，可谓大喜，因为关于市场是否接受除“飞天”“五星”和年份酒之外的非传统茅台品种，其实在茅台酒厂内部也一直在争议。

“当然欢迎嘛！只要是你们茅台厂酿出的酒，中国百姓就是喜欢，喝不到‘大茅台’，喝‘小茅台’也是件开心事。保证销路好！”

“对的，肯定销路不会愁！”

“这个是稳的，只要价格定得合适。”

“是的呀，你们生产多少，我包销多少！”

“干吧！”

“早盼着你们出‘二茅台’了！”

客户们的热情激燃了茅台人的心。茅台人急切地回应道：“大家想到一起了！我们回头就干——”

“对了，我们一起想想这‘二茅台’该用什么样的品牌呢？大伙帮着一起想想……”茅台人趁热打铁，希望大客户们出出金点子。也是在此次营销大会上，他们迅速选了数个“二茅台”的产品名字征求客户们的意见，结果“茅台王子”最受欢迎。

“茅台是中国白酒乃至世界烈酒中的王者。王者的尊严和威望不可侵犯，而最接近王者尊严与威望的就是王子了！”有人连喝数杯“大茅台”，慷慨激昂道。

于是又有人端起大碗，连喝数口“大茅台”后更加激情澎湃道：“王者从来盖世独尊，而王子高贵风流，溢香四方。‘茅台王子’，必火不可！”

“对对，茅台王子一定火得不行！快生产吧，我们等着‘王子’横空出世呢！”

在当时定价 200—300 元左右的“茅台王子”尚未问世，已经被市场看好。1999—2000 年，在世纪之交的时刻，以“茅台王子”为主打品种的“二茅台”（包括“茅台迎宾酒”等酱香系列）正式问世，立即引起市场热烈响应，好评如潮。消费者称它是茅台人推出的“亲民酒”，因为其价格让普通百姓能够买得起、喝得起。又有人称它是“口粮酒”，意思是制酒的茅台人“地道”，不像其他商人钻在钱眼里。

正是这份既不失“贵州茅台股份有限公司出品”的王者之气，又有亲民的接地气风尚，“茅台王子”一在市场上出现，立即在神州大地上飘红……

估计多数一直以来喜欢“茅台王子”的消费者并不清楚，这位具有“茅氏”王者气质和风度的“茅台王子”，是茅台酱香系列酒的主打品牌之一。茅台酱香系列酒与茅台酒有其相同之处，同属贵州茅台酒股份有限公司出品，有同样的生产工艺、勾调品评技术和质量管理体系。但两者也存在一定差异，第一，产地不同，茅台酒产地为仁怀市茅台镇，酱香系列酒产地分布于仁怀市茅台镇、习水县习酒镇境内；第二，原料不同，茅台酒原料为优质糯高粱，酱香系列酒原料为优质高粱；第三，酒体风格不同，茅台酒风格为酱香突出、优雅细腻、酒体醇厚、回味悠长、空杯留香持久等特点。酱香系列酒风格为酱香突出、典雅细腻、酒体丰满、醇和协调、回味长、空杯留香持久；第四，周期不同，一瓶茅台酒从原料进厂到产品出厂至少需要 5 年时间，一瓶酱香系列酒从原料进厂到产品出厂至少需要 3 年时间。

是的，茅台人从设计时就已经考虑到作为“王子”的它，既要不占用茅台现有的生产资源，尤其是原先设计的生产能力和自然环境，同时还得与消费者广泛接受的“王者”极其相似——无论从相貌、品质等方面，都要力求做得“嫡亲”，而市场反馈的结果也证明他们做到了，并且做得相当好。

广大消费者对“茅台王子”的评价，除了价格的“亲民”外，其酒酱香突出，酒香浓郁张扬，复合香气均衡，口感饱满厚重，优雅细腻，在前、中、后、尾段平稳，苦味均略出头，回味悠长，空杯留香，具备了茅台酒高贵的“王者风范”。

这就够了！二三百元就能喝到一瓶“茅台”的“嫡亲酒”，爽！

来来来！再满上！再满上！

来来来，再来一瓶！再来一瓶！

面对“王子”，全国消费者喜形于色，慷慨又开怀。

面对“王子”，茅台人欢欣鼓舞：这条路走对了！

“王子”后来接连推出“普王”“珍品”“酱香经典”“黑金”“金王子”“酱色”“传承 1999”“传承 2000”“王子生肖”等十几个系列品种。其销售量也从最初的六七千吨，到现在的年销售达 60 亿元之巨！

“王子”用了 20 年时间，虽不在“王位”之上，却成为茅台酒厂创造的“千亿企业”宏伟大厦中一面巨擘之墙，加上“迎宾酒”和近几年又一个重磅“嫡亲”品种汉酱等产品，他们都为“茅台江山”做出了重要贡献，唱响了一曲“王子”的英雄传奇之歌。

“茅台王子”在茅台王者的大旗下威风凛凛，名震四方。然而它一直不在茅台镇，它最早在被茅台人内部所称的“201 车间”，也就是习酒厂一车间。后来“王子”长大了，就独立成“家”，也就是茅台集团公司下属的“和义兴分公司”，专门负责生产“王者”之外的“王子”系列及其他下属品牌的酱香型酒。这个公司成立于 2016 年，如今才 5 年时间，从最初的年营收 23 亿元，到 2021 年超过 110 亿元，成为继“习酒”之后茅台集团第二个百亿产业“子公司”。

你能不惊叹“茅台王子”俊逸倜傥下的凛凛威风?！

其实，挖掘现有资源、盘活固有品牌存量，一直是茅台发展道路上做得异常出彩的值得讴歌的篇章。

我们已经特别欣喜地注意到：在茅台酒厂纪念建厂 70 周年之际，茅台集团连续推出了“王族”新系列“茅台珍品”“茅台壬寅虎年生肖”和“茅台 1935”等 3 个新款酒。在隆重的发布会上，茅台人推出“百福具致，珍酿之品”，希望和期待的新品能“与历史相逢，尽显文化厚重;与品牌相逢，尽显茅台品质;与喜事相逢，尽显幸福美好”的心声。

“独有葫芦溪上笋，一冬风味舌头甘。”正是这如此精彩的频频出招，尽显了“茅台”本有的光芒，与茅台人在迎接一轮快速发展的胸襟与激情，让世人期待，让祖国为其骄傲！

尾声

走向未来——激越的“五线谱”

人类进入 2020 年之后的第一年，是世界格局之大变的年代。这一时代最显著的特点是：全球都被一个叫“新冠”的病毒横扫和袭击了整整三个春秋，即使到了 2022 年春天的现在，我们仍然因为一个叫“奥密克戎”的“新冠”变异病毒的传染而弄得举国上下不得安宁……

在这场严酷的疫情之中，全人类已经有近 600 万人丧失生命，近 1/10 的人遭受病毒威胁、饱受各种痛苦。

经济出现放缓停滞乃至断崖式的下滑。能够活下来、继续有生存能力的便是好企业、好产业。这当然是少数甚至是极少数的。那么这些大萧条中的“少数”会是谁呢？

英国《金融时报》一直被认为是世界经济形势的权威“评价官”。它在 2020 年过去之后，发表了一份《在疫情期间全球表现最优的 100 强企业》，贵州茅台被列其中，且名列第 20 位。这是一个非常显眼的排名中的佼佼者。

2022 年 1 月 3 日，也就是在 2021 年刚刚过去的第 3 天，英国《金融时报》又对新的那些在当前世界上“活”得最好的“世界百强”企业进行了重新排名分析，并且对这些进入“世界百强”企业冠予“赢家”荣誉。贵州茅台从上一年的第20名，上位了8个位置，名列第12位。

还我青春一夕，赠我黑甜一梦。
醒来日上三竿，方知茅台味重。

写“茅台”的诗很多，可谓穷尽了世上那些美妙的字词，但不会喝酒的我还是比较喜欢流沙河的这首，特别是后面一句，道出了茅台与人生之间的那种“遇上就想醉死”的意境。

关于“茅台”和“茅台70年”，其实有说不完的故事，无论如何叙述都不一定是完整的。一般人认为，“茅台”就是一瓶酒，但在我看来，它更是一张国家名片，因为它是中国共产党领导下的社会主义制度条件下所成长起来的一家国有大型企业，它从当年的所有“家当”不足几万元的小作坊，成为今天名列世界“赢家”前20名的巨头，其本身就是一部传奇；“茅台”当然更是“中国精神”的集中体现，70年的风雨历程，是中国人民为了国家和民族的荣耀所努力奋斗的辉煌史诗。

有一种“台”叫茅台。“茅，菅也”，即茅草；“台，观四方而高者”，高于四方平整处为台之范式。

几千年前，赤水河畔一隅神奇土地，濮僚人筑了一个土台，于上立杆祭祀祖先，台上长满茅草，称茅草台。后有“茅台村”，再有茅台酒，横空出世，香飘四海。

台，浇筑而成。70年辉煌，筑起奋进的高台。

征途漫漫，茅台走过的每一寸时光，都隐藏着动人的故事，留下的每一个足迹，都闪耀着岁月的光芒。

奠基之辛、改革之艰、转型之志，成就了从作坊式到工业化，从计划制到市场化，从做大规模到做强主业，从“赶跑”到“并跑”，再到“领跑”的蝶变升华。

2021年，茅台人昂首阔步，迈向了高质强业的新征程。

这一年，我们喜庆党的百年华诞，从百年党史中，感悟伟大建党精神，赓续茅台红色血脉，凝聚了茅台人一往无前的奋斗姿态和永不懈怠的精神状态。

这一年，我们重温茅台70载荣光，从奠基立业、改革兴业、转型大业中传承茅台精神，汲取茅台智慧，汇集茅台力量，奋力谱写高质强业的新篇章。

这一年，我们共绘美丽茅台新蓝图，坚守“质量是生命之魂”，坚持茅台五线发展道路，树牢新时代五匠质量观，茅台画起同心圆，万人逐梦新未来。

今天，我们自豪宣告：茅台“十四五”开局圆满收官！

台，致敬之称，感恩岁月，致敬追梦的行者。一路前行，沿途风景，最美是行者。

星月点缀的赤水河畔，茅台匠人扬锨挥汗、手捧闻香，用智慧和汗水，专心酿造令人一见倾心、一闻赏心、一品沁心、一念醉心、一生忠心的醉美琼浆。

从田间地头，到晾堂曲仓，从勾调案上，到氤氲甑旁，忙碌的茅台人永葆匠心、铸牢匠魂、练就匠术、精制匠器、锻造匠人，成就质量之魂。

从增水提气，到固土护微，朴实的茅台人，围绕“一基地一标杆”目标，致力于维护生态平衡，构建“山水林土河微”生命共同体，以生动实践诠释绿水青山就是金山银山。

一声声集结号角引领未来，聚主业、调结构、强配套、构生态，科技大楼、产业集聚区、包装物流园、酒旅项目全速推进，今天的布局就是明天的格局，茅台大踏步跟上好时代。

一场场文化大戏蕴藏玄机，端午祭麦、重阳祭祖、茅粉节、茅台宴、文化展，展现茅台故事独特魅力；茅台文化“人文物艺礼节和史器”九大系列，赋予“文化茅台”新内涵。

一个个振兴项目彰显担当，对口帮扶、公益助学、工业反哺、产业带动、人才支持、文化互动，全方位助力乡村振兴，茅台人始终如一、步履铿锵。

此时此刻，有许多茅台人坚守岗位，工匠筑梦，还有许多离乡背井的茅台追梦人，他们遥望家乡方向，只能用电话和讯息遥祝亲人朋友，为的是开拓茅台宏业、绘就美好蓝图。

一个个忙碌的身影，一幕幕感人的画面，一卷卷奋斗的诗篇……我们坚信，总有一份温暖如约而至，总有一缕清风不请自来。

今天，我们诚挚致敬全体茅台人，感恩一路同行者。

台，望远方至，高台之上，眺望最美的远方。

……

这篇题为《以“台”的名义，一起向未来》，是茅台集团2022年新年献词，写得很有文采，更有气度。

“茅台”的70年征程如诗篇章，举国尊敬。未来的“茅台”如何发展与成长，是茅台人需要自己回答的“考卷”。而茅台人的“考卷”，其实都是“茅台”之外的消费者在“出”内容，它饱含了无限期待与炽烈情感，那是以往对“茅台”的所有爱与怨——爱是因为喜欢它，怨是因为爱不够才产生的另一种爱的表达与发泄。然而所有外在的爱与怨，都取决于“茅台”自身的品质。

“茅台”的自身品质是什么？数百年酿造史其实早已凝练而成了；

而决定“茅台”品质经久不衰的最根本原因似乎又与时间无关，因为没有一个好的时代、没有一个好的制度，即使“茅台”曾经有过再好的品质也会消逝在历史的长河之中而不会留下一滴芳香。走过70年的“茅台”，未来的道路如何走，其实是一篇比前70年更难的大文章。

是新一个或再一个56000吨？

是新一次或再一个千亿元超级大企业？

还是让全国股民们再一次次发狂的“股王”？

也许都是。

也许都不是。

但衡量任何经济实体的发展又怎么可能缺少具体的数字指标呢？而有数字的指标就一定是发展的硬任务。但“茅台”太特殊，它是一个经济实体，可它更是一个靠口碑成长和发展起来的经济体。“茅台”的口碑源于什么支撑着它的成长与发展呢？

之前的70年已经给了结论：它的品质。

那么未来的“茅台”靠什么继续成长、继续高速发展呢？毫无疑问，依然是品质。但茅台的品质又制约于时间和数量，也就是说，它不可能像某些产品可以通过复制、再复制地跃进式快速发展，于是“茅台”的未来发展之路就是一个矛盾体，你要快速发展，就可能影响品质；你想保持品质，就会影响发展速度……

在这样一个矛盾交织的条件下，难道没有第三条路可走？既保持品质，又能实现快速发展。这“第三条路”，是全国乃至全世界消费者的期待，当然也是茅台人走向未来的殷切心愿。

这就是当下放在茅台人手中的那份“新考卷”。

谁来回答？谁能回答？

消费者在观望与期待。茅台人更在观望与期待。

这个观望与期待的时间，也正是茅台迈向“建厂70年”门槛的时间点……

这个时间点其实并不仅仅是茅台人和茅台消费者的选择，它与当今世界对日益强盛的中国的选择是契合的，因此意义不同寻常。我们常说“茅台”是国家的一张名片，所以“茅台”所面临的新发展任务其实包含了一种国家走向强盛的使命。茅台人当然认识到了这一点。

我们——全国乃至全球所有热爱和关心“茅台”的人，特别关注这几年频频更迭的一个又一个新董事长上任之后的一言一行……终于有一天，大家——我们和那些“茅台”股东的心终于欣慰和激动了起来：

这一天是 2021 年 9 月 24 日。

在“茅台”发“疯”似的冲至中国股票巅峰之后，万众瞩目的时间已经许久，尤其是与“茅台”经济命运绑在一起的广大股民早已期待能够与“茅台”的“掌门人”有一次“心心相印”的交流与对话。

现在机会来了——

年轻而干练的新一任董事长来了。他叫丁雄军，是一位 1974 年出生、曾在贵州省多个地区和省政府工作岗位上任过领导职务的才俊，在赴茅台集团任职一个月后，他选择了茅台股东大会的机会，首次亮出他和他的新班子面对“新年考”的答案。大家翘首以盼、拭目以待，目光聚焦到了这位有着化学博士学历背景的茅台集团新任董事长，只见他优雅而庄严地向股东代表们深深鞠躬之后，便开始以“自家人”的身份，进行了全程 40 余分钟的演讲……

“让品质成为信仰，让历史鉴证未来”，这是丁雄军董事长那天的演讲主题。现场虽然有 PPT 展示，但与会的股东们发现：新董事长讲的内容，有许多是昨晚他们与前来酒店逐个登门拜访的新董事长交流和促膝倾谈时所提出的问题的答案。“这太意外和让人惊喜了！”“以前总认为茅台瞒着我们的东西太多，现在看来并非如此嘛！”股东们的心一下暖了起来。而丁雄军接下来的“感恩四老”又几乎让所有人热泪盈眶。

是啊，“茅台”是茅台人的，但“茅台”假如没有先人和苍天的恩赐、没有一代代中国领导人的关爱、没有全国人民的支持、没有股东们的相助、没有代代相传的酒师们和酒厂全体职工的呕心沥血，怎么可能创造如此令人敬畏的成就呢？

是的，“茅台”的成功与成就，可以从神秘的自然到神奇的工艺诠释它的基因构造，也可以从酿造微生物的菌群结构机理到时间与环境所营造的天人合一的哲学原理去诠释它的醇香因果，也可以从赤水河水源和本地高粱的独特性到酿酒师傅们的匠心去诠释它不可复制的“唯一性”，从这些茅台所拥有的核心要素中，我们还可以延伸出它所溢彩于商品价值之上的“自然密码”“品质密码”和“时间密码”。

“因此，今天我们除了要用‘感谢’二字来感谢所有那些帮助、支持‘茅台’和决定‘茅台’命运的人之外，还特别需要用‘敬畏’二字来对待一个特别的‘它’，那就是给予‘茅台’生命与品质的‘茅台’基因……”这是茅台人和茅台股东们第一次听到的由他们的董事长所说出的一个“新名词”。

“茅台基因”是什么？

那就是茅台人在酿制“茅台”过程中所形成的微生物世界的菌群结构，这种菌群结构是让“茅台”酱香和它的品质得以传承下来的最根本的基因。身为化学博士的董事长这样告诉大家。

丁雄军进而解释，“茅台”具有无限的神秘性，而我们就是要把这种“神秘”转化成人们要掌握的“科学”，从而用科学的方法和认识观，准确地回答好“为什么离开茅台镇酿不出茅台酒？”“为什么茅台酒好喝？”“为什么茅台酒越陈越香？”这 3 个世间常常疑惑的问题。

也许那一天人们不由自主地被新董事长渊博的知识、奇妙的科学解释以及新奇的思维吸引与陶醉了，当他用铿锵而响亮的嗓音说出第三个关键词——“奋斗”时，全场人的情绪被彻底地点燃了！

“茅台”的未来怎么走？我们该怎么办？

怎么走？怎么办？

台上人在问。

台下人也在问，更在等待答案。

后来，所有在场的人听到了这样的回答——

我们要“立足新秩序重塑期、新格局形成期、新改革攻坚期……”

我们要“走好蓝绿白紫红的‘五线’发展道路……”

我们要“按照‘聚主业、调结构、强配套、构生态’发展思路，着力把股份公司打造成为世界一流的上市企业……”

嗯，何谓“重塑期”“形成期”“攻坚期”？

有人问。有人答：这就是茅台一以贯之的格局，从来是远虑近忧之中迅速调整目标、方向和具体的应对办法，以及胸怀天下的宏阔胸襟。

主业、结构、配套、生态等几个要件的发展思路易理解，但“蓝绿白紫红”的“五线谱”发展道路是什么？大家在好奇地相互询问，甚至有人纵情地哼起音乐谱中的“do、re、mi、fa、so……”

蓝线，就是指目标愿景和蓝图规划。

丁雄军解释：“茅台”的战略目标是什么？定性的指标是围绕集团“双巩固、双打造”，即“巩固中国白酒头部领军企业地位和世界蒸馏酒第一品牌地位，打造成为中国500强第一方阵企业和省内首家世界500强企业”战略目标，按照“聚主业、调结构、强配套、构生态”发展思路，着力把股份公司打造成为世界一流的上市企业。

呵，世界一流。“茅台”已经是世界一流了，未来的“世界一流”概念与昨天的“世界一流”概念有所不同，那就是超越于所有同行之外的与驾驭在全球所有产业之中的世界一流，是那种真正的一流！

绿线，就是要坚定不移走生态优先、绿色发展道路，保护好“茅台”赖以生存和发展的生态环境。

丁雄军解释了15.03平方公里的茅台酒地理标志产品保护区域规划图，以及山、水、林、土、河、微生物生命共同体整体保护方案。

他再次强调："离开了这片区域就酿不出茅台酒——这个地方，我们一定要把它保护起来。这个区域我们还没有用完，'茅台'以后的发展空间就在这里。所以，即使难度再大，再不容易，我们也必须把'茅台'赖以生存的环境保护好。我们要把'茅台'打造成为白酒行业生态环保的标杆企业。"

白线，就是不管过去取得多少辉煌成就，从今起都要"归零"，一切从头出发，抓好创新和改革，在新的白纸上谱写新文章。

这回丁雄军用PPT上的图片解释，要坚持科技增能，加强高粱、小麦等种质资源保护和利用，推动种子库建设，有序推进生物育种产业化应用，做强"茅台种子工程"；加大茅台酒酿造原料、环境、微生物、酒类风味、品质和食品安全的研究，特别是微生物组合关联、风味物质功能等要重点攻关，不断探索发酵过程中微生物演绎规律，确保茅台酒永不变味。

"在智能社会建设的推进中，数字赋能必须大力推广。比如，我们要加快产业数字化，从原料、生产、流通上加强数字化技术应用，实现提质降本增效；再如，加快营销数字化，立足新零售、新消费时代特点，以数字方式深度挖掘分析消费者消费偏好和品牌体验。"丁雄军进而强调，"这些创新属于'茅台'可以变的那部分。'茅台'不能变的部分我们坚决不能变，比如传统工艺，如30道工序，165道工艺环节。但是有很多环节可以创新，比如'茅台'的物流环节和包装完全可以不断地创新，并以此来更好地提高生产力……"

当然，"茅台"自身的企业改革更为重要，且"不管怎么改，改革的方向是高质量发展"。他说，改革的内容包括现代化管理改革——一流的企业一定是一流的管理，资产管理改革——不管固定资产、无形资产、动产、不动产，还是实体资产、无形资产，都要用科学的方法把大家的资产管理起来。"当然，还包括各位股东持有的股票的市值管理……"丁雄军的这句话，引来股东们长时间的掌声。

茅台集团党委书记、董事长　丁雄军

“茅台”的营销体制和价格体系改革是最敏感的话题，新董事长没有回避，他坚定而慎重地说道：它们同样必须改革，然而“改革不是一蹴而就，不是简单说调一调出厂价、变变终端价，作为管理层我们要考虑得更加长远、着眼于未来”。他特别强调，将着力规范原有渠道，探索发展新零售渠道，优化品牌价格体系，着力让茅台酒回归商品属性，为消费者提供更高质量的服务。

这不是空话，这是掷地有声的实话，茅台人和股东们都听出这话的分量。

紫线原是规划建设术语，指历史文化街区、历史建筑保护界线。曾任地方政府官员的丁雄军将其借用来代表茅台文化。丁雄军认为，文化与传统工艺、现代科技、数字化一样，同样可以为“茅台”发展聚能。“在高质量发展过程中，要充分体现‘茅台’文化影响力、凝聚力和感召力的‘软核’作用，最大限度地发挥文化聚能的‘硬核’作用。”他特别提出“要通过挖掘‘茅台’文化故事、历史底蕴，不断丰富品牌内涵和增强品牌特性；要推进‘茅台’文化与其他文化碰撞融合，推出特色文创产品，丰富产业业态，特别是‘茅台’的线下店，要着力打造成文化展示店、品牌形象店、品饮体验店和客户服务店，充分释放文化聚能效应”。

红线，就是在发展中要高度重视环保和安全两条底线。没有环境保护就没有“茅台”的明天。“要‘茅台’不变味，就必须把赤水河畔区域的环境保护好，不管是50年，还是500年，都必须坚持下去。否则我们就是历史的罪人。”

“同样，一个拥有千亿价值基酒的老字号酒厂，若安全出了问题，我们同样也是历史的罪人。”

蓝、绿、白、紫、红……一个企业董事长，用这“五线”编织一曲企业未来发展的宏图，这在中国乃至世界经济史上或许是第一个，显然这是一种企业文化的创新与独特。中国人对“茅台”的理解和认识几乎是仁者见仁、智者见智，1万个“茅台粉丝”可以说出1万种理解与认知。每个阶层、每一个职业的人也都能说出不同的见解。“茅台70年”中的管理者也换了一茬又一茬，他们在实践和工作中也在不断地向着共同的认识靠拢与聚合，先是高度“生产”，后来发现必须注重质量，当质量和生产成为“茅台”生存的基本条件之后，市场经济的大潮迫使他们开始重视文化，因为没有文化的介入，再好的酒、再好的酱香，消费者也不认，“酒香不怕巷子深”的道理在新的消费时代就不再成为跌不破的真理，文化的重要性有时并不亚于酒的质量本身。后来好酒生产越来越多，市场需求越来越大了，环境保护成为“茅台”生死存亡的关键因素。自然，一个千亿企业、世界品牌的烈性酒生产单位，安全是命根子……

丁雄军的“五线谱”发展新理念，其实是精到地总结和传承了“茅台70年”历史的精华与精髓，它是“茅台”各种基因中最宝贵的主基因，即“茅台”精神基因。

“茅台”的精神基因是什么？是滋润着中国共产党红色文化和映照着中国共产党人强国富民的初心光芒，它是中国人民艰苦奋斗、匠心细作、勇于担当、追求完美、为国争光的智慧结晶和集中体现。

在人类文明史上，最美和最普及的曲谱，就是从希腊纽姆发展起来的“五线谱”，而后我们的世界才有了共同的激昂向前的“奋进曲”和乘风破浪、高歌猛进的“凯旋”交响乐。我并不知道化学博士出身的“茅台”新掌门人是否着意把企业未来新发展的文章融入世界历史潮流中那令人陶醉、激发共鸣的乐章，但我坚信他一定代表着全体“茅台”人和广大茅台消费者的那份心愿：让“茅台”的未来，化作中华民族伟大复兴史诗中最为激越而壮丽的交响曲……

我相信一定是这样的。

而且我坚信，茅台人和所有关心、支持、爱护“茅台”的人都会是这一激越而壮丽乐曲的谱曲者。

（第一稿：2022年于北京—上海）